O PRÍNCIPE SERPENTE

Obras da autora publicadas pela Editora Record

Trilogia dos Príncipes
O Príncipe Corvo
O Príncipe Leopardo
O Príncipe Serpente

Série A Lenda dos Quatro Soldados
O gosto da tentação
O sabor do pecado
As garras do desejo
O fogo da perdição

ELIZABETH HOYT

O PRÍNCIPE SERPENTE

LIVRO TRÊS

Tradução de
Ana Resende e Carolina Simmer

10ª edição

2024

CIP-BRASIL. CATALOGAÇÃO NA PUBLICAÇÃO
SINDICATO NACIONAL DOS EDITORES DE LIVROS, RJ

H849e
10ª ed.

Hoyt, Elizabeth, 1970–
O Príncipe Serpente / Elizabeth Hoyt; tradução de Ana Resende e Carolina Simmer. – 10ª ed. – Rio de Janeiro: Record, 2024.

Tradução de: The Serpent Prince
Sequência de: O Príncipe Leopardo
ISBN: 978-85-01-10982-8

1. Romance americano. I. Resende, Ana. II. Título.

17-41561

CDD: 813
CDU: 821.111(73)-3

Título em inglês:
THE SERPENT PRINCE

Texto revisado segundo o novo Acordo Ortográfico da Língua Portuguesa.

Direitos exclusivos de publicação em língua portuguesa somente para o Brasil adquiridos pela
EDITORA RECORD LTDA.
Rua Argentina, 171 – 20921-380 – Rio de Janeiro, RJ – Tel.: (21) 2585-2000,
que se reserva a propriedade literária desta tradução.

Impresso no Brasil

ISBN 978-85-01-10982-8

Para JADE LEE, companheira crítica que tem de tudo: café, chocolate e sabedoria... não necessariamente nessa ordem.

Agradecimentos

Agradeço à Melanie Murray, uma editora maravilhosa e sábia, e à minha agente, Susannah Taylor, por sempre prestar atenção nos detalhes.

Capítulo Um

MAIDEN HILL, INGLATERRA
NOVEMBRO DE 1760

O homem morto aos pés de Lucinda Craddock-Hayes parecia um deus caído. Apolo, ou mais provavelmente Marte, o que trazia a guerra, depois de assumir a forma humana e cair do céu para ser encontrado por uma donzela a caminho de casa. Só que deuses quase nunca sangravam.

Nem morriam, para falar a verdade.

— Sr. Hedge — chamou Lucy por cima do ombro.

Ela olhou ao redor da estrada solitária que ia de Maiden Hill até a casa dos Craddock-Hayes. Parecia a mesma de antes de sua descoberta: deserta, a não ser por ela, o lacaio, que a seguia sem fôlego, e o cadáver na vala. O céu estava pesado e cinzento. O dia já começava a escurecer, apesar de ainda não ser nem cinco horas. Árvores sem folhas ladeavam a estrada, silenciosa e fria.

Lucy estremeceu e enrolou mais o xale em volta dos ombros. O homem morto estava esparramado, nu, machucado e com o rosto virado para baixo. Suas costas largas eram marcadas por uma crosta de sangue no ombro direito. Logo abaixo, quadris estreitos, pernas peludas e musculosas, pés ossudos e curiosamente elegantes. Ela piscou e voltou a olhar para o rosto dele. O homem era belo mesmo morto. A cabeça, ligeiramente virada para o lado, revelava um perfil aristocrático: nariz comprido, maçãs do rosto salientes e uma boca larga. Uma das sobrancelhas, pairando acima do olho fechado, era dividida por uma cicatriz. O cabelo claro cortado bem curto se grudava à cabeça, a não ser pelo local onde estava embaraçado pelo sangue. Sua mão esquerda pendia acima da cabeça, e, no dedo indicador, via-se a marca de onde antes havia um anel. Os assassinos provavelmente o roubaram junto com o restante de seus pertences. A lama em volta do corpo havia sido pisoteada, e uma marca profunda do salto de uma bota se encontrava ao lado do quadril do falecido. Além disso, não havia sinal de quem o tinha jogado ali como se ele fosse lixo.

Lucy sentiu lágrimas bobas brotarem em seus olhos. Algo no modo como o homem havia sido deixado ali, nu e desonrado pelos assassinos, parecia um insulto terrível. Era tão triste. *Sua tola*, repreendeu-se ela e então se deu conta de um resmungo ficando mais alto. Rapidamente, limpou a umidade das bochechas.

— Primeiro, ela visita os Jones e todos os pequenos Jones, aqueles moleques catarrentos. Então, nós seguimos colina acima até a velha Hardy. Que mulherzinha terrível, não sei como ainda não bateu as botas. E pensa que acabou? Não, isso não foi nem metade. Então, *então*, ela tem que visitar as pessoas no vicariato. Enquanto eu carrego aqueles potes enormes de geleia.

Lucy controlou a vontade de revirar os olhos. Hedge, seu criado, usava um tricórnio seboso puxado sobre uma massa de cabelos grisalhos. O casaco e o colete empoeirados estavam igualmente surrados, e ele havia escolhido destacar suas pernas tortas com meias escarlate bordadas; sem dúvida, roupas velhas do pai dela.

Ele parou de supetão ao lado da patroa.

— Ah, Deus, se não é um defunto!

Em sua surpresa, o homenzinho se esquecera de se encurvar, mas, quando Lucy virou para ele, o corpo rijo desmontou diante de seus olhos. As costas se curvaram, o ombro que suportava o terrível peso da cesta agora vazia caiu, e a cabeça pendeu para o lado, apática. Como *pièce de résistance*, Hedge pegou um lenço quadriculado e laboriosamente limpou a testa.

Lucy ignorou toda a cena. Ela já vira aquele ato centenas, talvez milhares, de vezes em sua vida.

— Não tenho certeza se chega a ser um *defunto*, mas não deixa de ser um corpo.

— Bem, melhor não ficarmos aqui parados olhando. Os mortos devem descansar em paz, é o que eu sempre digo. — Hedge fez menção de passar por ela.

Lucy se colocou em seu caminho.

— Não podemos simplesmente deixá-lo aqui.

— Por que não? Ele estava aqui antes de a senhorita encontrá-lo. E nós não o teríamos visto se tivéssemos pegado o atalho, como eu sugeri.

— No entanto, nós o encontramos. O senhor poderia me ajudar a carregá-lo?

Hedge cambaleou para trás, visivelmente chocado.

— Carregá-lo? Um sujeito desse tamanho? Não, a menos que a senhorita queira me deixar aleijado. Minhas costas já estão bastante ruins, faz vinte anos que sofro da coluna. Eu não reclamo, mas ainda assim...

— Muito bem — disse Lucy. — Teremos que pegar uma carroça.

— Por que não o deixamos em paz? — protestou o homenzinho. — Alguém vai encontrá-lo em breve.

— Sr. Hedge...

— Ele foi golpeado no ombro e está todo sujo de sangue. Isso não parece nada bom. — Hedge fez uma careta que o fazia parecer uma abóbora podre.

— Tenho certeza de que ele não pretendia ser golpeado no ombro ou em qualquer outro lugar, então não creio que possamos culpá-lo por isso — repreendeu-o Lucy.

— Mas ele já começou a feder! — Hedge balançou o lenço na frente do nariz.

Lucy não mencionou que não havia sentido cheiro nenhum até aquele momento.

— Vou esperar aqui enquanto o senhor busca Bob Smith com a carroça.

As grossas sobrancelhas grisalhas do criado se juntaram em um iminente protesto.

— A menos que o senhor prefira ficar aqui com o corpo?

Então as sobrancelhas de Hedge se afastaram.

— Não, senhorita. A senhorita sabe o que está fazendo, tenho certeza. Eu vou até o ferreiro...

O defunto gemeu.

Lucy olhou para baixo, surpresa.

Ao lado dela, Hedge pulou e exclamou o óbvio:

— Jesus Todo-poderoso! O homem não está morto!

Meu Deus. E ela estivera brigando com Hedge esse tempo todo. Lucy retirou seu xale e o jogou sobre as costas do homem.

— Me dê seu casaco.

— Mas...

— Agora! — Lucy nem se deu ao trabalho de olhar para Hedge. Ela raramente se irritava, o que tornava aquele tom de voz ainda mais efetivo quando empregado.

— Ahhh — gemeu o criado, mas jogou o casaco para ela.

— Vá chamar o Dr. Fremont. Diga que é urgente e que ele deve vir imediatamente. — Lucy encarou os olhos de conta do criado com uma expressão severa. — E, Sr. Hedge?

— Sim?

— Corra, por favor.

Hedge largou a cesta e partiu, andando surpreendentemente rápido e esquecendo as dores nas costas.

Lucy se abaixou e cobriu as nádegas e as pernas do homem com o casaco de Hedge. Ela colocou a mão debaixo do nariz dele e esperou, praticamente sem respirar, até sentir o leve sopro do ar. De fato, ele estava vivo. Ela se agachou e refletiu sobre a situação. O homem jazia na vala, sobre lama semicongelada e ervas daninhas — ambas frias e duras. Aquilo não poderia ser bom para ele, levando em conta seus ferimentos. Mas, como Hedge observara, o homem era grande, e ela não tinha certeza se conseguiria movê-lo sozinha. Lucy puxou uma parte do xale que cobria as costas dele. O sangue coagulado e seco formara uma casca sobre a ferida no ombro; para seus olhos inexperientes, a hemorragia já parecia ter parado. Hematomas se formavam nas costas e no lado do corpo. Só Deus sabia como estava a parte da frente.

E ainda havia o ferimento na cabeça.

Lucy balançou a cabeça. Ele estava imóvel e pálido. Não era de admirar que ela o tivesse tomado por um cadáver. Hedge poderia ter ido buscar o Dr. Fremont bem antes, em vez de ficar discutindo sobre o pobre homem com ela.

Lucy colocou novamente a palma da mão sobre os lábios do homem, para verificar sua respiração, que era leve, mas constante. Ela roçou as costas da mão sobre a bochecha fria. A barba por fazer, quase imperceptível, arranhou seus dedos. Quem era ele? Maiden Hill não era tão grande a ponto de um estranho passar despercebido. Ainda assim, ela não ouvira qualquer fofoca sobre nenhum visitante em seus passeios esta tarde. De alguma forma, ele aparecera ali na estrada sem que ninguém notasse. Além disso, o homem obviamente fora espancado e roubado. Por quê? Seria ele apenas uma vítima ou, de alguma forma, fizera por merecer aquele destino?

Lucy se abraçou ao ter este último pensamento e rezou para que Hedge se apressasse. A luz do dia estava diminuindo e, com ela, também ia embora o pouco de calor. Um homem ferido e deixado ao acaso por sabe-se lá quanto tempo... Ela mordeu o lábio.

Se Hedge não voltasse logo, não haveria necessidade de um médico.

— Ele está morto.

As palavras duras, ditas ao lado de Sir Rupert Fletcher, soaram altas demais no lotado salão de baile. Ele olhou ao redor para ver quem estava perto o suficiente que pudesse ter ouvido; em seguida, se aproximou do locutor, Quincy James.

Sir Rupert agarrou a bengala de ébano com a mão direita, tentando não demonstrar sua irritação. Ou sua surpresa.

— Como assim?

— É isso mesmo. — James deu um sorriso irônico. — Ele está morto.

— Você o matou?

— Eu, não. Mandei meus homens fazerem o trabalho.

Sir Rupert franziu a testa, tentando compreender a informação. James arquitetara um plano por conta própria e tivera sucesso?

— Quantos? — perguntou ele abruptamente. — Dos seus homens?

O rapaz deu de ombros.

— Três. Mais do que o suficiente.

— Quando?

— Hoje cedo. Recebi a notícia pouco antes de sair. — James abriu um sorriso insolente que formava covinhas infantis em seu rosto. Com aqueles olhos azul-claros, os traços ingleses comuns e o porte atlético, a maioria das pessoas pensaria se tratar de um jovem calmo, até atraente.

Ideia errada.

— Imagino que a situação não possa ser relacionada a você. — Apesar de seus esforços, a irritação deve ter ficado aparente na voz de Sir Rupert.

O sorriso desapareceu do rosto de James.

— Mortos não contam histórias.

— Humpf. — *Que idiota.* — Onde foi que aconteceu?

— Na frente da casa dele na cidade.

Sir Rupert xingou baixinho. Emboscar um nobre na porta de casa em plena luz do dia era uma estupidez. Não bastava sua perna deficiente o estar infernizando aquela noite, agora James vinha com essa bobagem. Ele se apoiou mais pesadamente na bengala de ébano enquanto tentava pensar.

— Não fique aborrecido — falou James, nervoso. — N-n-ninguém viu os meus homens.

O homem mais velho arqueou as sobrancelhas. Que Deus o livrasse de aristocratas que escolhiam pensar — para não mencionar agir — por conta própria. Os lordes tradicionais vinham de linhagens preguiçosas demais para serem capazes de encontrar o próprio pênis para mijar, que dirá fazer algo tão complexo quanto planejar um assassinato.

James não tinha a menor ideia do que Sir Rupert estava pensando.

— Além disso, eles desovaram o corpo nu a meio dia de viagem de Londres. Ninguém o reconhecerá por aquelas bandas. Quando o cadáver for encontrado, não haverá muito o que reconhecer, não é? P-p-perfeitamente seguro. — O jovem levantou a mão, e, com um dedo, cutucou o cabelo dourado. Ele não o empoava, provavelmente por vaidade.

Sir Rupert tomou um gole do vinho Madeira enquanto refletia sobre os últimos acontecimentos. O salão de baile era um amontoado abafado de gente, com cheiro de cera queimada, perfumes fortes e odores corporais. As portas duplas que conduziam ao jardim haviam sido abertas para deixar entrar o ar fresco da noite, mas tinham pouco efeito no calor do recinto. O ponche fora servido fazia trinta minutos, e ainda restavam algumas horas pela frente. Sir Rupert franziu o cenho. Ele não tinha muita esperança de que haveria mais bebidas. Lorde Harrington, seu anfitrião, era conhecido por ser avarento, mesmo quando entretinha a nata da sociedade — e uns poucos arrivistas, tal como Sir Rupert.

Um espaço estreito tinha sido aberto no meio do salão para os dançarinos, que giravam em um arco-íris. Damas com vestidos bordados e cabelos empoados. Cavalheiros com perucas e suas melhores roupas desconfortáveis. Ele não invejava os belos movimentos dos jovens. Debaixo das sedas e das rendas, eles provavelmente estavam pingando suor. Lorde Harrington ficaria satisfeito com a presença de tantos convidados tão cedo na temporada — ou melhor, Lady Harrington ficaria. A dama tinha cinco filhas solteiras e mobilizava suas forças como um soldado se preparando para a batalha. Quatro das cinco filhas estavam no salão, cada uma com o braço dado a um bom partido.

Não que ele pudesse julgar, com três filhas com menos de 24 anos. Todas já haviam finalizado os estudos, todas precisavam de bons maridos. Na verdade... Matilda chamou sua atenção a cerca de vinte passos de distância, onde conversava com Sarah. Ela arqueou uma sobrancelha e lançou um olhar significativo ao jovem Quincy James, que permanecia ao seu lado.

Sir Rupert balançou levemente a cabeça; seria melhor que uma das filhas se casasse com um cão raivoso. A comunicação entre os dois estava muito bem-desenvolvida após quase três décadas de casamento. Sua esposa virou-se graciosamente para conversar, toda animada, com outra matrona, sem revelar que se comunicara com o marido. Mais tarde naquela noite, ela poderia interrogá-lo sobre James e perguntar por que o jovem não servia, mas não sonharia em aborrecer o marido agora.

Se ao menos seus outros companheiros fossem tão circunspectos.

— Não sei por que o senhor está preocupado. — Aparentemente, James não aguentava mais aquele silêncio. — Ele nunca soube sobre o senhor. Ninguém sabe.

— E eu prefiro que continue assim — disse Sir Rupert em voz baixa. — Para o bem de todos.

— Aposto que sim. O senhor deixou que e-e-eu, Walker e os outros dois o caçássemos em seu lugar.

— Ele teria descoberto você e os outros de qualquer forma.

— Tem a-a-algumas pessoas que ainda gostariam de saber sobre o senhor. — James coçou a cabeça com tanta força que quase desfez o rabicho.

— Mas não seria do seu interesse me trair — retrucou Sir Rupert, sem emoção. E fez uma mesura para um conhecido que passava por ele.

— Não estou dizendo que eu abriria a boca.

— Ótimo. Você lucrou tanto quanto eu com os negócios.

— Sim, mas...

— Então está resolvido.

— É f-f-fácil para o senhor falar. — A gagueira de James estava se tornando mais frequente, um sinal de que o homem estava agitado. — O senhor não viu o corpo de Hartwell. A espada atravessou a garganta. Ele deve ter sangrado até a morte. Parece que o duelo durou dois minutos. Dois minutos, veja bem. T-t-terrível.

— Você é melhor espadachim do que Hartwell — falou Sir Rupert.

Ele sorriu para a filha mais velha, Julia, que começava um minueto. Ela usava um vestido de um tom vistoso de azul. Será que já o vira antes? Achava que não. Devia ser novo. Com sorte, o vestido não o levara à falência O parceiro dela era um conde que já passara dos 40 anos. Meio velho, porém, ainda assim, um conde...

— P-p-peller era um excelente espadachim também, e ele foi m-m--morto primeiro. — A voz histérica de James interrompeu os pensamentos de Sir Rupert.

Ele falava alto demais. Sir Rupert tentou acalmá-lo.

— James...

— Desafiado à noite e m-m-morto antes do café na manhã do dia seguinte!

— Eu não creio...

— Ele perdeu três d-d-dedos tentando se defender depois que a e-e-espada foi arrancada de sua mão. Eu tive que procurar por eles na g-g-grama depois. Meu D-D-Deus! Não gosto nem de lembrar.

Algumas pessoas se viraram na direção dos dois. O tom do jovem ficava cada vez mais alto.

Hora de se separar.

— Acabou. — Sir Rupert virou a cabeça, olhou para James e tentou acalmá-lo.

O outro homem tinha um tique no olho direito. Ele inspirou e fez menção de começar a falar.

Sir Rupert se adiantou, com a voz calma:

— Ele está morto, você acabou de me dizer isso.

— M-m-mas...

— Portanto, não temos que nos preocupar com mais nada.

Sir Rupert fez uma mesura e saiu mancando. Ele precisava urgentemente de outra taça de vinho.

— ELE NÃO VAI FICAR na minha casa — anunciou o capitão Craddock--Hayes, com os braços cruzados diante do peito imenso e os pés afastados, como se estivesse no convés de um navio em movimento. A cabeça com peruca estava erguida, e os olhos azuis da cor do mar fitavam o horizonte distante.

Ele estava de pé no saguão de entrada da casa dos Craddock-Hayes. Normalmente, o espaço era amplo o suficiente para a família. Naquele momento, porém, o cômodo parecia ter encolhido em proporção inversa ao número de pessoas que continha, pensou Lucy pesarosamente, e o capitão estava justamente no centro.

— Sim, papai. — Ela se esquivou dele e fez um sinal para que os homens que carregavam o estranho se aproximassem. — No quarto do meu irmão, no andar de cima, acho. Concorda comigo, Sra. Brodie?

— Claro, senhorita. — A governanta dos Craddock-Hayes assentiu com a cabeça. O babado de sua touca, que emoldurava as bochechas vermelhas, balançou com o movimento. — A cama já foi feita, e eu posso acender a lareira num piscar de olhos.

— Ótimo. — Lucy sorriu em aprovação. — Obrigada, Sra. Brodie.

A governanta subiu correndo a escada, o traseiro grande balançando a cada passo.

— Você nem sequer sabe quem é o sujeito — emendou o pai. — Talvez seja um mendigo ou um assassino. Hedge falou que ele foi esfaqueado nas costas. E eu lhe pergunto: que tipo de homem é esfaqueado? Hein? Hein?

— Não faço ideia — respondeu Lucy, automaticamente. — O senhor se importa de dar licença para que os homens possam passar com ele?

O pai, obedientemente, se encostou na parede.

Os trabalhadores arfavam com o esforço de entrar carregando o desconhecido ferido. Ele estava completamente imóvel, o rosto pálido como a morte. Lucy mordeu o lábio e tentou não demonstrar ansiedade. Ela não conhecia o homem, nem sequer sabia a cor de seus olhos; ainda assim, para ela era de vital importância que ele sobrevivesse. Ele fora posto sobre uma maca improvisada para facilitar sua locomoção, mas era óbvio que sua altura e seu peso dificultavam a manobra. Um dos homens soltou um palavrão.

— Não permitirei esse tipo de linguagem em minha casa. — O capitão encarou o sujeito em questão com expressão severa.

O homem corou e resmungou um pedido de desculpas.

O capitão assentiu.

— Que tipo de pai eu seria se permitisse um cigano ou um vagabundo no meu lar com uma jovem solteira em casa, hein? Um pai horroroso, isso sim.

— Sim, papai. — Lucy prendeu a respiração quando os homens começaram a levar o ferido escada acima.

— É por isso que o sujeito deve ser levado para outro lugar; para a casa de Fremont. Ele é médico. Ou para o abrigo. Ou talvez para o vicariato. Assim Penweeble terá uma chance de demonstrar sua bondade cristã. Rá.

— O senhor tem toda razão, mas ele já está aqui — disse Lucy em tom tranquilizador. — Seria uma pena ter que movê-lo novamente.

Um dos homens na escada lhe lançou um olhar desesperado.

Lucy sorriu para acalmá-lo.

— Ele provavelmente não vai viver muito tempo, de qualquer forma. — O pai de Lucy fez uma cara feia. — Não faz sentido estragar bons lençóis.

— Prometo que os lençóis sairão dessa em bom estado. — Lucy começou a subir os degraus.

— E quanto ao meu jantar? — resmungou o pai atrás dela. — Hein? Alguém está cuidando disso enquanto todos correm para acomodar malfeitores?

Lucy se apoiou no corrimão.

— O jantar estará na mesa assim que eu conseguir deixar esse homem confortável.

O pai dela resmungou.

— Que maravilha quando o senhor da casa é preterido ao conforto de desordeiros.

— O senhor está sendo muito compreensivo. — Lucy sorriu para ele.

— Humpf.

Ela se virou e subiu a escada.

— Boneca?

A jovem olhou para baixo mais uma vez, apoiada no corrimão.

O pai franzia o cenho para ela, com as sobrancelhas grossas e grisalhas unidas por cima do nariz bulboso e vermelho.

— Tome cuidado com esse sujeito.

— Sim, papai.

— Humpf — resmungou ele novamente.

Então Lucy subiu correndo a escada e entrou no quarto azul. Os homens já tinham transferido o estranho para a cama e saíram do quarto com passos pesados assim que ela entrou, deixando uma trilha de lama.

— A senhorita não deveria estar aqui, Srta. Lucy. — A Sra. Brodie arfou e puxou o lençol para cobrir o peito do homem. — Não com ele desse jeito.

— Eu o vi com menos roupa ainda há uma hora, Sra. Brodie, garanto. Pelo menos agora ele está enfaixado.

A governanta bufou.

— Não nas partes importantes.

— Ora, talvez não — disse Lucy. — Mas acho difícil que ele possa me colocar em perigo na condição em que se encontra.

— Isso é verdade, pobre senhor. — A Sra. Brodie afagou o lençol que cobria o peito do homem. — Foi uma sorte a senhorita tê-lo encontrado. Ele teria morrido de frio durante a madrugada se fosse deixado naquela estrada. Quem poderia ter feito uma maldade dessas?

— Não sei.

— Ninguém de Maiden Hill, creio eu. — A governanta balançou a cabeça. — Deve ter sido a ralé de Londres.

Lucy não comentou que a ralé poderia ser encontrada até em Maiden Hill.

— O Dr. Fremont disse que voltaria aqui pela manhã para dar uma olhada nas ataduras dele.

— Certo. — A Sra. Brodie olhou com ar duvidoso para o homem ferido, como se avaliasse as chances de ele estar vivo no dia seguinte.

Lucy respirou fundo.

— Até lá, suponho que possamos apenas deixá-lo confortável. Vamos deixar a porta aberta, caso ele acorde.

— É melhor eu ir preparar o jantar do capitão. A senhorita sabe como ele fica se a comida atrasa. Assim que estiver tudo pronto, mando Betsy subir para vigiá-lo.

Lucy assentiu com a cabeça. A família tinha apenas uma criada, Betsy, mas três mulheres deviam ser suficientes para cuidar do estranho.

— Pode ir. Vou descer em um minuto.

— Muito bem. — A Sra. Brodie olhou para ela. — Mas não demore muito. Seu pai vai querer conversar com a senhorita.

Lucy franziu o nariz e fez que sim com a cabeça. A Sra. Brodie sorriu em solidariedade e saiu do quarto.

Ela se virou para o estranho na cama de David, seu irmão, e se perguntou mais uma vez quem seria ele. O homem estava tão imóvel que ela precisava se concentrar para ver que o peito subia e descia. As ataduras ao redor da cabeça apenas enfatizavam sua enfermidade e acentuavam o hematoma na testa. Ele parecia solitário. Será que alguém estava preocupado com ele, talvez aguardando com ansiedade o seu retorno?

Um dos braços dele estava fora das cobertas. Ela o tocou.

A mão dele se moveu rapidamente e tocou seu pulso, capturando-o e segurando-o. Lucy ficou tão chocada que só conseguiu soltar um gritinho assustado. E então estava fitando os olhos mais pálidos que já vira. Eram da cor de gelo.

— Eu vou matar você — falou ele com clareza.

Por um momento, Lucy pensou que aquelas palavras sinistras eram direcionadas a ela, e seu coração pareceu parar de bater no peito.

O olhar do homem foi além dela.

— Ethan? — Ele franziu a testa, como se estivesse confuso, e então fechou os olhos estranhos. Segundos depois, o aperto no pulso dela se afrouxou, e o braço caiu de volta na cama.

Lucy respirou fundo. A julgar pela dor em seu peito, era a primeira vez que ela respirava desde que o homem a agarrara. Ela se afastou da cama e esfregou o pulso dolorido. O aperto do homem fora brutal; pela manhã, ela estaria com hematomas.

Com quem ele tinha falado?

Lucy estremeceu. Não importa quem fosse, ela não o invejava. A voz do homem não tinha vestígio de hesitação. Ele não tinha dúvida de que mataria o inimigo. Ela deu outra olhada para a cama. O estranho respirava lenta e profundamente agora. Parecia dormir pacificamente. Não fosse pela dor em seu pulso, ela poderia ter pensado que todo o incidente não passava de um sonho.

— Lucy! — O grito no andar de baixo só poderia ser do seu pai.

Segurando suas saias, ela deixou o cômodo e desceu correndo a escada.

Seu pai já estava sentado à cabeceira da mesa de jantar, com um guardanapo grudado no pescoço.

— Não gosto de jantar tarde. Atrapalha a minha digestão. Passo metade da noite acordado por causa disso. É pedir muito que o jantar seja servido pontualmente em minha própria casa? É, hein?

— Não, claro que não. — Lucy se sentou na cadeira à direita do pai. — Desculpe.

A Sra. Brodie entrou carregando um rosbife fumegante, acompanhado de batatas, alho-poró e rabanetes.

— Rá. É isso que um homem gosta de ver na mesa do jantar. — Ele estava radiante ao pegar o garfo e a faca, preparando-se para cortar a carne. — Um bom bife inglês. O cheiro está delicioso.

— Obrigada, senhor. — A governanta piscou para Lucy ao voltar para a cozinha.

Lucy sorriu para ela. Agradecia a Deus por ter a Sra. Brodie.

— Agora, coma isto. — O pai lhe entregou um prato cheio de comida. — A Sra. Brodie sabe como fazer um excelente rosbife.

— Obrigada.

— O mais gostoso do condado. Você precisa de um pouco de sustança depois de ter passado a tarde perambulando por aí, hein?

— Como foi com a autobiografia hoje? — Lucy tomou um gole do vinho, tentando não pensar no homem deitado no andar de cima.

— Excelente. Excelente. — O pai dela cortou o rosbife com entusiasmo. — Escrevi uma anedota escandalosa de trinta anos atrás. Sobre o Capitão Feather e três mulheres nativas de uma ilha. Ele é almirante agora, o maldito. Você sabia que essas garotas nativas não usam nem uma... *Humm!* — Ele tossiu e a fitou, aparentemente constrangido.

— O quê? — Lucy enfiou uma garfada de batatas na boca.

— Deixe para lá. Deixe para lá. — Ele terminou de encher o prato e o puxou até onde a barriga encontrava a mesa. — Vamos dizer que, depois de tanto tempo, o velho vai arrancar os cabelos. Rá!

— Que encantador. — Lucy sorriu. Se um dia o pai dela terminasse de escrever sua autobiografia e a publicasse, haveria uma infinidade de ataques apopléticos na Marinha de Sua Majestade.

— É isso mesmo. — O pai engoliu a comida e tomou um gole de vinho. — Agora, não quero ver você preocupada por causa do malfeitor que trouxe para casa.

O olhar de Lucy baixou para o garfo que ela segurava. O talher tremia levemente, e ela torceu para que o pai não notasse aquilo.

— Não, papai.

— Você fez uma boa ação, é uma boa samaritana e tudo o mais. Exatamente como sua mãe a ensinou com a Bíblia. Ela aprovaria sua atitude. Mas não se esqueça — ele espetou o garfo em um rabanete — de que eu já vi ferimentos na cabeça antes. Algumas pessoas sobrevivem. Outras, não. E não há nada que você possa fazer.

Ela sentiu o coração afundar no peito.

— Você acha que ele não vai sobreviver?

— Não sei — rosnou o pai, impaciente. — É isso que estou dizendo. Talvez sim. Talvez não.

— Entendo. — Lucy cutucou um rabanete e tentou não deixar as lágrimas rolarem.

O pai bateu a palma da mão na mesa.

— É justamente sobre isso que estou falando. Não se afeiçoe a esse vagabundo.

Um canto da boca de Lucy se ergueu.

— Mas você não pode evitar que eu tenha sentimentos — falou ela delicadamente. — Vou me afeiçoar, não importa se quero ou não.

O pai dela franziu a testa com ferocidade.

— Eu não quero que você fique triste se ele bater as botas no meio da noite.

— Vou fazer o possível para não ficar triste, papai — prometeu Lucy. Mas ela sabia que era tarde demais para isso. Se o homem morresse à noite, ela choraria na manhã seguinte, com ou sem promessa.

— Humpf. — O pai voltou para o prato. — Isso basta por enquanto. Mas, se o sujeito sobreviver, guarde minhas palavras. — Ele ergueu o olhar e a fitou com os olhos azul-celeste. — Se ele pensar em tocar em um único fio de cabelo da sua cabeça, jogo o traseiro dele na sarjeta.

Capítulo Dois

O anjo estava sentado ao lado de sua cama quando Simon Iddesleigh, sexto visconde Iddesleigh, abriu os olhos.

Ele teria pensado tratar-se de um sonho terrível, daqueles que se repetiam incessantemente e o assombravam à noite — ou pior, que ele não tivesse sobrevivido à surra e dera o mergulho infinito que o tirava deste mundo e o jogava nas chamas de outra dimensão. Mas Simon tinha quase certeza de que o inferno não cheirava a lavanda e amido de milho, não tinha a textura de linho gasto e travesseiros de penas, não soava como o pio dos pardais e o farfalhar de cortinas de gaze.

E, é claro, não havia anjos no inferno.

Simon a observou. Seu anjo estava todo de cinza, como convinha a uma mulher religiosa. Ela escrevia em um grande caderno, com olhos atentos e sobrancelhas pretas franzidas. O cabelo escuro fora puxado da testa alta e preso em um coque na nuca. Os lábios estavam levemente apertados enquanto sua mão se movia pela página. Ela provavelmente anotava os pecados dele. O barulho do lápis arranhando o papel o acordara.

Quando homens falavam de anjos, em especial do sexo feminino, normalmente empregavam um discurso floreado. Pensavam em criaturas de cabelos louros com a pele rosada — tanto a da face como a de outras partes — e lábios vermelhos e úmidos. Insípidos *putti* italianos com olhos azuis inexpressivos e carnes macias vinham à mente. Esse não era o tipo de anjo que Simon contemplava. Não, seu anjo era do tipo bíblico — do Antigo Testamento, não do Novo. O tipo não exatamente humano, severo e crítico, que estava mais propenso a lançar os homens na danação eterna com o peteleco impassível de um dedo do que flutuar nas asas macias de um pombo. Ela não parecia uma pessoa disposta a ignorar algumas falhas aqui e ali no caráter de um homem. Simon suspirou.

Ele tinha mais do que algumas falhas.

O anjo deve ter ouvido o suspiro. Ela virou os sobrenaturais olhos de topázio para ele.

— O senhor está acordado?

Simon sentiu o olhar dela de forma tão palpável quanto se ela tivesse tocado seu ombro, e a sensação o incomodou de verdade.

Não que ele tenha demonstrado a inquietação.

— Isso depende da definição de *acordado* — retrucou ele, com a voz rouca. Mesmo o mais leve movimento para falar fez seu rosto doer. Na verdade, seu corpo inteiro parecia em chamas. — Não estou dormindo, embora já tenha estado mais alerta. Suponho que a senhorita não tenha algo parecido com café para acelerar o processo de despertar, não é? — Ele se moveu, tentando se sentar, e achou aquilo mais difícil do que deveria. A coberta deslizou até a altura de seu abdome.

O olhar do anjo acompanhou a coberta para baixo, e ela franziu a testa ao reparar o tronco nu. Simon já havia caído em desgraça com ela.

— Infelizmente, não temos café — murmurou o anjo para o umbigo dele —, mas temos chá.

— Naturalmente. Sempre há chá — falou Simon. — Será que a senhorita poderia me ajudar a me sentar? Ficar deitado é uma desvantagem angustiante, para não mencionar que a posição torna muito mais difícil tomar chá sem derramá-lo nas orelhas.

Ela o encarou em dúvida.

— Talvez eu devesse chamar Hedge ou o meu pai.

— Prometo não morder. Mesmo. — Simon pousou uma das mãos sobre o peito. — E eu quase nunca cuspo.

Os lábios dela se curvaram.

Simon ficou imóvel.

— A senhorita não é um anjo, afinal de contas, é?

Uma sobrancelha de ébano arqueou levemente. Um olhar desdenhoso demais para uma donzela do campo; a expressão teria sido mais apropriada para o rosto de uma duquesa.

— Meu nome é Lucinda Craddock-Hayes. E o seu?

— Simon Matthew Raphael Iddesleigh, o visconde, na verdade. — Ele fez uma mesura, que, em sua opinião, foi até boa, considerando que estava prostrado.

A dama não se mostrou impressionada.

— O senhor é o visconde Iddesleigh?

— Infelizmente.

— O senhor não é daqui.

— E aqui seria...?

— A cidade de Maiden Hill, em Kent.

— Ah. Kent? Por que Kent? Simon esticou o pescoço, tentando olhar pela janela, mas a cortina branca de gaze a obscurecia.

Ela acompanhou o olhar dele.

— O senhor está no quarto do meu irmão.

— Que gentil da parte dele — resmungou o visconde. Ao virar a cabeça, ele percebeu que havia algo enrolado nela. Simon a tateou com uma das mãos, e seus dedos encontraram uma atadura. Provavelmente isso o fazia parecer um completo tolo. — Embora eu tenha certeza de que seja bastante pitoresca e que a igreja seja um famoso ponto turístico, não posso afirmar que estive na adorável cidade de Maiden Hill.

Os lábios vermelhos e carnudos se curvaram mais uma vez de modo encantador.

— Como o senhor sabia disso?

— É sempre assim nas cidades mais belas. — Ele baixou o olhar, aparentemente para arrumar a coberta, porém, sua verdadeira intenção era evitar a estranha tentação daqueles lábios. *Covarde.* — Gasto a maior parte do meu tempo em Londres. Minha negligenciada propriedade fica ao norte de Northumberland. A senhorita já esteve em Northumberland?

Ela balançou a cabeça. Os adoráveis olhos cor de topázio o encaravam de um jeito desconcertantemente franco — quase como se fossem os olhos de um homem. Mas Simon nunca se deixara abalar cara a cara a um homem.

Ele estalou a língua.

— Muito rural. Daí o termo *negligenciada*. Eu me pergunto o que meus antepassados estavam pensando quando construíram aquela velha pilha de tijolos tão longe de tudo. Nada além de névoa e ovelhas ao redor. Ainda assim, está na família há séculos; então é melhor mantê-la.

— Que gentil da sua parte — murmurou ela. — Mas eu me pergunto por que nós o encontramos a quase um quilômetro daqui, se o senhor nunca esteve nesta região antes?

Ela era rápida, não? E não fora nem um pouco distraída pelas tolices que ele dissera. Mulheres inteligentes davam muito trabalho. E era por isso que Simon não deveria estar tão fascinado por esta.

— Não tenho a menor ideia. — Ele arregalou os olhos. — Talvez eu tenha tido a sorte de ser atacado por ladrões diligentes. Não contentes em me deixarem onde eu caí, me carregaram até aqui para que eu pudesse ver mais do mundo.

— Humpf. Duvido que eles quisessem que o senhor voltasse a ver alguma coisa — retrucou ela, calmamente.

— Humm. E não seria uma pena? — perguntou ele com falsa inocência. — Pois eu não a teria conhecido.

A dama ergueu uma sobrancelha e abriu novamente a boca, sem dúvida para praticar com ele suas habilidades de inquisidora, mas Simon foi mais rápido.

— A senhorita não disse que havia chá? Sei que meu comentário pode ter soado depreciativo, mas eu realmente não me importaria de tomar um ou dois goles.

Seu anjo corou, um tom pálido de rosa colorindo as bochechas brancas. Ah, uma fraqueza.

— Desculpe. Pronto, deixe-me ajudá-lo a se sentar.

Ela botou as pequenas mãos frias nos braços de Simon — um toque perturbadoramente erótico —, ajudando-o a se sentar na cama; mas, quando ele finalmente se encontrava em posição confortável, estava arfando, e não apenas por causa dela. Parecia que pequenos diabinhos (ou talvez santos, neste caso) estavam cutucando seu ombro com ferro quente. O visconde fechou os olhos por um segundo, e, ao abri-los novamente, havia uma xícara de chá debaixo de seu nariz. Ele esticou a mão para pegá-la, mas então parou e se deu conta: o anel de sinete havia sumido. Eles tinham roubado seu anel.

Ela interpretou sua demora como hesitação.

— O chá foi preparado agora, eu garanto.

— É muita gentileza da sua parte. — Sua voz soou constrangedoramente fraca. Sua mão tremeu quando ele pegou a xícara, e não houve a familiar batida do anel contra a porcelana. Ele não o havia tirado desde a morte de Ethan. — *Droga.*

— Não se preocupe. Eu posso segurá-la para o senhor. — O tom de voz dela era suave, baixo e íntimo, embora a mulher provavelmente não percebesse isso. Ele poderia descansar ao som daquela voz, flutuar para longe dali e deixar suas preocupações para trás.

Que mulher perigosa.

Simon engoliu o chá morno.

— A senhorita se importaria de escrever uma carta para mim?

— Claro que não. — Ela pousou a xícara e se retirou para a segurança de sua cadeira. — Para quem o senhor gostaria de escrever?

— Para o meu valete, acho. Meus conhecidos provavelmente vão caçoar de mim se eu contar o que aconteceu.

— E nós certamente não íamos querer que isso acontecesse. — Havia uma risada suprimida em sua voz.

Simon lhe lançou um olhar severo, mas os olhos dela estavam arregalados e pareciam inocentes.

— Que bom que a senhorita entende o problema — comentou ele secamente. Na verdade, Simon estava mais preocupado com a possibilidade de seus inimigos descobrirem que ele ainda estava vivo. — Meu valete pode trazer diversas coisas, como roupas limpas, um cavalo e dinheiro.

Ela pôs para o lado seu caderno ainda aberto.

— E qual seria o nome dele?

Simon inclinou a cabeça, mas não conseguia ver a página do caderno de onde estava.

— Henry. Cross Road, 207, Londres. O que a senhora estava escrevendo há pouco?

— O que disse? — Ela não ergueu o olhar.

Que irritante.

— No seu caderno. O que a senhora estava escrevendo?

Ela hesitou, o lápis imóvel sobre a carta, a cabeça ainda abaixada.

Simon manteve a expressão tranquila, embora ficasse mais interessado a cada minuto.

Fez-se silêncio enquanto a mulher terminava de anotar o endereço; então, ela pôs a carta de lado e encarou o visconde.

— Eu estava desenhando, na verdade. — Ela esticou a mão para pegar o caderno aberto e o apoiou no colo dele.

Desenhos e ilustrações ocupavam a página esquerda, alguns grandes, outros pequenos. Um homenzinho curvado carregando uma cesta. Uma árvore sem folhas. Um portão com uma dobradiça quebrada. Do lado direito, havia apenas o desenho de um homem adormecido. Era ele. E não estava em sua melhor forma, com a bandagem e tudo mais. Era uma sensação estranha, saber que ela o observara enquanto ele dormia.

— Espero que o senhor não se importe — comentou ela.

— De forma alguma. Fico feliz por ser útil. — Simon virou a página. Na folha seguinte, alguns desenhos haviam sido ornamentados com tinta de aquarela. — Estes são muito bons.

— Obrigada.

Simon sentiu seus lábios se curvarem ao ouvir a resposta segura dela. A maioria das damas fingia modéstia ao ser elogiada por algo. A Srta. Craddock-Hayes estava ciente de seu talento. Ele virou outra página.

— O que é isto? — Ele se referia aos desenhos de uma árvore que mudava conforme as estações: primavera, verão, outono e inverno.

O rubor tingiu novamente as bochechas dela.

— Ando praticando. São para um pequeno livro de orações que quero dar à Sra. Hardy, da aldeia. É o presente de aniversário dela.

— A senhorita faz isso com frequência? — Ele virou mais uma página, fascinado. Aqueles não eram os desenhos sem graça de uma dama entediada. As ilustrações tinham uma espécie de vida. — Livros ilustrados, quero dizer? — A mente dele trabalhava avidamente.

Ela deu de ombros.

— Não, não com frequência. Desenho só para amigos e pessoas próximas.

— Então talvez eu possa encomendar um trabalho. — Simon ergueu o olhar a tempo de vê-la abrindo a boca. E emendou, antes que ela pudesse dizer que ele não estava incluído na categoria *amigos*: — Um livro para a minha sobrinha.

A Srta. Craddock-Hayes fechou a boca e franziu as sobrancelhas, esperando em silêncio que ele continuasse.

— Se a senhorita não se importar de agradar um homem ferido, claro. — Mas que desavergonhado! Por alguma razão, era importante que ela se comprometesse com ele.

— Que tipo de livro?

— Ah, um conto de fadas, acho. A senhorita não concorda?

Ela pegou o caderno de volta das mãos dele e o pôs no colo, virando as páginas lentamente.

— Sim?

Ah, Deus, agora ele sabia que havia se metido em confusão, mas, ao mesmo tempo, era como se ele fosse cair na gargalhada a qualquer minuto. Havia muito tempo que Simon não se sentia tão leve. Ele deu uma olhada rápida ao redor do minúsculo quarto e avistou um pequeno mapa emoldurado na parede oposta. Serpentes marinhas galhofavam na beirada da gravura. Ele sorriu ao olhar para ela.

— O conto do Príncipe Serpente.

O olhar da Srta. Craddock-Hayes baixou para os lábios do visconde e então se desviou apressadamente. O sorriso dele ficou ainda maior. Ah, até mesmo um anjo poderia cair em tentação.

Mas ela apenas arqueou uma sobrancelha para ele.

— Eu nunca ouvi esse.

— Estou surpreso — mentiu ele com facilidade. — Era uma das minhas histórias favoritas quando pequeno. Faz com que eu me recorde de doces lembranças... de ficar pulando no joelho da minha antiga babá diante da lareira, enquanto ela nos encantava com essa história. — Quem não arrisca...

Ela lhe lançou um olhar nitidamente desconfiado.

— Agora, deixe-me ver. — Simon reprimiu um bocejo. A dor em seu ombro diminuíra, mas a dor de cabeça havia aumentado, como se quisesse compensar. — Era uma vez... É assim que se deve começar, não é?

A dama não ajudou. Ela simplesmente se recostou na cadeira e esperou que ele fizesse papel de bobo.

— Uma pobre moça que vivia muito modestamente, cuidando das cabras do rei. Ela era órfã e sozinha no mundo, exceto, é claro, pelas cabras, que fediam bastante.

— Cabras?

— Cabras. O rei gostava de queijo de cabra. Agora, silêncio, menina, se quiser ouvir a história. — Simon inclinou a cabeça para trás. Como doía. — Acho que o nome dela era Angelica, caso esteja se perguntando. A garota das cabras, quero dizer.

A Srta. Craddock-Hayes simplesmente assentiu dessa vez. Ela havia pegado o lápis e tinha começado a desenhar em seu caderno, embora ele não conseguisse ver a página, e, portanto, fosse incapaz de dizer se Lucy estava ilustrando a história ou não.

— Angelica trabalhava muito todos os dias, desde as primeiras luzes da aurora até bem depois do pôr do sol. E só lhe restava a companhia das cabras. O castelo do rei ficava no topo de um penhasco, e a garota vivia na base da montanha, em uma pequena cabana de palha. Se ela olhasse muito, muito para cima, além das rochas íngremes, além da muralha branca reluzente que eram as paredes do castelo até os torreões, às vezes conseguia distinguir um lampejo dos habitantes do castelo com suas joias e seus robes finos. E, muito raramente, ela conseguia ver o príncipe.

— O Príncipe Serpente?

— Não.

A Srta. Craddock-Hayes inclinou a cabeça, os olhos permaneciam fixos no desenho.

— Então por que o conto se chama *O Príncipe Serpente* se ele não é o Príncipe Serpente?

— Ele aparece depois. A senhorita é sempre tão impaciente assim? — perguntou ele, sério.

Ela ergueu o olhar e, de repente, seus lábios se curvavam em um sorriso. Simon ficou sem palavras, todos os pensamentos fugiram de sua mente. Aqueles olhos delicados, que pareciam pedras preciosas, se enrugavam nos cantos, e uma única covinha apareceu na superfície macia da bochecha esquerda. Ela parecia irradiar uma luz. A Srta. Craddock-Hayes realmente era um anjo. Simon sentiu uma vontade forte, quase violenta, de tocar aquela covinha. De erguer o rosto dela e provar aquele sorriso.

O visconde fechou os olhos. Ele não queria isso.

— Desculpe — ele a ouviu dizer. — Não vou interrompê-lo novamente.

— Não, está tudo bem. Minha cabeça está doendo, sem dúvida por ter levado um golpe no outro dia. — Simon parou de tagarelar quando uma coisa lhe veio à mente. — Quando exatamente eu fui resgatado?

— Há dois dias. — Ela se levantou e pegou o caderno e os lápis. — Vou deixar o senhor descansar. Nesse meio-tempo, posso escrever a carta para o seu valete e enviá-la. A menos que o senhor queira ler primeiro?

— Não, tenho certeza de que a senhorita sabe o que faz. — Simon afundou nos travesseiros, a mão sem o anel frouxa na coberta. Ele manteve um tom casual. — Onde estão as minhas roupas?

Ela fez uma pausa, já quase deixando o quarto, e lhe deu uma olhada enigmática por cima do ombro.

— O senhor não vestia roupa alguma quando eu o encontrei. — Ela fechou a porta silenciosamente.

Simon piscou. Normalmente, ele só perdia as roupas depois do segundo encontro com uma dama.

— O VIGÁRIO ESTÁ aqui para falar com a senhora. — A Sra. Brodie enfiou a cabeça na sala de estar na manhã seguinte.

Lucy estava sentada no canapé forrado com estampa de damasco azul remendando uma das meias do pai. Ela suspirou e fitou o teto, se perguntando se o visconde tinha ouvido o visitante debaixo de sua janela. Lucy nem sequer sabia se ele já havia acordado; não o vira aquela manhã. Alguma coisa naqueles animados olhos cinzentos, tão alertas e vivos, a deixara agitada ontem. Ela não estava acostumada a ficar agitada, e a experiência não fora agradável. Por isso, covardemente, estava evitando o homem ferido desde que saíra do quarto para escrever a carta.

Lucy colocou a meia de lado.

— Obrigada, Sra. Brodie.

A governanta lhe deu uma piscadinha antes de se apressar de volta à cozinha, e Lucy se levantou para cumprimentar Eustace.

— Bom dia.

Eustace Penweeble, o vigário da pequena igreja de Maiden Hill, acenou para ela com a cabeça, como fazia todas as terças-feiras, exceto nos feriados e em dias de tempo ruim, pelos últimos três anos. Ele sorriu timidamente, passando as mãos grandes e quadradas pela aba do tricórnio que segurava.

— Está um lindo dia. A senhorita gostaria de me acompanhar em minhas visitas?

— Seria muito agradável.

— Ótimo. Ótimo — retrucou ele.

Uma mecha de cabelo escapou do rabicho e caiu sobre a testa do vigário, fazendo com que ele parecesse um garotinho imenso. Mais uma vez, ele esquecera a peruca empoada, perfeita para sua posição social. Melhor assim, porque, na opinião de Lucy, ele ficava mais apresentável sem ela. Sorrindo para ele afetuosamente, ela pegou o xale e saiu pela porta, na frente de Eustace.

O dia, de fato, estava muito bonito. O sol brilhava com tamanha intensidade que quase a cegou quando Lucy parou na escada de granito. Os tijolos antigos cor de laranja da Mansão Craddock-Hayes pareciam se destacar com a luz refletindo nos pinázios das janelas à frente. Carvalhos antigos se alinhavam na trilha de seixos. Eles já tinham perdido as folhas, mas os galhos tortos criavam formas interessantes contra o céu azul e límpido. A carroça de Eustace esperava perto da entrada, e Hedge estava ao lado do cavalo.

— Posso ajudá-la a subir? — perguntou Eustace educadamente, como se houvesse a real possibilidade de ela recusar a oferta.

Lucy deu a mão para dele.

Hedge revirou os olhos e resmungou baixinho:

— Toda maldita terça-feira. Por que não quinta ou sexta, pelo amor do bom Deus?

Eustace franziu a testa.

— Obrigada. — A voz de Lucy abafou a de Hedge e desviou a atenção de Eustace do criado. Ela fez uma cena e tanto para se sentar.

O vigário sentou-se ao lado dela e pegou as rédeas. Hedge voltou para casa, balançando a cabeça.

— Pensei em dar uma volta ao redor da igreja, se a senhorita aprovar. — Eustace chilreou para o cavalo. — O sacristão me alertou que talvez haja uma goteira no telhado, bem acima da sacristia. A senhorita poderia me dar sua opinião.

Lucy se controlou para não murmurar um automático *que divertido*. Em vez disso, sorriu. Eles contornaram a trilha da mansão dos Craddock-Hayes e foram em direção à estrada onde ela havia encontrado o visconde. À luz do dia, o caminho parecia inocente, as árvores sem folhas, nada ameaçadoras. A carroça chegou ao topo de uma elevação. Muros de pedra se estendiam sobre colinas brancas ao longe.

Eustace pigarreou.

— Soube que a senhorita visitou a Sra. Hardy recentemente.

— Sim. — Lucy se virou para ele educadamente. — Fui levar geleia de mocotó para ela.

— E como ela está? O tornozelo melhorou? Ela já se recuperou do tombo?

— Ela ainda precisa ficar com a perna para cima, mas estava irritada o suficiente para reclamar que a geleia não era tão gostosa quanto a dela.

— Ah, que bom. Ela deve estar melhorando, se já consegue reclamar.

— Foi o que pensei.

Eustace sorriu para ela, os olhos castanhos cor de café enrugando nos cantos.

— Você presta uma ajuda maravilhosa cuidando dos aldeões.

Lucy assentiu com a cabeça e virou o rosto para o vento. Eustace fazia aquele tipo de comentário com frequência. No passado, eles eram reconfortantes, ainda que tediosos. Hoje, porém, ela achava sua complacência ligeiramente irritante.

Mas Eustace não havia parado de falar.

— Eu gostaria que outras damas da aldeia também fossem assim tão caridosas.

— De quem o senhor está falando?

As maçãs do rosto dele ficaram manchadas de vermelho.

— Da sua amiga, a Srta. McCullough, por exemplo. Ela passa a maior parte do tempo fofocando, creio eu.

Lucy franziu as sobrancelhas.

— Patricia gosta, sim, de uma boa fofoca, mas, na verdade, ela é muito generosa.

O vigário não pareceu convencido.

— Se a senhorita diz.

Uma manada de vacas ocupava a estrada, vagando estupidamente. Eustace diminuiu a velocidade da carroça e esperou enquanto o peão saía com seu rebanho da estrada e seguia para um pasto.

O vigário balançou os arreios para fazer com que o cavalo andasse de novo e acenou para o homem ao passarem por ele.

— Soube que a senhorita teve uma aventura outro dia.

Lucy não estava surpresa. Provavelmente a cidade inteira ficara sabendo que ela encontrara um estranho ferido minutos depois de Hedge estar com o Dr. Fremont.

— É verdade. Nós encontramos o homem bem ali. — Ela apontou para o lugar e sentiu um calafrio percorrer sua espinha ao fitar o ponto da estrada onde encontrara o visconde tão perto da morte.

Obedientemente, Eustace fitou a vala.

— A senhorita deveria ser mais cuidadosa no futuro. O sujeito poderia estar mal-intencionado.

— Ele estava inconsciente — disse Lucy num tom calmo.

— Ainda assim. É melhor não ficar andando por aí sozinha. — O vigário sorriu para ela. — Não aguentaria perdê-la.

Será que Eustace a considerava uma completa idiota? Lucy tentou não parecer aborrecida.

— Eu estava com o Sr. Hedge.

— Claro. Claro. Mas Hedge é um homem pequeno e já está com certa idade.

Lucy o encarou.

— Certo. Apenas tenha isso em mente no futuro. — Ele pigarreou novamente. — A senhorita faz alguma ideia de quem seja o sujeito que encontrou?

— Ele acordou ontem — contou Lucy cautelosamente. — Disse que se chama Simon Iddesleigh. E que é um visconde.

Eustace puxou as rédeas. O cavalo, cinzento e idoso, balançou a cabeça.

— Um visconde? É mesmo? Suponho que ele seja um velho com gota.

Ela se recordou dos olhos rápidos e da língua mais ligeira ainda. E do peito nu que vira quando a coberta escorregara. A pele do visconde era macia e rija, com longos músculos correndo por baixo dela. O castanho-escuro dos mamilos contrastava explicitamente com a pele pálida ao redor.

Francamente, ela não deveria ter notado tanta coisa.

Lucy pigarreou e voltou o olhar para a estrada.

— Não acho que ele tenha muito mais que 30 anos.

Ela sentiu que Eustace lhe lançava um olhar.

— Trinta anos. Ainda assim. Um visconde. Meio rico para o povo de Maiden Hill, a senhorita não acha?

Que ideia deprimente!

— Talvez.

— De todo modo, eu me pergunto o que ele estava fazendo aqui.

Os dois haviam chegado ao centro de Maiden Hill, e Lucy acenou com a cabeça para duas senhoras idosas e o padeiro.

— Não faço ideia.

As duas damas sorriram e acenaram para eles. Conforme passaram, as cabeças grisalhas se abaixaram ao mesmo tempo.

— Humm. Bem, aqui estamos. — Eustace parou a carroça ao lado da pequena igreja normanda e saltou. Ele deu a volta e, com cuidado, ajudou Lucy a descer. — Agora, vejamos. O sacristão falou que o vazamento era na nave... — Ele seguiu para os fundos da igreja, comentando sobre seu aspecto geral e os reparos necessários.

Lucy já tinha ouvido aquilo tudo. Nos três anos em que a cortejava, Eustace frequentemente a trazia até a igreja, talvez porque fosse o local onde ele se sentia mais no comando. Ela o escutava, prestando pouca atenção, e caminhava logo atrás dele. Não conseguia imaginar o irônico visconde falando sem parar sobre um telhado, especialmente sobre o telhado de uma igreja. Na verdade, ela se retraiu ao pensar no que ele diria sobre a questão — algum comentário ácido, sem dúvida. Não que a provável reação do visconde tornasse os telhados de igreja pouco importantes. Alguém tinha de zelar pelos detalhes que mantinham a vida em curso, e, em uma pequena aldeia, a questão do vazamento no teto de uma igreja era uma questão muito importante.

Provavelmente o visconde passava os dias — e as noites — na companhia de damas parecidas com ele. Frívolas e espirituosas, que estavam mais preocupadas com o corte do vestido e com o penteado do cabelo. Pessoas assim tinham pouca serventia no mundo de Lucy. Ainda assim... a provocação do visconde era divertida. Ela subitamente se sentira mais desperta, mais viva, quando ele começara a provocá-la, como se sua mente tivesse capturado uma faísca e se acendido.

— Vamos dar uma olhada lá dentro? Quero ter certeza de que o vazamento não piorou o mofo das paredes. — Eustace se virou e entrou na igreja, mas então sua cabeça apareceu do lado de fora. — Isto é, se a senhorita não se importar?

— Não, claro que não — falou Lucy.

Eustace sorriu.

— Boa garota — disse ele e desapareceu no recinto.

Lucy o acompanhou lentamente, passando as mãos pelas lápides gastas no pátio da igreja. A igreja de Maiden Hill estava de pé desde que o Conquistador chegara. Os ancestrais dela não estavam ali havia tanto tempo assim, mas muitos restos mortais dos Craddock-Hayes agraciavam o pequeno mausoléu no canto do cemitério. Quando garota, ela brincava ali depois da missa, aos domingos. Seus pais se conheceram e se casaram em Maiden Hill, e passaram a vida toda na aldeia, ou, pelo menos, sua mãe passara. O pai dela fora capitão da Marinha e viajara o mundo todo, como ele gostava de contar a qualquer um que estivesse disposto a ouvir. David era marinheiro também. Ele estava no mar naquele momento, talvez próximo a um porto exótico. Por um instante, Lucy sentiu uma pontada de inveja. Que maravilha seria escolher o próprio destino, decidir tornar-se médico, artista ou marinheiro em alto-mar. Lucy tinha a impressão de que se sairia bem como marinheira. Ela ficaria de pé no tombadilho, com o cabelo ao vento, as velas rangendo acima da cabeça e...

Eustace olhou pela porta da igreja.

— Você vem?

Lucy piscou e se esforçou para sorrir.

— Claro.

SIMON ESTICOU O braço direito na altura do ombro e, com muito cuidado, o ergueu. Ondas de dor percorreram seu ombro e desceram pelo braço. *Droga.* Era o dia seguinte ao que ele havia acordado e encontrado a Srta. Craddock-Hayes sentada ao seu lado — e não a vira mais desde então. Um fato que o irritava. Será que ela o estava evitando? Ou pior — será que ela não queria mais visitá-lo? Talvez ele a entediasse.

O visconde fechou o semblante diante aquele pensamento depressivo. Sua cabeça estava melhor, e haviam retirado aquelas ataduras ridículas, mas suas costas ainda pareciam estar pegando fogo. Simon abaixou o braço e respirou fundo enquanto a dor diminuía. Ele baixou o olhar para o braço. A manga da camisa era quinze centímetros mais curta do que o braço, pois as roupas que vestia pertenciam a David, o irmão ausente do anjo. A julgar pelo comprimento da peça, que tornava constrangedor levantar-se da cama, o sujeito era um anão.

Simon suspirou e olhou ao redor do pequeno cômodo. A única janela começara a escurecer com a noite. O cômodo era grande o suficiente para conter uma cama — muito estreita para o seu gosto —, um guarda-roupa e uma penteadeira, além de uma escrivaninha ao lado da cama e duas cadeiras. Era tudo espartano, segundo seus padrões, mas não era um lugar ruim para um convalescente, sobretudo quando não havia outra opção. Naquele momento, a lareira estava se apagando, deixando o quarto gelado. Mas o frio era a menor de suas preocupações. Ele precisava que o braço direito fosse capaz de segurar uma espada. Não apenas segurar, mas aparar, golpear e repelir. E matar.

Sempre matar.

Seus inimigos não conseguiram matá-lo, mas certamente haviam deixado seu braço incapacitado, pelo menos por um tempo — talvez para sempre. Não que isso fosse impedi-lo de cumprir seu dever. Afinal, tinham matado seu irmão. Nada além da morte poderia deter sua busca por vingança. No entanto, ele precisava ser capaz de se defender da próxima vez que o atacassem. Simon trincou os dentes reprimindo a dor e voltou a erguer o braço. Na noite anterior, ele sonhara novamente com dedos. Dedos florescendo feito ranúnculos ensanguentados na grama verde aos pés de Peller. Em seu sonho, Peller havia tentado recolher os dedos cortados, tateando a grama com as mãos mutiladas de forma horrível...

A porta se abriu e o anjo entrou, trazendo uma bandeja. Simon se virou para ela, agradecido e contente por se livrar da loucura em sua mente. Como da última vez que a vira, ela estava usando um vestido cinza de freira, com o cabelo escuro preso em um coque simples na nuca. A Srta. Craddock-Hayes provavelmente não fazia ideia de como a nuca exposta de uma mulher podia ser sensual. Ele podia ver pequenos fios de cabelo se enrolando ali e o começo da delicada curva de seus ombros brancos. A pele dela parecia macia e vulnerável, e, se ele passasse os lábios ao longo daquele ângulo onde o ombro encontra o pescoço, seria capaz de fazê-la estremecer. Simon não conseguiu deixar de sorrir com esse pensamento, como um idiota que ganhava uma torta de cereja.

Ela franziu a testa austeramente ao olhar para ele.

— O senhor deveria mesmo estar fazendo isso?

Provavelmente ela se referia ao exercício, e não à expressão tola em seu rosto.

— Sem dúvida que não. — Simon baixou o braço. Dessa vez, era como se mil abelhas o picassem.

— Então eu sugiro que o senhor pare e coma seu jantar. — A Srta. Craddock-Hayes pousou a bandeja ao lado da cama e foi até a lareira para mexer as brasas, retornando para acender as velas.

Ele ergueu o braço.

— Ah. Que iguarias deliciosas a senhorita tem aí? Mingau morno? Uma caneca de caldo de carne? — Esse fora o cardápio dos últimos dois dias. Pão duro e seco estava começando a parecer delicioso.

— Não. Uma fatia da torta de rins e carne da Sra. Brodie.

Ele baixou o braço rápido demais e teve de engolir em seco um gemido.

— É mesmo?

— Sim. Agora pare com isso.

Simon inclinou a cabeça em uma mesura provocadora.

— Como quiser, milady.

Ela olhou para ele com as sobrancelhas franzidas, mas não fez nenhum comentário. Simon a observou retirar a tampa do prato. Graças ao santo que ouvira suas preces, a dama não mentira. Uma grossa fatia de torta de carne repousava sobre o prato.

— Bendita, bendita dama. — Ele partiu um pedaço da casca com os dedos e quase chorou quando ela tocou em sua língua. — Como a ambrosia dos deuses. A senhorita precisa dizer à cozinheira que minha devoção não tem limites e que morrerei se ela não fugir comigo imediatamente.

— Vou dizer a ela que o senhor achou a torta muito boa. — A Srta. Craddock-Hayes colocou uma fatia de torta no prato e o entregou a ele.

Simon ajeitou o prato no colo.

— A senhorita se recusa a comunicar o meu pedido de casamento?

— O senhor não mencionou casamento da primeira vez. Apenas se ofereceu para desgraçar a vida da pobre Sra. Brodie.

— O amor da minha vida se chama Sra. Brodie?

— Sim, porque ela é casada com o *Sr.* Brodie, que está em alto-mar no momento. — Ela se sentou na cadeira ao lado da cama e o observou. — Talvez seja do seu interesse saber que ele é considerado o homem mais forte de Maiden Hill.

— É mesmo? E, com essa observação, suponho que a senhorita queira menosprezar a minha força?

O olhar dela percorreu as formas do visconde, e a respiração dele se acelerou.

— O senhor está acamado, se recuperando de uma surra quase fatal — murmurou a Srta. Craddock-Hayes.

— Um mero detalhe — disse ele, animado.

— Mas decisivo.

— Humm. — Ele espetou o garfo em um pedaço de torta. — Imagino que não tenha vinho tinto também?

Ela lhe lançou um olhar de censura.

— Água, por enquanto.

— Concordo que seria querer demais. — Ele engoliu uma garfada cheia de carne. — Ainda assim, os sábios nos aconselham a ficarmos satisfeitos com o que temos, e assim eu farei.

— Muito bem — falou ela secamente. — Tem alguma razão para o senhor se torturar mexendo o braço?

Simon evitou os olhos de topázio dela.

— Tédio, mero tédio, infelizmente.

— É mesmo?

Ele tinha se esquecido de como a jovem era rápida. Então abriu um sorriso charmoso.

— Eu não consegui avançar muito no meu conto de fadas ontem à noite.

— O senhor tem mesmo uma sobrinha?

— Claro que tenho. Acha que eu mentiria para a senhorita?

— Acho que sim. E o senhor não parece o tipo de homem que daria um tio amoroso.

— Ah. Que tipo de homem eu pareço ser para a senhorita? — perguntou ele sem pensar.

A Srta. Craddock-Hayes inclinou a cabeça.

— Um homem que se esforça para esconder a própria alma.

Meu Deus. Ele não sabia como responder a isso.

Os lábios da Srta. Craddock-Hayes se retorceram daquele jeito encantador.

— Milorde?

Ele pigarreou.

— Bem, quanto ao meu conto de fadas, onde eu parei? — Que covardão ele era! Logo, logo estaria fugindo de crianças. — Pobre Angelica, a menina das cabras, o castelo branco e alto e...

— ... o príncipe que não era o Príncipe Serpente. — A Srta. Craddock-Hayes se deu por vencida e pegou um pedaço de carvão. Desta vez, ela havia trazido um caderno diferente, encapado com papel azul safira, que agora estava aberto, provavelmente para desenhar.

Uma grande sensação de alívio o dominou por ela não prosseguir com suas perguntas, por não tentar desvendar seus segredos — pelo menos por enquanto. Talvez nunca mais, se ele tivesse sorte.

Simon comeu a torta, falando entre cada garfada.

— Muito bem. O príncipe que não era o Príncipe Serpente. Preciso mencionar que esse príncipe era um sujeito bonito, refinado, com cabelos louros cacheados e olhos azul-celeste? Na verdade, ele era quase tão bonito quanto Angelica, que rivalizava com o brilho das estrelas, com suas tranças de meia-noite e seus olhos da cor do melado.

— Melado. — A voz da Srta. Craddock-Hayes tinha um tom monótono, de incredulidade, mas ela fez um bico como se quisesse evitar um sorriso.

Ah! Como ele queria fazê-la sorrir.

— Humm, melado — repetiu Simon, baixinho. — A senhorita já reparou em como o melado fica bonito quando a luz brilha através dele?

— Eu notei apenas que é grudento.

Ele ignorou o comentário.

— Pois bem, embora a pobre Angelica fosse tão bela como uma órbita celeste, não havia ninguém por perto para notar. Ela tinha apenas as cabras para lhe fazer companhia. Então, imagine sua alegria quando avistou o príncipe. Ele estava muito, muito acima dela, literal e metaforicamente, e Angelica ansiava em conhecê-lo. Olhar nos olhos dele e observar as expressões em seu rosto. Apenas isso, pois ela não ousava ter esperança de sequer falar com ele.

— Por que não? — A Srta. Craddock-Hayes murmurou a pergunta.

— Para ser sincero, o problema eram as cabras — falou Simon em tom solene. — Angelica tinha plena consciência do odor que adquirira com os animais.

— É claro. — Os lábios dela se contorceram e, relutantemente, formaram a curva de um sorriso.

Então uma coisa estranha aconteceu. O pênis de Simon reagiu, embora com certeza não tivesse formado uma curva — ou um sorriso, para falar a verdade. Meu Deus, que deselegante ficar excitado por causa do sorriso de uma garota. Simon tossiu.

— O senhor está bem? — O sorriso desaparecera do rosto dela. Graças a Deus. Mas agora ela o encarava com preocupação, o que não era uma emoção que ele normalmente despertava no sexo frágil.

Seu orgulho nunca se recuperaria de ter chegado ao fundo do poço.

— Estou bem. — Ele tomou um gole de água. — Onde eu estava? Ah, sim, então parecia que Angelica passaria o resto de seus dias se lamentando por causa do príncipe de cabelos louros, condenada a nunca estar no mesmo nível dele. Mas, um dia, algo aconteceu.

— Era de se imaginar; caso contrário, seria um conto de fadas terrivelmente curto — comentou a Srta. Craddock-Hayes. Ela havia voltado para o caderno de desenho.

Simon preferiu ignorar a interrupção.

— No fim da noite, Angelica saiu para trazer as cabras para casa e, como sempre fazia, as contou. Mas, nessa noite, faltava uma. A menor de suas cabras, uma fêmea preta com apenas uma pata branca, havia desaparecido. Foi então que ela ouviu um balido muito fraco, que parecia vir do penhasco onde o castelo fora construído. Ela olhou para cima, mas não viu nada. Novamente ouviu o balido. Então Angelica subiu o máximo que conseguiu até o penhasco, sempre seguindo o som, e imagine a surpresa dela ao descobrir uma fissura na rocha.

Ele fez uma pausa para tomar um gole de água. A Srta. Craddock-Hayes não ergueu os olhos. Seu rosto parecia muito sereno sob a luz da lareira, e, embora sua mão se movesse rapidamente sobre a página, ela parecia ter uma imobilidade dentro de si. Simon percebeu que se sentia extremamente confortável com essa mulher que mal conhecia.

Ele piscou e continuou a história.

— Parecia que uma luz bruxuleante saía da rachadura. O espaço era estreito, mas Angelica se deu conta de que, se ela se virasse de lado, conseguia entrar lá; e, quando o fez, viu uma coisa impressionante. Um homem muito estranho, ou pelo menos parecia ser um homem. Ele era alto, magro, tinha cabelos compridos grisalhos e estava totalmente nu. E se encontrava de pé, sob a luz de chamas azuis que ardiam em um braseiro.

As sobrancelhas da Srta. Craddock-Hayes se arquearam.

— Mas o mais estranho foi que, enquanto Angelica o observava, ele parecia desaparecer. Quando ela olhou para o lugar onde o homem estivera, havia uma gigantesca cobra prateada, enrolada na base do braseiro. — Distraído, Simon esfregou o dedo indicador, passando o polegar no local onde seu anel deveria estar. De repente, ele se sentiu muito cansado.

— Ah, finalmente apareceu o Príncipe Serpente. — A Srta. Craddock--Hayes ergueu o olhar, e deve ter captado o cansaço na expressão dele, pois seu próprio rosto ficou sério. — Como estão suas costas?

Como o inferno.

— Doloridas, apenas doloridas. Acho que o ferimento pode tê-las melhorado, na verdade.

Ela o observou por um momento. E, mesmo com todos os anos que passara estudando as mulheres, Simon não fazia ideia do que se passava na cabeça de Lucy.

— O senhor nunca fala sério? — perguntou ela.

— Não — respondeu ele. — Nunca.

— Foi o que pensei. — Os olhos da Srta. Craddock-Hayes estavam fixos nele. — Por quê?

Simon desviou o olhar. Não podia sustentar aqueles olhos intensos e atentos.

— Não sei. Isso tem importância?

— Acho que o senhor sabe — falou ela baixinho. — Se importa ou não... Bem, não sou eu quem devo dizer.

— Não? — Foi a vez de Simon encará-la, pressionando-a a admitir... O quê? Ele não tinha certeza.

— Não — murmurou ela.

O visconde abriu a boca para continuar a argumentar, mas um sentimento tardio de autopreservação o fez parar.

A Srta. Craddock-Hayes inspirou.

— O senhor deveria descansar, e eu o estou fazendo ficar acordado. — O anjo fechou o caderno e se levantou. — Mandei a carta para o seu valete ontem. Ele deve recebê-la em breve.

Simon deixou a cabeça pender para trás, sobre os travesseiros, e a observou recolher os pratos vazios.

— Obrigado, bela dama.

Lucy parou na porta e olhou de novo para ele. A luz da vela bruxuleou por seu rosto, fazendo-a parecer uma pintura renascentista, muito adequada a um anjo.

— O senhor está seguro aqui?

A voz dela era baixa, e Simon havia começado a adormecer e a sonhar, por isso, não tinha certeza se as palavras eram dele ou dela.

— Eu não sei.

Capítulo Três

— Iddesleigh. Iddesleigh. — O capitão franziu a testa enquanto o queixo se movia para cima e para baixo, ao mastigar o presunto defumado. — Vinte e cinco anos atrás, eu conheci um Iddesleigh na Marinha quando embarquei no navio *O Ilhéu*. Era um aspirante. Costumava enjoar já no porto. Sempre debruçado no casco, com aparência de doente e botando os bofes para fora. Seria um parente?

Lucy engoliu um suspiro. O pai dela passara toda a refeição ridicularizando o visconde. Normalmente, o homem gostava de entreter os convidados. Público novo para suas velhas histórias, recontadas inúmeras vezes para os filhos, vizinhos, criados e para quem mais ficasse parado por tempo suficiente para ouvi-las. Mas alguma coisa em Lorde Iddesleigh o irritava. Aquela era a primeira refeição para a qual o pobre homem tinha conseguido descer, depois de passar os últimos quatro dias acamado. O visconde sentou-se à mesa aparentando estar relaxado e de bom humor. Era preciso olhar com atenção para notar que ele ainda favorecia o braço direito.

Ela não podia culpá-lo se ele se escondesse no quarto depois daquele jantar. E isso a deixara terrivelmente decepcionada. Embora soubesse, em seu íntimo, que deveria ficar longe do visconde, Lucy não conseguia deixar de pensar nele. O tempo todo. Aquilo era bastante irritante. Talvez fosse apenas o fato de ter uma pessoa nova em seu estreito círculo de conhecidos. Afinal, os conhecidos dela eram pessoas que ela via todos os dias desde que era criança. Por outro lado, talvez aquela obsessão fosse pelo próprio homem, e isso era um pensamento inquietante, não era?

— Não, creio que não — respondeu Lorde Iddesleigh enquanto se servia de mais batatas cozidas. — Em geral, meus parentes evitam qualquer coisa que lembre trabalho. Muito desgaste e uma tendência infeliz a fazer suar. Nós preferimos passar os dias comendo tortas com bastante creme e conversando sobre as mais recentes fofocas.

Por outro lado, refletiu Lucy, o jovem parecia estar se controlando diante do pai dela. Os olhos do homem mais velho se estreitaram de forma ameaçadora.

Ela pegou um cesto e o balançou debaixo do nariz do capitão.

— Mais pão? A Sra. Brodie o assou hoje de manhã. Está fresquinho.

Ele ignorou seu ardil.

— Aristocratas com propriedades antigas, hein? — O capitão cortou vigorosamente a carne enquanto falava. — Deixam os outros trabalharem duro na terra deles, hein? Em vez disso, passam o tempo todo em casas de recurso pecaminosas de Londres, não é?

Ah, meu Deus! Lucy desistiu e pousou a cesta de pães na mesa. Ela aproveitaria a refeição mesmo se ninguém mais o fizesse. A sala de jantar era irremediavelmente antiquada, mas, apesar de tudo, era aconchegante. Ela tentou se concentrar no entorno em vez de naquela conversa aflitiva. E se virou para a esquerda, notando, satisfeita, o fogo que ardia alegremente.

— Ora, sim, eu gosto de uma casa de recurso de vez em quando — afirmou Lorde Iddesleigh, sorrindo com bondade. — Isto é, quando consigo reunir energia para sair da cama. Faço isso desde que era garotinho e andava acompanhado da babá.

— Ora... — começou ela, mas foi interrompida por uma bufada do pai.

Lucy suspirou e olhou para o outro lado do cômodo, onde uma das portas conduzia ao corredor, e a outra, à cozinha. Era tão bom o fato de aquele cômodo não ser amaldiçoado por uma corrente de ar.

— No entanto — emendou o visconde —, devo confessar que estou meio confuso em relação ao que exatamente constitui uma casa de recurso.

Lucy baixou o olhar para a mesa — a única coisa segura para se olhar no cômodo naquele momento. A velha mesa de jantar de nogueira não era comprida, mas isso tornava as refeições mais íntimas. Sua mãe escolhera o papel de parede com listras bordô e creme antes de Lucy nascer, e a coleção de quadros de navios do pai embelezava as paredes...

— Quer dizer, casa e recurso, como foi que essas duas coisas se juntaram? — refletiu Lorde Iddesleigh. — Creio que não estamos falando de penicos...

Território perigoso! Lucy sorriu, determinada, e interrompeu o terrível homem.

— A Sra. Hardy me contou outro dia que alguém soltou os porcos do fazendeiro Hope. Eles se espalharam por quase um quilômetro, e o fazendeiro e os garotos levaram um dia inteiro para reuni-los novamente.

Ninguém prestou atenção.

— Rá. É da Bíblia, casa de recurso. — O pai se inclinou, pois aparentemente marcara um ponto. — É do Êxodo. O senhor já leu a Bíblia, não?

Ai, céus.

— Todo mundo pensou que tinha sido os meninos dos Jones que os soltaram — continuou Lucy, alto. — Os porcos, quero dizer. O senhor sabe que eles estão sempre aprontando alguma coisa. Mas, quando o fazendeiro Hope foi à casa deles, adivinhe só? Os dois garotos estavam de cama, com febre.

Os homens não tiraram os olhos um do outro.

— Não ultimamente, confesso. — Os olhos prateados como gelo do visconde brilharam com inocência. — Passo muito tempo à toa, imagine o senhor. E casa de recurso significa...?

— Humpf. Casa de recurso. — O capitão gesticulou com o garfo, quase acertando a Sra. Brodie, que lhe servia mais batatas. — Todos sabem o que casa de recurso quer dizer. Quer dizer casa de recurso.

A Sra. Brodie revirou os olhos e pousou as batatas com força ao lado do capitão. Os lábios de Lorde Iddesleigh se curvaram. Ele levou a taça à boca e observou Lucy por cima da borda enquanto bebia.

Lucy pôde sentir o calor no rosto. Ele precisava olhar daquela forma para ela? Isso a deixava sem graça, e ela estava convicta de que aquela postura não era nada educada. Lucy ficou com mais calor ainda quando o visconde apoiou a taça na mesa e lambeu os lábios, com os olhos ainda nos dela. Miserável!

Ela desviou o olhar, determinada.

— Papai, uma vez o senhor nos contou uma história divertida sobre um porco no seu navio, não foi? Ele fugiu e ficou correndo pelo convés, e ninguém conseguiu pegá-lo, lembra?

O pai dela olhava duramente para o visconde.

— Sim, eu tenho uma história para contar. Pode ser educativa para alguns. Sobre um sapo e uma cobra.

— Mas...

— Que interessante — disse Lorde Iddesleigh, calmamente. — Conte-nos. — Ele se reclinou na cadeira, com a mão ainda brincando com o pé da taça.

O visconde estava usando as roupas velhas de David, e nenhuma das peças lhe servia direito, pois o irmão de Lucy era mais baixo e tinha o tronco mais largo. As mangas escarlate do casaco deixavam seus pulsos ossudos de fora, e, ao mesmo tempo, a roupa pendia frouxa ao redor do pescoço. Seu rosto ficara mais corado nos últimos dias, em substituição ao horrível branco cadavérico de quando a dama o encontrara, embora ele parecesse ser naturalmente pálido. Era para ele parecer ridículo, mas não era o que acontecia.

— Era uma vez um pequeno sapo e uma grande cobra — começou o pai de Lucy. — A cobra queria cruzar um riacho. Mas cobras não sabem nadar.

— O senhor tem certeza disso? — murmurou o visconde. — Alguns tipos de víboras se aventuram na água para pegar suas presas, não?

— *Essa* cobra não sabia nadar — emendou o capitão. — Então, ela perguntou ao sapo: "Você pode me levar até o outro lado?"

Lucy havia parado de fingir que estava comendo. Seu olhar ia de um homem para o outro. Eles estavam envolvidos em um conflito de múltiplas camadas que ela não tinha como controlar. O pai dela se inclinou para a frente, com o rosto vermelho emoldurado pela peruca branca, obviamente absorto. O visconde tinha a cabeça descoberta, e seus cabelos claros cintilavam sob a luz das velas. Aparentemente, ele estava relaxado e tranquilo, talvez até um pouco entediado, mas, por dentro, Lucy sabia que ele estava tão concentrado quanto o homem mais velho.

— Então o sapo falou: "Eu não sou bobo. Cobras comem sapos. Você vai me engolir, tão certo quanto eu estar sentado aqui." — O pai fez uma pausa para tomar um gole da bebida.

O cômodo estava em silêncio, a não ser pelo estalido do fogo.

Ele apoiou a taça.

— Mas aquela cobra era ardilosa, isso sim. E falou para o pequeno sapo: "Não tema, eu me afogaria se comesse você durante a travessia do grande riacho." Então o sapo pensa bastante e conclui que ela tem razão; ele estará seguro enquanto estiver na água.

Lorde Iddesleigh bebericou o vinho, com olhos observadores e entretidos. Betsy começou a recolher os pratos, as mãos gordas e vermelhas rápidas e leves.

— A cobra rasteja sobre as costas do pequeno sapo, eles entram no riacho e, na metade do caminho, o senhor sabe o que acontece? — O capitão olhou com expressão severa para o convidado.

O visconde balançou a cabeça lentamente.

— A cobra enfia as presas no sapo — disse o homem mais velho, batendo na mesa para enfatizar seu ponto de vista. — E o sapo, com seu último fôlego, pergunta: "Por que você fez isso? Agora, nós dois vamos morrer." E a cobra responde...

— "Porque é da natureza das cobras comer sapos." — A voz de Lorde Iddesleigh se confundiu com a do capitão.

Os dois homens se encararam por um instante. Todos os músculos no corpo de Lucy se retesaram.

O visconde quebrou a tensão.

— Sinto muito. Já ouvi essa história muitas vezes. Simplesmente não pude resistir. — Ele esvaziou a taça e a pôs com cuidado ao lado do prato. — Talvez seja da minha natureza estragar a história de outro homem.

Lucy soltou o ar que ela não havia se dado conta de que estava prendendo.

— Bem, eu sei que a Sra. Brodie preparou uma torta de maçã para a sobremesa e que tem um delicioso queijo para acompanhar. O senhor aceita uma fatia, Lorde Iddesleigh?

Ele a encarou e sorriu, sua boca grande se curvando sensualmente.

— A senhorita está me tentando.

O pai dela bateu o punho na mesa, fazendo os pratos balançarem.

Lucy deu um pulo.

— Mas, quando eu era garoto, fui muitas vezes alertado sobre a tentação — emendou o visconde. — E embora, infelizmente, eu tenha passado a vida sem dar atenção aos avisos, hoje, acho que serei prudente. Se me derem licença, Srta. Craddock-Hayes, capitão Craddock-Hayes. — Ele fez uma mesura e saiu do cômodo antes que Lucy pudesse abrir a boca.

— Que malcriado arrogante — resmungou o capitão, subitamente empurrando a cadeira para longe da mesa. — Você viu o olhar insolente que ele me deu ao sair? Maldito. E casas de recurso. Rá, casas de recurso de Londres. Eu não gosto desse homem, boneca, visconde ou não.

— Eu sei disso, papai. — Lucy fechou os olhos e apoiou a cabeça nas mãos, exausta. Ela sentia o início de uma enxaqueca.

— A casa *inteira* sabe disso — proclamou a Sra. Brodie, fazendo barulho ao voltar.

O CAPITÃO CRADDOCK-HAYES, aquele velho chato e rechonchudo, tinha razão, refletiu Simon mais tarde naquela noite. Qualquer homem — sobretudo um pai astuto, com olhos de águia — iria querer proteger um anjo tão delicado quanto a Srta. Lucinda Craddock-Hayes dos demônios do mundo.

Como ele.

Simon se apoiou na moldura da janela no quarto emprestado, observando a noite lá fora. Ela estava no jardim escuro, aparentemente passeando no frio após aquele delicioso porém socialmente desastroso jantar. Ele acompanhou os movimentos de Lucy pelo rosto pálido e oval; o restante do seu corpo estava oculto nas sombras. Era difícil dizer por que a donzela rural o fascinava tanto. Talvez fosse simplesmente a atração das trevas pela luz, o demônio querendo despojar o anjo, mas ele achava que não. Havia algo nela, alguma coisa significativa, inteligente e perturbadora para sua alma. Ela o tentava com o perfume do paraíso, com a esperança da redenção, por mais impossível que isso fosse. Ele deveria deixá-la em paz, seu anjo enterrado no campo. Ela vivia inocentemente, cumprindo suas tarefas e cuidando, com mão firme, da casa do pai. Sem dúvida, havia um cavalheiro adequado que a cortejava; Simon vira a carruagem e o cavalo se afastando no outro dia. Alguém que respeitaria sua posição e não testaria o ferro que ele sentia que se encontrava por baixo de sua fachada. Um cavalheiro totalmente diferente dele.

Simon suspirou e se afastou da janela. Ele nunca lidava muito bem com as coisas que *devia* ou *não devia* fazer na vida. O visconde deixou o quarto temporário e desceu a escada, movendo-se com uma ridícula cautela. Era melhor não despertar a atenção do papai protetor. Uma quina no patamar escuro pegou-o pelo ombro, e ele xingou. Estava usando o braço direito o máximo possível, tentando exercitá-lo, mas o maldito ainda doía muito. A governanta e a criada trabalhavam na cozinha quando ele passou, sorrindo e caminhando com rapidez.

Simon já estava saindo pela porta dos fundos quando ouviu a voz da Sra. Brodie.

— Senhor...

Delicadamente, ele fechou a porta.

A Srta. Craddock-Hayes deve ter ouvido o barulho. O seixo foi esmagado pelos pés dela ao se virar.

— Está frio aqui. — Ela era apenas um vulto claro no escuro, mas suas palavras flutuaram na direção dele na brisa da noite.

O jardim tinha cerca de mil metros quadrados. O que ele tinha visto de sua janela, à luz do dia, era muito organizado. Uma pequena horta, com um muro baixo, um pequeno gramado com árvores frutíferas e, além delas, um jardim de flores. Trilhas de seixos conectavam as diferentes partes, todas adequadamente adormecidas para o inverno; sem dúvida, trabalho de suas mãos também.

Sob a luz da lua crescente, porém, era difícil seguir o rastro dela. Ele a perdera novamente no escuro, e isso o incomodou exageradamente.

— A senhorita acha que está frio? Eu não tinha notado, na verdade. Acho apenas revigorante. — Ele enfiou as mãos nos bolsos do casaco. Estava congelante no jardim.

— O senhor não devia estar fora de casa no estado em que se encontra.

Simon ignorou o comentário.

— O que a senhorita está fazendo aqui em uma noite fria de inverno?

— Olhando as estrelas. — Sua voz soava mais distante, como se ela estivesse se afastando dele. — No inverno elas brilham mais.

— É mesmo? — Todas pareciam iguais para ele, não importava a estação.

— Humm. O senhor está vendo Orion ali? Ela está brilhando hoje à noite. — Sua voz baixou. — Mas o senhor devia entrar, está muito frio.

— Um pouco de exercício vai me fazer bem. E, como tenho certeza de que seu pai iria dizer, o ar do inverno é bom para um sujeito debilitado como eu.

Ela ficou em silêncio.

Simon pensou que estivesse caminhando na direção de Lucy, porém não tinha mais certeza. Ele não deveria ter mencionado o pai dela.

— Sinto muito pelo meu pai no jantar.

Ah, mais à direita.

— Por quê? Eu achei a história dele muito inteligente. Um tanto longa, claro, mas realmente...

— Ele não costuma ser tão severo.

A Srta. Craddock-Hayes estava tão perto que ele podia sentir o perfume dela, de goma e rosas, curiosamente reconfortante e, ao mesmo tempo, excitante. Ele era um imbecil. A rachadura na cabeça deve ter confundido suas faculdades mentais.

— Ah, sim. Notei que o velho capitão estava um pouco irritadiço, mas atribuo isso ao fato de que estou dormindo na casa dele, usando as roupas do seu filho e comendo sua deliciosa comida sem um convite propriamente dito.

Simon viu o rosto dela se virar, fantasmagórico sob a luz da lua.

— Não. É alguma coisa com o senhor. — Ele quase podia sentir a respiração dela roçando sua bochecha. — Embora o senhor também pudesse ser mais gentil.

Ele deu uma risadinha. Era isso ou chorar.

— Eu não penso assim. — Simon balançou a cabeça, embora ela não pudesse ver. — Não, tenho certeza. Sem dúvida, eu não conseguiria ser mais gentil. Esse simplesmente não sou eu. Sou como a cobra na história do seu pai, que ataca quando não deve. Embora, no meu caso, seja mais o fato de gracejar.

As copas das árvores se moviam com o vento, balançando seus dedos cheios de artrite contra o céu noturno.

— Foi assim que o senhor terminou quase morto na vala nos arredo res de Maiden Hill? — A Srta. Craddock-Hayes se aproximou Atraída pela versada sinceridade dele? — O senhor insultou alguém?

Simon prendeu a respiração.

— Ora, por que a senhorita acha que o ataque foi culpa minha?

— Eu não sei. Foi?

Ele encostou o quadril no muro da horta, começando a congelar no mesmo instante, e cruzou os braços.

— A senhorita será o meu juiz, minha bela dama. Apresentarei meu caso, e a senhorita pode pronunciar a sentença.

— Não sou qualificada para julgar ninguém.

Será que ela franziu a testa ou foi impressão dele?

— Ah, sim, a senhorita é, doce anjo.

— Eu não...

— Psiu. Escute. Eu acordei naquela manhã em uma hora terrivelmente antiquada, me vesti, depois de uma pequena discussão com meu valete sobre a conveniência de usar sapatos de salto vermelho, a qual ele ganhou. Henry me deixa apavorado...

— Por alguma razão, eu duvido disso.

Simon pôs uma mão no coração, embora o movimento fosse uma perda de tempo no escuro.

— Eu lhe garanto. Então desci os degraus da frente, magnificamente vestido com um vistoso casaco azul de veludo, peruca cacheada e empoada e os já mencionados sapatos de salto vermelho...

Ela bufou.

— Caminhei pela rua por menos de um quilômetro e fui atacado por três malfeitores.

A Srta. Craddock-Hayes prendeu a respiração.

— Três?

Que gratificante.

— Três. — Ele baixou a voz. — Talvez eu tivesse superado dois. Um, com certeza. Mas três foram a minha ruína. Eles me tiraram tudo que eu tinha, inclusive os sapatos, o que me pôs na constrangedora posição de tê-la encontrado pela primeira vez nu e, o que foi ainda mais chocante, inconsciente. Não sei se nosso relacionamento irá superar o trauma inicial.

Ela não mordeu a isca.

— O senhor não conhecia os agressores?

Simon começou a abrir os braços, então sentiu dor e os abaixou.

— Juro que não. Ora, creio que a senhorita terá que me perdoar, a menos que considere sapatos de salto vermelho uma grande tentação para os ladrões de Londres. Então, nesse caso, eu certamente estaria pedindo por uma surra saindo com eles em plena luz do dia.

— E se eu não o perdoar? — perguntou ela, tão baixinho que o vento quase levou suas palavras embora.

Um flerte tão cauteloso. E, ainda assim, a sugestão de riso fez sua pelve se retesar.

— Então, minha dama, melhor não pronunciar mais o meu nome. Pois Simon Iddesleigh nada será além de um sopro. Vou expirar e desaparecer completamente, se a senhorita me condenar.

Silêncio. Talvez *sopro* tivesse sido um exagero.

Então a Srta. Craddock-Hayes riu. Sua risada era alta, divertida e fez algo em seu peito pular em resposta.

— O senhor diz essa tolice às damas em Londres? — Ela estava literalmente arfando. — Se fala, acho que seus rostos empoados devem fazer um grande esforço para não rir.

Simon se sentiu incompreensivelmente irritado.

— Acho bom a senhorita saber que sou considerado bastante divertido na sociedade londrina. — Meu Deus, ele falava como um idiota pomposo. — As grandes anfitriãs competem por mim em suas listas de convidados.

— É mesmo?

Malvada!

— É. É verdade. — Ele não conseguia evitar, as palavras saíam meio enfadonhas. Ah, isso a deixaria impressionada. — Um jantar é considerado um sucesso quando marco presença. No ano passado, uma duquesa desmaiou assim que ouviu que eu não poderia comparecer.

— Ah, pobres damas de Londres. Como elas devem estar tristes neste momento!

Ele se encolheu. *Touché.*

— Na verdade...

— E, ainda assim, elas sobrevivem sem o senhor. — Ela ainda estava rindo. — Ou talvez não. Talvez sua ausência tenha causado uma onda de desmaios nas anfitriãs.

— Ah, anjo cruel.

— Por que o senhor me chama assim? É o nome que o senhor dá para suas damas em Londres?

— O que, *anjo*?

— Sim.

E, subitamente, Simon se deu conta de que ela estava mais perto do que ele imaginara. Ao alcance de suas mãos, na verdade.

— Não, só a senhorita.

Ele encostou a ponta do dedo na bochecha da Srta. Craddock-Hayes. Sua pele estava quente, mesmo no ar da noite, e macia, muito macia.

Então ela se afastou.

— Eu não acredito.

Ela parecia sem fôlego? Simon sorriu como um demônio no escuro, mas não respondeu. Deus, ele queria poder puxá-la para seus braços, abrir aqueles doces lábios sob os dele, sentir o hálito dela em sua boca e os seios macios contra seu peito.

— Por que *anjo*? — perguntou ela. — Eu não sou particularmente angelical.

— Ah, nisso a senhorita está errada. Suas sobrancelhas são muito severas, sua boca é curva como a de um santo renascentista. Seus olhos são maravilhosos de se olhar. E sua mente... — Simon ficou de pé e arriscou dar um passo na direção dela até os dois quase se tocarem e Lucy ter de erguer o rosto pálido para encará-lo.

— Minha mente o quê?

Ele pensou ter sentido o sopro quente da respiração dela.

— Sua mente é um sino de ferro que soa de modo belo, terrível e verdadeiro. — A voz dele era rouca, mesmo para os próprios ouvidos, e Simon sabia que tinha revelado demais.

Um cacho do cabelo dela preenchia os poucos centímetros entre os dois e acariciava o pescoço dele. Seu pênis ficou dolorosamente ereto, e sua pulsação ecoava a do coração.

— Não tenho ideia do que isso quer dizer — murmurou a Srta. Craddock-Hayes.

— Talvez deva ser assim.

Ela esticou a mão, hesitou, então tocou levemente a bochecha dele com a ponta do dedo. Simon sentiu aquele contato repercutir por todo seu corpo, até os dedos dos pés.

— Às vezes acho que conheço o senhor — murmurou ela, tão baixo que ele quase não conseguiu ouvir. — Às vezes acho que sempre o conheci, desde o primeiro momento em que o senhor abriu os olhos, e que, bem no fundo da sua alma, o senhor também me conhece. Mas então o senhor faz uma piada, banca o bobo ou o dissoluto, e se afasta. Por que faz isso?

Simon abriu a boca para gritar seu medo ou confessar alguma coisa, mas a porta da cozinha se abriu, jorrando um arco de luz no jardim.

— Boneca?

O pai guardião.

A Srta. Craddock-Hayes se virou fazendo com que seu rosto fosse apenas uma silhueta contra a luz da cozinha.

— Eu tenho que ir. Boa noite. — Ela puxou a mão e a roçou nos lábios dele ao se afastar.

Simon teve de acalmar a voz antes de poder falar.

— Boa noite.

A Srta. Craddock-Hayes caminhou até a porta da cozinha, emergindo na luz. O pai a segurou pelo cotovelo e examinou as sombras do jardim por cima da cabeça dela antes de fechar a porta. Simon a observou ir, preferindo ficar na escuridão a enfrentar o capitão Craddock-Hayes. Seu ombro doía, a cabeça latejava, e os dedos de seus pés estavam congelados.

E ele estava jogando um jogo que não poderia vencer.

— Eu n-n-não acredito no senhor. — Quincy James ia e voltava da janela do escritório de Sir Rupert, e seus passos eram rápidos e agitados. — Eles me d-d-disseram que a cabeça dele estava sangrando. Eles o acertaram nas c-c-costas e o deixaram nu, no frio. Como um homem p-p-poderia sobreviver a isso?

Sir Rupert suspirou e se serviu de uma segunda dose de uísque.

— Eu não sei como ele sobreviveu, mas sobreviveu. Minha informação está corretíssima.

O terceiro homem no cômodo, Lorde Gavin Walker, se remexeu na poltrona perto da lareira. Walker parecia um trabalhador braçal, grande e largo, com mãos do tamanho de presunto e traços grosseiros. Se não fosse pelas roupas caras e pela peruca que usava, ninguém imaginaria tratar-se de um aristocrata. Na verdade, sua linhagem familiar datava dos normandos. Walker retirou uma caixa de rapé cravejada do bolso do casaco, depositou uma pitada do pó nas costas da mão e inalou. Fez-se uma pausa, então ele espirrou explosivamente e usou um lenço.

Sir Rupert se encolheu e desviou o olhar. Rapé era um hábito nojento.

— Eu não compreendo, James — disse Walker. — Primeiro você diz que Iddesleigh está morto e que não temos mais que nos preocupar, e então ele ressuscita. Você tem certeza de que seus homens pegaram o cavalheiro certo?

Sir Rupert se reclinou em sua cadeira e fitou o teto enquanto aguardava a inevitável explosão de James. As paredes do escritório eram de um marrom-escuro masculino, interrompido na metade da parede pelo rodapé cor de creme. Um tapete grosso, preto e escarlate, cobria o chão, e cortinas num tom ouro-velho abafavam o barulho da rua. Uma coleção de gravuras de plantas pendia das paredes. Ele havia começado a coleção com um pequeno estudo de um *Chrysanthemum parthenium* — matricária —, que encontrara em uma livraria havia mais de trinta anos. A impressão não era boa. Tinha uma mancha no canto, e o nome impresso em latim estava sujo, mas a composição era aprazível, e ele a comprara em um momento que isso significava ficar sem chá durante um mês. A gravura pendia entre duas outras maiores e mais caras. Uma *Morus nigra* — amoreira-preta — e uma elegante *Cynara cardunculus*. Cardo-santo.

A esposa, os filhos e os criados sabiam que nunca deveriam perturbá-lo quando ele estava no escritório, a menos que se tratasse de uma emergência. O que tornava ainda mais irritante o fato de ceder seu domínio pessoal a James e a Lorde Walker, e aos problemas que os dois traziam consigo.

— Se eu tenho certeza? C-c-claro que tenho certeza. — James girou nos calcanhares e jogou alguma coisa para Walker, que reluziu ao voar pelo ar. — Eles me trouxeram isso de volta.

Walker normalmente era um sujeito lento e pesado, mas capaz de se mover com rapidez quando queria. Ele pegou o objeto e o examinou, e suas sobrancelhas se ergueram.

— É o anel de sinete de Iddesleigh.

Os pelos da nuca de Sir Rupert se ergueram.

— Droga, James, por que diabos você pegou isso? — Ele estava lidando com idiotas perigosos.

— Não tinha importância, t-t-tinha? Com Iddesleigh m-m-morto. — James assumiu uma aparência arrogante.

— Só que ele não está mais morto, não é? Graças à incompetência dos seus homens. — Sir Robert tomou outro grande gole do uísque. — Me dê isso aqui. Vou me livrar dele.

— V-v-veja bem...

— Ele tem razão — interrompeu Walker. — É a evidência que nós não queremos. — Ele cruzou o cômodo e pôs o anel na mesa de Sir Rupert.

O homem fitou o anel. O brasão dos Iddesleighs era superficial, o ouro havia se desgastado com o tempo. Quantas gerações de aristocratas haviam usado este anel? Ele o cobriu com a mão e o colocou no bolso do colete.

Disfarçadamente, ele massageou a perna direita embaixo da mesa. Seu pai fora um comerciante no centro da cidade. Quando era garoto, Sir Rupert trabalhava em um grande armazém que o pai mantinha, carregando sacos de grão e engradados pesados com mercadorias. Ele não se lembrava do acidente que esmagara sua perna — pelo menos, não completamente. Apenas do cheiro do bacalhau salgado que tinha caído do barril quebrado. Mesmo agora, o cheiro de peixe salgado era o suficiente para fazer seu estômago embrulhar.

Sir Rupert olhou para os companheiros e se perguntou se eles já tinham trabalhado algum dia em suas vidas.

— O que você sabe? — James encarava o homem maior. — Até agora, você não fez nada para ajudar. Fui eu quem ajudou Peller.

— Mais tolo ainda da sua parte. Você nunca deveria ter encarregado Peller de matar Ethan Iddesleigh. Eu fui contra. — Walter voltou a pegar a caixa de rapé.

Faltava pouco para James começar a chorar.

— Você n-n-não foi nada!

O homem grandalhão estava imperturbável conforme media o rapé na mão de modo ritualístico.

— Eu fui, sim. Só sugeri que nós deveríamos fazer isso mais discretamente.

— Você gostou do plano desde o começo, seu desgraçado!

— Não. — Walker fungou. Ele balançou a cabeça lentamente enquanto retirava mais uma vez o lenço do bolso do colete. — Achei que era uma tolice. Que pena que você não me ouviu.

— Seu maldito! — James partiu para cima de Walker.

O homem maior deu um passo para o lado, e James tropeçou comicamente. Seu rosto ficou vermelho, e ele se virou novamente para Walker

— Cavalheiros! — Sir Rupert bateu com a bengala na mesa para chamar a atenção dos dois. — Por favor. Estamos nos desviando da questão. O que vamos fazer com Iddesleigh?

— Nós temos certeza de que ele está vivo? — insistiu Walker. O homem era lento, mas obstinado.

— Sim. — Sir Rupert continuou esfregando a perna que doía. Ele teria de colocá-la para o alto depois dessa conferência e ficar de repouso pelo resto do dia. — Ele está em Maiden Hill, uma pequena aldeia em Kent.

James franziu o cenho.

— Como o senhor sabe disso?

— Isso não importa. — Ele não queria que os outros se atentassem àquilo. — O que importa é que Iddesleigh está bem o suficiente para mandar chamar seu valete. Assim que ele estiver recuperado, sem dúvida, retornará a Londres. E todos nós sabemos o que ele vai fazer depois.

Sir Rupert olhou de James, que coçava o couro cabeludo com tanta força que deveria estar sangrando debaixo dos cabelos louros e queimados de sol, para Walker, que o encarava pensativamente.

Foi o grandalhão quem anunciou a conclusão óbvia.

— Então seria melhor nos certificarmos de que Iddesleigh não voltará, não seria?

Capítulo Quatro

Às vezes acho que conheço o senhor. As palavras pareciam estar gravadas na mente de Simon. Palavras simples. Sinceras. Palavras que o deixaram apavorado. O visconde mudou de posição na poltrona. Ele estava em seu quarto, descansando diante de um pequeno fogo na lareira e se perguntando onde a Srta. Craddock-Hayes estava. Ela não estivera presente no almoço, e o capitão falara — quando falara — apenas em monossílabos. Droga. Será que ela não sabia que tal simplicidade era constrangedoramente deselegante? Será que ela não sabia que deveria piscar os cílios e dizer coisas sem sentido para um cavalheiro? Flertar, provocar, e sempre, sempre ocultar seus verdadeiros sentimentos? E não dizer em voz alta palavras que tinham o poder de destruir a alma de um homem?

Às vezes acho que conheço o senhor. Que pensamento aterrador, se ela pudesse realmente conhecê-lo. Ele era um homem que havia passado os últimos meses caçando implacavelmente os assassinos do irmão. Fora atrás deles, um por um, desafiara-os para duelos e então matara-os com uma espada. O que um anjo poderia querer com um homem desses? Ela ficaria horrorizada, se realmente o conhecesse, se afastaria dele e fugiria gritando.

Que ela nunca visse realmente a alma dele.

Simon se deu conta de que havia uma comoção no andar de baixo. Ele podia ouvir a voz estrondosa do capitão Craddock-Hayes, os tons mais agudos da Sra. Brodie e, no fundo, o resmungo constante daquele estranho criado, Hedge. O visconde se levantou da poltrona e foi mancando até a escada. Ele estava pagando pela incursão no jardim frio na noite anterior em busca do anjo. Os músculos em suas costas tinham se rebelado por serem usados tão cedo e se retesaram durante a noite. Consequentemente, ele se movia feito um idoso — um idoso que apanhara e que fora esfaqueado recentemente.

Simon estava chegando ao primeiro andar, e as vozes se tornaram distintas.

— ... carruagem com metade do tamanho de um baleeiro. Pomposa, é isso que ela é, pura ostentação.

O barítono do capitão.

— O senhor acha que vão querer chá? Terei que ver os pãezinhos de minuto. Fiz a quantidade exata para servir.

Era a Sra. Brodie.

E, finalmente:

— ... minhas costas doem. Quatro cavalos, e são animais enormes também. Não estou ficando mais jovem. Isso pode até me matar. E alguém se importa? Não, claro que ninguém se importa. Sou apenas mais um par de braços, é isso o que eu represento para eles.

Hedge, naturalmente.

Simon sorriu ao terminar de descer a escada e seguir até a entrada da casa, onde os outros se reuniam. Engraçado como o ritmo e o tom da casa tinham se tornado familiares com tanta facilidade.

— Boa tarde, capitão — disse ele. — Qual é o motivo da confusão?

— Confusão? Rá. Um veículo grandioso e imenso. Não sabemos nem como coube na estrada. Por que alguém precisaria de uma coisa dessas, eu não sei. Quando eu era jovem...

Simon entreviu a carruagem pela porta aberta, e as queixas do capitão passaram despercebidas. Era a carruagem de viagem dele, ela mesma, com o brasão dos Iddesleighs em dourado nas portas. Mas, em vez de Henry, seu valete havia cinco anos, outro homem, mais jovem, saltou do veículo, dobrando-se praticamente ao meio para passar pela porta. Ele tinha idade suficiente para ter alcançado sua altura total — graças a Deus, caso contrário, terminaria como um gigante —, mas seu corpo não havia preenchido ainda a impressionante moldura que produzira. Sendo assim, as mãos eram grandes demais e tinham juntas vermelhas demais também; os pés pareciam as patas de um filhote de cachorro, grandes demais para as canelas finas acima deles, e seus ombros eram largos, porém ossudos.

Christian se esticou, com os cabelos vermelho-alaranjados em chamas iluminadas pelo sol da tarde, e sorriu ao avistar Simon.

— Segundo rumores, você estava perto da morte, ou até morto.

— Os rumores, como sempre, são exagerados. — Simon desceu os degraus. — Você veio para o meu velório ou só estava passando por aqui?

— Achei por bem ver se você estava realmente morto. Afinal, talvez tivesse me deixado sua espada e a bainha.

— Improvável. — Simon sorriu. — Creio que, no meu testamento, você tem direito a um penico esmaltado. Disseram que se trata de uma antiguidade.

Henry emergiu de trás do jovem aristocrata. Em uma peruca branca elegante, com dois rabichos, casaco violeta e prateado, e meias pretas com bordados prateados, o valete estava muito mais bem-vestido do que Christian, que usava roupas num tom marrom sem graça. Mas Henry sempre se apresentava de modo mais soberbo do que qualquer outro homem próximo a ele, criado ou aristocrata. Às vezes, Simon se encontrava na difícil missão de não ficar na sombra do próprio valete. Some-se a isso o fato de que Henry tinha o rosto de um Eros dissoluto — além de cabelos louros e lábios cheios e vermelhos —, e o homem se tornava uma ameaça no que se referia ao sexo feminino. Era de se perguntar, na verdade, por que Simon o mantinha por perto.

— Neste caso, fico feliz que os rumores tenham sido exagerados. — Christian tomou a mão de Simon nas suas, quase abraçando-o, e observando o rosto do visconde com preocupação. — Você está bem mesmo?

Simon se sentiu inexplicavelmente constrangido. Ele não estava acostumado a ver outras pessoas preocupadas com seu bem-estar.

— Bem o suficiente.

— E quem é este, posso saber? — O capitão estava ao lado dele agora.

Simon virou-se parcialmente para o homem mais velho.

— Posso lhe apresentar Christian Fletcher, senhor? Um amigo e parceiro de esgrima. Christian, este é meu anfitrião, o capitão Craddock--Hayes. Ele demonstrou toda sua hospitalidade, oferecendo o quarto sem uso do filho, a excelente comida da governanta e a inestimável companhia de sua filha.

— Capitão. É uma honra conhecê-lo, senhor. — Christian fez uma mesura.

O capitão, que encarava Simon como se houvesse um duplo sentido em *companhia*, desviou seu olhar penetrante para Christian.

— Suponho que o senhor queira um quarto também, meu jovem.

Christian parecia surpreso. Olhou para Simon como se procurasse ajuda antes de responder:

— Não, de modo algum. Eu estava pensando em ficar na estalagem por onde passamos na cidade. — O rapaz fez um gesto vago por cima do ombro, provavelmente na direção da estalagem.

— Rá. — O capitão ficou momentaneamente sem saber o que dizer. Então, se voltou para Simon: — Mas seus criados, Lorde Iddesleigh, vão ficar na minha casa, tenha espaço ou não?

— Certamente, capitão Craddock-Hayes — concordou Simon alegremente. — Eu tinha pensado em colocá-los na estalagem também, mas sabia que seu delicado senso de hospitalidade ficaria insultado com a ideia. Então, em vez de me envolver em um cabo de guerra constrangedor em relação à etiqueta, dou-me por vencido antes de começar a batalha e digo que meus homens ficarão aqui. — Ele concluiu esse estrondoso bando de mentiras com uma pequena mesura.

Por um momento, o capitão ficou sem palavras. Ele franziu o cenho furiosamente, mas Simon sabia quando marcava um ponto.

— Rá. Ora. Rá. — O cavalheiro mais velho balançou para trás nos calcanhares e fitou a carruagem. — É exatamente o que eu esperava de aristocratas da cidade. Tenho que contar à Sra. Brodie.

Ele se virou a tempo de quase colidir com Hedge. O criado tinha ido lá para fora e parara no mesmo instante, boquiaberto diante da visão dos sofisticados criados e do cocheiro de Simon.

— Meu Deus, olhe só para isso — falou Hedge, e, em sua voz, Simon detectou pela primeira vez um vestígio de reverência. — Ora, é dessa maneira que um homem deveria se vestir, com tranças prateadas e casacos roxos. É claro que tranças douradas seriam ainda melhor, mas, mesmo assim, isso é muito superior à forma como *algumas* pessoas vestem a criadagem.

— Criadagem? — O capitão parecia ultrajado. — Você não é da criadagem. Você é um faz-tudo. Agora, ajude-os com as caixas. Meu Deus, *criadagem*. — E, com isso, ele voltou para dentro de casa, ainda resmungando.

Hedge foi na direção oposta, resmungando também.

— Acho que ele não gostou de mim — murmurou Christian.

— O capitão? — Simon começou a caminhar com o jovem na direção da casa. — Não, não. Sem dúvida o homem adorou você. É só o jeito dele, na verdade. Você percebeu o brilho mal-intencionado em seus olhos?

Christian esboçou um sorriso, como se não soubesse se deveria ou não acreditar nas palavras de Simon. O visconde sentiu uma dor momentânea. Ser tão jovem nesse mundo era como ser um pintinho que acabou de sair do ovo, com as penas ainda molhadas da casca e cercado por aves menos gentis e pela ameaça das emboscadas das raposas, invisíveis.

Mas então Simon franziu o cenho com o pensamento.

— Onde foi que você ouviu os rumores sobre o meu fim iminente?

— Ouvi algumas pessoas falando sobre isso no baile dos Harringtons certa noite e novamente na tarde seguinte, no café que costumo frequentar. Mas não levei essa história a sério até ouvir comentários no

Angelo's. — Christian deu de ombros. — E, claro, você não apareceu para nossa habitual partida.

Simon assentiu. Dominico Angelo Malevolti Tremamondo — conhecido simplesmente como Angelo pelos seus frequentadores — era o mestre de esgrima do momento. Muitos cavalheiros aristocratas frequentavam as aulas do italiano ou iam à sua escola de armas no Soho apenas para praticar e se exercitar. Na verdade, Simon conhecera Christian no estabelecimento do mestre havia alguns meses. O jovem elogiara abertamente a técnica do visconde, e, de alguma maneira, a admiração tinha se transformado em uma disputa de esgrima semanal, na qual Simon geralmente oferecia dicas ao acólito.

— O que foi que aconteceu? — Os dois entraram no corredor escuro, sem a iluminação do sol. Os passos de Christian eram compridos e rápidos enquanto conversavam, e Simon tinha de se esforçar para acompanhá-lo sem demonstrar fraqueza. — Henry não parecia saber.

— Esfaqueado. — O capitão já estava na sala de estar e provavelmente ouvira a pergunta quando eles entraram. — O visconde foi esfaqueado nas costas. O golpe atingiu a escápula. Mais para a esquerda, e a faca teria acertado um pulmão.

— Então eu acho que ele teve sorte. — Christian parou como se não soubesse ao certo como proceder.

— O senhor tem razão, ele teve sorte. — O capitão não fez gesto algum de boas-vindas aos outros homens. — Já viu um homem morrer por causa de um ferimento no pulmão, hein? Não consegue respirar. Sufoca com o próprio sangue. É um jeito bem feio de morrer.

Simon sentou-se no canapé e cruzou as pernas lentamente, ignorando a dor nas costas.

— A sua descrição me fascina de um modo estranho, capitão.

— Rá. — O capitão se ajeitou na poltrona, com um sorriso sombrio no rosto. — O que me fascina é por que o senhor foi atacado, para começo de conversa. Hein? Marido ciumento? Insultou alguém?

Christian, o único de pé até aquele momento, olhou ao redor e viu uma cadeira de madeira ao lado do canapé. Ele se sentou nela e ficou imóvel quando a cadeira rangeu de forma preocupante.

— Eu insultei muitos, muitos homens na vida, disso tenho certeza. — Simon sorriu em resposta ao capitão. Ele não devia subestimar a percepção do velho homem. — Mas, quanto a maridos ciumentos, bem, a discrição me proíbe de dizer qualquer coisa.

— Rá! Discrição...

Mas o capitão foi interrompido pela entrada de sua filha, seguida pela Sra. Brodie, que trazia uma bandeja com o chá.

Simon e Christian ficaram de pé. O capitão se levantou e quase que imediatamente voltou a se sentar.

— Minha prezada dama — falou Simon, curvando-se ao segurar a mão dela. — Estou impressionado com o esplendor de sua presença.

O visconde se endireitou e tentou determinar se ela passara o dia evitando-o, mas seus olhos estavam velados, e era impossível discernir seus pensamentos. Ele sentiu uma onda de frustração.

Os lábios do anjo se curvaram.

— O senhor devia tomar cuidado, Lorde Iddesleigh. Um dia desses, a minha cabeça pode ficar virada pelos seus cumprimentos floreados.

Simon bateu a mão no peito e cambaleou para trás.

— Um golpe. Um golpe direto.

Então ela achou graça dos gracejos, mas virou os olhos dourados para Christian.

— Quem é o seu convidado?

— Ele é só o pobre filho de um baronete, e ainda por cima é ruivo. Dificilmente é digno de sua atenção divina.

— Que pena. — Ela lhe deu um olhar de censura, curiosamente eficaz, e esticou a mão para Christian. — Eu gosto de cabelos ruivos. E qual é o seu nome, pobre filho de um baronete?

— Christian Fletcher, Srta... — O jovem sorriu de maneira charmosa e fez uma cortesia.

— Craddock-Hayes. — Ela fez uma mesura. — Vejo que o senhor já conheceu o meu pai.

— De fato. — Christian levou a mão dela aos lábios, e Simon se controlou para não esganá-lo.

— O senhor é amigo de Lorde Iddesleigh? — perguntou ela.

— Eu...

Mas Simon já estava cansado de vê-la prestando atenção em outra pessoa.

— Christian é tudo que eu prezo em outro homem. — Pela primeira vez, ele não sabia se falava a verdade ou se estava mentindo.

— É mesmo? — A expressão da Srta. Craddock-Hayes voltou a ser solene.

Droga, ela o levava muito a sério; ninguém mais fazia isso, nem mesmo ele.

Ela se sentou graciosamente no canapé e começou a servir o chá.

— O senhor conhece Lorde Iddesleigh há muito tempo, Sr. Fletcher?

O jovem sorriu ao aceitar a xícara de chá.

— Apenas alguns meses.

— Então o senhor não sabe por que ele foi atacado?

— Infelizmente não, senhorita.

— Ah. — Os olhos da Srta. Craddock-Hayes encontraram os de Simon enquanto ela lhe oferecia o chá.

Simon sorriu e deliberadamente roçou um dedo na mão dela ao pegar a bebida. Ela piscou, mas não baixou o olhar. Que pequeno anjo corajoso!

— Eu gostaria de poder satisfazer sua curiosidade, Srta. Craddock-Hayes.

— Harrumpf! — O capitão explodiu no canapé ao lado da filha.

Christian escolheu um bolinho da bandeja e se recostou.

— Bem, quem atacou Simon devia conhecê-lo.

O visconde ficou imóvel.

— Por que você está dizendo isso?

O jovem deu de ombros.

— Eram três homens, não eram? Foi o que eu ouvi.

— Sim?

— Então eles sabiam que você era... é, na verdade, um ótimo esgrimista. — Christian se recostou e mastigou o bolinho, com o rosto generoso e inocente de sempre.

— Um ótimo esgrimista? — A Srta. Craddock-Hayes olhou de Simon para Christian. — Eu não fazia ideia. — Os olhos dela pareciam buscar os dele.

Droga. Simon sorriu, torcendo para não se denunciar.

— Christian está exagerando...

— Ora, ora! Eu nunca soube que você era modesto, Iddesleigh. — Pela expressão do jovem, parecia que ele estava rindo. — Eu lhe garanto, senhorita, homens maiores tremem em suas botas quando ele passa, e ninguém ousa desafiá-lo. Ora, este outono mesmo...

Bom Deus.

— Sem dúvida, essa história não é para os ouvidos de uma dama — sibilou Simon.

Christian corou, e seus olhos se arregalaram.

— Eu só...

— Mas eu gosto de ouvir coisas que não são para os meus ouvidos delicados — disse a Srta. Craddock Hayes gentilmente. O olhar dela o desafiou até que ele quase ouviu a sedutora voz de sereia chamando: *Conte-me. Conte-me. Conte-me quem você é realmente.* — O senhor não vai deixar o Sr. Fletcher continuar?

Mas o pai protetor se remexeu, poupando-o de mais insensatez.

— Creio que não, boneca. Deixe o pobre sujeito em paz.

Seu anjo corou, mas não baixou o olhar, e Simon sabia que, se ficasse mais tempo ali, ele se afogaria naqueles olhos de topázio e agradeceria aos deuses por sua fortuna mesmo que fosse ao fundo do poço pela terceira vez.

— NU? NU *EM PELO*? — Patricia McCullough se inclinou para a frente no canapé antigo e quase virou o prato com biscoitos de limão em seu colo.

O rosto redondo com pele de pêssego e creme, com lábios cheios e vermelhos, e seus cachos dourados lhe davam a aparência de uma pastora sem graça de uma pintura. Uma aparência que ia de encontro à sua personalidade, que era mais semelhante à de uma dona de casa decidida a barganhar até conseguir o menor preço com o açougueiro da região.

— Totalmente. — Lucy enfiou um biscoito na boca e sorriu serenamente para a amiga de infância.

As duas mulheres estavam sentadas no pequeno cômodo aos fundos da mansão dos Craddock-Hayes. As paredes eram de um tom rosa alegre com adornos cor de maçã verde, que lembravam um jardim de flores no verão. O cômodo não era tão grande nem tão bem-mobiliado quanto a sala de estar, mas havia sido o favorito da mãe de Lucy e era confortável o bastante para entreter uma amiga querida como Patricia. E as janelas davam para o jardim dos fundos, oferecendo uma bela visão dos homens do lado de fora.

Patricia recostou-se no canapé e franziu as sobrancelhas ao estudar o visconde e seu amigo pela janela. O homem mais jovem estava em mangas de camisa, apesar do frio de novembro. Ele segurava uma espada e dava alguns golpes, sem dúvida praticando a esgrima, embora Lucy considerasse seus passos um tanto bobos. Lorde Iddesleigh estava sentado ali perto, encorajando o amigo ou, mais provavelmente, irritando-o com suas críticas.

Qual seria a história que o Sr. Fletcher quase havia soltado ontem? E por que o visconde estivera tão determinado a não deixá-la ouvir? A resposta óbvia era um caso amoroso escandaloso. Esse era o tipo de coisa considerada sórdida demais para os ouvidos de uma donzela. E, ainda assim, Lucy tinha a sensação de que Lorde Iddesleigh não se importaria muito em chocá-la — ou ao pai — com suas proezas sexuais. Era algo pior. Algo do qual ele se envergonhava.

— Nada semelhante nunca aconteceu comigo — disse Patricia, trazendo-a novamente à realidade.

— O quê?

— Encontrar um cavalheiro nu na beira da estrada ao voltar para casa. — Ela mordeu um biscoito pensativamente. — É mais provável que eu encontre um dos Jones bêbado na vala. E vestido.

Lucy estremeceu.

— Eu acho que seria melhor assim.

— Sem dúvida. De qualquer forma, é uma boa história para contar aos netos em uma noite de inverno.

— Foi a primeira vez que isso aconteceu comigo.

— Humm. Ele estava com o rosto virado para cima ou para baixo?

— Para baixo.

— Que pena.

As duas damas fitaram novamente a janela. O visconde descansava no banco de pedra debaixo da macieira, com as pernas compridas esticadas à frente, os cabelos cortados reluzindo sob o sol. Ele sorriu com um comentário do Sr. Fletcher, e sua boca larga se curvou. Parecia um Pan louro; tudo de que ele precisava eram cascos e chifres.

Que pena.

— O que você acha que ele estava fazendo em Maiden Hill? — perguntou Patricia. — Aqui, ele é tão peixe fora d'água quanto um lírio dourado em um monte de esterco.

Lucy franziu a testa.

— Eu não chamaria Maiden Hill de um monte de esterco.

Patricia não se comoveu.

— Eu chamaria.

— Ele disse que foi atacado e largado aqui.

— Em Maiden Hill? — Os olhos de Patricia se arregalaram em exagerada descrença.

— Sim.

— Não consigo imaginar por quê. A menos que ele tenha sido atacado por ladrões particularmente burros.

— Humm. — Em seu íntimo, é claro, Lucy tinha se perguntado a mesma coisa. — O Sr. Fletcher parece ser bem simpático.

— Sim. E isso faz você se perguntar como foi que ele se tornou amigo de Lorde Iddesleigh. Os dois combinam feito veludo moído e aniagem.

Lucy tentou reprimir uma gargalhada, mas não foi completamente bem-sucedida.

— E cabelos vermelhos nunca são totalmente satisfatórios em um homem, não é? — Patricia franziu o nariz coberto de sardas e ficou ainda mais adorável que o normal.

— Você está sendo malvada.

— *Você* é que está sendo generosa demais.

O Sr. Fletcher executou um golpe particularmente exibido.

Patricia o observou.

— Embora eu tenha que admitir que ele é alto.

— Alto? Essa é a única coisa agradável que você tem a dizer sobre ele? — Lucy serviu mais chá.

— Obrigada. — Patricia pegou sua xícara. — Você não deveria subestimar a altura dele.

— Você é mais baixa do que eu, e não sou nenhuma amazona.

Patricia acenou com um biscoito e quase o enrolou em seus cachos dourados.

— Eu sei. É triste, mas é a vida. É estranho, mas eu me sinto atraída por homens muito mais altos do que eu.

— Se esse é o critério, o Sr. Fletcher é o homem mais alto que você vai encontrar.

— Verdade.

— Talvez eu deva convidar você para jantar conosco, assim pode conhecê-lo melhor.

— Acho uma boa ideia, sabe. Afinal de contas, você já fisgou o único solteiro disponível em Maiden Hill que não seja um Jones nem um simplório sem esperança. — Patricia fez uma pausa para tomar o chá. — E, por falar nisso...

— Acho que é melhor pedir mais água quente — Lucy a interrompeu, apressada.

— E por *falar* nisso — repetiu Patricia por cima da fala da amiga —, eu vi você com o Eustace ontem. Então?

— Então o quê?

— Não banque a idiota comigo — disse Patricia, parecendo um gato laranja irado. — Ele falou alguma coisa?

— Claro que ele falou. — Lucy suspirou. — Ele discursou sobre os reparos no teto da igreja, o tornozelo da Sra. Hardy e se ia ou não nevar.

Patricia estreitou os olhos.

Ela cedeu.

— Mas nada de casamento.

— Retiro o que disse.

Lucy ergueu as sobrancelhas.

— Acho que teremos que colocar Eustace na categoria dos simplórios sem esperança.

— Ora, Patricia...

— Três anos! — A amiga bateu na almofada do canapé. — Há *três anos* ele leva você para cima e para baixo e por toda Maiden Hill. O cavalo dele consegue achar o caminho até dormindo. Ele criou sulcos nas estradas que percorre.

— Sim, mas...

— E ele já fez o pedido?

Lucy fez uma careta.

— Não. Não fez — disse Patricia, respondendo a própria pergunta. — E por que não?

— Eu não sei. — Lucy deu de ombros. Aquilo era mesmo um mistério até para ela.

— O homem precisa de um incentivo. — Patricia deu um pulo e começou a andar de um lado para o outro na frente de Lucy. — Vigário ou não, você estará com os cabelos brancos quando ele tocar no assunto. E qual é o sentido disso? Você nem vai poder ter filhos.

— Talvez eu não queira.

Ela pensou que havia falado baixo demais para ser ouvida durante a diatribe da amiga, mas Patricia parou no mesmo instante e a encarou.

— Você não quer ter filhos?

— Não — disse Lucy lentamente. — Não tenho mais certeza se quero me casar com Eustace.

E ela percebeu que aquilo era verdade. O que havia poucos dias parecera inevitável e bom, dentro do previsível, agora parecia antiquado, sem graça e praticamente impossível. Será que ela poderia passar o resto da vida satisfeita com o melhor que Maiden Hill tinha a oferecer? Não havia muito mais neste vasto mundo? Quase sem querer, seus olhos foram atraídos novamente para a janela.

— Mas aí sobram apenas os homens da família Jones e o verdadeiramente... — Patricia se virou e acompanhou o olhar de Lucy. — Ai, minha querida.

A amiga voltou a se sentar.

Lucy sentiu que estava começando a ficar corada e rapidamente desviou o olhar.

— Sinto muito, eu sei que você gosta de Eustace, apesar...

— Não. — Patricia balançou a cabeça, sacudindo os cachos. — Isso não tem nada a ver com Eustace, e você sabe disso. Isso tem a ver com *ele*.

Do lado de fora, o visconde se levantou para demonstrar um movimento, com o braço esticado, uma mão elegante no quadril.

Lucy suspirou.

— No que você está pensando? — perguntou a voz de Patricia. — Eu sei que ele é bonito, e que aqueles olhos cinzentos são capazes de fazer uma virgem desmaiar, sem mencionar o corpo, que aparentemente você já viu nu.

— Eu...

— Só que ele é um cavalheiro de Londres. Tenho certeza de que o visconde é como aqueles crocodilos que existem na África, que esperam algum desafortunado se aproximar mais do que deveria da água para comê-lo vivo! Pá! Pum!

— Ele não vai me comer viva. — Lucy pegou novamente a xícara. — Ele não está interessado em mim...

— Como...

— E eu não estou interessada nele.

Patricia ergueu uma sobrancelha, visivelmente desconfiada.

Lucy fez o possível para ignorá-la.

— E, além disso, nós vivemos em universos distintos. Ele é um cavalheiro do mundo que mora em Londres e que tem casos amorosos com damas elegantes, e eu sou... — Ela deu de ombros, sentindo-se impotente. — Uma garota tímida do campo.

Patricia afagou o próprio joelho.

— Não iria dar certo, querida.

— Eu sei. — Lucy pegou outro biscoito de limão. — E, um dia, Eustace vai me pedir em casamento, e eu vou aceitar. — Ela falou com firmeza, com um sorriso estampado no rosto, mas, em alguma parte dentro de si, sentiu uma pressão crescendo.

E seus olhos se desviaram para a janela mais uma vez.

— ESPERO NÃO ESTAR perturbando a senhorita? — falou Simon mais tarde naquela noite.

O visconde havia entrado no pequeno cômodo nos fundos da casa onde a Srta. Craddock-Hayes se escondia. Ele estava curiosamente agitado. Christian se retirara para a estalagem, o capitão Craddock-Hayes tinha desaparecido para realizar alguma tarefa, Henry estava distraído arrumando suas roupas, e ele deveria estar na cama, para se recuperar. Mas não estava. Em vez disso, depois de pegar um dos próprios casacos e, desviando-se de Henry — que queria que ele passasse por uma toalete completa —, Simon fora procurar seu anjo.

— De maneira alguma. — Ela o olhou de forma cautelosa. — Por favor, sente-se. Eu estava começando a achar que o senhor estava me evitando.

Simon piscou. Ele estava realmente evitando a dama. Mas, ao mesmo tempo, não conseguia ficar longe dela. Verdade seja dita, ele se sentia bem o suficiente para viajar, mesmo sem estar totalmente recuperado. Deveria arrumar suas coisas e deixar a casa elegantemente.

— O que a senhorita está desenhando? — Ele se sentou ao lado dela, perto demais, e sentiu cheiro de goma.

Sem dizer uma palavra, a Srta. Craddock-Hayes virou o enorme caderno para que ele pudesse ver. Christian, em carvão, dançava na página, estocando e fintando um inimigo imaginário.

— Está muito bom.

Imediatamente, Simon se sentiu um tolo por fazer um elogio tão insosso, mas ela sorriu, o que teve o efeito agora previsível nele. Ele se reclinou e puxou a parte de baixo do casaco por cima da virilha, depois, esticou as pernas. Cuidadosamente.

Ela franziu a testa, então as sobrancelhas retas se juntaram.

— O senhor está forçando as costas.

— A senhorita não devia notar a enfermidade dos cavalheiros. Pode causar um dano irreparável ao nosso orgulho masculino.

— Bobo. — Ela se levantou e lhe trouxe uma almofada. — Chegue para a frente.

Simon lhe obedeceu.

— Além disso, a senhorita não devia nos chamar de bobos.

— Mesmo se os senhores forem bobos?

— Principalmente se formos bobos. — A Srta. Craddock-Hayes colocou a almofada atrás das costas dele. — É algo absolutamente arrasador para o orgulho masculino. — Deus, assim estava bem melhor.

— Humpf. — A mão dela roçou levemente o ombro dele; então Lucy foi até a porta e chamou a governanta.

Depois Simon a observou caminhar até a lareira e remexer as brasas até que elas começassem a arder.

— O que a senhorita está fazendo?

— Pensei em jantar aqui, se o senhor concordar.

— O que lhe agradar me agrada também, minha bela dama.

Ela franziu o nariz para ele.

— Tomarei isso como um sim.

A governanta apareceu, e as duas confabularam antes de a Sra. Brodie sair apressada novamente.

— Meu pai vai jantar com o Dr. Fremont hoje — explicou seu anjo. — Os dois gostam de debater sobre política.

— Verdade? É o mesmo médico que cuidou do meu ferimento? — O bom doutor deve ser um debatedor formidável para enfrentar o capitão. — Ele tinha os melhores votos de Simon.

— Humm.

A Sra. Brodie e a única criada voltaram com bandejas cheias. As duas precisaram de algum tempo para arrumar a refeição na mesinha lateral e então saíram.

— Papai costumava ter discussões maravilhosas com David. — A Srta. Craddock-Hayes cortou uma fatia de torta de carne. — Acho que ele sente falta do meu irmão. — Ela entregou-lhe o prato.

Simon teve um pensamento horrível.

— Vocês estão de luto?

Lucy encarou-o sem expressão por um segundo, e sua mão pairou sobre a torta; instantes depois, ela riu.

— Ah, não. David está embarcado. É marinheiro, como o papai. Tenente no *Nova Esperança*.

— Me perdoe — falou Simon. — De repente eu me dei conta de que não sei nada sobre o seu irmão, apesar de estar ocupando o quarto dele.

Lucy baixou os olhos enquanto escolhia uma maçã para si mesma.

— David tem 22 anos, é dois anos mais novo que eu. Está embarcado há onze meses. Escreve com frequência, mas só recebemos as cartas em maços. Ele só pode postá-las quando aportam. — Ela colocou o prato no colo e olhou para o visconde. — Meu pai lê todas de uma vez quando recebe o pacote, mas eu gosto de guardá-las e ler uma ou duas cartas por semana. Faz com que elas durem mais. — A Srta. Craddock-Hayes sorriu, quase sentindo-se culpada.

Simon sentiu um desejo urgente de encontrar David e de fazê-lo escrever uma centena de cartas para a irmã. Cartas que Simon poderia entregar para Lucy, enquanto sentava aos pés dela, observando um sorriso se abrir naqueles lábios. Como ele era tolo.

— O senhor tem irmão ou irmã? — perguntou ela inocentemente.

Ele abaixou a cabeça e encarou seu pedaço de torta. Era isso que acontecia quando você ficava enfeitiçado por sobrancelhas retas e escuras e uma boca séria. Baixava-se a guarda.

— Infelizmente, não tenho irmãs. — Ele partiu a torta que esfarelava. — Sempre pensei que seria bom ter uma irmãzinha para importunar, embora elas tenham a tendência de crescer e importunar os irmãos também, pelo que ouvi dizer.

— E irmãos?

— Um irmão. — Simon pegou o garfo e se surpreendeu ao descobrir que seus dedos tremiam. Maldição. Queria parar de tremer. — Ele morreu.

— Eu sinto muito. — A voz da Srta. Craddock-Hayes era quase um murmúrio.

— Essas coisas acontecem. — Simon pegou a taça de vinho. — Ele era o mais velho, então eu nunca teria obtido o título se meu irmão não tivesse se livrado do tumulto da existência. — Ele tomou um gole excessivamente grande do vinho tinto. A bebida desceu queimando sua garganta. Simon apoiou a taça na mesa e esfregou o dedo indicador direito.

Ela ficou em silêncio, observando-o com os olhos de topázio intensos demais.

— Além disso — continuou ele —, Ethan era um tolo. Estava sempre preocupado em fazer a coisa certa e se eu fazia jus ao nome da família. Eu, obviamente, nunca correspondia às suas expectativas. Ele me chamava uma ou duas vezes ao ano para a propriedade da família e me observava com olhos lúgubres conforme enumerava meus infinitos pecados e o tamanho da minha conta no alfaiate. — Simon se interrompeu, porque sabia que já estava tagarelando.

O visconde olhou na direção da dama para ver se finalmente a havia chocado o suficiente para que ela o mandasse embora. Lucy simplesmente o encarou, e Simon viu compaixão em seu rosto. Que anjo terrível.

Ele desviou o olhar para a torta, embora estivesse sem apetite.

— Creio que não terminei o conto de fadas no outro dia. Sobre a pobre Angelica e o Príncipe Serpente.

Felizmente, a Srta. Craddock-Hayes assentiu.

— O senhor parou na parte da caverna mágica, onde apareceu a cobra prateada.

— Muito bem. — Ele respirou fundo, tentando se livrar do aperto no peito. Tomou outro gole do vinho e ordenou os pensamentos. — A cobra prateada era muito maior do que qualquer uma que Angelica já vira; só a cabeça era tão grande quanto o antebraço da moça. Ela observou a cobra se desenrolar e engolir a pobre cabritinha inteira. Depois, se afastou lentamente, deslizando para dentro da escuridão.

A Srta. Craddock-Hayes estremeceu.

— Parece terrível.

— E foi. — Simon fez uma pausa para comer mais um pedaço da torta. — Angelica rastejou para fora da rachadura na rocha o mais silenciosamente que conseguiu e voltou para a cabana de palha para ordenar os pensamentos, pois estava bastante assustada. E se a serpente gigante continuasse comendo suas cabras? E se decidisse provar uma carne mais macia e resolvesse *comê-la*?

— Que coisa nojenta — murmurou a Srta. Craddock-Hayes.

— Sim.

— O que foi que ela fez?

— Nada. No fim das contas, o que ela poderia fazer contra uma serpente gigante?

— Bem, certamente ela...

Simon arqueou as sobrancelhas com expressão severa.

— A senhorita vai continuar me interrompendo?

Ela apertou os lábios como se quisesse reprimir um sorriso e começou a descascar a maçã. O visconde sentiu um calor se espalhando por ele. Era tão acolhedor ficar sentado ali com ela, provocando-a. Um homem poderia relaxar a ponto de se esquecer de tudo com que se importava, de todos os seus pecados, de toda a carnificina que ainda tinha de provocar.

Ele respirou fundo e tentou não pensar naquilo.

— O rebanho de cabras de Angelica começou a desaparecer um a um, e ela já não conseguia mais pensar direito. Era verdade que ela vivia sozinha, mas, cedo ou tarde, o administrador do rei viria contar as cabras, e então como ela explicaria o número reduzido de animais? — Ele fez uma pausa para tomar um gole de vinho.

As sobrancelhas retas e solenes se juntaram enquanto a Srta. Craddock-Hayes se concentrava em descascar a maçã com uma pequena faca e um garfo. Simon podia ver pelo franzido da sobrancelha dela que a dama queria fazer uma objeção à falta de coragem de Angelica.

Ele disfarçou um sorriso por trás da taça de vinho.

— Então, numa noite, já era bem tarde, uma pobre vendedora bateu à porta da cabana. Ela mostrou suas mercadorias: algumas fitas, um pedaço de renda e um lenço desbotado. Angelica ficou com pena da mulher. "Eu não tenho uma moeda nem para mim", disse ela, "mas será que a senhora aceitaria este jarro de leite de cabra em troca da fita?". Bem, a mulher idosa gostou da barganha e respondeu: "Como você tem um bom coração, vou lhe dar um conselho: se capturar a pele de uma serpente, terá poder sobre a criatura. Você terá a vida dela em suas mãos." E, ao dizer isso, a mascate idosa foi embora coxeando antes que Angelica pudesse fazer mais perguntas.

A dama havia parado de descascar a maçã e olhava para ele boquiaberta. Simon ergueu as sobrancelhas, bebericou o vinho e esperou.

Ela cedeu.

— A velha mascate simplesmente apareceu do nada?

— Sim.

— Simples assim?

— E por que não?

— Às vezes tenho a sensação de que a história está sendo inventada enquanto o senhor a conta. — Ela suspirou e balançou a cabeça. — Continue.

— Tem certeza? — perguntou ele gravemente.

A Srta. Craddock-Hayes lhe lançou um olhar sob as terríveis sobrancelhas.

Simon pigarreou para disfarçar uma risada.

— Naquela mesma noite, Angelica se esgueirou até a caverna. Ela ficou observando até que a serpente gigante deslizasse dos recessos escuros do fundo da caverna. O animal circulou a fogueira de chamas azuis lentamente, e então apareceu o homem nu de cabelos prateados. Angelica engatinhou para mais perto e viu que havia uma grande pele de serpente aos pés do homem. Antes que sua coragem pudesse desaparecer, ela pulou e agarrou a pele. — Simon comeu mais um pedaço da torta, mastigando lentamente para saboreá-la.

Ele ergueu o olhar e viu a Srta. Craddock-Hayes fitando-o, incrédula.

— *E?*

Ele piscou inocentemente.

— E o quê?

— Pare de me provocar — disse ela de forma decidida. — O que foi que aconteceu?

Seu pênis endureceu ao ouvir a palavra *provocar,* e uma imagem se formou em sua mente demoníaca: a Srta. Craddock-Hayes estirada nua na cama. A língua dele *provocando* os mamilos dela. Cristo.

Simon piscou, e um sorriso se fixou em seu rosto.

— Angelica tinha o Príncipe Serpente em seu poder, claro. Ela correu para o fogo no braseiro, com a intenção de jogar a pele da serpente nas chamas e assim destruir a criatura, mas as palavras do homem a fizeram parar. "Por favor, bela dama. Por favor, poupe a minha vida." E ela notou, pela primeira vez, que ele usava uma corrente...

A Srta. Craddock-Hayes bufou.

— Com uma pequena coroa de safira pendurada nela — concluiu ele apressadamente. — O que foi?

— O homem era uma cobra minutos antes — falou a dama com bastante paciência. — Não tinha ombros. Como poderia usar um colar?

— Uma corrente. Homens não usam colares.

A Srta. Craddock-Hayes simplesmente o encarou. E era evidente que não estava acreditando em nada.

— Ele era encantado — afirmou Simon. — A corrente aparecia ali.

Ela começou a revirar os olhos, mas então se controlou.

— E Angelica poupou a vida dele?

— Claro que sim. — Simon sorriu tristemente. — Seres celestiais sempre fazem isso, quer a criatura mereça ou não.

A Srta. Craddock-Hayes pôs de lado o que sobrara da maçã e limpou as mãos.

— Mas por que a serpente não mereceria salvação?

— Porque se tratava de uma serpente. Uma criatura das trevas e do mal.

— Não acredito nisso — declarou ela simplesmente.

Ele soltou uma gargalhada, aguda e alta demais.

— Ora, Srta. Craddock-Hayes, tenho certeza de que leu a Bíblia e sabe sobre a história da cobra que enganou Adão e Eva, não é?

— Ora, milorde. — Ela inclinou a cabeça, de forma zombeteira. — Tenho certeza de que o senhor sabe que o mundo não é tão simples assim.

Simon arqueou uma sobrancelha.

— A senhorita me surpreende.

— Por quê? — Agora, ela estava inexplicavelmente irritada com ele. — Porque eu moro no campo? Porque meu círculo de amizades não inclui pessoas sofisticadas e com títulos? O senhor acha que apenas quem vive em Londres é inteligente o suficiente para explorar o que está além da obviedade em nosso mundo?

Como foi que aquela discussão havia começado?

— Eu...

A Srta. Craddock-Hayes se inclinou para a frente e falou impetuosamente:

— Acho que o senhor é que é provinciano, julgando-me sem me conhecer. Ou melhor, o senhor *acha* que me conhece, quando, na verdade, não me conhece de fato.

Ela o fitou por mais um instante e então se levantou e saiu apressada do cômodo.

E o deixou com uma dolorosa ereção.

Capítulo Cinco

— Ele está atrasado! — comentou o capitão Craddock-Hayes na noite seguinte, fitando o relógio na cornija com expressão severa e, depois, olhando para o restante do cômodo. — Esse pessoal de Londres não sabe ver as horas, hein? Acha que é só ficar andando por aí e aparecer quando bem entender?

Eustace deu um muxoxo e balançou a cabeça em solidariedade ao capitão — um gesto bastante hipócrita, pois ele era conhecido por perder a hora de vez em quando.

Lucy suspirou e revirou os olhos. Todos estavam sentados na sala de estar principal esperando Lorde Iddesleigh para o jantar. Na verdade, ela não estava nem um pouco ansiosa para ver o visconde novamente. Na noite anterior, bancara a boba. Ainda não tinha certeza do motivo pelo qual sua raiva de repente viera à tona; fora algo tão súbito. Mas havia sido real. Ela era muito mais do que uma filha ou uma cuidadora; sabia disso em seu íntimo. Ainda assim, na minúscula Maiden Hill, ela nunca poderia se tornar quem gostaria de ser. Lucy não tinha muita clareza de quem ela poderia ser, mas, presa naquela pequena cidade, sabia que nunca iria se descobrir.

— Tenho certeza de que em breve ele estará aqui, senhor — garantiu o Sr. Fletcher. Infelizmente, o amigo de Lorde Iddesleigh não pareceu nem um pouco seguro e pigarreou. — Talvez eu devesse ir...

— Que companhia maravilhosa. — A voz de Lorde Iddesleigh veio da direção da porta.

Todos se viraram, e o queixo de Lucy quase caiu. O visconde estava magnífico. Essa era a única palavra para descrevê-lo. *Magnífico*. Ele estava usando um casaco de brocado prateado, bordado em prata e preto nas mangas viradas, na barra e em toda a parte da frente. Por baixo, via-se um colete de safira com padrão de folhas de videira e com flores multicoloridas prodigamente bordadas nele. A camisa tinha cascatas de renda nos punhos e no pescoço, e ele usava uma peruca branca como a neve.

O visconde entrou calmamente na sala de estar.

— Não me digam que todos estavam esperando por mim.

— Você está atrasado! — explodiu o capitão. — Atrasado para o meu jantar! Sentamos à mesa prontamente às sete da noite nesta casa, senhor, e, se não pode... — O homem se interrompeu e olhou fixamente para os pés do visconde.

Lucy seguiu o olhar de seu pai. O visconde calçava elegantes sapatos com...

— Saltos vermelhos! — gritou o capitão. — Meu Deus, senhor, pensa que está em um bordel?

A esta altura o visconde já estava ao lado de Lucy e languidamente levou a mão dela aos lábios enquanto o pai balbuciava. Ele ergueu o olhar para a dama, com a cabeça ainda abaixada, e Lucy notou que os olhos dele eram apenas alguns tons mais escuros que a peruca branca como a neve. O visconde piscou enquanto ela o observava, hipnotizada, e sentia o calor úmido da língua dele se insinuar entre seus dedos.

Ela puxou o ar com força, mas o visconde soltou sua mão e deu meia-volta para encarar o pai dela como se nada tivesse acontecido. Lucy escondeu a mão atrás da saia enquanto ele falava:

— Um bordel, senhor? Não, confesso que nunca confundi a sua casa com um bordel. Ora, se o senhor tivesse decorado as paredes com alguns quadros representando...

— Vamos jantar? — perguntou Lucy com voz esganiçada.

Ela não esperou o consentimento de ninguém; do jeito que a conversa ia, seria declarada guerra antes mesmo de o jantar começar. Em vez disso, pegou o braço do visconde e marchou com ele para a sala de jantar. É claro que Lucy nunca seria capaz de forçar fisicamente Lorde Iddesleigh a ir aonde ele não queria. Felizmente, o homem parecia satisfeito em ser conduzido por ela.

Ele inclinou a cabeça junto à dela quando ambos entraram na sala de jantar.

— Se eu soubesse, docinho, que você desejava minha companhia com tanta devoção — disse ele, puxando uma cadeira para ela —, eu teria mandado Henry para o inferno e descido só com a roupa de baixo.

— Atrevido — resmungou Lucy para ele ao se sentar.

O sorriso de Simon se abriu ainda mais.

— Meu anjo.

Então o visconde foi obrigado a dar a volta na mesa e se sentar diante dela. Conforme os outros ocupavam seus lugares, Lucy soltou um suspiro. Talvez agora eles pudessem ser civilizados.

— Eu sempre quis visitar a abadia de Westminster, em Londres — comentou Eustace um tanto pomposamente quando Betsy começou a servir a sopa de batata e alho-poró. — Para ver os túmulos dos poetas e dos grandes homens da literatura, sabe? Mas, infelizmente, nunca tive tempo nas ocasiões em que viajei para a maravilhosa capital. Sempre ocupado com questões eclesiásticas, entende? Talvez o senhor pudesse nos contar suas impressões da magnífica abadia, Lorde Iddesleigh.

Todas as cabeças na mesa se viraram na direção do visconde.

As linhas ao redor dos olhos prateados se aprofundaram enquanto ele tocava a taça de vinho.

— Eu sinto muito. Nunca tive motivo para entrar naquele velho mausoléu empoeirado. Não sou chegado a esses assuntos, na verdade. Uma terrível falha moral da minha parte, provavelmente.

Lucy quase podia ouvir o pai e Eustace concordando mentalmente. O Sr. Fletcher tossiu e afundou o rosto na taça de vinho.

Ela suspirou. Quando o pai convidara Eustace para o jantar, Lucy ficara grata pela distração que outro convidado poderia proporcionar.

Porém o Sr. Fletcher, apesar de agradável, não fora capaz de suportar o interrogatório do pai e parecera muito pálido ao fim da refeição do meio-dia na véspera. E o visconde, embora conseguisse resistir à irritação óbvia do capitão, fazia isso com uma facilidade incrível. Ele fazia com que o pai de Lucy ficasse com o rosto vermelho. Ela alimentava a esperança de que Eustace pudesse oferecer um alívio. Obviamente, esse não estava sendo o caso. Para piorar a situação, Lucy se sentia horrorosa no vestido cinza escuro. A peça era bem-cortada, mas parecia um trapo perante a elegância do visconde. É claro que ninguém que ela conhecia se vestia de forma tão espalhafatosa no interior, e Lorde Iddesleigh realmente deveria ficar constrangido por parecer um peixe fora d'água.

Pensando nisso, Lucy ergueu a taça de vinho de maneira desafiadora e olhou para o visconde, sentado à sua frente. Um olhar confuso cruzou o rosto dele antes que a tradicional expressão de tédio voltasse.

— Eu poderia oferecer uma descrição detalhada dos jardins do prazer em Vauxhall — refletiu Lorde Iddesleigh, continuando o assunto que Eustace havia trazido à tona. — Já estive lá mais noites do que posso me lembrar, com mais pessoas do que desejo me lembrar, fazendo muitas coisas... bem, os senhores podem imaginar. Mas eu não sei se seria uma descrição muito apropriada para este grupo diverso.

— Rá. Então sugiro que o senhor não o faça — resmungou o anfitrião. — De qualquer forma, não estamos interessados nos pontos turísticos de Londres. O bom interior inglês é o melhor lugar do mundo. Eu sei disso. Viajei o mundo todo em minha juventude.

— Concordo com o senhor, capitão — disse Eustace. — Nada é tão belo quanto a paisagem rural inglesa.

— Rá. Está vendo? — O capitão se inclinou para a frente e cravou um olhar penetrante no convidado. — Está se sentindo melhor hoje, Iddesleigh?

Lucy quase gemeu. As indiretas do capitão de que o visconde deveria ir embora estavam ficando cada vez mais explícitas.

— Obrigado por perguntar, senhor. — Lorde Iddesleigh serviu-se de mais vinho. — A não ser pela dor do ferimento nas costas, a infeliz perda de sensação do braço direito e uma tontura nauseante quando fico de pé, estou afinado como um violino.

— Que bom. O senhor parece muito bem. Suponho que nos deixe em breve, não? — O capitão o encarava fixamente sob as grossas sobrancelhas brancas. — Amanhã, talvez?

— Papai! — Lucy o interrompeu antes que ele colocasse o convidado para fora naquela noite mesmo. — Lorde Iddesleigh acabou de dizer que não está totalmente recuperado.

A Sra. Brodie e Betsy entraram para recolher a louça da sopa e servir o prato seguinte. A governanta lançou um olhar aos rostos inquietos e suspirou. O olhar dela encontrou o de Lucy, e ela balançou a cabeça em solidariedade antes de sair. Todos começaram a comer o frango assado com ervilhas.

— Fui à abadia de Westminster uma vez — comentou o Sr. Fletcher.

— O senhor estava perdido? — perguntou Lorde Iddesleigh, de forma educada.

— De forma alguma. Minha mãe e minhas irmãs estavam em uma farra arquitetônica.

— Eu não sabia que o senhor tinha irmãs.

— Tenho, sim. Três.

— Meu Deus. Perdoe-me, vigário.

— Duas mais velhas — emendou o Sr. Fletcher — e uma mais nova.

— Meus cumprimentos.

— Obrigado. De qualquer forma, nós passeamos pela abadia há uns dez anos, entre a catedral de São Paulo e a Torre.

— E você era um rapaz jovem e impressionável. — O visconde balançou a cabeça com pesar. — É tão triste quando se ouve essa zombaria desmedida dos pais de alguém. Isso nos faz pensar onde a Inglaterra vai parar.

O capitão fez um som explosivo ao lado da filha, e Lorde Iddesleigh piscou do outro lado da mesa. Ela tentou franzir a testa ao erguer a taça de vinho, mas, mesmo considerando o comportamento dele terrível, Lucy achava difícil censurá-lo.

Ao lado da magnificência do visconde, Eustace parecia um pardal sem graça em seu habitual casaco largo, calça, e colete marrons. Sem dúvida, Eustace ficava muito bem de marrom, e não se esperava que um vigário do interior andasse por aí em brocado prateado. Seria inapropriado, e provavelmente ele pareceria ridículo em tal esplendor. Então por que o visconde, em vez de parecer ridículo, estava absolutamente tentador com aquelas roupas?

— Os senhores sabiam que, se ficarem no meio da nave de Westminster e assobiarem, ouvirão um eco incrível? — perguntou o Sr. Fletcher, olhando para todos na mesa.

— Absolutamente fascinante — comentou o visconde. — Manterei isso em mente caso eu tenha oportunidade de visitar o local e sinta vontade de assobiar.

— Sim. Bem, só evite fazer isso perto de alguém da sua família. Eu levei uns tapas na orelha. — O Sr. Fletcher esfregou a lateral da cabeça, ao recordar o passeio.

— Ah, as damas nos mantêm na linha. — Eustace ergueu sua taça e olhou para Lucy. — Eu não sei o que nós faríamos sem suas mãos orientadoras.

Lucy ergueu as sobrancelhas. Ela não tinha certeza se um dia orientara Eustace, mas isso não tinha importância.

Lorde Iddesleigh brindou a ela também.

— Concordo. Meu mais profundo desejo é ficar prostrado e submisso debaixo do punho de ferro de milady. Sua expressão severa me faz tremer; seu sorriso esquivo me faz enrijecer e estremecer em êxtase.

Os olhos de Lucy se arregalaram ao mesmo tempo que seus mamilos ficavam rijos. Que infame!

O Sr. Fletcher começou a tossir novamente.

O capitão e Eustace ficaram carrancudos, mas foi o homem mais jovem que interrompeu o silêncio.

— Ora, é muita ousadia da sua parte.

— Está tudo bem... — tentou Lucy, mas os homens não a ouviam, apesar de suas palavras floreadas.

— Ousadia minha? — O visconde baixou a taça. — Em que sentido?

— Bem, *enrijecer.* — O vigário corou.

Ah, pelo amor de Deus! Lucy abriu a boca para falar, mas foi interrompida antes que pudesse dizer uma única palavra.

— Enrijecer? Enrijecer? Enrijecer? — repetiu Lorde Iddesleigh, parecendo notavelmente ridículo. — Uma palavra inglesa perfeitamente precisa. Descritiva e simples. Usada nas melhores casas. Eu já ouvi o próprio rei empregá-la. Na verdade, descreve perfeitamente o que o senhor está fazendo agora, Sr. Penweeble.

O Sr. Fletcher se curvou, cobrindo o rosto vermelho com as mãos. Lucy torceu para que ele não engasgasse e morresse, de tanto que ria.

Eustace corou em um alarmante tom castanho-avermelhado.

— E quanto à palavra *êxtase,* então? Eu gostaria de ouvir o senhor defendendo o termo.

O visconde se empertigou e olhou por cima do nariz comprido.

— Eu pensaria que o senhor, entre todas as pessoas, vigário, um soldado no exército da Igreja de Sua Majestade, um homem de saber e argumentação refinados, uma alma em busca da salvação divina somente disponível em Cristo, Nosso Senhor, entenderia que a palavra *êxtase* é um termo honrado e religioso. — Lorde Iddesleigh fez uma pausa para comer um pedaço de frango. — O que mais o senhor pensou que significasse?

Por um momento, os cavalheiros na mesa fitaram o visconde. Lucy olhou de um para o outro, exasperada. Realmente, esta guerra noturna de palavras estava ficando cansativa.

Então o pai dela falou:

— Acredito que possa ser blasfêmia. — E começou a rir.

O Sr. Fletcher parou de tossir e se juntou à gargalhada. Eustace fez uma careta e então também começou a rir baixinho, embora ainda parecesse pouco à vontade.

Lorde Iddesleigh sorriu, ergueu sua taça e observou Lucy por cima da borda com seus olhos prateados.

Ele tinha sido blasfemo e impróprio — mas Lucy não se importava. Seus lábios estavam trêmulos, e ela ficava sem fôlego só de olhar para ele.

Lucy respondeu o sorriso, indefesa.

— ESPERE! — Simon tropeçou nos degraus da frente na manhã seguinte, ignorando a dor nas costas. A carruagem da Srta. Craddock-Hayes estava praticamente fora de seu campo de visão na trilha. — Ei, espere!

Ele teve de parar de correr, pois suas costas ardiam. Curvou-se, apoiando as mãos nos joelhos, e arfou, com a cabeça pendendo. Uma semana atrás, ele nem sequer ficaria sem fôlego.

Atrás dele, Hedge resmungava perto da entrada da propriedade dos Craddock-Hayes.

— Jovem tolo, lorde ou não. Tolo por ter sido esfaqueado e tolo por correr atrás de uma moça. Mesmo que seja alguém como a Srta. Lucy.

Simon concordava completamente. Aquela urgência era ridícula. Quando ele havia corrido atrás de uma mulher? Mas ele tinha uma necessidade terrível de falar com a dama, de explicar o comportamento nada cavalheiresco da noite anterior. Ou talvez isso fosse apenas uma desculpa. Talvez ele tivesse a necessidade de simplesmente estar com ela. Ele tinha consciência de que as areias do tempo corriam rapidamente por entre seus dedos. Logo não lhe restariam desculpas para ficar na tranquilidade de Maiden Hill. Logo ele não mais veria seu anjo.

Felizmente, a Srta. Craddock-Hayes tinha ouvido seu grito. Ela parou o cavalo pouco antes de a trilha desaparecer em um bosque, se virou em seu assento para olhar para ele e então fez o cavalo virar a cabeça.

— O que o senhor está fazendo correndo atrás de mim? — perguntou ela quando a carruagem parou ao lado dele. A jovem não parecia nem um pouco impressionada. — O senhor vai acabar abrindo a ferida de novo.

Simon se empertigou e tentou não parecer um velho decrépito.

— Um pequeno preço a pagar por um momento de seu doce tempo, ó bela dama.

Hedge bufou alto e bateu a porta da casa atrás de si. Mas Lucy sorriu para ele.

— A senhorita vai à cidade? — perguntou o visconde.

— Sim. — Ela inclinou a cabeça. — O vilarejo é pequeno. Não consigo pensar em nada que o senhor possa encontrar lá que vá interessá-lo.

— Ah, a senhorita ficaria surpresa. O ferreiro, a cruz no centro da praça, a antiga igreja; tudo isso é interessante. — Ele pulou na carruagem, sentando-se ao lado dela e fazendo o veículo balançar. — A senhorita gostaria que eu conduzisse?

— Não. Eu posso lidar com Kate.

A Srta. Craddock-Hayes chilreou para a pequena égua robusta — supostamente Kate —, e eles arrancaram bruscamente.

— Eu já lhe agradeci sua caridade ao me resgatar de uma vala?

— Acho que sim. — Ela olhou para ele, depois se virou novamente para a estrada de modo que Simon não conseguia mais ver seu rosto fora da aba do chapéu. — Eu lhe contei que pensamos que o senhor estivesse morto quando eu o vi pela primeira vez?

— Não. Lamento pelo incômodo.

— Fico contente que o senhor não esteja morto.

Simon queria poder ver o rosto dela.

— Eu também.

— Eu pensei... — Lucy se atrapalhou com as palavras, então recomeçou. — Foi tão estranho encontrar o senhor. Meu dia estava perfeitamente normal, e então eu baixei o olhar e o vi. De início, não acreditei nos meus olhos. O senhor era um peixe fora d'água no meu mundo.

Ainda sou. Mas ele não disse aquilo em voz alta.

— Foi como descobrir um ser mágico — confessou ela, baixinho.

— Então sua decepção deve ter sido imensa.

— Em que sentido?

— Ao descobrir que sou um homem de carne e osso e que não tenho nada de mágico.

— Arrá! Eu terei que registrar o dia de hoje no meu diário.

Simon esbarrou nela quando passaram por cima de um atoleiro na estrada.

— Por quê?

— Dois de dezembro — entoou a Srta. Craddock-Hayes com voz grave. — Pouco depois do almoço. O visconde Iddesleigh faz um comentário humilde a respeito de si mesmo.

Ele sorriu para ela como um idiota.

— *Touché.*

A Srta. Craddock-Hayes não virou a cabeça, mas Simon viu a curva de um sorriso em sua bochecha. Ele sentiu uma vontade súbita de tirar as rédeas das mãos dela, levar o cavalo para a beira da estrada e tomar o anjo em seus braços de carne e osso. Talvez ela tivesse o feitiço que poderia transformar este monstro deformado em algo humano.

Ah, mas isso envolveria degradar o anjo.

Então, em vez de fazer isso, Simon ergueu o rosto para o sol de inverno, por mais fraco que fosse. Era bom estar ao ar livre, mesmo no vento gelado. Era bom estar sentado ao lado dela. Seu ombro agora estava apenas latejando. Ele havia tido sorte, e, no fim das contas, a ferida não havia reaberto. Simon observou seu anjo. Ela estava sentada com as costas eretas e segurava as rédeas com competência e de forma nada exibida, ao contrário das damas que ele conhecia, que eram capazes de fazer um drama ao conduzir um cavalheiro. Seu chapéu era simples, de palha, amarrado abaixo da orelha esquerda. Ela usava uma capa cinza por cima do vestido cinza claro, e subitamente lhe ocorreu que ele nunca a vira com qualquer outra cor.

— Há alguma razão para a senhorita estar sempre de cinza? — perguntou ele.

— O quê?

— Seu vestido. — Simon indicou a peça de roupa com a mão. — A senhorita sempre usa cinza. Parece uma pombinha linda. Se não está de luto, por que só usa essa cor?

A Srta. Craddock-Hayes franziu a testa.

— Não acho que seja apropriado um cavalheiro comentar sobre a roupa de uma dama. As convenções sociais são diferentes em Londres?

Ai. Seu anjo estava afiado esta manhã.

Ele se reclinou no banco, apoiando o cotovelo atrás das costas dela. Estava tão perto que podia sentir o calor dela em seu peito.

— Sim, na verdade, são. Por exemplo, é considerado *de rigueur* que uma dama, conduzindo um cavalheiro em uma carruagem, flerte com ele de forma ultrajante.

Lucy fez um muxoxo, ainda se recusando a olhar para ele.

Isso serviu apenas para provocá-lo.

— Olham com expressão severa para as damas que não seguem essa convenção. Com frequência, a senhorita verá os membros mais velhos da alta sociedade balançando a cabeça para essas pobres almas perdidas.

— O senhor é terrível.

— Infelizmente, sim — suspirou ele. — Mas eu lhe darei permissão para desconsiderar a regra, já que estamos no interior, um lugar pouco esclarecido.

— Pouco esclarecido? — Ela puxou as rédeas, e Kate se sacudiu no freio.

— Insisto em pouco esclarecido.

Ela olhou para ele.

Simon passou um dedo pela coluna esticada da Srta. Craddock-Hayes. Ela enrijeceu ainda mais, porém não fez nenhum comentário. Ele se lembrou do gosto dos dedos dela em sua língua na noite anterior, e outra parte menos polida de sua anatomia também se enrijeceu. O fato de ela aceitar seu toque era tão sensual quanto uma demonstração evidente por parte de outra mulher.

— A senhorita não pode me culpar, pois, se estivéssemos na cidade, seria compelida a dizer coisas sugestivas em meus ouvidos tímidos.

Ela suspirou.

— Não consigo lembrar o que o senhor me perguntou antes de começar a falar toda essa bobagem.

Simon sorriu, embora isso fosse um tanto deselegante. Não conseguia se lembrar de quando tinha sido a última vez que se divertira tanto assim.

— Por que a senhorita só se veste de cinza? Não que eu tenha algo contra cinza, mas essa cor lhe dá um intrigante ar eclesiástico.

— Eu pareço uma freira? — As sobrancelhas se franziram numa expressão assustada.

A carruagem passou por outro atoleiro na estrada, chacoalhando os dois e fazendo o ombro dele bater no dela.

— Não, querida jovem. Eu estou dizendo, admito que de maneira obscura e tortuosa, que a senhorita é um anjo enviado dos céus para me julgar pelos meus pecados.

— Eu uso cinza porque é uma cor que não mostra a sujeira. — Ela o encarou. — Que tipo de pecados o senhor cometeu?

Simon se inclinou para perto dela, como se fosse compartilhar uma confidência, e sentiu o perfume de rosas.

— Eu faço uma objeção ao uso da palavra *cor* para se referir ao cinza e afirmo que cinza não é uma cor, e sim a ausência dela.

Os olhos dela se estreitaram de forma ameaçadora.

Ele recuou e suspirou.

— Quanto aos meus pecados, minha cara dama, eles não são do tipo que podem ser comentados na presença de um anjo.

— Então como eu devo julgá-los? E cinza é uma cor, sim.

Simon riu. Ele tinha vontade de abrir bem os braços e, quem sabe, começar a cantar. Devia ser o ar do campo.

— Minha dama, eu me submeto ao poder do seu argumento bem-pensado, o qual, por sinal, teria feito o próprio Sófocles se ajoelhar. Cinza, portanto, é uma cor.

A Srta. Craddock-Hayes pigarreou.

— E os seus pecados?

— Meus pecados são inúmeros e irredimíveis. — A imagem de Peller em desespero erguendo a mão e a própria espada cortando-a, com sangue e dedos espalhados no ar, passou por sua mente. Simon piscou e abriu um sorriso. — Todos que conhecem meus pecados — disse ele alegremente — se encolhem, horrorizados, ao me verem, como se eu fosse um leproso, cujo nariz caiu e cujas orelhas estão podres.

Ela o encarou, muito séria e inocente. Bravo anjinho, intocado pela péssima reputação dos homens. Simon não podia evitar afagar novamente as costas dela, cautelosa e furtivamente. Os olhos da Srta. Craddock-Hayes se arregalaram.

— E eles estão certos — emendou o visconde. — Por exemplo, eu sou conhecido por sair de casa sem chapéu.

Ela franziu a testa. Ele não estava usando chapéu naquele momento.

— Em *Londres* — explicou Simon.

Mas ela não estava preocupada com chapéus.

— Por que o senhor acha que é irredimível? Todos os homens podem encontrar a graça ao se arrepender de seus pecados.

— Assim falou o anjo do Senhor. — Ele se inclinou para mais perto dela, sob o chapéu reto de palha, e sentiu mais uma vez o perfume de rosas em seu cabelo. Seu pênis deu sinal. — Mas e se eu for um demônio que veio do próprio inferno e não do seu mundo, anjo?

— Eu não sou um anjo. — A Srta. Craddock-Hayes olhou para cima.

— Ah, sim, a senhorita é — murmurou ele.

Seus lábios roçaram o cabelo dela e, por um momento de loucura, Simon pensou que poderia beijá-la, que poderia corromper esta dama com sua boca imunda. Mas a carruagem balançou enquanto eles faziam uma curva, a cabeça da jovem se virou na direção do cavalo, e o momento passou.

— Como a senhorita é independente — murmurou ele.

— Nós, mulheres do interior, precisamos ser, se quisermos chegar a algum lugar — falou ela um tanto sarcasticamente. — O senhor acha que eu passo o dia inteiro em casa remendando meias?

Ah, aquele era um terreno perigoso. Os dois haviam entrado nesse território quando ela ficara aborrecida com ele duas noites atrás.

— Não. Conheço seus inúmeros afazeres e seus talentos, um dos quais inclui ajudar os menos afortunados da aldeia. Não tenho dúvida de que a senhorita daria uma admirável prefeita para Londres, mas isso envolveria abandonar este adorável povoado, e tenho certeza de que os habitantes não sobreviveriam sem a senhorita.

— Tem certeza?

— Sim — afirmou ele, sendo sincero. — A senhorita não acha?

— Creio que todos sobreviveriam muito bem sem mim — disse ela friamente. — Outra dama rapidamente ocuparia meu lugar, tenho certeza.

Simon franziu as sobrancelhas.

— A senhorita se dá tão pouco valor assim?

— Não é isso. É só que o tipo de caridade que eu faço aqui poderia ser feito por qualquer pessoa.

— Humm. — Simon achou o perfil dela belo. — E se a senhorita tivesse que abandonar todos que dependem de sua bondade aqui em Maiden Hill, o que faria?

Os lábios da Srta. Craddock-Hayes se abriram enquanto ela refletia sobre a questão. Ele se aproximou mais dela. Ah, como queria tentar esta inocente!

— A senhorita dançaria nos palcos de Londres com sapatilhas roxas? Navegaria para a distante Arábia em um barco de velas de seda? Tornar-se-ia uma dama da sociedade conhecida por seu gênio e sua beleza?

— Eu me tornaria eu mesma.

Simon piscou.

— Mas isso a senhorita já é, bela e severa.

— Sou? Ninguém nota isso, além do senhor.

Então Simon fitou aqueles sérios olhos cor de topázio e desejou dizer alguma coisa. Estava na ponta da língua, ainda que inexplicavelmente ele não conseguisse falar.

A Srta. Craddock-Hayes olhou para o outro lado.

— Estamos quase chegando a Maiden Hill. Está vendo a torre da igreja ali? — Ela apontou para o local.

Obedientemente, Simon olhou para a torre da igreja, tentando se acalmar. Já havia passado da hora de ele ir embora. Se ficasse mais tempo ali, só seria tentado a seduzir esta donzela, e, como ele vinha demonstrando a vida toda, não era capaz de resistir à tentação. Diabos! Às vezes, ele corria na direção dela. Mas não dessa vez. Não com essa mulher. Ele a observava agora, com as sobrancelhas franzidas enquanto Lucy manobrava a pequena carruagem em direção à cidade. Um cacho de cabelo escuro tinha se soltado e acariciava sua bochecha como a mão de um amante. Com essa mulher, se cedesse à tentação, ele iria destruir algo bom e verdadeiro. Algo que ele nunca havia encontrado em parte alguma dessa terra infeliz.

E ele não achava que sobreviveria à ruína.

LUCY SUSPIROU E afundou na água quente do banho. Claro que ela não podia afundar muito — era apenas um banho de assento —, mas, mesmo assim, parecia puro luxo. Ela estava na pequena sala de estar nos fundos da casa, que antes havia sido o quarto de sua mãe. Hedge já reclamava muito, carregando água para o banho "nada natural" dela, sem ter de subir as escadas. O cômodo ficava a apenas alguns passos da cozinha, o que o tornava muito conveniente para suas abluções. A água teria de ser retirada quando ela terminasse, mas Lucy dissera a Hedge e a Betsy que a tarefa poderia esperar até a manhã seguinte. Eles estavam dispensados para ir dormir, e ela poderia aproveitar a água quente sem criados rondando-a impacientemente.

Ela apoiou o pescoço na parte de trás e mais alta da banheira e olhou para o teto. O fogo lançava sombras bruxuleantes nas velhas paredes, fazendo com que Lucy se sentisse muito confortável. O pai fora jantar com o Dr. Fremont e provavelmente ainda estava discutindo política e história com ele. Lorde Iddesleigh saíra para encontrar-se com o Sr. Fletcher na estalagem. A casa era só dela, a não ser pelos criados, que haviam se retirado para descansar.

O cheiro de rosas e lavanda pairava ao seu redor. Ela ergueu uma das mãos e observou a água pingando da ponta dos dedos. Como a última semana, desde que tinha encontrado Lorde Iddesleigh, fora estranha. Nos últimos dias, Lucy havia passado bastante tempo pensando em como levava sua vida. Nunca lhe ocorrera antes que poderia haver mais para sua existência do que apenas cuidar da casa de seu pai, fazer caridade aqui e ali e ser cortejada por Eustace. Por que não tinha vislumbrado ser mais do que a esposa do vigário? Ela nunca sequer havia percebido que ansiava por mais. Era como acordar de um sonho. Aquele homem exibicionista havia aparecido de repente e era completamente diferente de todos que ela conhecia. Quase efeminado com seus ares e suas roupas bonitas, mas, ainda assim, tão masculino em seus movimentos e no modo como a observava.

Ele a incomodava e a estimulava. Exigia mais que um mero consentimento. Ele queria uma reação dela. Simon a fazia se sentir viva de um modo que Lucy nunca havia imaginado ser possível. Como se ela simplesmente estivesse andando por aí, como se fosse uma sonâmbula, antes da chegada dele. Ela acordou de manhã querendo falar com o visconde, com vontade de ouvir sua voz grave cuspindo bobagens que a faziam sorrir ou ficar irritada. Queria descobrir mais sobre ele, queria saber o que deixava aqueles olhos prateados tão tristes às vezes; o que ele escondia por trás de todas aquelas bobagens, como fazê-lo sorrir.

E havia mais. Ela queria seu toque. À noite, em sua cama estreita, quando estava naquele estado em que se está quase dormindo, mas que não chega a ser um sono, Lucy sonhava que ele a tocava, que os longos dedos roçavam suas bochechas. Que aquela boca grande cobria a sua.

Ela inspirou, estremecendo. Sabia que não devia fazer isso, mas não conseguia evitar. Ela fechou os olhos e imaginou como seria se ele estivesse ali agora. Lorde Iddesleigh.

Simon.

Lucy retirou as mãos úmidas da água, as gotas caindo suavemente dentro da banheira, e as passou pela clavícula, fingindo que eram as mãos dele. Ela estremeceu. Calafrios subiram pelo seu pescoço. Os mamilos, pouco acima da água quente, intumesceram. Seus dedos deslizaram sobre eles, e ela sentiu a maciez de sua pele, fria e úmida por causa da água. Com as pontas dos dedos indicadores, ela traçou círculos por baixo dos seios, cheios e pesados, então os trouxe até as pequenas protuberâncias de sua aréola.

Lucy suspirou e mexeu as pernas, inquieta. Se Simon a estivesse observando agora, veria que estava excitada, perceberia o formigamento úmido em sua pele. Veria seus seios nus e os mamilos rijos. A simples ideia de estar sob o olhar dele a fez morder o lábio. Lentamente, ela passou as unhas pelos mamilos, e a sensação a fez apertar as coxas. Se ele a observasse... Ela levou os polegares e os indicadores aos dois mamilos e os beliscou. E então gemeu.

E, subitamente, ela soube. Lucy congelou por um segundo que durou uma eternidade e então lentamente abriu os olhos.

Ele estava na porta, com o olhar fixo no dela — quente, faminto e muito, muito viril. Então o visconde baixou a cabeça e deliberadamente a examinou. Seu olhar percorreu as bochechas coradas e os seios nus, ainda envolvidos por suas mãos, como se ela estivesse oferecendo-os a ele, até o que a água mal cobria. Ela podia praticamente sentir o olhar dele sobre sua pele nua. As narinas do visconde se dilataram, e as maçãs do rosto ficaram coradas. Simon levantou a cabeça e encarou Lucy mais uma vez, e ela viu naquele olhar salvação e perdição. Naquele momento, ela não se importava. Lucy o queria.

Ele se virou e deixou o cômodo.

SIMON SUBIU CORRENDO os degraus de três em três, com o coração batendo forte, com a respiração difícil e rápida, e com o pênis dolorosamente rijo. Meu Deus! Ele não tinha uma ereção daquelas desde que era garoto, quando espiara um lacaio apalpando a risonha criada. Catorze anos e tão cheio de desejo que aquilo era tudo em que pensava de manhã, à tarde e à noite: boceta, e como, exatamente, poderia chegar perto de uma.

Simon entrou com estardalhaço no quarto e bateu a porta atrás de si. Ele recostou a cabeça na madeira e tentou recuperar o fôlego enquanto seu peito arfava. Distraído, esfregou o ombro. Desde aquele longínquo dia, ele havia dormido com inúmeras mulheres, da alta sociedade e de classes menos favorecidas, algumas delas foram apenas um caso rápido, outras, casos mais longos. Aprendera quando os olhos de uma mulher sinalizavam que ela estava disponível. E se tornara um tipo de conhecedor do corpo feminino. Ou assim pensava. Agora, ele se sentia como aquele garoto de 14 anos novamente, ao mesmo tempo excitado e assustado.

Fechou os olhos e lembrou. Ele voltara depois de dividir uma refeição praticamente incomível com Christian e encontrara a casa silenciosa. Imaginara que todos já haviam ido se deitar. Nem mesmo Hedge esperara para recebê-lo; embora, conhecendo o serviçal, isso não era nenhuma surpresa. Na verdade, seu pé já estava no primeiro degrau quando ele de repente hesitou. Não sabia o que o havia atraído para o pequeno cômodo. Talvez algum sentido animalesco que sabia o que iria encontrar ali, o que iria ver. Mas, de qualquer forma, ele havia ficado perplexo. Transformara-se numa estátua de sal, tal como a mulher de Ló.

Ou, em seu caso, uma estátua de puro desejo.

Lucy, na banheira, o vapor condensando na pele pálida, fazendo os fios de cabelo se enrolar nas têmporas. A cabeça jogada para trás, os lábios úmidos e abertos...

Simon gemeu e desabotoou a calça sem abrir os olhos.

O pescoço dela estava arqueado, e ele havia acreditado poder ver a pulsação em seu pescoço, tão branco e macio. Uma gota de água se acumulara como uma pérola na concha da ostra em sua clavícula.

Ele apertou a carne rija entre as pernas e a ergueu, a pele inchando em seus dedos.

Os seios nus e gloriosos, brancos, em forma de sino, seguros, *seguros*, nas pequenas mãos dela...

Um movimento mais rápido para baixo, e a mão ficou molhada com a semente que jorrou.

Os dedos circulavam os mamilos rijos e vermelhos, como se ela estivesse brincando com eles, excitando-se em seu banho solitário.

Simon segurou as bolas com a mão esquerda e as acariciou enquanto movia a mão direita rapidamente.

E, enquanto ele a observava, ela beliscara os mamilos com dois dedos, apertando e puxando aquelas frágeis e doces saliências até que...

— Ahhh, *Deus*! — Ele se moveu, e seu quadril arremeteu automaticamente.

Ela havia gemido de prazer.

Simon suspirou e pressionou a cabeça na madeira. Mais uma vez tentando recuperar o fôlego. Lentamente, ele pegou um lenço e limpou a mão, tentando não deixar a aversão a si próprio afogar sua alma. Então, foi até a minúscula penteadeira e derramou água na bacia que havia ali. Molhou o rosto e o pescoço, depois a cabeça, que pingava sobre a bacia.

Ele estava perdendo o controle.

Uma gargalhada explodiu em seus lábios, alta no cômodo silencioso. Ele já tinha perdido o controle. Deus sabia o que ele diria a ela amanhã, ao seu anjo, a quem espiara no banho e cuja privacidade roubara. Simon esticou-se dolorosamente, enxugou o rosto e deitou-se na cama sem se incomodar em tirar a roupa.

Já havia passado da hora de sair dali.

Capítulo Seis

Lucy apertou a capa de lã cinza em volta dos ombros. O vento estava frio naquela manhã e movia seus dedos gélidos para baixo da saia dela, se enrolando aos ossos. Normalmente, ela não se arriscaria a sair, especialmente a pé, mas precisava de um tempo sozinha para pensar, e a casa estava cheia de homens. Na verdade, havia apenas o pai, Hedge e Simon, mas ela não queria conversar com dois deles, e Hedge era irritante mesmo na melhor das circunstâncias. Por isso, um passeio no campo parecia apropriado.

Lucy chutou um seixo na trilha. Como poderia encarar, do outro lado da mesa posta para o almoço, um cavalheiro que a vira nua e acariciando os próprios seios? Se ela não estivesse tão constrangida, perguntaria a Patricia. Sem dúvida, a amiga teria alguma resposta, mesmo que não fosse a correta. E talvez Patricia a ajudasse a superar esse terrível constrangimento. Fora tão horrível na noite passada, quando ele a vira. Horrível, e também maravilhoso, secreta e maliciosamente. Lucy havia gostado da sensação de ser observada por ele, e, se fosse franca consigo mesma, admitiria que desejara que Simon tivesse ficado. Ficado e...

Ela ouviu passos rápidos e pesados atrás dela.

De repente, Lucy se deu conta de que estava sozinha na estrada; não havia nem mesmo um chalé à vista. Maiden Hill costumava ser um povoado calmo, mas, ainda assim... Ela girou para enfrentar quem quer que estivesse perto de surpreendê-la.

Não era um salteador.

Não. Era muito pior do que isso. Era Simon. Ela quase se virou de novo.

— Espere. — Sua voz era baixa. Ele abriu a boca mais uma vez, mas a fechou abruptamente, como se não soubesse o que mais dizer.

Essa mudez estranha fez com que Lucy se sentisse um pouco melhor. Seria possível que ele estivesse tão constrangido quanto ela? Simon parara a alguns passos de distância dela. Sua cabeça estava descoberta, sem peruca ou chapéu, e ele a fitava, mudo, com olhos cinzentos desejosos. Era quase como se ele precisasse lhe pedir alguma coisa.

Cautelosamente, Lucy falou:

— Vou dar uma caminhada pelas colinas. O senhor gostaria de me acompanhar?

— Sim, por favor, mais misericordioso dos anjos.

E, de repente, tudo ficou bem. Lucy recomeçou a andar, e ele mediu os passos pelos dela.

— Na primavera, esses bosques ficam cheios de jacintos. — Ela fez um gesto indicando as árvores ao redor. — Uma pena que o senhor tenha vindo nesta época do ano, quando tudo é tão sombrio.

— Tentarei ser atacado no verão na próxima ocasião — murmurou ele.

— Na primavera, na verdade.

Simon a fitou.

Ela abriu um sorriso irônico para ele.

— É quando os jacintos florescem.

— Ah.

— Quando eu era mais nova, minha mãe costumava me trazer aqui, junto com David, para fazer piqueniques na primavera, depois de ficarmos trancados em casa durante todo o inverno. Papai, como sempre, passava a maior parte do tempo no mar. David e eu pegávamos o máximo de jacintos que nossos braços podiam carregar e colocávamos tudo no colo dela.

— Ela parecia ser uma mãe paciente.

— Era, sim.

— Quando foi que ela morreu? — Suas palavras eram baixas e íntimas.

Lucy se recordou novamente de que aquele homem a vira em seu estado mais vulnerável. Ela olhou diretamente para a frente.

— Há onze anos. Eu tinha 13.

— É uma idade difícil para se perder um dos pais.

Ela o encarou. A única família que Simon havia mencionado era o irmão. Ele parecia mais interessado em descobrir a parca história dela do que revelar a própria.

— A sua mãe está viva? — Obviamente o pai já devia estar morto, para ele ter herdado o título.

— Não. Ela morreu há alguns anos, antes... — Ele se interrompeu.

— Antes do quê?

— Antes de Ethan, meu irmão, morrer. Graças a Deus. — Simon inclinou a cabeça para trás e pareceu fitar os galhos sem folhas acima dele, embora, talvez, estivesse olhando para algo totalmente diferente. — Ethan era o queridinho dela. Foi sua maior realização, a pessoa que ela mais amava no mundo. Ele sabia como encantar tanto os mais jovens quanto os mais velhos e tinha o dom de liderar os homens. Os fazendeiros da região iam falar com ele sobre seus problemas. Meu irmão nunca conheceu uma alma que não gostasse dele.

Lucy o observou. A voz de Simon não expressava qualquer emoção enquanto ele descrevia o irmão, mas suas mãos se contorciam lentamente na cintura.

— O senhor faz com que ele pareça um modelo de perfeição.

— Ele era isso tudo e um pouco mais. Muito mais, na verdade. Ethan sabia o que era certo e o que era errado sem ter que pensar muito, sem ter qualquer dúvida. Pouquíssimas pessoas conseguem ser assim. — Ele olhou para baixo e pareceu notar que estava puxando o dedo indicador direito, então juntou as mãos atrás das costas.

Ela deve ter emitido algum som.

Simon a encarou.

— Meu irmão mais velho foi a pessoa mais digna que já conheci — declarou ele.

Lucy franziu a testa, pensando no homem perfeito e morto.

— Ele se parecia com o senhor?

O visconde ficou espantado.

Ela ergueu as sobrancelhas e esperou.

— Na verdade, ele se parecia um pouco comigo, sim. — Simon deu um meio-sorriso. — Ethan era poucos centímetros mais baixo do que eu, mas era mais forte e mais pesado.

— E o cabelo dele? — Ela olhou para os cachos praticamente sem cor do visconde. — Ele também era louro?

— Humm. — Simon passou a palma da mão pelos cabelos. — Os cachos dele eram mais dourados. Ele deixava os cabelos compridos e não usava peruca nem os empoava. Acho que era um pouco vaidoso quanto a isso. — Ele sorriu maliciosamente.

Lucy sorriu para Simon. Ela gostava dele assim, alegre e brincalhão, e subitamente se deu conta de que, apesar da maneira despreocupada do visconde, ele raramente estava à vontade.

— Os olhos dele eram azul-claros — emendou ele. — Minha mãe costumava dizer que eram da cor favorita dela.

— Acho que prefiro cinza.

Ele fez uma mesura caprichada.

— Milady me honra.

Ela respondeu com uma reverência, mas então ficou séria antes de perguntar:

— Como foi que Ethan morreu?

Simon parou, forçando-a a parar também. Ela o encarou.

O visconde parecia lutar contra alguma coisa; suas sobrancelhas se juntaram acima dos belos olhos cinzentos e gélidos.

— Eu...

Um inseto zumbiu ao lado da cabeça de Lucy e, logo depois, ouviu-se um tiro alto. Simon agarrou-a apressadamente e a empurrou para a vala. A jovem caiu em cima do próprio quadril, e uma onda de dor e espanto percorreu seu corpo, e então Simon aterrissou em cima dela, empurrando-a na lama e nas folhas mortas. Lucy virou a cabeça, tentando respirar direito. Era como se um cavalo estivesse sentado em cima dela.

— Não se mova. Droga. — Ele pôs a mão sobre a cabeça de Lucy e empurrou-a novamente para baixo. — Alguém está atirando em nós.

Ela cuspiu uma folha.

— Eu sei.

Curiosamente, ele deu uma risada no ouvido dela.

— Anjo maravilhoso. — Seu hálito tinha cheiro de chá de hortelã.

Outro tiro. As folhas explodiram a poucos passos do ombro dela.

Simon xingou um tanto explosivamente.

— Ele está recarregando.

— O senhor pode ver onde ele está? — murmurou ela.

— Em algum lugar do outro lado da estrada. Não posso dizer o local exato. Silêncio.

Lucy se deu conta de que, além do problema para respirar e do fato de que poderia ter uma morte violenta a qualquer instante, era bom ter Simon deitado sobre ela. Ele era incrivelmente quente. E tinha um cheiro bom, não aquele cheiro de tabaco, como a maioria dos homens, mas um perfume exótico. Sândalo, talvez? Seus braços, em volta do corpo dela, pareciam confortáveis.

— Ouça com atenção. — Simon encostou a boca na orelha dela, e seus lábios a acariciaram com cada palavra. — Depois do próximo tiro, nós corremos. Ele só tem um rifle e precisa recarregar. Quando ele...

Uma bala atravessou o solo a centímetros do rosto dela.

— Agora!

Simon puxou-a para que Lucy ficasse em pé e correu antes que ela pudesse sequer registrar o comando. Ela ficou sem ar no esforço para acompanhá-lo, esperando, a qualquer momento, sentir o tiro seguinte entre suas escápulas. Quanto tempo levava para recarregar uma arma?

Sem dúvida, apenas alguns minutos. A respiração dela arranhou-lhe dolorosamente o peito.

Então Simon a empurrou para a frente dele.

— Vá para o bosque! Continue correndo!

Ele queria que ela se separasse dele? *Meu Deus, ele iria morrer.*

— Mas...

— Ele está atrás de mim. — Simon a encarou com uma expressão furiosa no olhar. — Eu não posso me defender se a senhorita estiver aqui. Vá, agora!

Sua última palavra coincidiu com a explosão de mais um tiro. Lucy se virou e correu, sem ousar olhar para trás nem parar. Ela soluçou uma vez, e então o bosque a envolveu com sua escuridão fria. Ela correu o mais rápido que pôde, tropeçando na relva; com os galhos das árvores agarrando-se à sua capa, e com lágrimas de medo e angústia escorrendo pelo rosto. Simon havia ficado para trás, desarmado, enfrentando um homem com uma arma. Ah, Deus! Lucy queria voltar, mas não podia — com ela fora do caminho, ele tinha pelo menos uma chance contra o agressor.

Ela ouviu passos pesados se aproximando.

O coração de Lucy bateu forte no peito. Ela se virou para encarar o agressor, com os pequenos punhos erguidos para se defender.

— Silêncio, sou eu. — Simon apertou-a contra o peito, que subia e descia, a respiração roçando o rosto dela. — Shhh, está tudo bem. A senhorita é tão corajosa, milady.

Lucy encostou a cabeça no peito de Simon e ouviu os batimentos do coração dele. Ela apertou o tecido do casaco do visconde com as duas mãos.

— O senhor está vivo.

— Sim, claro. Receio que homens como eu nunca...

Ele parou porque ela não conseguiu engolir um soluço engasgado.

— Eu sinto muito — murmurou Simon com a voz mais grave. Ele levantou a cabeça de Lucy, afastando-a do peito, e limpou as lágrimas dela com a palma da mão. O visconde parecia preocupado, cansado e hesitante. — Não chore, querida. Não valho tanto assim, estou falando sério.

Lucy franziu a testa e piscou para tentar afastar as lágrimas que continuavam surgindo.

— Por que o senhor sempre diz isso?

— Porque é a verdade.

Ela balançou a cabeça.

— O senhor é muito, muito importante para mim, e vou chorar pelo senhor se eu quiser.

O canto da boca de Simon se curvou para cima, formando um sorriso carinhoso, e ele não zombou da bobagem que ela dissera.

— Fico sem palavras diante de suas lágrimas.

Lucy desviou o olhar; não conseguia encará-lo.

— O atirador, ele...?

— Foi embora, eu acho — murmurou Simon. — Uma carroça velha apareceu na estrada, puxada por um cavalo cinzento meio curvado. A carroça estava cheia de trabalhadores, e isso deve ter assustado o homem.

Lucy soltou uma gargalhada.

— Os Jones. Uma vez na vida eles foram úteis. — Então um pensamento súbito lhe ocorreu, e ela o encarrou. — O senhor está ferido?

— Não. — Simon sorriu para ela, mas dava para perceber pelos olhos dele que seu pensamento estava em outro lugar. — É melhor nós irmos para casa, e então...

Lucy esperou, mas ele se interrompeu mais uma vez, pensando.

— Então o quê? — insistiu ela.

Simon virou a cabeça para que seus lábios roçassem a bochecha dela, e Lucy quase não ouviu suas palavras.

— Então eu tenho que ir embora daqui. Para protegê-la.

— TIROS! — rugiu o capitão Craddock-Hayes uma hora depois.

De repente, Simon pôde ver a mão de ferro que comandara um navio cheio de homens durante trinta anos. Ele esperava que os segmentos de pedrinhas das janelas chacoalhassem nas estruturas de chumbo. Eles estavam sentados na principal sala de estar da mansão dos Craddock--Hayes. Tinha uma bela decoração — cortinas com listras marrom--avermelhadas e creme, canapés da mesma cor, espalhados aqui e ali, e um belo relógio de porcelana na cornija —, mas ele preferia a pequena sala de estar de Lucy, nos fundos da casa.

Não que lhe tivessem dado opção.

— Minha filha, uma flor de feminilidade, uma jovem obediente e frágil. — O capitão cruzou a extensão do cômodo, com o braço batendo no ar para dar ênfase e as pernas curtas pisando com força no chão. — Inocente dos modos do mundo, protegida durante toda a vida, abordada a menos de um quilômetro de seu lar desde a infância. Rá! Um quarto de século sem assassinatos em Maiden Hill. Vinte e cinco anos! E então o senhor aparece.

O capitão parou no meio do trajeto, entre a cornija e uma mesa com antiguidades navais. Ele respirou fundo.

— Patife! — explodiu ele, quase arrancando as sobrancelhas de Simon. — Rufião! Salafrário! Expondo as, ah... — Seus lábios se moveram enquanto ele buscava a palavra.

— Moças — sugeriu Hedge.

O criado trouxera o chá mais cedo, no lugar de Betsy ou da Sra. Brodie, aparentemente para negar a Simon o socorro da simpatia feminina. Hedge ainda espiava, mexendo na prataria como uma desculpa, ouvindo ansiosamente.

O capitão o fitou com expressão severa.

— *Damas.* — E transferiu o olhar para Simon. — Nunca ouvi falar de tal vilania, senhor! O que o senhor tem a dizer? Hein? Hein?

— Só posso dizer que o senhor está certo, capitão. — Simon se recostou, parecendo cansado, no canapé. — A não ser pela parte do "obediente e frágil". Com todo o respeito, não acho que a Srta. Craddock--Hayes seja nada disso.

— Como o senhor ousa dizer isso, depois de quase causar a morte da minha filha! — O homem mais velho balançou um punho na direção do visconde, com o rosto enrubescendo. — Rá. Quero ver o senhor fora desta casa na próxima hora, isso sim. Não vou aceitar isso. Lucy é o coração e a alma desta comunidade. Muitas pessoas, não apenas eu, a têm em consideração. E, se for preciso, eu o farei sair dessa cidade humilhado, cheio de piche e penas!

— Isso mesmo! — falou Hedge, suas emoções obviamente afetadas pelo discurso do capitão; embora fosse difícil dizer se por causa de Lucy ou pela perspectiva de ver um membro da nobreza humilhado dessa maneira.

Simon suspirou. Sua cabeça estava começando a doer. Ele nunca sentiu tanto medo na vida quanto naquela manhã, perguntando-se se uma bala mataria a preciosa criatura embaixo de si — sabendo que, se isso acontecesse, ele iria enlouquecer —, temendo não conseguir salvá-la. Não queria sentir de novo aquele medo impotente pelo resto de sua vida. Ele não havia tido muito contato com o chão, pois os membros macios de Lucy se interpuseram entre o seu corpo e a terra. E aquilo não tinha sido maravilhoso de um modo assustadoramente terrível? Sentir o que ele havia jurado que nunca sentiria: o rosto dela próximo ao seu, o quadril dela abrigado em sua virilha. Mesmo no meio do pânico pelo fato de tudo ser culpa dele, mesmo sabendo que sua presença colocava a vida dela em risco, mesmo com camadas de boa roupa inglesa entre os dois, ainda assim ele havia reagido ao corpo dela. Mas Simon sabia agora que seu anjo poderia fazê-lo se levantar mesmo que estivesse morto há dez dias, e certamente não seria de maneira religiosa.

— Peço mil desculpas por ter colocado a Srta. Craddock-Hayes em perigo, capitão — disse ele. — E, embora eu saiba que agora pouco adianta, se eu tivesse ideia de que ela estaria em risco, preferiria cortar meus próprios pulsos a vê-la machucada.

— Fffsst. — Hedge fez um som debochado, estranhamente eficaz apesar da ausência de palavras.

O capitão apenas o encarou por um longo minuto.

— Rá — disse ele finalmente. — Belas palavras, e creio que o senhor falou com sinceridade.

Hedge parecia tão perplexo quanto Simon.

— Mesmo assim quero o senhor fora desta casa — resmungou o capitão.

Simon inclinou a cabeça.

— Henry já está arrumando as minhas coisas, e mandei um recado ao Sr. Fletcher, na estalagem. Iremos embora em uma hora.

— Bom. — O capitão se sentou e o encarou.

Hedge se adiantou com uma xícara de chá.

O homem mais velho o dispensou com um gesto de mão.

— Não quero essa água suja. Traga o conhaque, homem.

Hedge abriu um armário e retirou um decantador de vidro cheio pela metade com um rico líquido cor de âmbar. Serviu dois copos e os levou até os homens; em seguida, ficou parado, olhando melancolicamente para o decantador.

— Ora, vá em frente — falou o capitão.

Hedge serviu-se de um mísero gole e ergueu o copo, esperando.

— Ao belo sexo — propôs Simon.

— Rá — resmungou o homem mais velho, mas bebeu.

Hedge tomou o conhaque num gole só, depois fechou os olhos e estremeceu.

— Que beleza, isso.

— De fato. Conheço um contrabandista na costa — murmurou o capitão. — Ela ainda estará em perigo depois que o senhor for embora?

— Não. — Simon inclinou a cabeça, apoiando-a no encosto do canapé. O conhaque era bom, mas só deixava sua dor de cabeça pior. — Eles estão atrás de mim e, como vigaristas que são, seguirão meu rastro para longe daqui assim que eu for embora.

— O senhor admite conhecer esses assassinos?

Simon assentiu, com os olhos fechados.

— Os mesmos que o deram por morto?

— Ou capangas contratados.

— Por que tudo isso, hein? — rosnou o capitão. — Conte-me.

— Vingança. — Simon abriu os olhos.

O homem mais velho não piscou.

— Sua ou deles?

— Minha.

— Por quê?

Simon fitou o interior do copo, girando o líquido e observando-o tingir o interior.

— Eles mataram meu irmão.

— Rá. — O capitão bebeu a isso. — Nesse caso, desejo-lhe sorte. Em outro lugar.

— Obrigado. — Simon esvaziou seu copo e se levantou.

— Sem dúvida, o senhor sabe o que dizem sobre vingança.

Simon se virou e fez a pergunta, pois isso era esperado dele e porque seu anfitrião havia sido mais indulgente do que ele esperava:

— O quê?

— Tome cuidado com a vingança. — O capitão sorriu como um ogro velho e malvado. — Às vezes, ela dá meia-volta e morde o seu traseiro.

LUCY ESTAVA DE pé junto à estreita janela do quarto que dava para a trilha e observou o Sr. Hedge e o valete de Simon encherem a imponente carruagem negra. Os dois pareciam estar discutindo sobre como empilhar a bagagem. O Sr. Hedge gesticulava freneticamente, o valete tinha um esgar nos lábios incomumente bonitos, e o lacaio, que de fato segurava a caixa em questão, cambaleava. Não pareciam nem perto de concluir a tarefa, mas uma coisa era fato — Simon estava voltando para casa. Embora ela soubesse que aquele dia chegaria, por alguma razão não havia esperado por esse momento, e agora ela sentia... o quê?

Uma batida à porta interrompeu seus pensamentos confusos.

— Entre. — Ela soltou a cortina de gaze e se virou.

Simon abriu a porta, mas permaneceu no corredor.

— Posso ter uma palavra com a senhorita? Por favor.

Lucy assentiu, sem dizer nada.

Ele hesitou.

— Talvez pudéssemos dar uma caminhada no jardim.

— Claro. — Não seria adequado conversar com ele sozinha ali. Lucy pegou um xale de lã e desceu a escada na frente dele.

Simon abriu a porta da cozinha para ela, e a jovem saiu para a fria luz do sol. A horta da Sra. Brodie estava numa condição lastimável naquela época do ano. A terra dura estava coberta por uma fina camada de geada destruidora. Caules de couve esqueléticos se curvavam em uma fileira retorcida. Perto delas, havia folhas finas de cebolas congeladas no chão, escuras e quebradiças. Algumas maçãs murchas, esquecidas no momento da colheita, prendiam-se aos galhos nus das árvores podadas. O inverno cobrira o jardim em um sono que se assemelhava à morte.

Lucy cruzou os braços e respirou para se acalmar.

— O senhor está indo embora.

Ele fez que sim com a cabeça.

— Eu não posso ficar e sujeitar a senhorita e sua família a mais apuros. Foi perigoso demais o que aconteceu esta manhã. Se o assassino não tivesse errado aquele primeiro tiro... — Ele fez uma careta. — Foi minha vaidade egoísta que me fez ficar aqui por tanto tempo. Eu já deveria ter ido embora, sabendo a que ponto eles poderiam chegar.

— Então o senhor voltará para Londres. — Ela não conseguia encará-lo e permanecer impassível, então virou o olhar para os galhos das árvores que chacoalhavam. — Eles não vão encontrar o senhor lá?

Simon riu, um som rouco saiu de sua boca.

— Meu anjo, temo que seja mais uma questão de eu encontrá-los.

Neste momento, ela olhou para ele. O visconde parecia amargurado. E solitário.

— Por que o senhor diz isso? — perguntou ela.

Ele hesitou, pareceu refletir; em seguida, finalmente, balançou a cabeça.

— Tem tantas coisas que a senhorita não sabe sobre mim, que nunca vai saber. Pouquíssimas pessoas sabem, na verdade, e, no seu caso, prefiro que continue assim.

Ele não ia lhe contar, e Lucy sentiu uma onda irracional de raiva. Será que ele ainda a considerava um bibelô de louça para ser envolvido em gaze? Ou simplesmente achava que não podia confiar nela?

— O senhor realmente prefere que eu não o conheça de verdade? — Ela se virou para encará-lo. — Ou diz isso para todas as mulheres ingênuas que conhece, para que assim elas o considerem sofisticado?

— Considerem? — Simon curvou os lábios. — Assim a senhorita me humilha.

— O senhor está me dispensando dizendo bobagens.

Ele piscou, e sua cabeça pendeu para trás como se ela o tivesse estapeado.

— Dizendo bobagens...

— Sim, bobagens. — A voz de Lucy tremia de raiva, e ela não parecia conseguir acalmá-la. — O senhor banca o tolo para não ter que me dizer a verdade.

— Eu acabei de contá-la à senhorita. — Agora ele soava irritado.

Ora, muito bem. Ela também estava irritada.

— É assim que o senhor quer viver? Sozinho? Sem nunca deixar ninguém se aproximar de você? — Ela não deveria ser tão severa, e sabia disso, pois aquela era a última vez que os dois estariam juntos.

— Não é uma questão de querer... — Simon deu de ombros. — Algumas coisas não podem ser modificadas. E eu mereço isso.

— Parece uma existência muito solitária e totalmente insatisfatória — disse Lucy calmamente, escolhendo as palavras com cuidado, encadeando-as como se fossem soldados em batalha. — Passar pela vida sem um verdadeiro confidente. Alguém a quem o senhor possa revelar o seu eu sem medo. Alguém que conheça seus defeitos e suas fraquezas e que, apesar de tudo, se importe com o senhor. Alguém para quem o senhor não tenha que fingir ser outra pessoa.

— Às vezes, a senhorita me assusta. — Os olhos prateados reluziram quando ele murmurou as palavras, e Lucy desejou poder interpretá-los. — Não tente um homem há tanto tempo sem o pão do companheirismo.

— Se o senhor ficasse... — Ela teve de parar de falar para recuperar o fôlego; seu peito estava apertado. Havia tanta coisa em jogo nesses segundos, e Lucy precisava falar de modo eloquente. — Se o senhor ficasse, talvez pudéssemos conhecer mais um ao outro. Talvez eu pudesse me tornar sua confidente. Sua companheira.

— Eu não a colocarei em maior risco. — Lucy acreditou ver hesitação nos olhos dele.

— Eu...

— E isso que a senhorita me pede... — Simon desviou o olhar — não acho que eu tenha em mim para dar.

— Entendo. — Lucy fitou as próprias mãos. Então essa era a derrota.

— Se alguém...

Mas ela o interrompeu, falando rapidamente e em voz alta, sem querer ouvir sua piedade.

— O senhor é da cidade grande, e eu sou apenas uma dama simples que vive no campo. Entendo que...

— Não. — Simon se virou e caminhou na direção dela, e os dois ficaram a apenas um passo um do outro. — Não reduza o que há entre nós a um conflito de hábitos e costumes rurais e urbanos.

O vento soprou contra Lucy, e ela estremeceu.

Simon se moveu de tal forma que seu corpo protegesse o dela da brisa.

— Nos últimos dias, eu senti mais do que nunca na vida. A senhorita mexe com alguma coisa em mim. Eu... — Ele fitou o céu nublado acima da cabeça de Lucy.

Ela esperou.

— Eu não sei como expressar o que eu sinto. — Ele baixou o olhar para ela e esboçou um sorriso. — E não estou muito acostumado a isso, como a senhorita deve saber. Só posso dizer que fico feliz por tê-la conhecido, Lucy Craddock-Hayes.

Lágrimas surgiram nos cantos dos olhos dela.

— E eu, o senhor.

Simon pegou a mão de Lucy e gentilmente abriu os dedos para que a palma dela ficasse entre as suas, como uma flor aninhada entre as folhas.

— Eu me lembrarei da senhorita por todos os dias da minha vida — murmurou ele tão baixo que ela quase não ouviu. — E não sei ao certo se isso é uma bênção ou uma maldição. — Ele se ajoelhou, inclinando-se sobre as mãos dela, e Lucy sentiu os lábios quentes roçando na palma de sua mão fria.

Ela olhou para baixo, e uma lágrima pingou no cabelo do visconde.

Simon se levantou, sem olhar para ela, e falou:

— Adeus. — E então foi embora.

Lucy deu um soluço e então se controlou.

Ela permaneceu no jardim até não conseguir mais ouvir as rodas da carruagem se afastando.

SIMON ENTROU NA carruagem e se ajeitou nas almofadas de couro vermelho. Deu uma pancadinha no teto; em seguida, se reclinou de tal modo que, pela janela, podia ver a mansão dos Craddock-Hayes ficar para trás. Ele não conseguia ver Lucy — ela havia permanecido no jardim, imóvel como uma estátua de alabastro quando ele a deixara —, mas a casa poderia substituí-la. A carruagem sacudiu.

— Não consigo acreditar que você ficou nesta aldeia do interior por tanto tempo. — Christian, sentado na frente de Simon, suspirou. — Eu teria imaginado que você ficaria incrivelmente entediado. O que fazia durante o dia? Lia?

John Cocheiro açoitou os cavalos para um trote pela trilha. A carruagem balançou. Henry, que dividia o assento com Christian, pigarreou e olhou para o teto.

Christian encarou o amigo, inquieto.

— Sem dúvida, os Craddock-Hayes foram muito hospitaleiros e tudo o mais. São boas pessoas. A Srta. Craddock-Hayes foi agradavelmente solícita comigo durante aqueles terríveis jantares. Creio que ela pensava estar me protegendo do pai, aquele velho fanfarrão. Muito gentil da parte dela. Ela será uma boa esposa para o vigário quando se casar com aquele sujeito, Penweeble.

Simon quase se encolheu, mas se deteve a tempo. Ou assim pensou. Henry pigarreou tão alto que o visconde temeu que ele tivesse deslocado algum órgão vital.

— Qual é o problema com você, homem? — Christian olhou para o valete com a testa franzida. — Está com catarro? Você parece o meu pai em seus piores dias.

A casa agora parecia um brinquedo, um pequeno ponto bucólico, cercado pelos carvalhos da trilha.

— Minha saúde vai muito bem, senhor — respondeu Henry friamente. — Obrigado por perguntar. Já pensou no que vai fazer em seu retorno a Londres, Lorde Iddesleigh?

— Humm.

A carruagem fez uma curva, e a casa sumiu de vista. Simon espiou por mais um instante, mas esse capítulo de sua vida se fora. *Ela* se fora. Melhor realmente esquecer aquilo tudo.

Se ele pudesse.

— Provavelmente vai querer dar umas voltas — tagarelou Christian alegremente. — Saber das fofocas no Angelo's e nos antros de jogos, e das moças de reputação duvidosa nas casas mais notórias.

Simon se esticou e fechou a cortina da janela.

— Na verdade, vou a uma caçada. Ficarei com o nariz no chão, as orelhas abanando; serei um perseguidor ansioso correndo para encontrar quem me atacou.

— Mas não foram ladrões? — Christian parecia confuso. — Quero dizer, é bem difícil rastrear alguns crápulas em Londres. A cidade está infestada deles.

— Eu tenho uma boa ideia de quem sejam. — Simon esfregou o indicador direito da mão esquerda. — Na verdade, tenho quase certeza de que já os conheço. Ou, pelo menos, conheço seus patrões.

— É mesmo? — Christian o observou, percebendo, pela primeira vez, que ignorava alguma coisa. — E o que você vai fazer quando os encurralar?

— Ora, vou desafiá-los para um duelo. — Simon mostrou os dentes. – Desafiá-los e matá-los.

Capítulo Sete

— ... e eu realmente acho que os reparos no telhado acima da sacristia vão dar um jeito desta vez. Thomas Jones me garantiu que fará o trabalho pessoalmente em vez de correr o risco de um dos garotos fazer algo errado. — Eustace fez uma pausa em sua dissertação sobre as melhorias da igreja para cuidadosamente desviar o cavalo de um atoleiro na estrada.

— Que bom — interveio Lucy enquanto ainda tinha tempo.

O sol aparecera naquele dia, exatamente como na terça anterior. Eles foram até Maiden Hill pela estrada que Eustace sempre tomava, passando pela padaria e pelas mesmas duas senhoras idosas que pechinchavam com o padeiro. As damas se viraram, assim como haviam feito na semana anterior, e acenaram para eles. Nada havia mudado. Simon Iddesleigh poderia nunca ter aterrissado tão subitamente em sua vida apenas para voar novamente para longe.

Lucy sentiu uma vontade louca de gritar.

— Sim, mas não tenho tanta certeza quanto à nave — retrucou Eustace.

Isso era novidade no catálogo de problemas da igreja.

— Qual é o problema com a nave?

Ele franziu o cenho, e rugas ficaram gravadas em sua testa normalmente lisa.

— Tem um vazamento no telhado também. Não muito grande, até agora é apenas o suficiente para manchar o teto, mas ficará mais difícil de consertá-lo por causa da abóbada. Não tenho certeza nem se o filho mais velho do Tom aceitará o trabalho. Teremos que lhe pagar um extra.

Lucy não conseguiu se controlar. Ela jogou a cabeça para trás e riu, fazendo um barulho ridículo e tão alto que parecia ecoar no ar límpido do inverno. Eustace esboçou um sorriso constrangido, de quem parecia não ter entendido a piada. As duas senhoras trotaram pelo gramado para ver que comoção era aquela, e o ferreiro e o filho saíram de sua loja.

Lucy tentou se acalmar.

— Perdão.

— Não, não precisa pedir desculpas. — Eustace a encarou com seus tímidos olhos cor de café. — Fico feliz de ver sua alegria. A senhorita não ri com frequência.

O que apenas a fez se sentir pior, é claro.

Lucy fechou os olhos e subitamente percebeu que deveria ter cortado aquilo há muito tempo.

— Eustace...

— Eu queria... — começou ele ao mesmo tempo, e suas palavras colidiram com as dela. O vigário parou de falar e sorriu. — Por favor. — E indicou que ela deveria continuar.

Mas Lucy agora se sentia mal e não estava nada ansiosa em começar o que, sem dúvida, seria uma discussão constrangedora.

— Não, me perdoe. O que o senhor ia dizer?

Ele respirou fundo; seu peito se expandindo sob a lã marrom grossa.

— Quero falar com a senhorita sobre um assunto importante há algum tempo. — Eustace virou a carruagem atrás da igreja e, de repente, os dois estavam sozinhos.

Lucy teve um terrível pressentimento.

— Eu acho...

Mas, pela primeira vez, Eustace não se calou para ouvi-la. Ele continuou falando ao mesmo tempo que ela.

— Eu queria lhe dizer o quanto a admiro. O quanto gosto de passar o tempo com a senhorita. São ótimos, a senhorita não acha, nossos passeios de carruagem?

Lucy tentou mais uma vez.

— Eustace...

— Não, não me interrompa. Deixe-me falar tudo. A senhorita poderia pensar que eu não ficaria tão nervoso, conhecendo-a tão bem. — Ele inspirou e soltou uma golfada de ar. — Lucy Craddock-Hayes, a senhorita me daria a honra de ser minha noiva? Pronto. Falei.

— Eu...

Eustace puxou-a para si abruptamente, e a voz de Lucy terminou em um grunhido. Ele a apertou delicadamente contra o peito largo, e, para ela, era como ser envolvida por uma almofada imensa e sufocante, uma sensação que não era desagradável, mas também não totalmente confortável. Seu rosto se agigantou diante dela, avançando para beijá-la.

Ah, pelo amor de Deus! Uma onda de exasperação se abateu sobre Lucy. E não era isso, ela tinha certeza, o que uma mulher deveria sentir ao ser beijada por um jovem bonito. E, para ser sincera, o beijo de Eustace era bastante... bom. Os lábios dele eram quentes, e ele os movia de um jeito agradável sobre os dela. Seu hálito tinha cheiro de hortelã — ele devia ter se preparado para o beijo mascando algumas folhas —, e, ao pensar nisso, a impaciência de Lucy se transformou em uma profunda compaixão.

Ele se afastou dela, parecendo muito satisfeito consigo mesmo.

— Vamos contar ao seu pai?

— Eustace...

— Caramba! Eu deveria ter pedido permissão antes. — As sobrancelhas dele franziram, pensativas.

— Eustace...

— Bem, não é uma grande surpresa, é? Eu tenho cortejado a senhorita há um longo tempo. Acho até que os moradores da aldeia pensam que já somos casados.

— Eustace!

Ele se assustou ligeiramente com a voz alta de Lucy.

— Querida?

Ela fechou os olhos. Não pretendia gritar, mas ele não parava de falar. Ela balançou a cabeça. Era melhor se concentrar se queria acabar com aquilo.

— Embora eu esteja profundamente lisonjeada com a honra de ser sua noiva, Eustace, eu... — Ela cometeu o erro de olhar para ele.

Eustace, sentado ali, um cacho do cabelo castanho soprando contra a bochecha, parecia perfeitamente inocente.

— Sim?

Ela se encolheu.

— Eu não posso me casar com você.

— Claro que pode. Não creio que o capitão irá se opor. Ele teria me enxotado há muito tempo se não aprovasse. E a senhorita já passou um bocado da idade do consentimento.

— Obrigada.

Ele corou.

— Eu quis dizer...

— Eu entendi. — Lucy suspirou. — Mas eu... eu realmente não posso me casar com você, Eustace.

— Por que não?

Ela não queria magoá-lo.

— Não podemos simplesmente deixar por isso mesmo?

— Não. — Ele se esticou de modo estranhamente digno. — Eu sinto muito, mas, se a senhorita vai me rejeitar, acho que, ao menos, mereço saber o motivo.

— Não, *eu* é que sinto muito. Não quis encorajá-lo. É só que... — Lucy franziu a testa, olhando para as próprias mãos enquanto tentava encontrar as palavras — com o passar dos anos, nós caímos em um tipo de hábito, que parei de questionar. Eu devia ter feito isso.

O cavalo balançou a cabeça, sacudindo as rédeas.

— Eu sou um *hábito*?

Ela se retraiu.

— Eu não...

Ele colocou as mãos grandes nos joelhos e as fechou.

— Durante todo esse tempo, eu imaginei que nós iríamos nos casar. — Ele afrouxou as mãos. — A senhorita também tinha expectativa de casamento; não diga que não.

— Eu sinto muito...

— E agora espera que eu desista por causa de um capricho seu?

— Não é um capricho. — Lucy respirou fundo para se acalmar. Chorar seria uma maneira covarde de despertar a solidariedade dele. Eustace merecia mais dela. — Andei pensando muito nos últimos dias. Tenho me torturado sobre o que somos um para o outro. Não é o suficiente.

— Por quê? — Eustace fez a pergunta em voz baixa. — Por que a senhorita questionaria o que temos, o que somos juntos? O que construímos me parece bom.

— Mas a questão é justamente essa. — Lucy olhou nos olhos dele. — Bom não é o suficiente para mim. Eu quero, eu *preciso* de mais.

Ele ficou em silêncio por um momento. O vento soprou algumas folhas contra a porta da igreja.

— É por causa daquele sujeito, Iddesleigh?

Lucy desviou o olhar, respirou fundo e soltou um suspiro.

— Imagino que sim.

— A senhorita sabe que ele não vai voltar.

— Sim.

— Então por que — de repente, ele bateu na própria coxa —, *por que* a senhorita não pode se casar comigo?

— Não seria justo com o senhor. O senhor precisa saber disso.

— Creio que a senhorita deva deixar que eu decida isso.

— Talvez sim — concordou ela. — Mas então o senhor deve deixar que eu decida o que é justo para mim. E viver a minha vida abrindo mão do que eu quero, em um *bom* casamento, já não é suficiente.

— Por quê? — A voz de Eustace estava rouca. Parecia que ele ia chorar.

Lucy sentiu a umidade nos próprios olhos. Como ela podia ter sido tão dura com aquele bom homem?

— A senhora acha que o ama?

— Eu não sei. — Ela fechou os olhos, mas as lágrimas caíram mesmo assim. — Tudo o que eu sei é que ele abriu uma porta para um mundo totalmente novo, que eu nem sequer sabia que existia. Eu entrei nesse mundo e não posso voltar.

— Mas...

— Eu sei. — Ela gesticulou abruptamente com a mão. — Sei que ele não vai voltar, que eu nunca mais o verei nem falarei com ele. Mas isso não importa. O senhor não entende?

Ele começou a balançar a cabeça e parecia que não iria mais parar. A cabeça dele ia de um lado para o outro com um movimento teimoso, como se ele fosse um urso.

— É como... — Lucy ergueu as mãos, como se estivesse implorando, enquanto tentava pensar em uma analogia. — É como se uma pessoa que nasceu cega um dia começasse a enxergar. E não apenas enxergar, como também testemunhar o nascer do sol em toda sua glória no céu azul. Os tons escuros de lavanda e azul clareando para um tom de rosa e vermelho, espalhando-se no horizonte até a Terra inteira ficar iluminada. Até piscar e cair de joelhos, em admiração pela luz.

Ele ficou imóvel e a encarou, boquiaberto.

— O senhor não consegue entender? — murmurou Lucy. — Mesmo se a pessoa ficasse cega novamente no instante seguinte, ela se lembraria para sempre daquilo e saberia o que perdeu. O que poderia ter sido.

— Então a senhorita não vai se casar comigo? — perguntou Eustace baixinho.

— Não. — Lucy baixou as mãos, desanimada e cansada. — Eu não vou me casar com o senhor.

— Droga! — rugiu Edward de Raaf, quinto conde de Swartingham, quando outro garoto passou rapidamente por ele.

De alguma maneira, o garoto conseguiu não ver a mão imensa do conde, que acenava.

Simon abafou um suspiro. Ele estava em seu café favorito de Londres, com os pés — calçados em sapatos novos de salto vermelho — apoiados em uma cadeira próxima, e, ainda assim, não conseguia deixar de pensar na pequena aldeia que abandonara havia uma semana.

— Você acha que o serviço está piorando? — perguntou-lhe o amigo quando foi novamente ignorado.

O garoto devia ser cego ou não estava vendo de propósito. De Raaf tinha bem mais que um metro e oitenta de altura, um rosto pálido, marcado pela varíola, e cabelos muito negros e vistosos, amarrados em um rabicho bagunçado. Naquele momento, sua expressão estava péssima. Ele não era do tipo que se misturava a uma multidão.

— Não. — Simon bebericou seu café. Ele estava pensativo. Havia chegado antes do outro homem e, portanto, já tinha sido servido. — Sempre foi esse horror.

— Então por que viemos aqui?

— Ora, eu venho aqui pelo excelente café. — Simon olhou ao redor do café encardido, de teto baixo. A Sociedade Agrária, um clube eclético, sem muitos pontos em comum, se reunia ali. A única condição para participar era ter interesse em agricultura. — E, claro, pela atmosfera sofisticada.

De Raaf lhe lançou um olhar ridiculamente ultrajado.

Uma briga irrompeu no canto entre um janota que usava uma peruca deplorável com três rabichos, empoada em cor-de-rosa, e um escudeiro do interior de botas enlameadas. O garoto passou novamente correndo por eles — De Raaf nem sequer teve a chance de erguer a mão dessa vez —, e Harry Pye entrou no café. Pye se movia como um gato à procura de sua presa, graciosamente e sem fazer barulho. Some-se a isso sua aparência sem traços distintivos — ele tinha altura e aparência medianas e preferia roupas em um tom de marrom opaco — e era de admirar que alguém prestasse atenção nele. Simon estreitou os olhos. Com seu controle físico, Pye daria um formidável espadachim. No entanto, como era plebeu, sem dúvida nunca erguera uma espada; apenas a nobreza podia empunhar uma. O que não o impedia de carregar sempre uma pequena faca afiada na bota esquerda.

— Milordes. — Pye se sentou na cadeira vazia à mesa dos dois.

De Raaf deixou escapar um suspiro longo e sofrido.

— Quantas vezes eu já lhe disse para me chamar de Edward ou de De Raaf?

Pye esboçou um sorriso em reconhecimento às palavras familiares, mas foi com Simon que ele falou:

— Fico contente por vê-lo bem, milorde. Nós tivemos notícias de seu quase assassinato.

Simon deu de ombros, indiferente.

— Uma brincadeira, eu lhe garanto.

De Raaf franziu a testa.

— Não foi o que eu ouvi.

O garoto deu uma pancada com a caneca cheia de café ao lado de Pye.

O queixo do conde caiu.

— Como foi que você fez isso?

— O quê? — O olhar de Pye baixou para o espaço vazio na mesa diante do conde. — O senhor não vai tomar uma caneca hoje?

— Eu...

— Ele decidiu abrir mão do café — disse Simon delicadamente. — Ouviu dizer que não é bom para a libido. Huntington escreveu um tratado sobre o assunto recentemente, não soube? Afeta principalmente quem está se aproximando da meia-idade.

— É mesmo? — Pye piscou.

O rosto do conde, pálido e marcado pela varíola, enrubesceu.

— Que monte de besteira...

— Não posso dizer que tenha notado que isso esteja me afetando. — Simon sorriu friamente e bebericou o café. — Mas De Raaf é consideravelmente mais velho do que eu.

— Seu mentiroso...

— E se casou recentemente. Naturalmente fica mais devagar.

— Ora, veja só...

Os lábios de Pye se curvaram. Se Simon não estivesse observando atentamente, não teria percebido isso.

— Mas eu também me casei recentemente — comentou Pye em voz baixa. — E devo dizer que não percebi qualquer, humm, problema. Deve ser a idade.

Simon sentiu uma pontada estranha ao perceber que era o único solteiro. Os dois se viraram ao mesmo tempo para o conde, que balbuciou:

— Seu desprezível, mentiroso, sem-vergonha...

O garoto passou por eles de novo. De Raaf acenou o braço freneticamente.

— Ahhh, *droga*!

O rapaz desapareceu na cozinha sem nem virar a cabeça.

— Que bom que você desistiu da bebida sagrada. — Simon riu.

Ouviu-se barulho no canto. Era uma briga. Cabeças se viraram. O escudeiro do interior prendera o dândi, agora sem a peruca, com as costas em cima de uma das mesas. Ao lado deles, duas cadeiras quebradas e caídas no chão.

Pye franziu a testa.

— Aquele não é Arlington?

— É, sim — retrucou Simon. — Difícil reconhecê-lo sem aquela peruca abominável, não é mesmo? Não consigo entender por que ele escolheu rosa. Sem dúvida, essa é a razão pela qual aquele camarada o está esmurrando. Provavelmente odeia a peruca.

— Eles estavam discutindo sobre reprodução de porcos. — De Raaf balançou a cabeça. — Ele nunca aceitou bem as gaiolas de parto. Coisa de família.

— Os senhores acham que nós deveríamos ajudá-lo? — indagou Pye.

— Não. — De Raaf olhou ao redor, em busca do garoto, com um brilho maligno nos olhos. — Uma surra poderia ser boa para Arlington. Quem sabe enfiaria algum juízo na cabeça dele.

— Duvido. — Simon ergueu a caneca de novo, mas então abaixou-a quando viu um sujeito baixinho e desleixado hesitante na entrada.

O homem examinou o recinto e o avistou. Então começou a caminhar na direção deles.

— Droga! — exclamou De Raaf ao seu lado. — Estão me ignorando de propósito.

— Quer que eu pegue um café para você? — perguntou Pye.

— Não. Farei isso sozinho ou morrerei tentando.

O homem parou na frente de Simon.

— Levei quase um dia inteiro, patrão, mas eu o encontrei. — Então entregou-lhe um pedaço de papel sujo.

— Obrigado. — Simon lhe deu uma moeda de ouro.

— Agradecido. — O homenzinho puxou uma mecha de cabelo da testa e desapareceu.

Simon abriu o papel e leu o que estava escrito: *Parque do Diabo, depois das onze.* Ele amassou o bilhete e o guardou em um dos bolsos. Só então percebeu que seus dois companheiros o estavam observando. Ele ergueu as sobrancelhas.

— O que foi isso? — resmungou De Raaf. — Encontrou outra pessoa para um duelo?

Simon piscou, perplexo. Ele acreditava ter mantido seus duelos em segredo dos amigos. Não queria ouvir lições de moral nem queria que nenhum dos dois interferisse.

— Surpreso por sabermos? — De Raaf se recostou, colocando em perigo a cadeira de madeira na qual estava sentado. — Não foi tão difícil assim descobrir o que você andou fazendo nos últimos meses, especialmente depois da luta com Hartwell.

Aonde o grandalhão queria chegar?

— Não é da sua conta.

— É, sim, se o senhor está arriscando sua vida a cada duelo — retrucou Pye por ambos.

Simon encarou os dois com expressão severa.

Nenhum deles piscou.

Malditos. O visconde desviou o olhar.

— Eles mataram Ethan.

— John Peller matou o seu irmão. — De Raaf bateu um dos dedos grandes na mesa para enfatizar o que dizia. — E ele já está morto. Você o matou há mais de dois anos. Por que recomeçar agora?

— Peller fazia parte de uma conspiração. — Simon olhou para o outro lado. — Uma maldita conspiração dos infernos. Eu só descobri isso há alguns meses, ao remexer nos documentos de Ethan.

De Raaf recostou-se na cadeira e cruzou os braços.

— Descobri isso pouco antes de desafiar Hartwell. — Simon tocou no dedo indicador. — Eram quatro, os conspiradores. Agora, restam dois, e todos eles são culpados. O que você faria se isso tivesse acontecido com o seu irmão?

— Provavelmente o mesmo que você está fazendo.

— Pois então.

De Raaf olhou sério para ele.

— As chances de você ser morto aumentam a cada duelo.

— Eu venci os duelos que tive até agora. — Simon desviou o olhar. — O que o faz pensar que não consigo vencer o próximo?

— Até mesmo o melhor espadachim pode escorregar ou se distrair por um momento. — De Raaf parecia irritado. — Basta um momento. Essas palavras são suas.

Simon deu de ombros.

Pye se inclinou para a frente e baixou a voz.

— Pelo menos deixe-nos ir com você e ser os seus padrinhos.

— Não. Eu já tenho outra pessoa em mente.

— O rapaz com quem você vem treinando no Angelo's? — perguntou De Raaf.

Simon assentiu.

— Christian Fletcher.

O olhar de Pye se aguçou.

— Você o conhece bem? Pode confiar nele?

— Se posso confiar em Christian? — Simon deu uma risada. — Ele é jovem, reconheço, mas é muito bom com uma espada. Quase tão bom quanto eu, na verdade. E já me derrotou no treino uma ou duas vezes.

— Mas ele é capaz de assumir esse risco? — De Raaf balançou a cabeça. — Será que ele saberia reconhecer truques?

— Não vai chegar a isso.

— Maldição...

— Além do mais — Simon olhou de um amigo para outro —, vocês dois estão em estado de felicidade conjugal. Imaginem se eu ia querer presentear suas esposas com um marido morto antes do primeiro aniversário de casamento?

— Simon... — começou De Raaf.

— Não. Já está resolvido.

— *Desgraçado.* — O homem grandalhão ficou de pé num salto, e sua cadeira quase caiu. — É melhor você não estar morto na próxima vez que nos encontrarmos. — Ele abriu caminho com passos pesados para sair do café.

Simon franziu a testa.

Pye esvaziou sua caneca silenciosamente.

— Já que você me lembrou da minha dama, seria melhor eu ir também. — Ele se pôs de pé. — Se precisar de mim, Lorde Iddesleigh, é só me chamar.

Simon assentiu.

— A gentileza da amizade é tudo que peço.

Pye deu um tapinha no ombro de Simon e também foi embora.

O visconde olhou para o próprio café. Estava frio, com uma espuma gordurosa flutuando na superfície, mas ele não pediu uma nova xícara. Às onze da noite, iria atrás de mais um dos assassinos de seu irmão e o desafiaria para um duelo. Até lá, não tinha mais nada para fazer. Ninguém esperava pelo seu retorno. Ninguém ficava mais ansioso conforme o tempo passava. Ninguém se lamentaria caso ele não voltasse.

Simon tomou mais um gole do café repugnante e fez uma careta. Nada era tão patético quanto um homem que mentia para si mesmo. A questão não era o fato de que ninguém lamentaria sua morte — Pye e De Raaf haviam acabado de indicar que fariam exatamente isso —, mas que nenhuma *mulher* lamentaria se ele morresse. Não, ainda não era isso. *Lucy.* Lucy não lamentaria. Ele articulou o nome dela sem emitir som e tamborilou os dedos na caneca. Quando ele perdera o direito a uma vida normal, que incluísse uma esposa e uma família? Será que fora depois da morte de Ethan, quando ele subitamente herdara o título, e todas as atenções que ele demandava lhe foram incumbidas? Ou depois, quando ele matara o primeiro? John Peller. Simon estremeceu. Seus sonhos ainda eram assombrados pelos dedos de Peller, caindo, um a um, sobre a relva úmida de orvalho feito flores horríveis recém--ensanguentadas.

Meu Deus.

E ele poderia viver com isso, poderia viver com os macabros pesadelos. Afinal, aquele homem havia matado seu único irmão. Ele teve de morrer. E aqueles sonhos estavam ficando cada vez menos frequentes. Até que ele descobriu que outros homens também deveriam ser mortos.

Simon levou a caneca aos lábios e se lembrou de que estava vazia. Mesmo depois do duelo com Hartwell, ele sonhava com Peller e seus dedos à noite. Estranho. Deveria ser um tipo de ardil da mente. Não de uma mente normal, é claro, porque a sua já não era mais assim. Alguns homens talvez fossem capazes de matar sem mudar, mas ele não estava entre eles. E tal pensamento o trouxe mais uma vez à realidade. Ele fizera a coisa certa ao deixar Lucy. Ao decidir não se prender a uma mulher, por maior que fosse a tentação, e viver como um homem comum. Ele não podia mais fazer isso.

Simon perdera aquela chance quando estabelecera seu curso de vingança.

— NÃO CREIO que o tal cavalheiro Iddesleigh, visconde ou não, possa ser uma boa amizade para você, Christian. — Matilda olhou fixamente para o único filho homem ao passar-lhe o pão.

Sir Rupert fez uma careta. Os cabelos vermelhos da mulher foram se apagando ao longo de seu casamento, clareando com o aparecimento de fios grisalhos, mas seu temperamento permanecia intacto. Matilda era a filha única de um baronete, de uma família tradicional agora empobrecida. Antes de conhecê-la, Sir Rupert pensava que todas as mulheres nobres eram insossas. Mas não ela. Ele havia encontrado uma vontade de ferro sob o delicado exterior da esposa.

Ele ergueu sua taça e ficou observando como a discussão à mesa do jantar iria se resolver. Matilda costumava ser uma mãe leniente, que deixava os filhos escolherem os próprios amigos e seus interesses. Mas, ultimamente, ela não parava de falar em Iddesleigh e Christian.

— Ora, mãe, o que a senhora tem contra ele? — Christian abriu um sorriso charmoso para a mãe. Seus cabelos eram do mesmo tom de vermelho que vinte anos antes foram os dela.

— Ele é um libertino. Nem simpático ele é. — Matilda olhou por cima dos óculos de meia-lua que usava em casa com a família. — Dizem que matou dois homens em duelos.

Christian colocou a cesta de pão na mesa.

Pobre rapaz. Sir Rupert balançou a cabeça mentalmente. Ele não estava acostumado à prevaricação. Felizmente foi salvo pela irmã mais velha.

— Acho Lorde Iddesleigh um homem perfeitamente delicioso — falou Rebecca, com os olhos azul-escuros desafiadores. — Os rumores só aumentam seu encanto.

Ele suspirou. Becca, a segunda filha do casal e a maior beleza da família. A jovem tinha traços clássicos e discutia com a mãe desde o décimo quarto aniversário, uma década atrás. Ele tinha esperança de que a filha já tivesse deixado para trás o despeito.

— Sim, querida, eu sei. — Matilda, há muito acostumada às conversas da filha, não se deu ao trabalho de engolir a isca. — Embora eu preferisse que você não dissesse isso de modo tão grosseiro. *Delicioso* faz com que o homem pareça um pedaço de toucinho.

— Ah, mamãe...

— Não vejo nenhum motivo para você gostar dele, Becca — disse Julia, a filha mais velha, olhando para o frango assado com a testa franzida.

Há muito Sir Rupert se perguntava se ela havia herdado a miopia da mãe. Mas, apesar do fato de que Julia se considerava experiente, ela era vaidosa e ficaria ultrajada se lhe sugerissem óculos.

Ela emendou·

— O visconde não costuma ser gentil e olha para os outros de um jeito muito estranho.

Christian riu.

— Ora, Julia.

— Eu nunca vi o visconde Iddesleigh — disse Sarah, a mais nova e a mais parecida com o pai. Ela examinou os irmãos com olhos castanhos analíticos. — Imagino que ele não seja convidado para os mesmos bailes que eu. Como ele é?

— É um sujeito muito agradável. Muito engraçado e magnífico com uma espada. Ele me ensinou alguns golpes. — Christian percebeu o olhar da mãe e, de repente, ficou muito interessado em suas ervilhas.

Julia emendou:

— Lorde Iddesleigh tem altura acima da média, mas não é tão alto quanto o nosso irmão. Tem corpo e rosto bonitos e é considerado um excelente dançarino.

— Ele dança divinamente — interveio Becca.

— Muito bem. — Julia cortou a carne em pequenos cubos precisos. — Mas ele raramente dança com damas solteiras, embora ele mesmo seja solteiro e, portanto, devesse estar procurando uma esposa adequada.

— Não creio que você possa criticar a falta de interesse dele em casamento — protestou Christian.

— Os olhos dele têm um tom cinza claro pouco natural, e ele olha para as pessoas de uma forma assustadora.

— Julia...

— Não consigo imaginar por que alguém poderia gostar dele. — Julia enfiou um dos cubos de frango na boca e olhou para o irmão com as sobrancelhas erguidas.

— Bem, eu gosto dele, apesar dos olhos pouco naturais. — Christian arregalou os próprios olhos e encarou a irmã.

Becca tentou esconder uma risadinha com a mão. Julia suspirou e comeu uma colherada do purê de batatas.

— Humm. — Matilda estudou o filho, mas não se deixou influenciar. — Ainda não ouvimos a opinião do seu pai sobre Lorde Iddesleigh.

Todos os olhos se voltaram para ele, o chefe daquela pequena família. Como chegara perto de perder isso. De terminar na prisão por causa de dívidas, com a família à mercê da pouca solidariedade de parentes. Ethan Iddesleigh não conseguiu compreender isso dois anos antes. Ele havia recitado banalidades morais como se apenas palavras pudessem alimentar e vestir uma família ou manter um teto decente acima das cabeças de seus filhos, além de garantir um casamento apropriado para as filhas. Fora por isso que Ethan fora removido.

Mas, agora, isso era passado. Ou deveria ser.

— Acho que Christian já tem idade para julgar o caráter de um homem.

Matilda abriu a boca e, em seguida, a fechou. Ela era uma boa esposa e sabia respeitar as opiniões do marido, mesmo que não fossem iguais às suas.

Ele sorriu para o filho.

— Como Lorde Iddesleigh tem passado? — Ele se serviu de outro pedaço de frango da bandeja que um dos lacaios segurava. — Você comentou que ele estava ferido quando partiu tão repentinamente para Kent.

— Ele levou uma surra — contou Christian. — Quase o mataram, embora ele não goste de dizer isso, claro.

— Meu Deus! — exclamou Becca.

Christian franziu a testa.

— E ele conhecia os agressores, ao que parece. Uma história estranha.

— Talvez tenha perdido dinheiro nas mesas de jogo — observou Sarah.

— Meu Deus. — Matilda encarou a filha caçula. — O que você sabe sobre tais assuntos, criança?

Sarah deu de ombros.

— Só o que ouço falar, infelizmente.

Matilda franziu o cenho, e a pele macia nos cantos dos lábios se enrugou. Ela abriu a boca.

— Sim, bem, ele está melhor agora — disse Christian rapidamente. — Na verdade, ele falou que tinha alguns negócios hoje à noite.

Sir Rupert engasgou e tomou um gole de vinho para disfarçar.

— É mesmo? Pensei que a recuperação dele ia levar mais um tempo, de acordo com sua descrição inicial.

Pelo menos uma semana, ou ele torcia para isso. Onde estariam James e Walker naquela noite? Será que ele conseguiria avisá-los? De qualquer forma, que se danassem — James por estragar o ataque inicial, e Walker por falhar em sequer acertá-lo com a pistola. Sir Rupert olhou para a esposa e a viu encarando-o, preocupada. Bendita Matilda, ela não deixava escapar um detalhe, mas ele podia passar sem a astúcia dela naquele momento.

— Não, Iddesleigh já está bom — disse Christian lentamente. Seus olhos estavam confusos ao observar o pai. — Eu não invejo a pessoa que ele está perseguindo.

Nem eu. Sir Rupert tateou o anel de sinete no bolso do colete, sólido e pesado. *Nem eu.*

Capítulo Oito

— Você está louca — concluiu Patricia.

Lucy esticou a mão para pegar outro manjar turco cor-de-rosa. Parecia até que os doces eram de mentira, tal sua cor pouco natural, mas ela gostava deles mesmo assim.

— Louca, é o que tenho a dizer. — A voz da amiga se elevou, deixando o gato cinza tigrado aninhado em seu colo, inquieto. O bichano pulou para o chão e se empertigou, irritado.

As duas estavam tomando chá enquanto Patricia se lamentava pelo romance fracassado da amiga. Lucy também lamentava. Todos — exceto seu pai — perceberam que ela andava triste nos últimos dias. Até Hedge dera para suspirar quando ela passava.

A sala de estar principal do pequeno chalé de dois andares onde Patricia morava com a mãe viúva ficava ensolarada à tarde. Lucy sabia que as finanças das duas estavam em péssima situação desde a morte do Sr. McCullough, mas ninguém nunca imaginaria isso olhando para o cômodo. Belos desenhos de aquarela cobriam a parede, pintados por Patricia. Havia partes mais claras no papel de parede listrado de amarelo, mas poucas pessoas se lembrariam das pinturas a óleo que ficavam penduradas ali. Almofadas pretas e amarelas estavam empilhadas em dois canapés de um modo que era, ao mesmo tempo, despretensioso e elegante. Era difícil perceber que a mobília debaixo das almofadas talvez estivesse um pouco gasta.

Patricia ignorou a deserção do gato.

— O homem está cortejando você há três anos. *Cinco*, se contar o tempo que ele levou para acalmar os nervos e de fato falar com você.

— Eu sei. — Lucy escolheu outro doce.

— Toda terça-feira, religiosamente. Você sabia que algumas pessoas na aldeia acertam o relógio pela carruagem do vigário passando a caminho da sua casa? — Patricia fez uma careta, apertando os lábios em um bico adorável.

Lucy balançou a cabeça. Sua boca estava cheia de açúcar grudento.

— Bem, é verdade. Como a Sra. Hardy vai saber as horas agora?

Lucy deu de ombros.

— Três. Longos. Anos. — Um cacho dourado conseguira se soltar do coque de Patricia e pulava a cada palavra como se ela as estivesse enfatizando. — Eustace finalmente, *finalmente,* consegue pedir a sua mão em sagrado matrimônio, e o que você faz?

Lucy engoliu em seco.

— Eu digo que não.

— Você diz que não — repetiu Patricia, como se Lucy não tivesse falado nada. — Por quê? No que você poderia estar pensando?

— Eu estava pensando que não aguentaria mais cinquenta anos com ele falando sobre os reparos no telhado da igreja. — E, além disso, ela não conseguia suportar a ideia de ter certas intimidades com outro homem que não fosse Simon.

Patricia recuou como se Lucy tivesse balançado uma aranha diante de seu nariz e sugerido que a amiga a comesse viva.

— Reparos no telhado da igreja? Você não prestou atenção nos últimos três anos? Ele está sempre tagarelando sobre os reparos no telhado da igreja, sobre os escândalos da igreja...

— Sobre o sino da igreja — emendou Lucy.

A amiga franziu a testa.

— Sobre o pátio da igreja...

— As lápides no pátio da igreja — observou Lucy.

— O sacristão, os bancos da igreja, os chás da igreja — proclamou Patricia. Ela se inclinou, e os olhos de porcelana azul se arregalaram.

— Ele é o vigário. Espera-se que ele mate todo mundo de tédio falando sobre a maldita igreja.

— Acho que você não deveria usar esse adjetivo na mesma frase que a palavra igreja, e eu não conseguia mais aguentar aquilo.

— Depois de todo esse tempo? — Patricia parecia um passarinho ultrajado. — Por que você não faz igual a mim e pensa em chapéus ou em sapatos enquanto ele estiver falando? Eustace fica satisfeito desde que você o interrompa com um "sim, de fato" de vez em quando.

Lucy pegou outro manjar turco e deu uma mordida nele.

— Então, por que você não se casa com ele?

— Não seja ridícula. — Patricia cruzou os braços e desviou o olhar. — Eu preciso me casar por dinheiro, e ele é pobre como... bem, como um rato de igreja.

Lucy fez uma pausa com o restante do doce pairando diante da boca. Ela nunca havia pensado em Eustace e Patricia juntos antes. Sem dúvida, Patricia não tinha realmente uma *afeição* pelo vigário, tinha?

— Mas...

— Não estamos falando de mim — declarou a amiga. — Estamos falando sobre suas terríveis perspectivas de casamento.

— Por quê?

Patricia foi direto ao ponto.

— Você já desperdiçou os seus melhores anos com ele. Você fez quantos anos? Vinte e cinco?

— Vinte e quatro.

— Dá no mesmo. — A outra mulher dispensou um ano inteiro com um gesto da mão. — Não dá para recomeçar agora.

— Eu não...

Patricia ergueu a voz.

— Você só tem que dizer a ele que cometeu um erro terrível. O único outro homem disponível em Maiden Hill é Thomas Jones, e tenho quase certeza de que ele deixa os porcos entrarem no chalé à noite.

— Você está inventando isso — disse Lucy um tanto quanto indistintamente, porque estava mastigando. Ela engoliu o doce. — E com quem, exatamente, você planeja se casar?

— Com o Sr. Benning.

Ainda bem que ela já havia engolido o doce, porque teria engasgado com ele agora. Lucy deu uma gargalhada nada adequada a uma dama antes de encarar a amiga e perceber que ela estava falando sério.

— Você é quem está louca — arfou ela. — Ele tem idade suficiente para ser seu pai. Já enterrou três esposas. O Sr. Benning tem até *netos*.

— Sim. Ele também tem... — Patricia baixava os dedos conforme falava — Uma bela mansão, duas carruagens, seis cavalos, duas camareiras e três criadas, e quarenta hectares de terra arável, a maior parte arrendados. — Ela abaixou as mãos e se serviu de mais chá ao se calar.

Lucy ficou de queixo caído com a amiga.

Patricia recostou-se no canapé e ergueu as sobrancelhas como se as duas estivessem conversando sobre modelos de chapéu.

— Então?

— Às vezes você realmente me assusta.

— É mesmo? — Patricia parecia satisfeita.

— Sim. — Lucy pegou mais um doce.

A amiga bateu na mão dela para afastá-la.

— Você não vai entrar no seu vestido de casamento se continuar comendo esses doces.

— Ah, Patricia. — Lucy afundou nas almofadas bonitas. — Eu não vou me casar com o Eustace nem com ninguém. Vou me tornar uma solteirona excêntrica e cuidarei de todos os filhos que você e o Sr. Benning terão na maravilhosa mansão com as três criadas.

— E duas camareiras.

— E duas camareiras — concordou ela. Talvez já pudesse até começar a usar aquele chapéu de linho típico das solteironas.

— É aquele visconde, não é? — Patricia pegou um manjar turco proibido e deu uma mordida no doce, distraída. — Eu soube que ele seria um problema desde o momento em que o vi olhando para você como o meu gato olha para os passarinhos pela janela. Ele é um predador.

— Uma cobra — falou Lucy baixinho, lembrando-se de como Simon sorria para ela só com os olhos por cima de uma taça.

— O quê?

— Ou uma serpente, se você preferir.

— Sobre o que você está tagarelando, afinal?

— Lorde Iddesleigh. — Lucy pegou outro doce. Ela não ia se casar, de qualquer forma, portanto não tinha importância não caber em qualquer um de seus vestidos. — Ele me lembra uma grande cobra prateada. Brilhante e muito perigosa. Acho que é alguma coisa nos olhos dele. Até o papai percebeu isso, embora de um jeito menos lisonjeiro. Para Lorde Iddesleigh, isto é. — Ela assentiu com a cabeça e comeu o doce grudento.

Patricia a encarou.

— Interessante. Sem dúvida bizarro, mas, ainda assim, interessante.

— Eu também acho. — Lucy inclinou a cabeça. — E você não precisa me dizer que ele não vai voltar, por que eu já tive essa discussão com Eustace.

— Você não fez isso. — Patricia fechou os olhos.

— Infelizmente, fiz. Eustace trouxe o assunto à tona.

— Por que você não desconversou?

— Porque Eustace merecia saber. — Lucy suspirou. — Ele merece alguém que possa amá-lo, e eu simplesmente não posso.

Ela se sentiu levemente enjoada. Talvez aquele último manjar não tivesse sido uma boa ideia. Ou talvez ela finalmente tivesse se dado conta de que passaria os próximos anos de sua vida sem ver Simon novamente.

— Bem. — Patricia abaixou a xícara de chá e tirou uma migalha invisível da saia. — Eustace pode até merecer amor, mas você também merece, querida. Você também merece.

SIMON ESTAVA DE PÉ nos degraus que levavam ao inferno e examinou a multidão de farristas.

O Parque do Diabo era o mais novo palácio de jogo da moda, inaugurado havia apenas quinze dias. Os candelabros reluziam, a pintura nas colunas dóricas mal havia secado, e o piso de mármore ainda mantinha o polimento. Dali a um ano, os candelabros estariam escurecidos por causa da fumaça e da poeira, as colunas mostrariam as manchas de mil ombros gordurosos, e o piso ficaria embaçado com brita acumulada. Mas, naquela noite, *naquela noite*, as garotas estavam alegres e lindas, e os cavalheiros que se amontoavam ao redor das mesas tinham praticamente as mesmas expressões animadas. De vez em quando, um grito de triunfo ou uma risada quase maníaca e alta demais se erguia acima do barulho de dezenas de vozes falando ao mesmo tempo. O ar era um miasma denso, feito de suor, cera de vela queimada, perfume vencido e o odor que os homens secretam quando estão prestes a ganhar uma fortuna ou encostar uma pistola na própria cabeça antes que a noite acabe.

As onze horas bateram, e, em alguma parte da massa humana, estava escondida sua presa. Simon desceu os degraus e entrou no cômodo principal. Um lacaio que passava com uma bandeja ofereceu-lhe vinho diluído em água. As bebidas alcoólicas eram gratuitas. Quanto mais um homem bebia, maior era a chance de jogar e de continuar jogando depois de começar. Simon balançou a cabeça, e o lacaio se afastou.

No canto oposto direito, havia um cavalheiro de cabelos louros inclinado sobre a mesa, de costas para o recinto. Simon se esticou para olhar, mas um pedaço de seda amarela obscureceu sua visão. Uma forma macia e feminina esbarrou em seu cotovelo.

— *Pardon moi.* — O sotaque francês da cortesã era muito bom. Parecia quase natural.

Ele baixou o olhar.

A moça tinha bochechas rosadas e cheias, pele de porcelana e olhos azuis que prometiam coisas das quais ela não deveria ter conhecimento. Usava uma pena verde no cabelo e sorria ardilosamente.

— Vou pegar um champanhe como pedido de desculpas, sim? — Ela não poderia ter mais de 16 anos e parecia ter vindo de uma fazenda em Yorkshire, onde tirava leite das vacas.

— Não, obrigado — resmungou ele.

A expressão da moça revelou decepção, mas ela havia sido treinada para demonstrar o que os homens queriam. Ele se afastou antes que a jovem pudesse fazer outro comentário e olhou novamente para o canto. O homem de cabelos louros não estava mais lá.

Simon se sentiu exausto.

A ironia era que mal passava das onze horas e ele já queria estar na cama, relaxado e sozinho. Quando foi que ele se tornou um velho com um ombro que doía se ficasse acordado até tarde? Há dez anos, a essa hora, o visconde estaria começando a noite, teria aceitado a oferta da pequena meretriz sem nem sequer notar sua idade. Teria apostado metade da sua mesada sem pensar duas vezes. É claro que, dez anos atrás, ele tinha vinte anos, finalmente tinha independência e era bem mais próximo em idade da prostituta do que agora. Dez anos atrás, ele não tinha o bom senso de sentir medo. Dez anos atrás, ele não havia sentido pavor nem solidão. Dez anos atrás, ele era imortal.

Uma cabeça loura para a esquerda. Ela se virou e viu um rosto envelhecido usando uma peruca. Lentamente, Simon passou pela multidão e abriu caminho até a sala dos fundos. Era ali que os jogadores verdadeiramente incansáveis se reuniam.

De Raaf e Pye achavam que ele não tinha medo, que ainda pensava e agia como o rapaz de dez anos atrás. Mas era justamente o contrário, na verdade. O medo era mais intenso a cada duelo, a certeza de que ele poderia morrer — e de que provavelmente iria morrer —, mais real. E, de certo modo, o medo o fazia seguir em frente. Que tipo de homem ele seria se cedesse e deixasse os assassinos do irmão vivos? Não, sempre que sentia os dedos gélidos do medo percorrendo sua espinha, sempre que ouvia uma voz gritando *simplesmente desista, deixe as coisas como estão*, ele tinha mais certeza de sua decisão.

Lá estava.

Cabelos Dourados passou pelas portas cobertas de veludo. Suas roupas eram de cetim roxo. Simon estabeleceu seu trajeto, seguro do rastro agora.

— Eu sabia que o encontraria aqui — falou Christian a seu lado.

Ele girou nos calcanhares, com o coração quase saindo do peito. Era *péssimo* ser pego tão desprevenido. O homem mais novo poderia ter enfiado um canivete em suas costelas, e ele nunca teria percebido até morrer. Outro problema da idade... os reflexos ficavam mais lentos.

— Como?

— O quê? — O outro homem piscou os cílios ruivos.

Simon respirou fundo e controlou a voz. Não havia sentido em perder a paciência com Christian.

— Como você soube que eu estaria aqui?

— Ah, bem, fui até a sua casa, perguntei ao Henry, e *voilà*. — Christian abriu os braços como um bobo da corte realizando um truque.

— Entendi.

Simon sabia que sua voz soava irritada. As visitas de Christian, tão inesperadas quanto um surto de gonorreia, estavam se tornando um hábito. Ele respirou fundo. Na verdade, agora que havia pensado nisso, percebeu que não seria tão ruim ter a companhia do jovem. Fazia com que ele se sentisse menos só. E era bastante consolador ser idolatrado.

— Você reparou naquela garota? — perguntou Christian. — A tal com a pena verde?

— Jovem demais.

— Talvez para você.

Simon o encarou com expressão severa.

— Você vem comigo ou não?

— Claro, claro, meu velho. — Christian esboçou um sorriso, provavelmente pensando duas vezes antes de acompanhar Simon, para começo de conversa.

— Não me chame assim. — Simon se dirigiu para as portas de veludo preto.

— Me perdoe — resmungou Christian atrás dele. — Aonde estamos indo?

— Caçar.

Eles haviam chegado às portas, e Simon diminuiu o passo para ajustar os olhos ao ambiente escuro. Ali havia apenas três mesas. Cada uma tinha quatro jogadores. Ninguém ergueu o olhar para os recém-chegados, e Cabelos Dourados estava sentado à mesa mais distante, com as costas viradas para a porta.

Simon parou e respirou. Era como se seus pulmões não pudessem se expandir o suficiente no peito para deixar o ar entrar. Um suor pegajoso irrompeu em suas costas e de baixo dos braços. De repente, ele pensou em Lucy, nos seios brancos e nos olhos sérios, cor de âmbar. Que tolo ele fora ao abandoná-la.

— Eu devia, ao menos, tê-la beijado — murmurou ele.

Os ouvidos de Christian estavam aguçados.

— A garota da pena verde? Pensei que ela fosse nova demais para você.

— Não ela. Esqueça. — Simon observou Cabelos Dourados. Do ângulo em que estava, ele não tinha como saber...

— Quem você está procurando? — Desta vez, Christian teve pelo menos o bom senso de sussurrar a pergunta.

— Quincy James — murmurou Simon e continuou andando.

— Por quê?

— Para desafiá-lo.

Ele podia sentir o olhar de Christian.

— Por quê? O que ele fez a você?

— Você não sabe? — Simon virou a cabeça para olhar nos olhos do amigo.

Os olhos cor de avelã pareciam sinceramente confusos. Mesmo assim, às vezes, Simon ficava na dúvida. Ele conhecera Christian em um momento crucial de sua vida. O jovem se tornara seu amigo em um curto período de tempo e parecia não ter nada melhor a fazer além de seguir Simon por todo lado. Mas talvez o visconde estivesse sendo excessivamente medroso, vendo inimigos em todos os cantos.

Eles chegaram à mesa mais distante, e Simon parou atrás do homem de cabelos louros. Agora, a angústia o envolvia, sugando sua boca com lábios gélidos, esfregando os seios frios contra seu peito. Se ele estivesse vivo na manhã seguinte, voltaria para Lucy. Qual o sentido de bancar o cavalheiro galante e morrer ao nascer do sol sem nunca ter provado dos lábios da donzela? Agora, ele sabia que não poderia mais fazer isso sozinho. Ele precisava dela, para reafirmar e manter sua humanidade, mesmo tendo invocado sua parte mais bestial. Ele precisava de Lucy para mantê-lo são.

Simon colou um sorriso no rosto e deu um tapinha no ombro do outro homem. Ao seu lado, Christian respirou pesadamente.

O homem olhou ao redor. Simon o encarou por um segundo, feito um tolo, antes que seu cérebro registrasse o que seus olhos já tinham lhe revelado. Em seguida, ele se virou.

O homem era um desconhecido.

Lucy inclinou a cabeça para o lado e examinou o desenho que começara a fazer em seu caderno. O nariz estava um pouco diferente.

— Não se mova. — Ela não precisava erguer os olhos para saber que Hedge, seu modelo, estava tentando ir embora de novo.

Hedge detestava posar para ela.

— Aiii. Eu tenho coisas para fazer, Srta. Lucy.

— Como o quê? — Isso, assim estava melhor. Hedge tinha mesmo um nariz extraordinário.

Os dois estavam na pequena sala de estar nos fundos da casa. A luz era melhor ali durante a tarde, brilhando desimpedida através das janelas altas com pinázios. Hedge se empoleirou em um banco diante da lareira. Ele estava usando a calça e o casaco amassados de sempre além de uma gravata roxa com uma estampa estranha. Lucy não conseguia imaginar onde ele a havia conseguido. O pai dela morreria se tivesse de usar uma coisa daquelas.

— Eu tenho que alimentar e pentear a velha Kate — rosnou o criado.

— Papai já fez isso de manhã.

— Bem, então eu deveria limpar o estábulo dela.

Lucy balançou a cabeça.

— Ontem mesmo a Sra. Brodie pagou um dos Jones para limpar o estábulo da Katie. Ela ficou cansada de esperar que o senhor fizesse isso.

— Como ela teve coragem? — Hedge parecia indignado, como se não tivesse ignorado a égua durante dias. — Ela sabia que eu planejava fazer isso hoje.

— Humm. — Lucy escureceu o cabelo dele com cuidado. — O senhor disse isso na semana passada. A Sra. Brodie falou que podia sentir o cheiro do estábulo da porta dos fundos.

— É porque ela tem um nariz imenso.

— O senhor não deveria atirar pedras nos outros, se tem um telhado de vidro. — Ela trocou os lápis.

Hedge franziu o cenho.

— Como assim, telhado de vidro? Eu estou falando do nariz dela.

Lucy suspirou.

— Deixe para lá.

— Humpf.

Fez-se um silêncio abençoado por um instante enquanto Hedge se recompunha. Ela começou a desenhar o braço direito dele. A casa estava quieta naquele dia, com o pai fora e a Sra. Brodie ocupada assando pão. Claro, a casa sempre parecia quieta agora que Simon não estava mais lá. Parecia quase sem vida. O visconde trouxera animação e um tipo de companhia da qual Lucy não sabia que sentia falta até ele ir embora. Agora, os cômodos ecoavam quando ela entrava neles. Lucy se flagrou perambulando incansavelmente de cômodo em cômodo, como se, inconscientemente, procurasse alguma coisa.

Ou alguém.

— E quanto àquela carta ao mestre David? — Hedge interrompeu os pensamentos dela. — O capitão me pediu para postá-la. — Ele se levantou.

— Sente-se. Papai a postou no caminho para o Dr. Fremont.

— Aiii.

Alguém bateu à porta.

Hedge se levantou.

Lucy ergueu a cabeça e encarou Hedge. Seu olhar era uma ordem para que ele se sentasse. Hedge obedeceu. Ela terminou o braço direito e começou o esquerdo. Era possível ouvir os passos rápidos da Sra. Brodie. Um murmúrio de vozes, e, em seguida, os passos se aproximaram. *Droga*. Ela estava quase terminando o desenho.

A governanta abriu a porta parecendo afobada.

— Ah, a senhorita nunca vai adivinhar quem veio...

Simon passou por trás da Sra. Brodie.

Lucy derrubou o lápis.

Ele o pegou e o entregou a ela, então seus olhos de gelo hesitaram.

— Posso falar com a senhorita?

Ele não estava usando chapéu; o casaco estava amassado, e suas botas, enlameadas como se tivesse cavalgado. Esquecera-se da peruca, e seu cabelo estava um pouco mais comprido. Havia manchas escuras sob os olhos, e as linhas que contornavam sua boca estavam mais profundas. O que ele andara fazendo em Londres na última semana para parecer tão cansado assim?

Lucy pegou o lápis e torceu para que ele não percebesse que sua mão tremia.

— Claro.

— A sós?

Hedge deu um pulo.

— Muito bem. Então, eu sairei. — E disparou pela porta.

A Sra. Brodie olhou para Lucy com ar de dúvida antes de seguir o criado, fechando a porta atrás de si. De repente, a jovem ficou sozinha com o visconde. Dobrou as mãos no colo e o observou.

Simon foi até a janela e olhou para fora, mas era como se não visse o jardim.

— Eu tive... que resolver alguns negócios em Londres na última semana. Uma coisa importante. Uma coisa que andava ocupando a minha mente há algum tempo. Mas eu não conseguia me concentrar, não conseguia focar no que precisava ser feito. Eu ficava pensando na senhorita. Por isso, voltei, apesar de ter jurado que não a incomodaria de novo.

Ele lhe deu um olhar por cima do ombro, parte frustração, parte confusão e parte algo que Lucy não ousava interpretar. Mas isso fez seu coração — que estava acelerado desde a chegada dele — quase parar de bater.

Ela respirou fundo para acalmar a voz.

— O senhor se importaria de se sentar?

Simon hesitou, como se estivesse considerando a pergunta.

— Obrigado.

Ele se sentou diante dela, passou a mão pelos cabelos e, de repente, se levantou novamente.

— Eu devia ir embora, devia simplesmente sair por aquela porta e continuar andando até termos uma centena de quilômetros entre nós, talvez um oceano inteiro. Embora eu não saiba se isso será suficiente. Prometi a mim mesmo que a deixaria em paz. — Ele riu sem achar graça. — E, ainda assim, aqui estou, de volta aos seus pés, bancando o tolo.

— Estou feliz por ver o senhor — murmurou ela.

Era como um sonho. Lucy nunca imaginara que voltaria a vê-lo, e, agora, ele caminhava agitado diante dela, em sua pequena sala de estar. Ela não ousava se perguntar por que ele tinha voltado.

Simon girou nos calcanhares e, de repente, parou.

— É mesmo?

O que ele estava querendo dizer? Lucy não sabia, mas assentiu mesmo assim.

— Eu não sou o homem certo para a senhorita. A senhorita é pura demais; vê coisas demais. Vou acabar magoando-a se eu não... — Ele balançou a cabeça. — A senhorita precisa ficar com alguém simples e bom, e eu não me enquadro nesse perfil. Por que não se casa com o vigário? — Ele franziu a testa ao olhar para ela, e a frase soou como uma acusação.

Lucy balançou a cabeça, indefesa.

— A senhorita não vai falar, não vai me contar — disse ele bruscamente. — Está zombando de mim? Às vezes, nos meus sonhos, a senhorita zomba de mim, meu doce anjo, quando não estou sonhando com... — Simon caiu de joelhos diante dela. — A senhorita não me conhece, não sabe quem eu sou. Salve-se. Expulse-me de sua casa. Agora. Enquanto pode, pois perdi minha determinação, minha vontade, minha própria honra... O pouco que me restava dela. Não consigo me retirar de sua presença.

Lucy sabia que ele estava prevenindo-a de um perigo, mas não conseguia mandá-lo embora.

— Eu não vou pedir ao senhor que vá embora. O senhor não pode querer isso de mim.

As mãos dele estavam dos lados dela no canapé, cercando-a, mas sem tocá-la. Simon inclinou a cabeça até que ela só pudesse ver a coroa de cabelos claros baixos.

— Sou um visconde. A senhorita sabe disso. Os Iddesleighs datam de muito tempo atrás, mas só conseguimos obter um título há cinco gerações. Infelizmente, temos uma tendência a escolher o lado errado nas guerras reais. Eu tenho três casas. Uma em Londres, uma em Bath, e a propriedade em Northumberland, sobre a qual lhe contei ao acordar no primeiro dia aqui. É um lugar ermo mas também muito belo, de um jeito selvagem. E, claro, a terra é lucrativa, mas não precisaremos nunca ir até lá, se a senhorita não quiser. Tenho um administrador e muitos criados.

Os olhos de Lucy estavam borrados com as lágrimas. Ela abafou um soluço. Parecia que ele ia...

— E temos algumas minas, de cobre ou alumínio — emendou o visconde, fitando o colo dela. Será que ele temia olhar em seus olhos?

— Não consigo me lembrar qual dos dois, mas isso não importa, porque tenho um administrador, e as minas dão um bom dinheiro. Eu tenho três carruagens, mas uma delas era do meu avô e está ficando um tanto mofada. Mas posso mandar fazer uma nova, se a senhorita quiser...

Lucy segurou o queixo dele com as mãos trêmulas e inclinou o rosto de Simon de tal modo que pudesse ver os olhos claros e cinzentos, que a fitavam tão preocupados, tão solitários. Ela colocou o polegar sobre os lábios dele para silenciar o rio de palavras e tentou sorrir através das lágrimas que desciam por suas bochechas.

— Shhh. Sim. Sim, aceito me casar com você.

Lucy podia sentir a pulsação dele contra os dedos, quente e viva, que parecia ecoar a agitação selvagem de seu próprio coração. Ela nunca havia sentido uma alegria como aquela, e, de repente, teve o impetuoso pensamento: *Faça com que dure, meu Deus. Nunca me permita esquecer este momento.*

Mas Simon examinou os olhos dela, nem triunfantes nem felizes, apenas com expectativa.

— Tem certeza? — Os lábios dele acariciaram o polegar de Lucy com as palavras.

Ela assentiu.

— Sim.

Ele fechou os olhos como se estivesse terrivelmente aliviado.

— Graças a Deus.

Lucy se abaixou e o beijou levemente na bochecha. Mas, quando se afastou, ele virou a cabeça. Sua boca se grudou à dela.

Simon a beijou.

Roçando seus lábios nos dela, brincando, tentando-a, até que ela finalmente os abriu para ele. Simon gemeu e lambeu a parte interna do lábio inferior de Lucy. Ao mesmo tempo, ela avançou a língua e enrolou-a na dele, mas não sabia se estava fazendo direito. Nunca havia sido beijada assim antes, mas o coração batia alto em seus ouvidos, e ela não era mais capaz de controlar o tremor em seu corpo. Simon segurou a cabeça de Lucy com as mãos e a levantou, abaixando seu rosto sobre o dela para aprofundar o abraço. Não era como o beijo cavalheiresco de Eustace. Era mais sombrio — faminto e quase assustador. Era como se ela estivesse prestes a cair. Ou a se partir em tantos pedaços que eles nunca mais conseguiriam se juntar novamente. Simon prendeu o lábio inferior dela entre os dentes e o apertou. O que deveria ser dor ou, ao menos, um desconforto, foi um prazer que chegou até o centro dela. Lucy gemeu e empurrou o corpo para a frente.

Bam!

Lucy se afastou com um impulso. Simon olhou para trás, com o rosto tenso e o brilho de umidade na testa.

— Ah, meu Deus! — exclamou a Sra. Brodie. Uma bandeja de porcelana espatifada, um bolo desmantelado e uma poça de chá estavam a seus pés. — O que o capitão vai dizer?

Aquela era uma boa pergunta, pensou Lucy.

Capítulo Nove

— Sem querer me intrometer, Srta. Craddock-Hayes, como foi que a senhorita conheceu meu cunhado? — perguntou Rosalind Iddesleigh quase três semanas depois.

Lucy franziu o nariz.

— Por favor, me chame de Lucy.

A outra mulher sorriu timidamente.

— É muita gentileza da sua parte. E você, claro, pode me chamar de Rosalind.

Lucy retribuiu o sorriso e se perguntou se Simon se importaria se ela contasse àquela delicada mulher que o encontrara nu e quase morto em uma vala. As duas estavam na elegante carruagem de Rosalind, e, no fim das contas, Simon tinha mesmo uma sobrinha. Theodora também estava na carruagem, que chacoalhava pelas ruas de Londres.

A cunhada de Simon, viúva de seu irmão mais velho, Ethan, parecia uma moça em uma torre de pedra, olhando para baixo, à espera de um corajoso cavaleiro que a resgatasse. Ela tinha cabelos louros, lisos e reluzentes, presos em um coque simples no alto da cabeça. Seu rosto era fino e branco como alabastro, e os olhos, azul-claros e grandes. Seria difícil de acreditar que tinha idade suficiente para ter uma filha de 8 anos se a prova disso não estivesse sentada ao lado dela.

Lucy passara a última semana na casa da futura cunhada, preparando-se para o casamento com Simon. O pai dela não havia ficado nada satisfeito com sua decisão, mas, após resmungar e gritar um bocado, ele enfim

lhe dera a bênção. Durante a estada de Lucy em Londres, ela visitara uma variedade impressionante de lojas com Rosalind. Simon insistira para que ela tivesse um enxoval totalmente novo. Embora ficasse satisfeita por ter tantas roupas finas, ao mesmo tempo, Lucy temia não ser uma viscondessa adequada para o futuro marido. Ela vinha do interior, e, mesmo usando renda e sedas bordadas, ainda era uma mulher simples.

— Simon e eu nos conhecemos na estrada próxima à minha casa em Kent — disfarçou Lucy. — Ele sofreu um acidente, e eu o levei para casa, para que pudesse se recuperar.

— Que romântico — murmurou Rosalind.

— O tio Sisi estava bebum? — quis saber a garotinha ao lado da mãe.

Ela tinha o cabelo mais escuro que o de Rosalind, e mais dourado e cacheado também. Lucy lembrou que Simon descrevera os cachos do irmão. Era óbvio que Theodora havia puxado ao pai, embora seus olhos fossem azuis e grandes como os da mãe.

— Theodora, por favor. — Rosalind franziu as sobrancelhas, criando dois vincos perfeitos na testa lisa. — Nós já conversamos sobre esse linguajar. O que a Srta. Craddock-Hayes vai pensar de você?

A menina afundou no assento.

— Ela falou que a gente podia chamá-la de Lucy.

— Nada disso, querida. Ela deu permissão a mim para chamá-la pelo nome de batismo. Não seria adequado que uma criança fizesse isso. — Rosalind lançou uma olhadela rápida a Lucy. — Eu sinto muito.

— Como em breve eu serei tia de Theodora, acho que ela pode me chamar de tia Lucy, que tal? — disse ela, sorrindo para a garotinha, sem querer ofender a futura cunhada, mas sentindo certa simpatia pela filha.

Rosalind mordeu o canto do lábio.

— Você tem certeza?

— É claro.

Theodora se remexeu em seu assento.

— E você pode me chamar de Chaveirinho, porque é assim que meu tio Sisi me chama. Eu o chamo de tio Sisi porque todas as moças

fazem um barulho que parece o som de si-si quando ele passa. Acho que é um suspiro.

— Theodora!

— É o que a babá fala — defendeu-se a garotinha.

— É tão difícil manter os criados longe das fofocas — comentou Rosalind. — E impedir que as crianças as repitam.

Lucy sorriu.

— E por que seu tio Sisi chama você de Chaveirinho? Porque você cabe no bolso dele?

— Sim. — Theodora sorriu e, de repente, ficou parecida com o tio. Ela fitou a mãe.

— Ele a mima demais. — Rosalind suspirou.

— Às vezes, o tio Sisi guarda uns doces no bolso e depois me dá — confidenciou a criança. — E, uma vez, ele tinha uns soldadinhos de chumbo bonitinhos, e mamãe falou que meninas não brincavam com soldados, mas o tio Sisi falou que eu era um chaveirinho, e não uma menina. — Ela respirou fundo e olhou novamente para a mãe. — Mas ele só estava brincando, porque sabe que sou uma menina.

— Entendi. — Lucy sorriu. — Provavelmente, são coisas assim que induzem as damas fazerem si-si por ele.

— Sim. — A menina se remexeu outra vez. A mãe pôs uma mão em sua perna, e ela parou. — A senhora já suspirou por causa do tio Sisi?

— Theodora!

— O que foi, mamãe?

— Chegamos! — exclamou Lucy.

A carruagem tinha parado no meio de uma alameda movimentada, sem conseguir encostar na calçada por causa da multidão de carruagens, carroças, mercadores ambulantes, homens a cavalo e pedestres. A primeira vez que Lucy testemunhara tal cena, quase perdera o ar. Havia tanta gente! Todos gritavam, corriam, *viviam*. Os carroceiros xingavam os pedestres em seu caminho, os mercadores ambulantes anunciavam suas mercadorias, lacaios de libré abriam caminho para finas carruagens, moleques corriam praticamente debaixo dos cascos dos cavalos. Ela não soubera como assimilar tudo de início; seus sentidos estavam sufocados. Agora, quase uma semana depois, ela já estava um pouco mais acostumada à cidade, mas, mesmo assim, sempre considerava aquele constante alvoroço algo revigorante para seus olhos e ouvidos. Talvez isso nunca fosse mudar. Será que alguém conseguia achar Londres entediante?

Um dos lacaios abriu a porta da carruagem e ajeitou o degrau antes de ajudar as damas a descerem. Lucy levantou bem as saias ao se dirigir à loja. Um jovem e forte lacaio seguia à frente para protegê-las e para ajudá-las a carregar as compras. A carruagem começou a se mover atrás delas. O cocheiro teria de encontrar um lugar para estacionar mais adiante ou dar uma volta.

— Esta chapelaria é muito boa — comentou Rosalind quando entraram no estabelecimento. — Creio que você vai gostar dos adornos que eles têm aqui.

Lucy piscou e olhou para as prateleiras, que iam do chão ao teto, com rendas multicoloridas, laços, chapéus e tramas. Ela tentou não demonstrar o quanto estava impressionada. Aquele lugar era bem diferente da única lojinha de Maiden Hill, que tinha apenas uma prateleira com enfeites. Depois de ter vivido durante anos com alguns poucos vestidos cinza, a variedade de cores quase fazia seus olhos doerem.

— Posso ficar com este, mamãe? — Theodora ergueu um pedaço de galão dourado e começou a enrolá-lo nela mesma.

— Não, querida, mas quem sabe ele não sirva para a tia Lucy?

Lucy mordeu os lábios. Na verdade, ela não conseguia se imaginar usando dourado.

— Talvez aquela renda.

Os olhos de Rosalind se estreitaram quando ela viu a bela renda belga para a qual Lucy apontava.

— Sim, creio que sim. Vai combinar perfeitamente com o vestido de estampa cor-de-rosa que compramos hoje de manhã.

Trinta minutos depois, Lucy saiu da loja, feliz por ter Rosalind como guia. Rosalind podia parecer delicada mas entendia de moda, além de saber barganhar como uma dona de casa experiente. A carruagem estava à espera das damas na rua, enquanto um carroceiro muito irritado gritava para o cocheiro, pois não conseguia passar. Elas se apressaram para entrar no veículo.

— Puxa. — Rosalind afagou o rosto com um lenço de seda e olhou para a filha, deitada no banco, cansada. — Talvez seja melhor voltarmos para casa para o chá e um lanche.

— Sim — concordou Theodora, com empolgação.

Ela se aninhou no assento e, poucos minutos depois, já estava dormindo, apesar dos solavancos da carruagem e do barulho do lado de fora. Lucy sorriu. A garotinha devia estar acostumada à cidade e a seus hábitos.

— Você não é nada do que imaginei quando Simon anunciou que ia se casar — confessou Rosalind baixinho.

Lucy ergueu as sobrancelhas, em dúvida.

Rosalind mordeu o lábio inferior.

— Não pretendia insultá-la.

— Não insultou.

— É só que Simon sempre preferiu a companhia de um certo tipo de dama. — Rosalind franziu o nariz. — Nem sempre as mais respeitáveis, mas normalmente muito sofisticadas.

— E eu sou do interior — disse Lucy com pesar.

— Sim. — Rosalind sorriu. — Eu fiquei agradavelmente surpresa com a escolha.

— Obrigada.

A carruagem parou. Parecia ter atolado. Do lado de fora, homens gritavam, irritados.

— Às vezes, acho que caminhar seria mais fácil — murmurou Rosalind.

— Sem dúvida seria mais rápido. — Lucy sorriu para ela.

As duas ficaram sentadas, tentando ouvir a comoção do lado de fora. Theodora roncava baixinho, imperturbável.

— Na verdade... — A outra mulher hesitou. — Eu não devia lhe contar isso, mas, quando conheci os dois, Ethan e Simon, foi Simon quem me atraiu.

— Jura? — Lucy se manteve impassível. O que será que Rosalind estava tentando lhe dizer?

— Sim. Ele tinha aquele ar melancólico, mesmo antes da morte de Ethan, que, creio eu, a maioria das mulheres acha fascinante. E o modo como ele fala, sua inteligência. Isso tudo pode ser um bocado cativante, às vezes. Eu fiquei encantada com Simon, embora Ethan fosse o irmão mais bonito.

— E o que aconteceu? — Será que Simon ficara igualmente atraído por aquela delicada mulher? Lucy sentiu uma pontada de ciúme.

Rosalind olhou pela janela.

— Ele me assustou.

Lucy prendeu a respiração.

— Como?

— Uma noite, num baile, eu o encontrei num cômodo reservado. Era um escritório ou uma sala de estar, um tanto pequena e com uma decoração muito simples, a não ser pelo espelho ornado em uma das paredes. Ele estava lá parado, sozinho, simplesmente olhando.

— Para o quê?

— Para si mesmo. — Rosalind virou-se para Lucy. — No espelho. Apenas... observando o próprio reflexo. Mas ele não estava olhando para a peruca ou para as roupas, como qualquer outro homem faria. Ele estava simplesmente fitando os próprios olhos.

Lucy franziu a testa.

— Que estranho.

A outra mulher assentiu.

— Foi então que eu soube. Ele não era feliz. Aquela melancolia não era fingimento; era real. Tem alguma coisa que move Simon, e não sei bem se um dia isso vai deixá-lo em paz. Eu, sem dúvida, não pude ajudá-lo.

A inquietação tomou conta de Lucy.

— Então você se casou com Ethan.

— Sim. E nunca me arrependi disso. Ele foi um marido maravilhoso, bom e gentil. — Ela olhou para a filha, que dormia tranquilamente. — E me deu Theodora.

— Por que você está me contando isso? — perguntou Lucy baixinho. Apesar das palavras serenas, ela sentia uma onda de raiva tomar conta de si. Ora, Rosalind não tinha o direito de fazê-la duvidar de sua decisão.

— Não foi para assustar você — tranquilizou-a Rosalind. — Eu acho que apenas uma mulher muito forte poderia se casar com Simon, e admiro isso.

Foi a vez de Lucy olhar pela janela. Finalmente, a carruagem voltou a andar. Logo as três estariam de volta a casa, onde haveria uma variedade de pratos exóticos para o almoço. Ela estava morrendo de fome, mas sua mente vagou para as últimas palavras de Rosalind: *uma mulher muito forte*. Ela passara toda a vida no mesmo lugar, naquela pequena aldeia, onde nunca fora desafiada. Rosalind vira o que Simon era e prudentemente se afastara dele. Será que havia alguma arrogância em seu desejo de se casar com ele? Será que ela era mais forte do que Rosalind?

— DEVO BATER, SENHORITA? — quis saber a criada.

Lucy estava parada, com a criada, nos degraus da casa de Simon. A construção se erguia em seus cinco andares, e a pedra branca reluzia sob o sol da tarde. A casa ficava na parte mais chique de Londres, e Lucy tinha consciência de que devia estar parecendo uma boba parada ali, indecisa. Mas fazia muito tempo que não via Simon, e ela sentia uma necessidade urgente de estar com ele. De conversar com ele e descobrir... Ela deu uma risada nervosa e baixinha. Bem, supunha que precisava descobrir se ele ainda era o mesmo homem que conhecera em Maiden Hill. E, para isso, ela tomara emprestada a carruagem de Rosalind e correra até lá depois do almoço.

Ela passou a mão pelo vestido novo e assentiu com a cabeça para a criada.

— Sim, por favor. Pode bater.

A criada ergueu a pesada aldrava e soltou-a. Lucy observou a porta. Ela estava ansiosa. Não que ela não visse Simon — ele fazia questão de fazer pelo menos uma das refeições na casa de Rosalind —, mas os dois nunca tinham um momento a sós. Se ao menos...

A porta se abriu, e um mordomo muito alto olhou por cima do nariz adunco para elas.

— Sim?

Lucy pigarreou.

— Lorde Iddesleigh está?

O homem ergueu uma das grossas sobrancelhas de uma maneira incrivelmente arrogante; ele devia praticar o movimento toda noite na frente do espelho.

— O visconde não está recebendo visitas. Se a senhora quiser deixar um cartão...

Lucy sorriu e avançou de tal forma que o homem foi obrigado a recuar para que ela não o atropelasse.

— Sou a Srta. Lucinda Craddock-Hayes e estou aqui para falar com o meu noivo.

O mordomo piscou. Era evidente que ele estava em um dilema. Provavelmente, tinha ordens de não perturbar Simon, mas ali estava sua futura patroa. Ele preferiu se curvar ao diabo à sua frente.

— Certamente, senhorita.

Lucy lhe deu um breve sorriso de aprovação.

— Obrigada.

Eles entraram num grandioso vestíbulo. Lucy deteve-se por um momento para olhar em volta com curiosidade. Ela nunca estivera na casa de Simon. O piso era de mármore, polido como se fosse um espelho. As paredes também eram de mármore, alternando branco e preto nos painéis com bordas de vinhas e arabescos dourados, e o teto...

Lucy perdeu o fôlego. O teto era todo dourado e branco com pinturas de nuvens e querubins, que pareciam segurar o candelabro de cristal que pendia do centro do cômodo. Viam-se aqui e ali mesas e estátuas, todas de mármore e madeira exótica, decoradas prodigamente com dourado. Um Mercúrio em mármore negro encontrava-se do lado direito de Lucy. As asas nos calcanhares, o elmo e os olhos dele eram de ouro. *Grandioso*, na verdade, não descrevia bem o vestíbulo. *Pomposo* era uma palavra melhor.

— O visconde está na estufa, senhorita — disse o mordomo.

— Então eu o encontrarei lá — falou Lucy. — Há algum lugar onde a minha criada possa esperar?

— Pedirei a um dos lacaios que lhe mostre a cozinha. — Ele estalou os dedos para um dos lacaios a postos no corredor. O homem fez uma mesura e saiu com a criada. O mordomo se virou novamente para Lucy. — A senhorita poderia me acompanhar? É por aqui.

Lucy fez que sim com a cabeça. Ele a conduziu pelo corredor até os fundos da casa. A passagem se estreitou, e os dois desceram uma pequena escada; em seguida, depararam-se com uma grande porta. O mordomo fez menção de abri-la, mas Lucy o deteve.

— Entrarei sozinha, se o senhor não se importar.

O mordomo fez uma mesura.

— Como a senhorita quiser.

Lucy inclinou a cabeça.

— Eu não sei o seu nome.

— Newton, senhorita.

Lucy sorriu para ele.

— Obrigada, Newton.

Ele segurou a porta aberta para a jovem.

— Se a senhorita precisar de mais alguma coisa, basta me chamar. — E então o mordomo saiu.

Lucy espiou na imensa estufa.

— Simon?

Ela nunca teria acreditado que poderia haver tal estrutura escondida no meio da cidade se não estivesse vendo com os próprios olhos. Fileiras de bancadas desapareciam na extremidade obscurecida da estufa. Havia plantas verdes e vasos amontoados em cada superfície disponível. Sob seus pés, uma trilha de tijolos, de alguma forma, parecia quente. A condensação umedecia o vidro atrás dela, que começava na altura da cintura e se abobadava acima de sua cabeça. Mais acima, o céu de Londres já começava a escurecer.

Lucy deu alguns passos na direção do ar úmido. Não via ninguém ali.

— Simon?

Ela prestou atenção, mas não ouviu nada. Por outro lado, a estufa era bastante grande. Talvez Simon não conseguisse ouvi-la. Sem dúvida, ele queria manter o ar quente e úmido no interior. Lucy puxou a pesada porta de madeira atrás de si e saiu para explorar o local. O corredor era estreito, e parte da folhagem pendia acima, forçando-a a passar por uma cortina verdejante. Ela podia ouvir algo pingando, conforme a água condensava e escorria por centenas de folhas. A atmosfera ainda era pesada e silenciosa, com cheiro de mofo do musgo e da terra.

— Simon?

— Aqui.

Finalmente. Sua voz vinha de mais adiante, porém Lucy não conseguia avistá-lo naquela floresta obscurecida. Ela empurrou para o lado uma folha maior que sua cabeça e, de repente, deparou-se com um espaço aberto e iluminado por dezenas de velas.

Ela parou.

O espaço era circular. As paredes de vidro erguiam-se até um domo em miniatura, como os que ela vira em imagens que retratavam a Rússia. No centro, uma fonte de mármore jorrava tranquilamente e, em volta da parte externa, viam-se bancadas com rosas. Rosas desabrochando no inverno. Lucy sorriu. Vermelhas e cor-de-rosa, cremes e do branco mais puro. O perfume forte das rosas pairava no ar, coroando a sensação de encanto e prazer. Simon tinha uma terra da fantasia em casa.

— Você me encontrou.

Ela olhou na direção da voz dele, e seu coração palpitou ao vê-lo. Simon estava de pé junto a uma bancada, em mangas de camisa. Ele usava um avental verde por cima do colete para protegê-lo e havia enrolado as mangas, expondo os braços, cobertos por pelos louros.

Lucy sorriu ao pensar em Simon em seu uniforme de trabalho. Esse era um lado dele que ela nunca vira antes e que a deixava intrigada. Desde que vieram para Londres, ele sempre fora tão refinado, tão sofisticado.

— Espero que você não se importe por Newton ter me mostrado o caminho.

— De modo algum. Onde está Rosalind?

— Eu vim sozinha.

Ele se retesou e lançou-lhe um olhar que Lucy não conseguiu interpretar.

— Completamente só?

Então essa era a preocupação dele. Simon deixara muito claro quando chegaram a Londres que Lucy nunca deveria sair de casa sozinha. Ela quase se esquecera daquela proibição na última semana, pois não testemunhara nada fora do normal. Obviamente, ele ainda estava preocupado com um possível ataque de seus inimigos.

— Bem, a não ser pelo cocheiro, os lacaios e a criada. Eu peguei a carruagem de Rosalind emprestada. — Ela abriu um sorriso para o noivo.

— Ah. — Seus ombros relaxaram, e ele começou a tirar o avental. — Nesse caso, posso lhe oferecer um pouco de chá?

— Você não precisa parar por minha causa — disse ela. — Quer dizer, se eu não for distraí-lo.

— Você sempre me distrai, meu anjo. — Ele amarrou outra vez o avental e se virou para a bancada.

Lucy viu que ele estava ocupado, mas os dois iriam se casar em menos de uma semana. Um pensamento passou por sua mente: o temor persistente de que Simon já se sentia entediado com sua companhia, ou pior, de que estava arrependido. Ela se colocou ao lado dele.

— O que você está fazendo?

Ele pareceu se retesar, mas sua voz soava normal.

— Estou fazendo enxertos de rosas. Não é um trabalho muito emocionante, infelizmente, mas você pode observar.

— Tem certeza de que não se importa?

— Não, claro que não.

Ele se inclinou sobre a bancada, sem olhar para ela. À sua frente, via-se um caule cheio de espinhos, provavelmente parte de uma rosa, cuja extremidade Simon cortava cuidadosamente em ponta.

— Faz alguns dias que não ficamos sozinhos, e eu pensei que seria bom... conversarmos. — Lucy tinha dificuldade de falar com o noivo enquanto ele estava de costas para ela.

Suas costas se retesaram, como se ele a repelisse mentalmente, mas Simon não se moveu.

— Sim?

Lucy mordeu o lábio.

— Eu sei que não deveria visitá-lo tão tarde, mas Rosalind me manteve ocupada durante o dia todo, fizemos compras e procuramos roupas e essas coisas. Você não iria acreditar em como as ruas estavam cheias hoje à tarde. Levamos uma hora para voltar para casa. — Ela já estava tagarelando. Lucy se sentou num banquinho próximo e respirou fundo. — Simon, você mudou de ideia?

A pergunta despertou a atenção dele. O visconde ergueu o olhar, franzindo a testa.

— O quê?

Ela fez um gesto brusco de frustração.

— Você parece tão preocupado o tempo todo, e, desde que me pediu em casamento, não me beijou mais. Fiquei pensando que talvez tivesse tido tempo de pensar melhor e mudado de ideia sobre se casar comigo.

— Não! — Ele largou a faca e se inclinou sobre a bancada mais uma vez, com os braços esticados e a cabeça baixa. — Não, me desculpe. Eu quero me casar com você, anseio por me casar com você, agora mais do que nunca, lhe garanto. Conto os dias até estarmos finalmente casados. Sonho em segurar você em meus braços como minha esposa, mas então eu tenho que distrair minha mente, senão irei enlouquecer esperando o dia chegar. O problema é comigo.

— Qual é o problema? — Lucy estava aliviada, porém confusa. — Diga-me, e nós poderemos resolver isso juntos.

Ele suspirou, balançou a cabeça e virou o rosto para ela.

— Creio que não. Fui eu quem criei o problema, então ele é a cruz que devo carregar. Graças a Deus, tudo irá acabar quando nós nos unirmos nos sagrados laços do matrimônio.

— Você está falando em enigmas de propósito.

— Tão combativa — murmurou ele. — Posso imaginar você com uma espada poderosa em uma das mãos, batendo em hebreus rebeldes e samaritanos incrédulos. Eles se encolheriam diante de sua expressão severa e imponente. — Ele riu baixinho. — Digamos apenas que estou tendo problemas para ficar perto de você sem tocá-la.

Lucy sorriu.

— Nós estamos noivos. Você pode me tocar.

— Na verdade, não. — Ele se endireitou e pegou a faca outra vez. — Se eu tocar em você, não tenho certeza se serei capaz de parar. — Ele se inclinou e examinou a rosa ao fazer outro corte em seu caule. — Na verdade, tenho certeza de que não conseguiria parar. Eu ficaria intoxicado pelo seu perfume e pelo toque da sua pele tão, tão branca.

Lucy sentiu as bochechas arderem. Ela duvidava muito que sua pele estivesse tão branca agora. Mas Simon mal a tocara em Maiden Hill. Sem dúvida, se ele conseguia se controlar antes, poderia se controlar agora.

— Eu...

— Não. — Ele respirou fundo e balançou a cabeça, como se estivesse afastando todos os pensamentos da mente. — Eu a jogaria em cima dessa bancada, levantaria suas saias até os ombros, como se você fosse uma qualquer, antes que pudesse pensar. Estaria dentro de você antes que pudesse refletir, e, depois que começasse, tenho certeza de que não pararíamos até que nós dois chegássemos ao paraíso. E talvez nem assim.

Lucy abriu a boca, mas nenhum som saiu dela. *Ao paraíso...*

Ele fechou os olhos e gemeu.

— Jesus. Não acredito que eu falei isso para você.

— Ora. — Ela pigarreou. As palavras dele a deixaram trêmula e com calor. — Ora. Certamente isso foi um elogio.

— Foi? — Ele a encarou. Tinha manchas vermelhas no alto das maçãs do rosto. — Fico feliz por você ter uma opinião positiva em relação à falta de controle do seu noivo sobre sua natureza animal.

Ai, meu Deus.

— Talvez eu deva ir embora. — Ela fez menção de se levantar.

— Não, fique comigo, por favor. Só... só não chegue muito perto de mim.

— Está bem. — Ela se sentou, empertigada, e colocou as mãos sobre o colo.

A boca de Simon se curvou em um canto.

— Eu senti sua falta.

— Eu também.

Os dois sorriram um para o outro, e ele se virou depressa, mas, dessa vez, Lucy sabia a causa e não ficou perturbada. Ela o observou pôr o caule de lado e pegar um vaso que continha o que parecia um pequeno toco. A fonte ria no fundo, e as estrelas começaram a preencher o céu acima do domo.

— Você nunca terminou de me contar aquele conto de fadas — falou ela. — O Príncipe Serpente. Não vou conseguir terminar as ilustrações se você não me contar o restante da história.

— Você tem desenhado?

— Claro.

— Não consigo lembrar onde foi que parei. — Ele olhou para o toco feioso e franziu a testa. — Faz tanto tempo.

— Eu lembro. — Ela ajeitou o traseiro mais firmemente no banquinho. — Angelica roubou a pele do Príncipe Serpente e ameaçou destruí-la, mas acabou mudando de ideia e poupou-lhe a vida.

— Ah, sim. — Simon fez um cuidadoso corte no alto do toco. — O Príncipe Serpente falou o seguinte para Angelica: "Bela donzela, assim como a senhorita segura a minha pele, segura minha vida em suas mãos. Basta dizer o que quer, e eu lhe concederei seu desejo."

Lucy franziu a testa.

— Ele não parece muito inteligente. Por que simplesmente não pediu a pele de volta sem contar a Angelica o poder que ela tinha sobre ele?

Simon lançou-lhe um olhar com as sobrancelhas abaixadas.

— Porque talvez ele estivesse arrebatado pela beleza dela?

Ela deu um muxoxo.

— Só se ele fosse muito burro.

— Sua alma romântica me impressiona. Agora, você vai me deixar continuar?

Ela fechou a boca e assentiu, sem dizer nada.

— Ótimo. Angelica pensou que tinha muita sorte. No fim das contas, talvez ela pudesse conhecer o príncipe. Então ela perguntou para o Príncipe Serpente: "Haverá um baile da realeza hoje à noite. Você poderia me levar para a muralha do castelo para que eu possa ver o príncipe e sua comitiva passarem?" Bem, o Príncipe Serpente a encarou com aqueles olhos prateados e reluzentes e respondeu: "Eu lhe garanto que posso fazer melhor do que isso."

— Mas espere um minuto — protestou Lucy. — O Príncipe Serpente não é o herói da história?

— Um homem-cobra? — Simon introduziu a ponta do caule no talho que fizera no toco e começou a enrolar os dois com uma tira fina de pano. — O que foi que fez você pensar que ele seria um bom herói?

— Ora, ele é todo prateado, não é?

— Sim, mas ele também está nu, e normalmente o herói da história é um pouco mais digno.

— Mas...

Simon franziu a testa, como se a censurasse.

— Você quer que eu continue?

— Sim — falou ela docilmente.

— Muito bem. O Príncipe Serpente acenou uma mão pálida e, de repente, os trapos marrons que Angelica estava usando se transformaram em um reluzente vestido de cobre. Em seu cabelo, viam-se joias de rubi e cobre, e, em seus pés, sapatos de cobre bordados. Angelica girou, encantada com sua transformação, e exclamou: "Espere até o Príncipe Rutherford me ver!"

— Rutherford? — Lucy arqueou uma sobrancelha.

Ele a fitou com expressão séria.

— Desculpe.

— O Príncipe Rutherford, dos cachos dourados. Mas o Príncipe Serpente não retrucou, e somente então Angelica se deu conta de que ele havia caído de joelhos ao lado do braseiro e que o fogo de chamas azuis lá dentro ardia baixinho. Pois, ao conceder o desejo à garota das cabras, ele enfraquecera o próprio poder.

— Que homem tolo.

Simon ergueu o olhar e sorriu para ela e só então pareceu se dar conta de que o céu já estava escuro.

— Meu Deus, está tão tarde assim? Por que não me disse nada? Você tem que voltar para a casa de Rosalind imediatamente.

Lucy suspirou. Para um homem sofisticado de Londres, Simon tinha se tornado um homem lamentavelmente entediante nos últimos dias.

— Muito bem. — Lucy se pôs de pé e espanou a saia. — Quando eu o verei de novo?

— Eu estarei lá para o café da manhã. — Ele parecia distraído.

A decepção tomou conta dela.

— Não. Rosalind disse que temos que sair cedo para ir ao luveiro, e estaremos fora na hora do almoço também. Ela marcou encontros para me apresentar a algumas de suas amigas.

Simon franziu a testa.

— Você cavalga?

— Sim — respondeu Lucy. — Mas não tenho montaria.

— Eu tenho vários cavalos. Passarei na casa de Rosalind antes do café da manhã, e então nós cavalgaremos no parque. Voltaremos a tempo de Rosalind levá-la ao luveiro.

— Eu iria adorar. — Ela olhou para ele.

Simon a encarou.

— Meu Deus, e eu nem posso beijar você. Vá logo.

— Boa noite. — Lucy sorriu ao caminhar de volta pelo corredor.

Às suas costas, ouviu o noivo praguejando.

— Posso me juntar a vocês? — Simon ergueu uma sobrancelha para os homens que estavam jogando cartas naquela noite.

Quincy James, sentado de costas para ele, se virou e o encarou. Ele tinha um tique embaixo do olho direito. O homem estava usando casaco e calça vermelho-escuros, e seu colete era branco como casca de ovo, bordado em vermelho para combinar com o casaco. Com os cabelos claros presos, ele parecia uma bela figura. Simon sentiu seus lábios se curvarem num sorriso satisfeito.

— Claro. — Um cavalheiro com uma peruca antiquada assentiu.

Ele tinha a expressão dispersa de um jogador que passara a vida toda nas mesas. Simon não havia sido apresentado a ele, mas já o vira antes. Lorde Kyle. Os outros três homens eram desconhecidos. Dois estavam na meia-idade, usavam perucas empoadas de branco praticamente idênticas e tinham os rostos corados por causa da bebida. O quarto sujeito era um jovem, com bochechas ainda marcadas por espinhas. Um pombo no covil de raposas. Sua mãe deveria tê-lo mantido protegido em casa.

Mas isso não era problema de Simon.

Ele puxou a cadeira vazia ao lado de James e se sentou. Pobre coitado. Não havia nada que James pudesse fazer para impedi-lo. Simplesmente não se impedia que um cavalheiro se juntasse a um jogo aberto. Simon o tinha em suas mãos. Ele se permitiu um momento de felicitação. Depois de passar a maior parte da semana assombrando o Parque do Diabo, evitando os avanços das jovens prostitutas, tomando champanhe ruim e achando tudo um tédio e indo de mesa em mesa de jogo, finalmente encontrara James. Simon tinha começado a achar que o rastro tivesse esfriado; ele adiara a caça enquanto resolvia os detalhes de seu casamento, mas agora James estava em suas mãos.

Ele sentiu necessidade de apressar aquilo, de terminar tudo para que pudesse ir dormir e talvez ser capaz de cumprimentar Lucy para sua cavalgada de manhã com a expressão de um homem desperto. Mas isso não iria acontecer. Sua presa cautelosa finalmente se arriscara para fora de seu esconderijo, e ele deveria ir devagar. De forma deliberada. Era extremamente importante que todas as peças estivessem no lugar, que não houvesse possibilidade de escapar, antes que ele jogasse sua armadilha. Simon não devia deixar a presa escorregar por um buraco despercebido na rede.

Lorde Kyle deu as cartas para cada jogador para ver quem iria distribuí-las. O homem à direta de Simon pegou o primeiro valete e juntou as cartas para distribuí-las. James pegava cada carta que lhe era dada, tamborilando os dedos nervosamente na beirada da mesa. Simon esperou que até todos estivessem com suas cartas para virá-las. O visconde baixou o olhar. Sua mão não estava ruim, mas isso não importava. Ele apostou e iniciou a jogada — um oito de copas. James hesitou e então jogou um dez. O jogo girou pela mesa, e o pombo pegou o monte. O homem mais jovem abriu novamente com um três de espadas.

Um lacaio entrou na sala trazendo uma bandeja de bebidas. Eles jogavam em um cômodo isolado, nos fundos do Parque do Diabo. O cômodo estava escuro, as paredes e a porta eram cobertas de veludo negro para abafar a agitação no salão principal. Os participantes ali eram sérios, apostavam alto e raramente falavam além do que o jogo demandava. Aquela não era uma ocasião social para os cavalheiros. Era vida ou morte nas cartas. Em outra noite, Simon vira um barão perder primeiro todo o dinheiro que tinha consigo, depois sua única propriedade, e então o dote de suas filhas. Na manhã seguinte, o homem havia se matado.

James pegou um copo da bandeja do garçom, esvaziou-o e esticou a mão para pegar outro. Ele captou o olhar de Simon, que sorriu. Os olhos de James se arregalaram. Ele engoliu a bebida num só gole e pousou o copo perto do cotovelo, encarando o visconde de forma desafiadora. O jogo continuou. Simon teve de apostar. James deu um sorrisinho afetado. Ele jogou o valete, a carta mais alta do jogo, e pegou outro monte.

As velas derreteram, e o lacaio retornou para ajeitá-las.

Quincy James estava ganhando agora, e a pilha de moedas ao lado de seu copo aumentava. Ele parecia relaxado em sua cadeira, e os olhos azuis piscavam, sonolentos. A pilha do homem mais jovem ficara reduzida a algumas moedas de cobre, e ele parecia desesperado. Ele não sobreviveria a outra rodada se tivesse sorte. Se não tivesse, alguém o ajudaria na próxima mão, algo que acabaria levando-o para a prisão dos devedores. Christian Fletcher se esgueirou para dentro do cômodo. Simon não ergueu o olhar, mas, pelo canto do olho, viu o amigo pegar uma cadeira, mas ele estava longe demais para ver as cartas. O visconde sentiu algo dentro de si relaxar ao ver o homem mais jovem. Agora, tinha um aliado atrás de si.

James ganhou. Seus lábios se curvaram em um esgar de triunfo enquanto juntava o dinheiro ganho.

Simon esticou o braço e segurou a mão do outro homem.

— O que...? — James tentou se afastar.

O braço de Simon bateu na mesa. Uma carta caiu da renda no pulso. Os outros jogadores à mesa congelaram.

— Mas o que é isso? — A voz de Lorde Kyle soou rouca. — Que diabos você pensa que está fazendo, James?

— Não é m-m-meu.

Simon se recostou na cadeira e esfregou o dedo indicador direito preguiçosamente.

— Caiu do seu punho.

— Você! — James se levantou com um salto, e a cadeira tombou atrás dele. O homem parecia prestes a bater em Simon, mas então pensou duas vezes.

Simon ergueu uma sobrancelha.

— Você a-a-armou para mim, você deslizou a maldita carta na manga da minha camisa!

— Eu estava perdendo. — Simon suspirou. — Você me insulta, James.

— Não!

Simon emendou, sem se perturbar:

— Creio que espadas ao amanhecer...

— Não! Jesus, não!

— Sejam o que você quer? — concluiu Simon.

— Meu Deus! — James amassou os próprios cabelos, e os belos cachos se desprenderam da fita. — Isso não está certo. Eu n-n-não tinha essa maldita carta.

Lorde Kyle juntou o baralho.

— Outra mão, cavalheiros?

— Meu Deus — murmurou o garoto. Ele ficara pálido e parecia que ia vomitar.

— Você não pode f-f-fazer isso! — gritou James.

Simon se pôs de pé.

— Amanhã, então. Melhor eu ir dormir, não é?

Lorde Kyle assentiu, com a atenção já voltada para o jogo seguinte.

— Boa noite, Iddesleigh.

— E-eu também estou indo. Se me derem licença, cavalheiros. — O pombinho quase correu para fora do cômodo.

— Nãão! Eu sou inocente! — James começou a soluçar.

Simon se encolheu e saiu do cômodo.

Christian se juntou a ele na sala principal.

— Você...?

— Calado — murmurou Simon. — Aqui não, idiota.

Felizmente, o homem mais jovem ficou em silêncio até eles chegarem à rua. Simon fez sinal para o cocheiro.

Christian murmurou:

— Você...?

— Sim. — Deus, ele estava exausto. — Você quer uma carona?

Christian piscou.

— Obrigado.

Eles entraram na carruagem, e ela seguiu seu caminho.

— É melhor você encontrar os padrinhos dele hoje e marcar o duelo. — Simon foi invadido por uma terrível letargia. Seus olhos pareciam estar cheios de areia, e suas mãos tremiam. A manhã não demoraria a chegar. Ou ele mataria um homem, ou morreria quando o sol nascesse.

— O quê? — perguntou Christian.

— Os padrinhos de Quincy James. Você precisa descobrir quem eles são e marcar o local e a hora do duelo. Tudo isso. Exatamente como nas últimas vezes. — Ele bocejou. — Você vai ser meu padrinho, não vai?

— Eu...

Simon fechou os olhos. Se ele perdesse Christian, não saberia o que fazer.

— Se não aceitar, tenho quatro horas para encontrar outro.

— Não. Quero dizer, sim — respondeu o jovem abruptamente. — Eu serei o seu padrinho. Claro que serei o seu padrinho, Simon.

— Ótimo.

Fez-se silêncio na carruagem, e Simon cochilou.

A voz de Christian o acordou.

— Você foi até lá para encontrar James, não foi?

Ele não se deu ao trabalho de abrir os olhos.

— Sim.

— Por causa de uma mulher? — Seu companheiro falou como se estivesse genuinamente confuso. — Ele o insultou?

Simon quase riu. Ele se esquecera de que havia homens que duelavam por coisas bobas como essas.

— Nada tão inconsequente.

— Mas por quê? — Christian estava insistente. — Por que desse jeito?

Jesus! Simon não sabia se ria ou se chorava. Será que alguma vez na vida fora tão ingênuo assim? Ele contou até dez para explicar a escuridão que habitava as almas dos homens.

— Porque o jogo é a fraqueza dele. Porque ele não poderia fazer nada depois que eu me sentasse à mesa. Porque ele não poderia simplesmente me rejeitar ou me evitar. Por ele ser o homem que é, e eu o homem que sou. — Finalmente Simon olhou para seu tão jovem amigo e, com mais calma, perguntou: — Era isso que você queria saber?

Christian franziu a sobrancelha como se estivesse diante de um difícil problema de matemática.

— Eu não me dei conta... Esta é a primeira vez que o vi desafiar um oponente. Parece muito injusto. Nada honroso. — De repente, os olhos de Christian se arregalaram, como se ele tivesse acabado de perceber o insulto.

Simon começou a rir e percebeu que não ia conseguir parar. Lágrimas de júbilo se acumularam em seus olhos. *Meu Deus, que mundo!*

Finalmente, ele arfou.

— E o que foi que o fez pensar que eu era honrado?

Capítulo Dez

A névoa do início da manhã se espalhava como lençóis cinza ao vento, contorcendo-se pelo chão. Ela se enroscou nas pernas de Simon conforme ele caminhava até o local acordado para o duelo, penetrando no couro e no linho e fazendo seus ossos ficarem gelados. À sua frente, Henry segurava uma lamparina para iluminar o caminho. Mas a névoa encobria a luz de tal modo que eles pareciam se mover num sonho perturbador. Christian caminhava ao seu lado, em um estranho silêncio. O jovem havia passado a noite acertando os detalhes com os padrinhos de James e dormira pouco, se é que tinha conseguido dormir. Mais adiante, outra luz, e os vultos de quatro homens emergiram na aurora. Cada um tinha um halo formado pela respiração em volta da cabeça.

— Lorde Iddesleigh? — cumprimentou um dos homens. Não era James. Então devia ser um de seus padrinhos.

— Sim. — Sua própria respiração ondulou para a frente e, em seguida, se dissipou no ar gélido da manhã.

O homem se aproximou dele. Estava na meia-idade e usava óculos e uma peruca surrada. Seu casaco e sua calça, que alguns anos atrás estiveram na moda e obviamente agora se encontravam em péssimo estado, completavam a aparência dissoluta. Atrás dele, um homem mais baixo hesitava ao lado de outro sujeito, que devia ser o médico, como ficou evidente pela peruca curta, típica da profissão, e pela maleta preta que ele segurava.

O primeiro homem falou outra vez:

— O Sr. James oferece suas mais sinceras desculpas por qualquer insulto que possa ter lhe imposto. O senhor aceita o pedido de desculpas para evitar o duelo?

Covarde. Será que James havia mandado seus padrinhos para que ele mesmo não fosse ao duelo?

— Não. Não aceito.

— D-d-droga, Iddesleigh.

Então ele estava ali.

— Bom dia, James. — Simon esboçou um sorriso.

A resposta foi outro xingamento, não muito mais original que o primeiro.

Simon acenou com a cabeça para Christian. O homem mais novo e os padrinhos de James se afastaram para marcar o espaço do duelo. Quincy James andava de um lado para o outro na terra morta pela geada, ou para aquecer os membros ou porque estava nervoso. Ele estava com o mesmo casaco vermelho-escuro que usara na noite anterior, agora sujo e amassado. O cabelo parecia oleoso, como se ele estivesse suando. Enquanto Simon observava, o outro homem enfiava os dedos entre seus cachos. Um hábito nojento. Será que ele tinha piolho? James provavelmente estava cansado por causa da noite anterior, mas, por outro lado, ele era um jogador inveterado, acostumado a ficar acordado até tarde. E era mais novo. Simon o analisou. Ele nunca vira James duelar, mas, no Angelo's, dizia-se que seu oponente era um espadachim experiente. Isso não o surpreendia. Apesar dos tiques e da gagueira de James, o homem tinha a graça de um atleta. Os dois tinham a mesma altura, e o alcance de seu braço deveria ser igual ao de Simon também.

— Posso ver a sua espada? — O homem de óculos havia voltado. Ele esticou a mão.

O outro padrinho se aproximou. Era um pouco mais baixo e mais jovem, usava um casaco verde-garrafa e olhava ao redor a todo instante, parecendo nervoso. Duelos, é claro, eram contra a lei. Mas a lei nesse caso raramente era executada. Simon desembainhou sua arma e a entregou ao Homem dos Óculos. A alguns passos de distância, Christian pegou a espada de James. Ele e os padrinhos de James obedientemente mediram as lâminas e as inspecionaram antes de devolvê-las aos donos.

— Abra sua camisa — ordenou o Homem dos Óculos.

Simon arqueou uma sobrancelha. O homem obviamente era perfeccionista.

— O senhor acredita mesmo que eu esteja usando uma armadura por baixo da camisa?

— Por favor, milorde.

Simon suspirou e mexeu os ombros para tirar o casaco e o colete azul-prateados, retirou a gravata e desabotoou a metade superior da camisa com beirada de renda. Henry se apressou para pegar as peças que caíam no chão.

James afrouxou a camisa para que Christian pudesse examiná-lo.

— Droga, está tão frio quanto uma prostituta de Mayfair.

Simon abriu as beiradas da camisa. Calafrios percorreram seu peito nu.

O padrinho assentiu.

— Obrigado.

Seu rosto estava impassível, um homem sem humor aparente.

— De nada. — Simon sorriu de forma zombeteira. — Podemos continuar então? Ainda não tomei o café da manhã.

— E n-n-nem vai tomar. — James avançou com a espada em posição.

Simon sentiu o sorriso desaparecer.

— Bravas palavras para um assassino.

Ele sentiu a olhadela que Christian lhe lançou. Será que o jovem sabia? Simon nunca havia contado a ele sobre Ethan — sobre o verdadeiro motivo para aqueles duelos. O visconde ergueu a lâmina e encarou o oponente. A névoa envolveu suas pernas.

— *Allez!* — gritou Christian.

Simon avançou, James se esquivou, e as espadas cantaram sua canção mortal. Simon sentiu o rosto se esticar num sorriso nada alegre. Ele golpeou numa abertura, mas James se defendeu no último minuto. E então ele estava na defensiva, recuando ao mesmo tempo que se desviava de um golpe após o outro. Os músculos das panturrilhas queimavam sob a tensão. James era rápido e forte, um oponente que deveria ser levado a sério, mas ele também estava desesperado, era descuidado ao atacar. O sangue pulsava nas veias de Simon como fogo líquido, fazendo com que seus nervos faiscassem. Ele nunca se sentira tão vivo e, ao mesmo tempo, tão perto da morte como quando duelava.

— Ah!

James encontrou uma brecha na guarda de Simon, acertando um golpe no peito dele. Simon desviou da espada no último minuto. Sua arma deslizou, guinchando, contra a de seu oponente até que os dois ficaram punho a punho, com suas respirações cara a cara. James empurrou-o com toda a sua força. Simon sentiu o braço inchar. Ele resistiu, recusando-se a ceder terreno. Podia ver os riscos vermelhos nos olhos do outro homem e sentir seu hálito fedendo a medo.

— Sangue — gritou um dos padrinhos, e só então ele sentiu seu braço arder.

— Você vai desistir? — perguntou Christian.

— Diabos, não.

Simon empertigou os ombros e empurrou James, partindo para cima dele. Algo obscuro e animal dentro dele gritava: *Agora! Mate-o agora!* Ele precisava tomar cuidado. Se simplesmente ferisse o inimigo, James teria o direito de parar o duelo, e então ele teria de passar por toda essa bobagem de novo.

— Não há necessidade — gritava um dos padrinhos. — Cavalheiros, larguem suas espadas. A honra foi reparada!

— Para o inferno com a honra! — Simon avançou, atacando e apunhalando, seu ombro direito enviando pontadas de dor por todo o braço.

As lâminas retiniam enquanto os homens pisoteavam a grama. Ele podia sentir o calor descendo por suas costas, mas não fazia ideia se era suor ou sangue. Os olhos de James se arregalaram. Ele se defendia desesperadamente, com o rosto vermelho e reluzente. O colete tinha manchas escuras debaixo das axilas. Simon golpeou no alto.

E, de repente, James se virou, atacou e cortou a parte de trás de suas pernas. Simon sentiu uma pontada de dor na parte de trás dos joelhos. O horror tomou conta dele. Se James tivesse cortado os tendões de suas pernas, ele ficaria impotente, incapaz de permanecer de pé e se defender. Mas, ao atacar, James expôs o peito. Ele recuou para dar mais um golpe nas pernas do inimigo e Simon girou. Pôs toda a força do braço no golpe. Então a lâmina atravessou o peito de James. Simon sentiu a vibração quando sua lâmina atingiu e raspou o osso. Seu ombro ardia pouco acima da axila. Ele viu os olhos de James se arregalarem quando o homem compreendeu a própria mortalidade, ouviu o grito de uma das testemunhas e sentiu o fedor ácido de urina quando seu oponente perdeu o controle da bexiga.

O inimigo desabou no chão.

Por um segundo, Simon se curvou, inspirando grandes lufadas de ar. Em seguida, colocou o pé no peito do cadáver puxando sua espada de volta. Os olhos de James ainda estavam abertos e agora fitavam o nada.

— Jesus. — Christian cobriu os lábios pálidos com uma das mãos.

Simon limpou a lâmina da espada. Suas mãos tremiam ligeiramente, e ele franziu a testa, tentando controlar o tremor.

— Será que você poderia fechar os olhos dele?

— Meu Deus. Meu Deus. Meu Deus. — O homem baixinho estava praticamente pulando tamanha era sua agitação. De repente, ele se inclinou e vomitou. O conteúdo de seu estômago respingando nos sapatos.

— Será que você poderia fechar os olhos dele? — perguntou Simon novamente.

Ele não sabia por que aquilo o incomodava tanto, pois James não se importava mais se olhava, mas não enxergava.

O homenzinho ainda estava vomitando, mas o Homem dos Óculos passou a mão sobre os olhos de James.

O médico se aproximou e fitou o corpo, impassível.

— Ele está morto. Você o matou.

— Sim, eu sei. — Simon vestiu o casaco.

— Meu Deus — murmurou Christian.

Simon fez um gesto para Henry e se virou, afastando-se. Eles não precisavam mais da lamparina. O sol já havia nascido, a névoa tinha evaporado, anunciando um novo dia, que Quincy James jamais veria. As mãos de Simon ainda tremiam.

— ELE SAIU? Como ele pode ter saído a esta hora? — Lucy encarou Newton.

O céu tinha acabado de perder o rosado da aurora. Varredores de rua balançavam sobre os paralelepípedos em suas carroças na volta para casa. Na residência vizinha, a criada bateu a porta e começou a esfregar vigorosamente os degraus do patrão. Lucy chegara cedinho à casa de Simon para a cavalgada no parque. Ela deveria ter esperado por ele na casa de Rosalind, como haviam combinado. Mas, na noite anterior, durante o jantar, a futura cunhada anunciara que acordaria muito cedo para acompanhar a nova cozinheira ao mercado de peixes. A cozinheira servira um pescado ligeiramente passado duas noites seguidas, e Rosalind achava que a mulher precisava de orientações sobre como selecionar pargo fresco. Lucy ficara feliz pela oportunidade de pegar uma carona com as duas e se encontrar com Simon um pouco mais cedo.

Mas agora ela estava parada na entrada da casa dele, como uma pedinte diante do rei. O rei, neste caso, era Newton, o mordomo. Ele estava esplendidamente vestido com uma libré preta e prateada e uma elegante peruca, apesar da hora. Newton a encarou com o queixo erguido, uma expressão que teria feito qualquer romano da Antiguidade ficar orgulhoso.

— Eu não sei dizer, senhorita. — Duas marcas vermelhas arderam nas bochechas estranhamente cadavéricas do mordomo.

Lucy as fitou com suspeita. Seu próprio rosto começou a queimar. Sem dúvida, Simon não estava com outra mulher, não é? Não. Claro que não. Eles iam se casar em menos de uma semana. Mas, de qualquer forma, Lucy ficou abalada. Ela mal conhecia Simon; talvez tivesse entendido errado. Talvez *amanhecer* na cidade grande significasse *dez da manhã*. Ou talvez ela tivesse confundido o dia...

Uma grande carruagem negra veio chacoalhando pela rua e parou, interrompendo seus pensamentos. Lucy se virou para olhar. A carruagem trazia o brasão de Simon. Um lacaio desceu e ajeitou os degraus. Henry e o Sr. Fletcher desceram em seguida. Lucy franziu a testa. Por que...? Simon desceu também. Atrás dela, Newton soltou uma exclamação. Simon estava em mangas de camisa, apesar do frio. Uma das mangas estava manchada de sangue, e ele pressionava um trapo encharcado no braço. Respingos vermelhos formavam um arco delicado em seu peito. Num estranho contraste com o sangue, via-se sua peruca branca imaculada.

Lucy arfou; sem conseguir respirar direito. Será que ele estava muito machucado? Ela desceu os degraus com dificuldade.

— O que foi que aconteceu?

Simon parou e a encarou, com o rosto pálido. Ele a olhou como se não a reconhecesse.

— *Merde.*

Pelo menos ele conseguia falar.

— Newton, chame um médico!

Lucy não se deu ao trabalho de ver se o mordomo seguia suas ordens. A jovem tinha medo de tirar os olhos de Simon e ele desmoronar. Ela o alcançou na calçada e esticou a mão, hesitando em tocá-lo com medo de machucá-lo ainda mais.

— Onde você se feriu? Diga-me. — Sua voz tremia.

Ele segurou a mão dela.

— Eu estou bem...

— Você está sangrando!

— Não há necessidade de um médico...

— Ele matou James — disse, de repente, o Sr. Fletcher.

— O quê? — Lucy olhou para o jovem.

Ele parecia confuso, como se tivesse visto uma tragédia. *O que foi que aconteceu?*

— Não fale disso na rua, por favor. Senão todos os nossos piedosos vizinhos que estão ouvindo terão muito o que fofocar — pediu Simon. Suas palavras se arrastavam, ele parecia esgotado. — Se vamos conversar, que seja na sala de estar. — Os dedos que apertavam o pulso dela estavam grudentos de sangue. — Vamos entrar.

— Seu braço...

— Ficará bom assim que eu medicá-lo com conhaque... pela boca, de preferência. — Ele subiu os degraus com ela.

Atrás deles, o Sr. Fletcher disse:

— Vou para casa. Já vi o bastante. Sinto muito.

Simon parou no último degrau e olhou para trás.

— Ah, a resiliência dourada da juventude.

O Sr. Fletcher girou nos calcanhares violentamente.

— Você o matou! Por que tinha que matá-lo?

Ai, Deus. Lucy observou, muda, o jovem amigo do noivo. Ela sentiu o medo invadir seu peito e paralisá-la.

— Foi um duelo, Christian. — Simon sorriu, mas sua voz ainda soava seca. — Ou você acha que eu pretendia dançar uma gavota?

— Jesus! Eu não entendo você. Acho que nem sequer o conheço. — O Sr. Fletcher balançou a cabeça e foi embora.

Lucy se perguntou se deveria fazer o mesmo. Simon acabara de admitir que havia matado um homem. Então, ela percebeu, para seu horror, que as manchas em seu peito não eram sangue dele. O alívio tomou conta dela e, depois, a culpa, por se alegrar com a morte de outra pessoa. Simon a conduziu pela porta até a grande sala. No teto, com pé-direito de três andares, deuses clássicos relaxavam em suas nuvens, sem se perturbar com o transtorno abaixo. Ele a conduziu pelo corredor, passando pelas portas duplas até chegar à sala de estar.

Atrás deles, Newton gemeu.

— Cuidado com o canapé branco, milorde.

— Para o inferno com o canapé. — Simon puxou Lucy para o seu lado ao se sentarem no canapé imaculado. — Onde está o conhaque?

Newton serviu o conhaque num copo de cristal e entregou-o ao patrão, resmungando:

— É sangue. E nunca vai sair.

Simon engoliu metade do conteúdo do copo e então fez uma careta, apoiando a cabeça no encosto do canapé.

— Posso mandar trocar o forro, se isso lhe agradar, Newton. Agora, saia daqui.

Henry entrou no cômodo, trazendo toalhas e uma bacia com água.

— Mas, milorde, seu braço... — começou o mordomo.

— Saia. Agora. — Simon fechou os olhos. — Você também, Henry. Pode me enfaixar, me medicar e me mimar depois.

Henry olhou para Lucy com as sobrancelhas erguidas. Em silêncio, ele deixou a bacia e as ataduras ao lado dela e saiu do cômodo. Simon ainda estava segurando o pulso da noiva. Lucy usou a mão livre para, com todo o cuidado, levantar a manga rasgada da camisa. Abaixo do pano, um corte estreito vertia sangue.

— Não mexa nisso — murmurou Simon. — É apenas um corte superficial. Parece pior do que realmente é, acredite. Não vou sangrar até morrer. Não agora, pelo menos.

Ela deu um muxoxo.

— Eu não sou o seu mordomo. Nem o seu valete.

— Não, não é. — Ele suspirou. — Eu esqueci.

— Bem, tente se lembrar no futuro de que eu tenho um papel totalmente diferente na sua...

— Não foi isso.

— O quê?

— Eu esqueci que íamos sair para cavalgar de manhã. Foi estupidez da minha parte. É por isso que você está aqui?

— Sim. Sinto muito. Eu vim cedo com Rosalind.

— Rosalind? Onde ela está? — Simon pronunciou as palavras indistintamente, como se estivesse tão cansado que mal conseguisse falar.

— No mercado de peixes. Fique quieto. Isso não importa.

Simon não ouviu.

— Eu nunca vou conseguir me perdoar, mas você acha que pode?

Que ridículo. Os olhos de Lucy arderam com lágrimas. Como ele conseguia manipular a raiva dela com palavras tão ridículas?

— Pelo quê? Não se preocupe com isso. Eu o perdoo pelo que for. — Ela mergulhou um pano na água com uma das mãos. — Seria mais fácil se você me soltasse.

— Não.

Lucy esfregou o sangue desajeitadamente. Realmente deveria ter cortado a manga. Ela pigarreou para acalmar a voz antes de perguntar:

— Você realmente matou um homem?

— Sim. Num duelo. — Os olhos dele ainda estavam fechados.

— E ele também feriu você. — Lucy apertou o pano no braço dele. — E por que vocês duelaram? — Ela se esforçou para que seu tom de voz soasse tranquilo, como se estivesse lhe perguntando sobre o tempo.

Silêncio.

Ela fitou as ataduras. Não havia meio de cuidar dele com os movimentos limitados.

— Vou precisar dos meus dois braços para enfaixar você.

— Não.

Lucy suspirou.

— Simon, uma hora você vai ter que me soltar. E eu realmente acho que deveria limpar o seu braço e enfaixá-lo.

— Anjo severo. — Ele finalmente abriu os olhos. Eram de um cinza gélido e intenso. — Prometa-me. Prometa pela memória da sua mãe que você não vai me abandonar se eu lhe devolver suas asas.

Ela piscou e refletiu, mas, no fim, não havia outra resposta.

— Eu prometo.

Simon se inclinou para mais perto dela até que Lucy pudesse ver as lascas de gelo em seus olhos.

— Diga.

— Eu prometo pela memória da minha mãe — murmurou ela — que não o deixarei.

— Ah, Deus.

Lucy não sabia se Simon estava reclamando ou se aquilo era uma oração, mas a boca dele grudou na dela com força. Mordendo, lambendo e sugando. Era como se ele quisesse consumi-la e arrastá-la para dentro de si, para que ela nunca o abandonasse. Ela gemeu sob o ataque, confusa e arrebatada.

Simon inclinou a cabeça, enfiando a língua em sua boca. Lucy segurou seus ombros, e então ele a deitou no canapé, ficando por cima e abrindo as pernas dela com as próprias coxas musculosas. Simon se ajeitou sobre ela e, apesar das inúmeras camadas de saias, era possível sentir sua ereção. Ela arqueou contra ele. Estava sem fôlego; parecia que não ia conseguir respirar nunca mais. Ele agarrou seus seios. A mão de Simon estava tão quente que ela podia sentir o calor através do corpete do vestido, tocando-a onde nenhum homem jamais a acariciara.

— Anjo — murmurou ele, com a boca encostada em sua bochecha. — Eu quero vê-la, tocá-la. — Simon roçou a boca aberta sobre a bochecha dela. — Deixe-me tirar o seu vestido. Deixe-me vê-la. Por favor.

Lucy estremeceu. Os dedos dele moldavam suas formas, acariciando e massageando seu corpo. Ela sentiu o mamilo enrijecer, e queria, *precisava*, que ele a tocasse. Nus, sem nada separando seus corpos.

— Sim. Eu...

Alguém abriu a porta.

Simon recuou e olhou de cara feia por cima do encosto do canapé para quem quer que fosse o visitante.

— Saia!

— Milorde. — Era a voz de Newton.

Lucy desejou poder sumir naquele instante e se tornar uma poça no canapé.

— Saia agora!

— Sua cunhada está aqui, milorde. Lady Iddesleigh viu sua carruagem aqui na frente e ficou preocupada sobre o motivo de o senhor e a Srta. Craddock-Hayes não terem saído para cavalgar.

Ou ela poderia simplesmente morrer de vergonha.

Simon ficou imóvel, respirando pesadamente.

— Droga.

— Sim, milorde — retrucou o mordomo friamente. — Devo levá-la para a sala de estar azul?

— Maldição, Newton! Leve-a para qualquer lugar, só não a traga para cá.

A porta se fechou.

Simon suspirou e apoiou a testa na dela.

— Sinto muito por tudo. — Ele roçou os lábios nos dela. — É melhor eu ir antes que Rosalind veja mais do que deveria. Fique aqui, mandarei Henry trazer um xale. — Ele se levantou e caminhou até a porta.

Lucy olhou para o próprio corpo. Havia uma marca de sangue no corpete de seu vestido. No formato da mão de Simon.

— AH. — THEODORA ESTAVA parada na entrada da pequena sala de estar no terceiro andar da casa de Rosalind. Ela fitou Lucy e colocou um pé em cima do outro. — Você está aqui.

— Sim.

Lucy ergueu a cabeça, que estava apoiada sobre uma mão fechada em punho, e tentou sorrir. Ela se refugiara naquele cômodo após o almoço para refletir sobre o que havia acontecido naquela manhã. Rosalind fora se deitar, com dor de cabeça, e Lucy não podia culpá-la. A mulher devia ter suspeitado que havia algo errado quando Simon, em sua própria casa, não fora cumprimentá-la. Ele se escondera em seus aposentos para que a cunhada não visse seu ferimento. Somando a isso o quase silêncio de Lucy na volta para a casa, e a pobre mulher provavelmente achava que os dois estavam prestes a terminar o noivado. Em suma, fora uma manhã difícil.

— Está tudo bem? — perguntou Lucy à menina.

A garotinha franziu a testa como se pensasse numa resposta.

— Acho que sim.

Theodora ouviu vozes no fim do corredor, olhou para trás e correu para dentro do cômodo. Ela colocou a caixa de madeira que segurava em um canto e fechou a porta com muito cuidado.

No mesmo instante, Lucy ficou desconfiada.

— Você não deveria estar na sala de aula?

A garotinha usava um vestido azul-claro, e seus cabelos formavam cachos perfeitos, que lhe davam uma aparência angelical desmentida pelos olhos perspicazes.

— A babá está cochilando. — Obviamente, ela aprendera com o tio o truque de não responder a pergunta que lhe faziam.

Lucy suspirou e observou a sobrinha do noivo levar a caixa para o tapete, puxar as saias e se sentar de pernas cruzadas no chão. O pequeno cômodo nos fundos da casa tinha um ar de abandono, apesar de ter sido limpo recentemente. Era pequeno demais para receber visitas e, além disso, ficava no terceiro andar da casa, acima dos quartos e abaixo do quarto infantil. Apesar disso, uma das janelas dava para o jardim dos fundos e deixava a luz do sol da tarde penetrar no aposento. As poltronas, uma marrom e com um braço a menos, a outra em veludo rosado gasto, eram amplas e confortáveis. E o tapete rosado, marrom e verde, desbotado, era tranquilizador. Para Lucy, aquele era o lugar perfeito para pensar e ficar sozinha.

Estava claro que Theodora pensava a mesma coisa.

A garotinha abriu a caixa. Lá dentro, viam-se fileiras de soldadinhos de chumbo pintados — o presente proibido de Simon. Alguns estavam de pé, outros, ajoelhados, com rifles nos ombros, prontos para atirar. Havia soldados montados em cavalos e soldados com canhões, soldados com mochilas e segurando baionetas. Ela nunca tinha visto um conjunto de soldadinhos de chumbo como aquele. Estava evidente que era um exército de brinquedo da melhor qualidade.

Lucy pegou um dos homenzinhos. Ele estava de pé, atento, com o rifle ao seu lado, um chapéu militar alto na cabeça.

— Que interessante.

A menina lhe lançou um olhar fulminante.

— Esse é francês. O *inimigo*. Ele é azul.

— Ah. — Lucy devolveu o soldadinho para a caixa.

— Eu tenho vinte e quatro — emendou a garotinha enquanto arrumava o acampamento inimigo. — Eu tinha vinte e cinco, mas Pinkie pegou um e arrancou a cabeça dele.

— Pinkie?

— O cachorrinho da mamãe. Você não o viu porque ele passa a maior parte do tempo no quarto dela. — Ela franziu o nariz. — Ele fede. E ronca quando respira. E tem um focinho achatado.

— Você não gosta do Pinkie — adivinhou Lucy.

Theodora balançou a cabeça com veemência.

— Então este aqui — ela ergueu um soldadinho de chumbo sem cabeça com horríveis marcas de dentes pelo restante do corpo — agora é uma Vítima da Batalha, como diz o tio Sisi.

— Entendo.

Ela colocou o soldado mutilado no carpete, e ambas o contemplaram.

— Bala de canhão — disse a menina.

— Perdão?

— Bala de canhão. A bala arrancou a cabeça dele. O tio Sisi diz que provavelmente ele nem viu nada.

Lucy ergueu as sobrancelhas.

— Quer ser a Inglaterra? — perguntou Theodora.

— Como é?

A menina olhou para ela pesarosamente, e Lucy teve a ligeira sensação de que seu conceito caíra ao nível de Pinkie, o cachorro que devorava soldados.

— A senhorita gostaria de ser a Inglaterra? Eu serei a França. A menos que a senhorita *queira* ser os Fedidos? — Ela fez a pergunta imaginando se Lucy poderia ser tão burra assim.

— Não, eu serei a Inglaterra.

— Ótimo. Pode se sentar ali. — Theodora apontou para um local no tapete na frente dela, e Lucy se deu conta de que deveria se sentar no chão para a brincadeira.

Ela se agachou e ajeitou seus soldadinhos de chumbo vermelhos sob o olhar crítico da garotinha. Na verdade, aquilo era muito tranquilizador, e Lucy precisava de um descanso de toda sua preocupação. Durante o dia inteiro, ela se questionara se deveria se casar com Simon. O lado violento que ele revelara naquela manhã era assustador. Ela não achava que ele poderia machucá-la — por alguma razão, Lucy sabia que Simon nunca faria isso. Não, o que a deixara com medo havia sido o fato de que ainda se sentia atraída por ele, apesar do que vira. Ela inclusive se deitara com Simon naquele canapé enquanto ele estava coberto com o sangue do homem que havia matado. Não tivera importância. Nada importava. Se ele entrasse naquela sala agora, Lucy sucumbiria outra vez. E talvez esse fosse o verdadeiro problema. Talvez ela temesse o fato de que ele a afetava tanto. A forma como ele fazia com que ela jogasse para o alto todas as lições sobre certo e errado que aprendera na vida. Lucy percebeu que Simon a fazia perder o controle e estremeceu.

— Não aí.

Ela piscou.

— O quê?

— Seu capitão. — A garotinha apontou para um soldado com chapéu sofisticado. — Ele deve ficar na frente dos homens. Tio Sisi diz que um bom capitão sempre conduz seus homens para a batalha.

— É mesmo?

— Sim. — Theodora assentiu convictamente e moveu o homem de Lucy para a frente. — Assim. Está pronta?

— Humm... — Pronta para o quê? — Sim?

— Homens, preparem o canhão — rugiu a garotinha. Ela girou um canhão de chumbo para a frente e apoiou seu pulso ao lado dele. — Fogo! — Então deu um peteleco em uma bola de gude, fazendo-a voar pelo carpete e dizimando os soldados de Lucy.

Theodora soltou um grito de alegria.

O queixo de Lucy caiu.

— Você pode fazer isso?

— É guerra — declarou a menina. — Lá vai a cavalaria para atacar o seu exército!

Então Lucy percebeu que os ingleses estavam prestes a perder a batalha.

— Meu capitão está dando ordens para os homens!

Dois minutos depois, o campo de batalha era um banho de sangue. Não havia um único soldadinho de chumbo em pé.

— E agora, o que nós vamos fazer? — arfou Lucy.

— Vamos enterrá-los. Todo homem corajoso merece um enterro adequado. — Theodora alinhou seus soldados mortos.

Lucy se perguntou quanto daquela brincadeira Theodora aprendera com o tio.

— Nós rezamos o pai-nosso e cantamos um hino. — A garotinha afagou os soldados com carinho. — Foi isso que fizemos no enterro do papai.

Lucy olhou para cima.

— Ohhh.

Theodora assentiu com a cabeça.

— Nós rezamos o pai-nosso e jogamos terra em cima do caixão. Mas o papai não estava lá dentro de verdade, então a gente não precisa ter medo de que ele fique sufocado embaixo da terra. Tio Sisi diz que ele está no céu e que cuida de mim.

Lucy congelou, imaginando Simon confortando a sobrinha ao lado da sepultura de seu irmão, deixando de lado a própria tristeza para explicar em linguagem infantil que o pai dela não iria ficar sufocado embaixo da terra. Que gesto terno. E o que significava esse novo lado de Simon? Seria mais fácil se ele fosse simplesmente um homem capaz de matar, alguém insensível e indiferente. Mas ele não era assim. Era um tio amoroso, um homem que cuidava de rosas sozinho, numa catedral de vidro. Um homem que agia como se precisasse dela e que a fizera prometer que nunca o deixaria.

Que nunca o deixaria...

— Quer brincar de novo? — A garotinha olhava para ela, esperando uma resposta, pacientemente.

— Sim. — Lucy juntou seus soldados e os colocou de pé.

— Que bom. — A menina começou a arrumar os próprios soldados. — Fico contente que a senhorita vai ser minha tia. O tio Sisi é o único que gosta de brincar de soldado.

— Eu sempre quis ter uma sobrinha que brincasse de soldado. — Ela olhou para Theodora e sorriu. — E com certeza vou convidar você para ir brincar comigo quando eu me casar.

— Jura?

Lucy assentiu convictamente.

— Juro.

Capítulo Onze

— Nervoso? — perguntou De Raaf.

— Não. — Simon foi até o gradil, girou nos calcanhares e caminhou de volta para onde estava antes.

— Você parece nervoso.

— Eu não estou nervoso. — Simon inclinou a cabeça para examinar a nave. *Onde diabos estava ela?*

— Você parece mesmo nervoso. — Agora Pye o encarava de modo estranho.

Simon ficou imóvel e respirou fundo. Passava pouco das dez da manhã do dia de seu casamento. Ele estava de pé na sagrada igreja escolhida para a cerimônia, com sua peruca formal, seu casaco de brocado preto, seu colete bordado em prata e seus sapatos de solado vermelho. Estava cercado de parentes e amigos amados — bem, ali estavam sua cunhada e sua sobrinha. Theodora pulava na fileira da frente enquanto Rosalind tentava acalmá-la. Christian parecia distraído na fileira de trás. Simon olhou para o amigo e franziu a testa. Ele não havia falado com o rapaz desde o duelo; não tivera tempo. Mais tarde, faria isso. O vigário estava ali, um jovem cujo nome ele já tinha esquecido. Até mesmo De Raaf e Harry Pye tinham aparecido. De Raaf parecia um escudeiro provinciano em suas botas enlameadas, e Pye poderia ser confundido com um sacristão, todo de marrom.

A única coisa que estava faltando era a noiva.

Simon controlou a vontade de correr pelo corredor e espiar pelas portas da igreja como uma cozinheira ansiosa pela chegada do peixeiro com suas enguias. *Ah, Deus, onde ela estava?* Ele não havia ficado sozinho com Lucy desde que ela o flagrara voltando do duelo com James havia quase uma semana, e, embora a noiva parecesse contente, embora sorrisse para ele quando estavam na companhia de outras pessoas, Simon não conseguia se livrar da preocupação mórbida. Será que ela havia mudado de ideia? Será que ele a deixara enojada, amando-a enquanto seu ombro pingava sangue e usando a mancha do sangue de um homem morto como um emblema de desonra no peito? Simon balançou a cabeça. É claro que ele a deixara enojada. Seu anjo tinha uma rígida conduta moral. Ela deve ter ficado horrorizada. Mas será que aquilo poderia fazê-la quebrar sua promessa? Ela lhe dera sua palavra, pela memória de sua mãe, de que não o deixaria.

Será que isso poderia acontecer?

Simon caminhou até o pilar de granito que se elevava até o teto abobadado quinze metros acima. Uma dupla fileira de colunas de granito cor-de-rosa sustentava o teto, decorado com pinturas rebaixadas. Todos os quadrados tinham moldura dourada, como se para lembrar que a vida eterna dourada supostamente estava à espera. A seu lado, ele podia entrever uma capela de Nossa Senhora com uma estátua de uma Virgem Maria adolescente fitando com serenidade os dedos dos pés. Era uma bela igreja, e nela faltava apenas uma bela noiva.

— Ele começou a perambular de um lado para o outro novamente — falou De Raaf em um tom que provavelmente pensou que fosse baixo.

— Ele está nervoso — retrucou Pye.

— Eu não estou nervoso — falou Simon entre os dentes.

Ele abriu a mão para tocar seu anel antes de lembrar que não o tinha mais. Então se virou para voltar e avistou Pye e De Raaf trocando um olhar significativo. Que ótimo. Agora seus amigos achavam que estava doido.

Ouviu-se um guincho vindo da frente da igreja quando alguém abriu as grandes portas de carvalho.

Simon deu meia-volta. Lucy havia chegado, acompanhada pelo pai. Ela estava usando um vestido cor-de-rosa aberto na frente para que sua anágua verde-clara ficasse à mostra. As cores faziam sua pele irradiar, combinando perfeitamente com seus olhos, suas sobrancelhas e seus cabelos escuros, como uma rosa cercada por folhas escuras. Ela sorria para Simon e estava... linda.

Simplesmente linda.

Ele sentiu vontade de correr ao seu encontro e tomá-la em seus braços. Em vez disso, endireitou-se e se colocou ao lado de De Raaf. Ele a observou se aproximar e aguardou pacientemente. Logo. Logo, ela seria dele. Não haveria mais motivo para temer perdê-la ou que ela o abandonasse. Lucy tocou seu braço. Ele se controlou para não lhe agarrar a mão. O capitão o encarou com expressão séria e lentamente soltou o braço da filha. O velho não estava feliz com aquilo. Quando pedira a mão dela, Simon soubera que, se Lucy fosse mais nova ou menos amada, ele teria sido expulso de lá no mesmo instante. Na verdade, a escolha de seu anjo prevalecera contra a nítida desaprovação do pai. Simon sorriu para o homem mais velho e cedeu à vontade de prender a mão da noiva em seu braço. Agora, Lucy era sua.

O capitão não deixou o gesto passar despercebido. O rosto corado ficou carrancudo.

Simon inclinou a cabeça para perto da de Lucy.

— Você veio.

O rosto dela estava sério.

— É claro.

— Eu não tinha mais certeza se você viria depois daquela manhã.

— Não? — Ela o observou com olhos insondáveis.

— Não.

— Eu prometi.

— Sim. — Ele examinou o rosto dela, mas não conseguia interpretar suas emoções. — Obrigado.

— Estamos prontos? — O vigário sorriu vagamente.

Simon se empertigou e fez que sim com a cabeça.

— Meus caros — começou o vigário.

Simon se concentrou nas palavras que o uniriam a Lucy. Talvez agora seu medo de perdê-la finalmente se extinguisse e fosse esquecido. Independentemente do que ela descobrisse sobre ele, independentemente de seus terríveis erros, de qualquer grave pecado que ele cometesse no futuro, seu anjo teria de permanecer ao seu lado.

Ela pertencia a ele, agora e para sempre.

— ENVIAREI UMA CRIADA para ajudá-la, milady — entoou Newton atrás de Lucy naquela noite.

Ela piscou e olhou por cima do ombro.

— Ah. Sim, obrigada.

O mordomo fechou a porta suavemente atrás de si. Lucy estava boquiaberta e olhava novamente o quarto. *Seu* quarto. Se ela já achava os quartos na casa de Rosalind grandiosos, aquele então... As paredes eram cobertas de damasco rosa, uma cor quente e tranquilizadora que dava ao quarto o conforto de um abraço. No chão, o carpete estampado era tão espesso que seus pés afundavam nele. No teto, havia cupidos ou pinturas de anjos — era difícil definir o que realmente significavam na parca luz da noite — e uma moldura dourada. É claro.

E no centro, entre duas compridas janelas, via-se uma cama.

Mas chamar aquele móvel de cama era como chamar a Catedral de São Paulo de igreja. Aquela era a maior, mais espalhafatosa e mais suntuosa cama que Lucy já vira na vida. O colchão estava facilmente a um metro do chão e, de um lado, viam-se degraus, supostamente para subir até aquela coisa. Em cada canto havia uma imensa coluna dourada entalhada e envolvida por um dossel de veludo escarlate. Cordas douradas prendiam as cortinas escarlate e revelavam gaze cor-de-rosa por baixo. A roupa de cama era de cetim bege. Hesitante, Lucy tocou-a com um dos dedos.

Alguém bateu à porta.

Lucy virou-se e encarou a porta. Será que Simon bateria?

— Entre.

Uma mulher de touca espiou pela porta.

— O Sr. Newton nos mandou aqui, milady. Para ajudá-la a se despir.

— Obrigada. — Lucy anuiu com a cabeça e observou a pequena mulher entrar apressada no quarto, seguida por uma garota mais jovem.

A criada mais velha imediatamente começou a remexer no guarda--roupa.

— Creio que a senhora vai querer a camisola de renda, não é, milady? Em sua noite de núpcias?

— Ah. Sim. — Lucy sentiu seu estômago revirar.

A criada trouxe a camisola e começou a desabotoar as costas do vestido de Lucy.

— Todos lá na cozinha estão comentando sobre a festa de casamento hoje cedo, milady. Foi muito elegante. Até aquele Henry, o valete de milorde, ficou impressionado.

— Sim, foi muito agradável. — Lucy tentou relaxar. Mesmo depois de quinze dias em Londres, ela ainda não havia se acostumado a ser servida de modo tão íntimo. Ninguém a ajudava a trocar de roupa desde que tinha 5 anos. Rosalind designara uma de suas criadas para cuidar dela, mas parecia que, agora que Lucy se tornara esposa de Simon, precisava de duas.

— Lorde Iddesleigh tem um excelente gosto — grunhiu a criada mais velha, inclinando-se para abrir os últimos colchetes. — E disseram que ele levou as senhoras a um passeio pela capital após a comemoração. A senhora gostou?

— Sim. — Lucy tirou o vestido. Ela passara a maior parte do dia com Simon, mas os dois não haviam ficado a sós. Talvez agora que finalmente estavam casados e que as cerimônias tinham acabado, eles pudessem passar mais tempo juntos, conhecendo melhor um ao outro.

A criada rapidamente recolheu o vestido e o entregou à mulher mais jovem.

— Agora, dê uma olhada com atenção. Não vamos querer que fique manchado.

— Sim, senhora — grunhiu a garota. A jovem parecia não ter mais de 14 anos e era evidente que tinha pavor da mulher mais velha, embora fosse muito maior do que ela.

Lucy respirou fundo quando a criada abriu seu espartilho. As anáguas e a combinação foram retiradas, e a camisola de seda foi passada por cima de sua cabeça. A criada escovou-lhe os cabelos até Lucy não conseguir aguentar mais. Todo esse ritual estava lhe dando tempo demais para pensar sobre a noite e o que estava prestes a acontecer.

— Obrigada — disse ela com firmeza. — Isso é tudo do que preciso essa noite.

As criadas fizeram uma mesura ao sair e, de repente, Lucy estava sozinha. Ela afundou em uma das cadeiras perto da lareira. Havia um decantador de vinho na mesa ao lado. Ela o observou pensativa por um momento. O vinho poderia embotar seus sentidos, mas com certeza não lhe acalmaria os nervos. E ela sabia que não queria seus sentidos embotados naquela noite, por mais nervosa que estivesse.

Ela ouviu uma porta bater ao longe, não a que dava para o corredor, e sim outra, provavelmente uma porta de ligação.

Lucy pigarreou.

— Entre.

Simon abriu a porta. Ele ainda estava de calça, meias e camisa, mas havia tirado o colete e o casaco e estava sem a peruca. Ele parou no batente da porta. Lucy precisou de um momento para interpretar sua expressão. Ele parecia inseguro.

— Seu quarto fica aí? — perguntou ela.

Simon franziu a testa e olhou para trás.

— Não. É uma sala de estar. A sua, na verdade. Você gostaria de vê-la?

— Sim, por favor. — Lucy se levantou, bem consciente de que estava nua por baixo da camisola de renda.

Ele deu um passo para trás, e ela viu um cômodo cor-de-rosa e branco com alguns canapés e algumas poltronas. Havia uma porta na parede oposta.

— E o seu quarto fica ali atrás? — Ela acenou para a porta distante.

— Não. Aquela é a minha sala de estar. Infelizmente, é bastante escura. Foi decorada por algum ancestral já morto com uma sensibilidade sombria e que desaprovava qualquer cor que não fosse o marrom. A sua é bem mais agradável. — Ele tamborilou os dedos na moldura da porta. — Ao lado da minha sala de estar fica o quarto de vestir, igualmente sombrio, e, logo depois, o meu quarto, que, felizmente, mandei redecorar com minhas cores preferidas.

— Meu Deus. — Lucy ergueu as sobrancelhas. — Que caminhada que você teve que fazer.

— Sim, eu... — De repente, ele riu, cobrindo os olhos com uma das mãos.

Ela deu um meio-sorriso, sem entender a piada, sem entender, na verdade, como deveria se comportar na presença dele, agora que finalmente eram marido e mulher e estavam sozinhos em seus aposentos. Era tudo tão estranho.

— O que foi?

— Desculpe. — Simon baixou a mão, e então Lucy pôde ver que suas bochechas estavam coradas. — Não era esse tipo de conversa que eu esperava ter em nossa noite de núpcias.

Ele está nervoso. Ao se dar conta disso, Lucy sentiu um pouco da própria ansiedade diminuir. Ela se virou e voltou para o seu quarto.

— Sobre o que você gostaria de conversar?

Ela o ouviu fechar a porta.

— Eu ia tentar impressionar você com o meu discurso romântico, é claro. Pensei em filosofar sobre a beleza da sua testa.

Lucy piscou.

— Minha testa?

— Humm. Eu já lhe disse que a sua testa me intimida? — Ela sentiu o calor dele em suas costas quando Simon se aproximou por trás dela, mas sem tocá-la. — É tão lisa, branca e larga, e termina nas sobrancelhas retas e sábias, como uma estátua de Atenas prestes a decretar um julgamento. Se a deusa guerreira teve uma testa como a sua, não era de admirar que os antigos a idolatrassem e a temessem.

— Que besteira — murmurou ela.

— É uma besteira, de fato. Besteira é tudo o que eu sou, no fim das contas.

Lucy franziu a testa e se virou para argumentar, mas Simon se moveu ao mesmo tempo, de modo que ela não conseguiu olhar para o rosto dele.

— Eu sou o duque da bobagem — murmurou ele em seu ouvido. — O rei da farsa, o imperador do vazio.

Será que ele realmente se via assim?

— Mas...

— Falar besteira é o que sei fazer melhor — emendou Simon, ainda sem que ela o visse. — Eu gostaria de falar besteiras sobre os seus olhos dourados e seus lábios de rubi.

— Simon...

— Sobre a curva perfeita da sua bochecha — murmurou ele, bem perto dela.

Lucy arfou quando o hálito dele soprou os pelos em seu pescoço. Simon tentava distraí-la com essa sedução. E estava funcionando.

— Quanto falatório.

— Eu falo muito. É uma fraqueza que você terá que suportar no seu marido. — A voz dele estava próxima ao ouvido dela. — Mas eu teria que passar um pouco do tempo delineando o formato da sua boca, a maciez e o calor do seu interior.

Lucy sentiu um aperto no ventre.

— Só isso? — E ela ficou surpresa com a vibração baixa da própria voz.

— Ah, não. Depois, eu passaria para o seu pescoço. — Simon ergueu a mão e acariciou o ar bem próximo do pescoço dela. — Como é gracioso, elegante. Como eu quero lambê-lo.

Os pulmões de Lucy se esforçavam para se encher de ar. Ele a acariciava apenas com a voz, e ela se perguntou se iria aguentar quando o marido usasse as mãos.

Ele continuou:

— E os seus ombros, tão brancos e macios. — As mãos dele pairaram sobre ela.

— E depois?

— Eu iria querer descrever os seus seios. — O tom dele se tornou mais grave e rouco. — Mas eu teria que vê-los primeiro.

Lucy inspirou com dificuldade. Ela podia sentir a respiração dele próxima ao seu ouvido. Sua presença envolvia o corpo dela, mas Simon não fez nenhum movimento para tocá-la. Ela ergueu a mão e segurou a fita em seu pescoço, então, lentamente, a puxou. O som da seda se soltando e deslizando no silêncio do quarto era insuportavelmente íntimo. A respiração dele se acelerou quando as beiradas da camisola se abriram, desnudando a curva na parte de cima dos seios.

— Tão bela, tão pálida — murmurou Simon.

Ela engoliu em seco e deslizou o tecido pelos ombros. Seus dedos tremiam. Ela nunca se exibira prontamente para outra pessoa assim, mas o som áspero da respiração dele a impeliu.

— Eu vejo os montes macios, o vale na sombra, mas não as doces pontas. Deixe-me vê-las, anjo. — A voz dele soava trêmula.

Algo feminino e primitivo surgiu dentro de Lucy diante do pensamento de que ela era capaz de fazer aquele homem tremer. Ela queria se mostrar para ele, seu marido. Então fechou os olhos e tirou a camisola. Os mamilos enrijeceram no ar frio.

Simon parou de respirar.

— Ah, Deus, eu me lembro deles. Naquela noite, você sabe o quanto me custou lhe dar às costas e ir embora?

Lucy balançou a cabeça, a garganta obstruída. Ela também se lembrava do olhar quente dele sobre seus seios nus e de seu próprio desejo impudico.

— Quase perdi a virilidade. — As mãos dele pairaram acima dos seios dela, traçando suas curvas sem tocá-lo. — Eu queria tanto você.

As palmas das mãos dele estavam tão perto da pele de Lucy que ela podia sentir seu calor, mas Simon não a tocou. Não ainda. Ela se flagrou chegando mais perto das mãos dele, antecipando o primeiro contato. Retirou os braços das mangas da camisola, mas segurou o tecido na cintura para que não caísse.

— Eu lembro que você se tocou aqui. — As mãos dele formaram uma concha no ar, acima dos mamilos. — Posso?

— Eu... — Ela estremeceu. — Sim. Por favor.

Lucy observou as mãos dele baixarem e lentamente tocarem seus seios. Os dedos quentes se curvaram sobre a pele dela, que se entregou, empurrando os seios contra as palmas dele.

— Meu Deus — suspirou Simon. Ele traçava círculos ao redor dos seios dela.

Lucy baixou o olhar e viu os dedos grandes e compridos do marido sobre sua pele. Pareciam insuportavelmente masculinos. Ele levou as mãos aos bicos dos seios e, com gentileza porém com firmeza, os apertou entre os dedos. Ela inspirou diante da sensação chocante.

— É bom? — perguntou ele, com os lábios em seus cabelos.

— Eu... — Ela engoliu em seco, incapaz de responder. Era mais do que bom.

Mas aquilo parecia ser resposta suficiente para ele.

— Deixe-me ver o restante. Por favor. — Os lábios de Simon deslizaram pelo rosto dela, com as palmas ainda aninhando os seios. — Por favor, mostre-me, minha esposa.

Lucy abriu as mãos, e a camisola caiu no chão. Ela estava nua. Simon passou uma das mãos sobre sua barriga e virou-a de costas para ele, para que as nádegas nuas roçassem o tecido de sua calça, que estava cálido, quase quente, pelo contato com o corpo dele. Ele se encostou nela, e Lucy sentiu o órgão masculino, grande e rijo. Ela não conseguiu evitar; começou a tremer.

Simon deu uma risadinha em seu ouvido.

— Eu tinha muito mais a dizer, mas não consigo. — Ele pressionou o corpo contra o dela outra vez e gemeu. — Eu quero tanto você que não consigo mais falar.

De repente, ele a ergueu nos braços, e Lucy viu que seus olhos brilhavam, prateados. Um músculo no queixo dele se retesou. Simon a colocou na cama e apoiou um dos joelhos ao seu lado, fazendo o colchão afundar.

— Vai doer na primeira vez; você sabe disso, não sabe? — Ele esticou os braços e puxou a camisa por cima da cabeça.

Lucy estava tão distraída pela visão do peito nu dele que mal ouviu a pergunta.

— Farei o mais devagar que puder. — Simon era esguio, e os longos músculos dos braços e dos ombros se moviam conforme ele se deitava na cama. Os mamilos dele se destacavam em curioso contraste com a pele clara, marrons, lisos e completamente nus. Um diamante de pelos louros e curtos crescia no meio de seu peito. — Não quero que você me odeie depois disso.

Lucy esticou a mão para tocar o mamilo dele. Simon gemeu e fechou os olhos.

— Não vou odiar você — murmurou ela.

Então Simon estava em cima dela, beijando-a selvagemente, com as mãos em seu rosto. Lucy queria sorrir, e teria feito isso se a língua dele não estivesse dentro de sua boca. Ela aninhou a parte de trás da cabeça dele em suas mãos e sentiu os fios curtos de cabelo contra suas palmas. Simon pressionou seu quadril no dela e isso fez Lucy parar de pensar. Ele estava quente. Seu peito deslizou sobre os seios dela, úmidos de suor. As coxas fortes, ainda cobertas pela calça, empurravam as pernas de Lucy para que se afastassem. Ela as abriu, recebendo o peso do corpo dele, recebendo seu amado. Simon se acomodou sobre a parte mais vulnerável dela, e, por um instante, Lucy ficou constrangida. Ela estava molhada, e a umidade devia estar manchando a calça do marido. Será que ele se importaria? Mas então ele a pressionou com sua masculinidade, e ela se sentiu...

Maravilhada.

Era tão extraordinário, melhor do que quando ela se tocava. Será que era sempre assim, essa sensação física? Lucy achava que não. Devia ser ele — seu marido —, e ela ficou grata por ter se casado com um homem como Simon. Ele pressionou outra vez, deslizando sobre ela e, dessa vez, e Lucy suspirou.

— Desculpe. — Simon ergueu a boca, afastando-a da de Lucy, com o rosto tenso e sem expressão.

Simon se remexeu, e Lucy se deu conta de que ele estava se livrando das roupas. Ela inclinou a cabeça para o lado e tentou espiar. Mas ele já estava em cima dela antes que a jovem conseguisse ver qualquer coisa.

— Desculpe — repetiu Simon, as palavras ríspidas e entrecortadas. — Eu vou me redimir depois, prometo. Ao menos — alguma coisa a pressionou —, depois. *Ahh.* — Ele fechou os olhos, parecendo que estava sentindo dor.

E a penetrou. Empurrando-a e abrindo-a. *Aquilo ardia.*

Lucy congelou.

— Desculpe.

Ela mordeu a parte de dentro da bochecha, tentando não chorar. Ao mesmo tempo, ficou curiosamente tocada pelo pedido de desculpas do marido.

— Desculpe — repetiu ele.

Alguma coisa nitidamente se rompeu, e ela inspirou, mas não emitiu nenhum som.

Simon abriu os olhos, parecendo aflito, sensual e selvagem.

— Ah, Deus, querida. Juro que será melhor da próxima vez. — Ele beijou suavemente o canto de sua boca. — Eu juro.

Lucy se concentrou em controlar a respiração e torceu para que ele terminasse logo. Não queria magoá-lo, mas aquilo não estava mais sendo prazeroso para ela.

Simon abriu a boca sobre a dela e lambeu o lábio inferior de Lucy.

— Desculpe.

A mão dele se moveu entre seus corpos, acariciando-a suavemente no ponto em que se uniam. Ela se retesou, inconscientemente esperando dor, mas, em vez disso, foi prazeroso. E então foi melhorando. O calor começou a fluir desde o seu centro. Lentamente suas coxas relaxaram do arco rígido que formavam quando Simon a penetrara.

— Desculpe — murmurou ele, com voz rouca e preguiçosa.

O polegar dele roçou seu pedacinho de carne. Ela fechou os olhos e suspirou.

Ele movia o dedo em círculos.

— Desculpe.

Simon se moveu lentamente dentro dela, para a frente e para trás. Era quase... bom.

— Desculpe. — Ele empurrou a língua para dentro da boca de Lucy, e ela a sugou.

Lucy deixou as pernas abertas baixarem para lhe dar melhor acesso. Ele gemeu em sua boca, e, de repente, tudo se tornou belo outra vez. Ela arqueou os quadris de encontro ao polegar dele, queria mais pressão, e cravou os dedos nos músculos duros dos ombros dele. Em resposta, Simon se moveu mais rápido. Ele interrompeu o beijo, e ela pôde ver os olhos prateados dele, pedindo prazer e concedendo-o ao mesmo tempo. Lucy sorriu e entrelaçou as pernas ao redor dos quadris do marido. Os olhos dele se arregalaram com o movimento dela, e ele gemeu. As pálpebras se fecharam. Então Simon arqueou para trás, os tendões nos braços e no pescoço se retesando para alcançar um alvo invisível. Ele gritou e bufou contra ela. E Lucy o observou. Aquele homem poderoso e articulado levado ao prazer incontrolável e inenarrável pelo corpo dela. Por ela.

Simon caiu para o lado, o peito ainda agitado, os olhos fechados, e ficou deitado ali até que sua respiração se acalmasse. Lucy pensou que ele tivesse adormecido, mas o visconde esticou o braço e puxou-a para si.

— Desculpe. — As palavras eram tão indistintas que Lucy não saberia o que ele estava dizendo se não estivesse repetindo aquilo o tempo todo.

— Shh. — Ela acariciou a lateral úmida do corpo do marido e sorriu sem que ele visse. — Durma, meu amor.

— Por que você me chamou aqui?

Sir Rupert olhava ao redor do parque, inquieto. Era cedo demais e estava frio como o coração do diabo. Não se via ninguém por perto, mas isso não significava que Walker não tivesse sido seguido ou que algum lordezinho elegante não pudesse ter saído para cavalgar. Ele puxou a beirada do chapéu para baixo, só por garantia.

— Não podemos esperar que ele dê o próximo passo. — O hálito de Lorde Walker virou vapor enquanto os dois conversavam.

Ele montava como um homem que nascera para a sela, como, de fato, havia nascido. Seis gerações da família Walker tinham liderado as caçadas em seu condado natal. O estábulo dos Walkers era renomado pelos caçadores que gerara. Ele provavelmente já sabia montar antes de ter aprendido a andar.

Sir Rupert se mexeu sobre a montaria. Ele só havia aprendido a cavalgar quando já era homem feito, fato que era óbvio. Adicione a isso a perna aleijada, e ele se sentia extremamente desconfortável.

— O que você propõe?

— Temos que matá-lo antes que ele nos mate.

Sir Rupert se encolheu e olhou ao redor outra vez. *Tolo.* Qualquer um que ouvisse aquilo teria, no mínimo, um material para chantagem. Por outro lado, se Walker pudesse resolver esse problema para ele...

— Nós tentamos duas vezes e fracassamos.

— Então vamos tentar de novo. A terceira vez pode ser mais eficaz. — Walker piscou para ele com olhos bovinos. — Não vou esperar feito um frango para ter o pescoço torcido para o jantar.

Sir Rupert suspirou. Era um equilíbrio delicado. Até onde sabia, Simon Iddesleigh não fazia ideia de sua participação na conspiração. Iddesleigh provavelmente pensava que Walker era o último homem envolvido. E, se pudesse evitar que o visconde descobrisse a verdade, se Iddesleigh pudesse levar sua vingança à inevitável conclusão sangrenta com Walker, bem, tudo daria certo. Walker não era uma peça tão importante na vida de Sir Rupert, no fim das contas. Certamente o homem não iria fazer falta. E, sem Walker, não haveria mais ninguém para ligá-lo à conspiração que resultara na morte de Ethan Iddesleigh. Que pensamento sedutor era aquele. Ele poderia descansar, e Deus sabe o quanto precisava disso.

Mas, se Walker falasse antes de Iddesleigh pegá-lo — ou, pior, *quando* Iddesleigh o encontrasse —, tudo estaria perdido. Porque, é claro, o visconde estava atrás de Sir Rupert, mesmo que ainda não soubesse disso. E esse era o motivo por trás da indulgência dele ao melodrama de Walker e àquele encontro no parque antes do amanhecer.

A mão de Sir Rupert se moveu até o bolso do colete onde o anel de sinete de Iddesleigh ainda estava. Ele já devia ter se livrado daquilo. Na verdade, quase o jogara no Tâmisa em duas ocasiões. Mas, todas as vezes, algo o impedira. Aquilo não fazia sentido, mas ele tinha a estranha fantasia de que o anel lhe dava poderes sobre o visconde.

— Ele se casou ontem.

— O quê? — Sir Rupert voltou sua atenção para a conversa.

— Simon Iddesleigh — emendou Walker pacientemente, como se não fosse ele o burro. — Casou-se com uma moça do interior. Sem dinheiro, sem nome. Talvez o homem seja louco.

— Creio que não. Iddesleigh é muitas coisas, mas não louco. — Ele controlou a vontade de massagear a coxa.

— Se você diz... — Walker deu de ombros e pegou a caixa de rapé. — De qualquer forma, ela serve.

Sir Rupert o encarou, confuso, enquanto o outro homem inalava uma pitada de rapé e espirrava violentamente.

Walker abriu seu lenço e então assoou o nariz fazendo barulho.

— Para matarmos. — Ele fungou e limpou o nariz antes de guardar o lenço.

— Você enlouqueceu? — Sir Rupert quase riu na cara do outro homem. — Lembre-se de que foi a morte do irmão que fez Simon Iddesleigh agir, em primeiro lugar. Matar a esposa dele provavelmente não vai fazê-lo parar, não é mesmo?

— Sim, mas e se nós a ameaçarmos e dissermos a ele que, se não parar de nos caçar, nós a mataremos? — Walker deu de ombros outra vez. — Acho que isso pode funcionar. De qualquer forma, vale tentar.

— Você acha? — Sir Rupert deu um muxoxo. — Para mim, seria como botar fogo num barril de pólvora. Ele vai encontrar você ainda mais rápido.

— Mas não você, hein?

— O que você quer dizer com isso?

Lorde Walker deu um peteleco em uma sobra de rapé na renda do punho.

— Você, não. Você fez de tudo para ficar fora disso, não fez, Fletcher?

— Meu anonimato tem sido útil para você. — Sir Rupert encarou o jovem.

— Tem certeza? — Os olhos com pálpebras pesadas de Walker o encararam também.

Sir Rupert sempre achou os olhos de Walker incrivelmente parecidos com os de um animal. Mas esse era justamente o problema, não era? Era muito fácil desconsiderar a inteligência de um animal grandalhão, com movimentos lentos. O suor gelou suas costas.

Walker baixou o olhar.

— De qualquer forma, é o que planejo fazer... e espero poder contar com você, caso eu precise.

— Naturalmente — falou Sir Rupert com tranquilidade. — Somos parceiros.

— Ótimo. — Walker deu um sorriso, e suas bochechas vermelhas inflaram. — Vamos criar um problema para o desgraçado em breve. Tenho que ir agora. Deixei uma pombinha aconchegada no meu ninho e não iria gostar se ela fosse embora antes de eu voltar. — Ele piscou lascivamente e impeliu seu cavalo para um trote.

Sir Rupert observou a névoa engolir o outro homem antes de virar o próprio cavalo na direção de sua casa e de sua família. Sua perna o estava levando ao inferno, e ele pagaria pela cavalgada tendo de colocá--la para cima pelo resto do dia. Walker ou Iddesleigh. Não fazia muita diferença a essa altura.

Desde que um deles morresse.

Capítulo Doze

Um ronco baixinho foi a primeira coisa que Lucy ouviu quando acordou no dia seguinte ao casamento. De olhos fechados, com os sonhos ainda vagando em sua mente, ela se perguntou quem estava ressonando tão alto. Então sentiu o peso da mão de alguém sobre o seio e logo estava completamente desperta. Mas não abriu os olhos.

Calor. Ela não conseguia lembrar se já sentira esse calor delicioso alguma vez na vida, mas certamente nunca experimentara essa confortável sensação no inverno. Suas pernas estavam entrelaçadas em outras masculinas e peludas, e até seus dedos dos pés, que pareciam estar sempre congelados entre outubro e março, estavam quentinhos. Era como ter a própria lareira, com o bônus de que ela tinha pele macia e estava aconchegada em seu lado direito. O ar quente que se erguia das cobertas tinha um odor sutil. Lucy reconheceu o próprio cheiro misturado com outro odor desconhecido, que ela se deu conta de que era o dele. Que primitivo aquilo era. Seus odores corporais tinham acasalado.

Lucy suspirou e abriu os olhos.

O sol espiava através de uma abertura nas cortinas. Era tão tarde assim? E, quase ao mesmo tempo, outro pensamento se seguiu. Será que Simon havia trancado a porta? Na cidade, uma criada abria as cortinas todas as manhãs e remexia o fogo. Será que os criados haviam concluído que Simon voltaria para o próprio quarto na véspera? Ela virou a cabeça e franziu a testa, olhando para a porta.

— Shh. — Simon apertou-lhe o seio, censurando seu movimento. — Durma — resmungou ele, e sua respiração se acalmou outra vez.

Lucy o observou. A barba por fazer, loura, cintilava em seu queixo, havia manchas escuras sob os olhos, e o cabelo curto estava amassado em um dos lados. Ele estava tão bonito que ela quase perdeu o fôlego. Lucy inclinou a cabeça até conseguir ver a mão em torno do seu seio. O mamilo estava à mostra entre o indicador e o dedo médio dele.

Seu rosto ardeu.

— Simon.

— Shh.

— Simon.

— Volte... a dormir. — Ele deu um beijo em seu ombro nu sem nem mesmo abrir os olhos.

Ela apertou os lábios. Aquilo era urgente.

— A porta está trancada?

— Humm.

— Simon, a porta está trancada?

Ele suspirou.

— Sim.

Lucy apertou os olhos ao fitá-lo. Ele voltara a roncar.

— Não acredito em você. — Ela se mexeu para sair da cama.

Simon se virou e, com um rápido movimento, estava em cima dela. Finalmente, ele abriu os olhos.

— Eu deveria ter imaginado isso ao me casar com uma moça do interior. — Sua voz estava rouca de sono.

— O quê? — Lucy piscou, encarando-o. Ela se sentia muito exposta debaixo do marido. O membro dele pressionava a maciez de sua barriga.

— Acordar cedo. — Ele franziu a testa, com o olhar sério, e se mexeu de modo a tirar o peso do peito dela. O que só fez com que seu quadril a pressionasse com mais força.

Lucy tentou ignorar a parte da anatomia masculina sobre sua barriga. Porém aquilo não era fácil.

— Mas a criada...

— Qualquer criada que entrar por aquela porta antes de sairmos deste quarto será demitida sem referências.

— Você falou que estava trancada. — Lucy tentou franzir a testa, mas percebeu que talvez seus lábios estivessem se curvando na direção errada. Ela deveria estar morrendo de vergonha.

— Falei? — Ele traçou o mamilo dela com os dedos. — Dá no mesmo. Ninguém vai nos interromper.

— Eu não creio...

Ele cobriu a boca de Lucy com a sua, e ela se esqueceu do que estava pensando. Os lábios dele eram quentes e gentis em contraste com a barba arranhando seu queixo. Por alguma razão, aqueles dois diferentes toques eram sensuais.

— Então, como você vai entreter o seu marido — murmurou Simon em seu ouvido — agora que me acordou, hein? — Ele pressionou o quadril no dela.

Lucy se moveu, inquieta, mas então ficou imóvel ao arfar — baixinho. Porém, de qualquer forma, ele ouviu.

— Desculpe. — Simon se afastou dela. — Você deve achar que sou um animal voraz. Está doendo muito? Talvez eu devesse chamar uma criada para cuidar de você. Ou...

Lucy colocou a mão nos lábios dele. Caso contrário, ela nunca conseguiria dizer nada.

— Shhh. Eu estou bem.

— Mas, sem dúvida, você...

— Eu estou bem. — Lucy fechou os olhos e pensou em cobrir a cabeça com a coberta. Será que todos os maridos falavam tão abertamente com suas esposas? — Só estou um pouco dolorida.

Ele a encarou, desamparado.

— Foi muito bom. — Ela pigarreou. Como poderia fazê-lo se aproximar novamente? — Quando você estava deitado ao meu lado.

— Venha cá então.

Lucy se aproximou, mas, quando estava prestes a ficar cara a cara com ele, Simon gentilmente a virou para que suas costas ficassem encostadas no peito dele.

— Ponha sua cabeça aqui. — Ele esticou o braço, fazendo com que ele servisse de travesseiro para ela.

Ela estava mais aquecida do que antes, aninhada pelo corpo do marido em um abraço seguro e confortável. Ele colocou as pernas atrás das dela e gemeu baixinho. A ereção dele roçava no cóccix de Lucy, quente e insistente.

— Você está bem? — murmurou ela.

— Não. — Ele deu uma risadinha rouca. — Mas vou sobreviver.

— Simon...

Ele segurou seu seio.

— Eu sei que machuquei você ontem à noite. — O polegar dele roçou em seu mamilo. — Mas não vai ser assim na próxima vez.

— Está tudo bem...

— Eu quero lhe mostrar.

Lucy se retesou. O que exatamente isso queria dizer?

— Não vou machucar você — murmurou ele em seu ouvido. — Vai ser bom. Relaxe. Deixe-me mostrar o que é o paraíso; afinal de contas, você é um anjo. — Sua mão começou a deslizar pelo corpo de Lucy, fazendo cócegas na barriga dela e alcançando seus pelos logo abaixo.

— Simon, acho que não...

— Shh.

Ele roçou os dedos sobre os pelos pubianos. Lucy estremeceu, não sabia para onde olhar. Graças a Deus, ele não estava olhando para ela. Finalmente, conseguiu fechar os olhos.

— Abra-se para mim, querida — ronronou Simon em seu ouvido. — Você é tão macia aqui. Eu quero acariciá-la.

Certamente ele não faria isso...

Simon enfiou o joelho entre as coxas dela, abrindo-as. A mão dele traçou os lábios de seu sexo. Lucy prendeu a respiração, em expectativa.

— Eu a beijaria aqui. — Ele começou a brincar. — Sugaria e lamberia, memorizaria seu gosto, mas acho que é cedo demais para isso.

Seu cérebro congelou enquanto ela tentava imaginar aquilo. Seu quadril se moveu.

— Shh. Fique quieta. Não vai doer. Na verdade — ele levou a mão até a sua abertura —, eu vou fazer você se sentir muito, muito bem. — Simon circulou o montinho de carne que havia ali. — Olhe para mim.

Ela não conseguia. Não deveria nem permitir que ele fizesse aquilo. Sem dúvida, não era o que marido e mulher costumavam fazer.

— Anjo, olhe para mim — murmurou ele. — Quero ver seus belos olhos.

Relutantemente, Lucy virou a cabeça e ergueu as pálpebras. Simon a encarou, seus olhos prateados estavam reluzentes enquanto ele a tocava com o dedo. Os lábios dela se abriram.

— Meu Deus — gemeu ele.

E então ele a beijou, sua língua se movendo sobre a dela enquanto seus dedos trabalhavam mais rápido. Lucy queria mexer o quadril, implorar por aquele dedo. Em vez disso, ela arqueou para trás, esfregando-se na mão dele. Simon murmurou alguma coisa e mordeu o lábio inferior da amada. Agora, ela sentia a própria umidade invadindo-a, tornando os dedos dele escorregadios.

Ele empurrou o pênis com força contra o bumbum dela.

Lucy não conseguia respirar, não conseguia pensar. Ela não deveria ter deixado aquilo acontecer. Não na frente dele. Simon enfiou a língua em sua boca enquanto seus dedos trabalhavam incansavelmente lá embaixo. Ele era um feiticeiro de olhos prateados que a encantara. Lucy estava perdendo o controle. Ela sugou a língua de Simon e, de repente, aconteceu. Ela arqueou e sentiu o prazer tomar conta dela. Ele começou a desacelerar os movimentos e levantou a cabeça para observá-la, mas ela não se importava mais. O calor se espalhava por seu corpo, desde o centro. Aquilo realmente tinha sido bom.

— Simon.

— Anjo?

— Obrigada. — Sua língua parecia pesada, como se ela estivesse drogada, e suas palavras eram um murmúrio. Lucy fechou os olhos e deixou a mente vagar por um instante, mas então se lembrou de uma coisa. Ele ainda estava rijo contra suas costas. Ela mexeu o bumbum, e Simon arfou. Será que isso o machucava?

Bem, claro que não devia ser confortável para ele.

— Será que eu posso...? — Ela sentiu o rosto queimar. Como formular a pergunta? — Será que eu posso... ajudar você?

— Está tudo bem. Durma mais um pouco. — Mas a voz de Simon soava tensa, e seu pênis estava quase abrindo um buraco nas costas dela de tão quente que estava. Sem dúvida, aquilo não era bom para a saúde dele.

Lucy se virou até poder ver o rosto do marido. Ela sabia que estava corada por causa da timidez.

— Eu sou sua esposa. Quero ajudar você.

As bochechas de Simon ficaram vermelhas. Que engraçado, ele não era tão sofisticado quando se tratava das próprias necessidades.

Aquela visão fortaleceu a decisão dela.

— Por favor.

Ele olhou nos olhos dela, parecendo analisá-los, e suspirou.

— Eu vou queimar no inferno por isso.

Lucy arqueou as sobrancelhas e tocou gentilmente no ombro dele.

A mão dele segurou a sua e, por um momento, ela pensou que ele a afastaria, mas então Simon guiou-a sob as cobertas e puxou-a para perto do próprio corpo. De repente, ela o segurava. Os olhos dela se arregalaram. Ele era mais grosso do que ela havia imaginado. A pele era firme porém estranhamente macia. E quente. Lucy queria muito olhar para o marido, mas não tinha certeza se ele suportaria aquilo agora. Em vez disso, ela apertou seu pênis muito delicadamente.

— Ah, que delícia. — As pálpebras dele baixaram, e seu rosto tinha uma expressão atordoada.

Isso a fez sentir-se poderosa.

— O que eu devo fazer?

— Aqui. — Os dedos de Simon penetraram em suas partes femininas, e ela se sobressaltou. Então ele esfregou a umidade em si mesmo. — Apenas... — Ele cobriu a mão de Lucy com a dele e, juntos, deslizaram para cima, pelo comprimento. E depois para baixo.

E depois outra vez. Aquilo era absolutamente fascinante.

— Posso?

— Humm. Sim. — Ele piscou e soltou a mão dela.

Lucy sorriu, secretamente satisfeita pelo fato de que o marido ficara reduzido a monossílabos. Ela manteve o ritmo que ele havia lhe mostrado e observou seu rosto amado. Simon fechou os olhos. Uma linha aparecera entre as sobrancelhas. O lábio superior estava puxado para cima e afastado dos dentes, e seu rosto brilhava com o suor. Ao observá-lo, ela sentiu o calor retornando ao próprio sexo. Mas não era só aquilo, havia uma sensação de controle e, mais no fundo, a compreensão da intimidade dos dois por ele deixá-la fazer aquilo. Por ele se fazer vulnerável para ela.

— Mais rápido — gemeu ele.

Ela fez o que ele pediu, e seus dedos deslizaram pelo comprimento, segurando a pele quente e lisa. O quadril dele se ergueu para encontrar a mão dela.

— Ahh! — De repente, os olhos de Simon se abriram, e ela viu que as íris tinham ficado mais escuras, assumindo um tom cinza-chumbo. Ele parecia sisudo, quase como se estivesse sentindo dor. Então ele riu, e seu corpo grande começou a se mover. Creme jorrou na palma da mão de Lucy. Simon teve outro espasmo de prazer, trincando os dentes, seus olhos ainda fitando os de Lucy. Ela sustentou o olhar do marido, apertando as coxas.

Ele se jogou de volta na cama como se estivesse totalmente fraco, mas ela já sabia, depois do que vira na noite passada, que aquilo era normal. Lucy retirou a mão de debaixo das cobertas. Nela, via-se uma substância esbranquiçada. Ela a examinou com curiosidade, abrindo os dedos. A semente de Simon.

Ele suspirou ao lado dela.

— Ah, Deus. Isso foi inacreditavelmente grosseiro da minha parte.

— Não, não foi. — Ela se curvou para beijar o canto da boca do marido. — Se você pode fazer isso comigo, então com certeza eu posso fazer com você.

— Minha esposa é muito sábia. — Ele virou a cabeça para controlar o beijo, sua boca rija e possessiva. — Eu sou o mais sortudo dos homens.

Movendo-se mais lentamente que o normal, Simon pegou o pulso dela e limpou a palma de sua mão no canto do lençol. Então a virou para que suas costas ficassem outra vez viradas para o peito dele.

— Agora — disse ele, bocejando —, vamos dormir.

Ele a envolveu com os braços, e Lucy relaxou.

— VOCÊ GOSTARIA DE dar um passeio na cidade hoje à tarde? — Simon olhou para o bife que estava em seu prato com a testa franzida e cortou um pedaço. — Ou dar uma volta pelo Hyde Park? Parece entediante, mas muitas damas e cavalheiros vão até lá todos os dias, então deve ser agradável. De vez em quando, ocorrem acidentes com as carruagens, o que é sempre emocionante.

Eram sugestões bobas, mas ele não sabia ao certo aonde mais levar Lucy. O triste fato era que ele nunca passara muito tempo com uma dama. Simon se retraiu. Pelo menos, não fora da cama. Aonde os maridos levavam suas adoráveis esposas? Certamente, não a covis de jogo ou casas de má reputação. E o café onde a Sociedade Agrária se reunia era sujo demais para uma dama. Restava o parque. Ou talvez um museu. Ele lhe lançou um olhar. Ela não ia querer passear numa igreja, não é?

— Seria ótimo. — Ela pegou uma vagem com o garfo. — Ou nós poderíamos simplesmente ficar aqui.

— Aqui? — Ele a encarou. Era cedo demais para levá-la novamente para a cama, embora o pensamento fosse convidativo.

— Sim. Você poderia escrever ou cuidar das suas rosas, e eu poderia ler ou desenhar. — Ela empurrou a vagem para o lado e pegou uma garfada do purê de batatas.

Simon se mexeu, inquieto, na cadeira.

— Você não vai ficar entediada?

— Não, claro que não. — Ela sorriu. — Você não tem que achar que deve me entreter. Afinal, você não passava seu tempo perambulando pelos parques antes de se casar comigo, não é?

— Bem, não — admitiu Simon. — Mas estou preparado para algumas mudanças agora que tenho uma esposa. Minha vida está mais estável, sabe?

— Mudanças? — Lucy soltou o garfo e se inclinou para a frente. — Como parar de usar saltos vermelhos?

Ele abriu a boca, em seguida, a fechou. Será que ela estava brincando?

— Isso talvez não.

— Ou tirar os ornamentos dos seus casacos? Às vezes eu me sinto uma pavoa perto de você.

Simon franziu a testa.

— Eu...

Um sorriso malicioso fez o canto da boca de Lucy se curvar.

— Todas as suas meias são bordadas? Tenho certeza que a conta das suas roupas de baixo deve ser imensa.

— Já acabou?

Simon tentou parecer sério, mas sabia que havia falhado. Ele estava feliz por vê-la animada após a noite anterior. Quando pensava na dor que havia causado à esposa, ainda se encolhia. E então, para completar, lhe mostrara pela manhã como masturbá-lo feito uma prostituta, o que não melhorava nada sua imagem. Ele estava corrompendo a jovem e inocente esposa. E o que era mais triste: se tivesse a chance de voltar no tempo, Simon sabia que conduziria a mão dela para seu pênis outra vez. Ele ficara tão duro que sentira até dor. E bastava pensar na mãozinha fria de Lucy segurando sua ereção para que ele ficasse dolorido outra vez. Que tipo de homem ficava excitado ao pensar em corromper os inocentes?

— Eu não quero que você mude coisa alguma.

Simon piscou e tentou fazer com que sua mente lasciva se concentrasse no que sua querida esposa estava dizendo. Então se deu conta de que Lucy ficara séria.

As sobrancelhas dela estavam retas e graves.

— A não ser por uma coisa. Não quero que duele mais.

Ele inspirou e levou a taça de vinho aos lábios para ganhar tempo. *Droga. Droga. Droga.* Seu anjo não iria se deixar enganar. Ela o observava calmamente e sem um traço de compaixão nos olhos.

— Sua preocupação é louvável, sem dúvida, mas...

Newton se esgueirou para dentro do cômodo, trazendo uma bandeja de prata. *Obrigado, meu Deus.*

— A correspondência, milorde.

Simon acenou um agradecimento e pegou as cartas.

— Ah, talvez sejamos convidados para um baile de gala.

Havia apenas três cartas, e Simon tinha consciência de que Lucy o observava. Ele olhou a primeira. Uma conta. Seus lábios se curvaram.

— Ou talvez não. Você pode estar certa sobre os meus sapatos de salto vermelho.

— Simon?

— Sim, querida?

Ele pôs a conta de lado e abriu a correspondência seguinte. Era uma carta de um colega apreciador de rosas: *uma nova técnica de enxerto da Espanha* etc. Ele também a pôs de lado. A terceira carta não tinha insígnia nem cera vermelha selando-a, e Simon não reconheceu a letra. Abriu-a com a faca de manteiga. Então piscou estupidamente ao ler as palavras.

Se você tem algum amor pela sua esposa, pare. Outros duelos ou ameaças de duelos irão culminar na morte imediata dela.

Ele nunca imaginou que poderiam ignorá-lo e ir diretamente para Lucy. Seu foco fora, sobretudo, mantê-la em segurança enquanto estivesse em sua companhia. Mas se a atacassem quando ele não estivesse presente...

— Você não pode se esconder atrás dessa carta para sempre — falou Lucy.

E se ela se machucasse — ou, que Deus não permitisse, *morresse* — por causa dele? Será que conseguiria viver em um mundo sem Lucy e suas severas sobrancelhas?

— Simon, está tudo bem? O que foi?

Ele ergueu o olhar com certo atraso.

— Nada. Desculpe. Não é nada. — Ele amassou a carta e se levantou para jogá-la no fogo.

— Simon...

— Você patina no gelo?

— O quê? — Ele a pegara desprevenida. Lucy piscou, confusa.

— Eu prometi à Chaveirinho que iria ensiná-la a patinar no Tâmisa congelado. — Simon pigarreou, nervoso. Que ideia idiota. — Você gostaria de patinar no gelo?

Ela o encarou por um momento e então subitamente se levantou da cadeira. Aproximando-se dele, segurou-lhe o rosto com as duas mãos.

— Sim. Eu ficaria encantada em patinar no gelo com você e sua sobrinha. — E então o beijou ternamente.

O primeiro beijo, pensou Simon, de repente, que ela lhe dera por iniciativa própria. Ele queria segurá-la pelos ombros, envolvê-la em seus braços e guardá-la em algum cômodo obscuro da casa. Em algum lugar onde pudesse mantê-la segura para sempre. Em vez disso, retribuiu o beijo, roçando leve e suavemente seus lábios nos dela.

E se perguntou como poderia protegê-la.

— Por que você não me conta mais sobre o Príncipe Serpente? — perguntou Lucy mais tarde. Ela usou o polegar para transformar o vermelho atrás da orelha de Simon, em seu desenho, em uma sombra.

Que tarde maravilhosa tiveram com a pequena Theodora. Simon acabou se mostrando um exímio patinador no gelo. Por que isso a surpreendera, Lucy não sabia explicar. Ele andara em círculos em volta dela e da sobrinha, rindo como um louco. Os três patinaram até o sol começar a se pôr e o nariz de Theodora ficar bem rosado. Agora, Lucy estava agradavelmente cansada e feliz em apenas se sentar e relaxar com Simon enquanto o desenhava. Era *assim* que esperava que fosse a vida dos dois juntos. Ela sorriu para si mesma ao observá-lo. Embora achasse que o marido poderia ser um modelo melhor.

Enquanto ela observava, Simon se remexeu na cadeira e desfez a pose. Outra vez. Tudo o que Lucy pôde fazer foi suspirar. Ela não podia mandar o marido ficar imóvel como fazia com o Sr. Hedge, porém era mais difícil desenhá-lo quando ele ficava se mexendo. Os dois estavam na sala de estar dela, aquela ao lado de seu novo quarto. Era um cômodo adorável, pintado em tons de creme e cor-de-rosa, com algumas cadeiras espalhadas. E estava voltada para o sul, o que fazia com que recebesse uma boa luz à tarde, perfeita para se desenhar. Claro, era noite agora, mas Simon acendera pelo menos uma dúzia de velas apesar de seus protestos contra o desperdício e a despesa.

— O quê? — Ele nem a ouvira.

No que o marido estava pensando? Seria na misteriosa carta que recebera durante o almoço ou em seu ultimato sobre os duelos? Ela sabia que aquilo não fora prudente para uma recém-casada. Mas estava bastante convicta sobre o assunto para ser cautelosa.

— Eu pedi a você que me contasse mais do conto de fadas. — Lucy pintou o ombro dele. — Sobre o Príncipe Serpente. Você tinha chegado à parte sobre o Príncipe Rutherford. Acho que deveria reconsiderar esse nome.

— Eu não posso. — Seus dedos pararam de tamborilar no joelho. — O nome vem com o conto de fadas. Você não ia querer que eu adulterasse uma tradição, ia?

— Humm. — Há algum tempo ela se perguntava se Simon estava de fato inventando a história toda conforme a contava.

— Você tem feito as ilustrações para o conto?

— Sim.

Ele ergueu as sobrancelhas.

— Posso ver?

— Não. — Ela aprofundou a sombra na manga dele. — Não até que eu termine. Agora, a história, por favor.

— Sim, bem... — Ele pigarreou. — O Príncipe Serpente vestira Angelica em cobre reluzente.

— Isso não ficaria pesado demais?

— Era leve como uma pena, juro. O Príncipe Serpente faz um gesto com a mão outra vez e, de repente, ele e Angelica estão de pé no topo do castelo, observando os convidados do baile de gala passando. "Tome", diz o Príncipe Serpente. "Use isto e volte ao primeiro canto do galo." E então ele lhe entrega uma máscara de cobre. Angélica lhe agradece, põe a máscara e, tremendo, se vira para entrar no baile. "Lembre-se", gritou o Príncipe Serpente atrás dela. "Ao primeiro canto do galo, nem mais um minuto!"

— Por quê? O que poderia acontecer se ela não voltasse a tempo? — Lucy franziu a testa enquanto esboçava as orelhas. Orelhas eram tão difíceis.

— Espere para ver.

— Odeio quando dizem isso.

— Você quer ouvir a história?

Ele olhou para ela sobre o nariz comprido, provocando-a, fingindo arrogância, e Lucy subitamente se deu conta de que gostava muito daqueles momentos com o marido. Quando ele a provocava dessa forma, Lucy sentia que os dois tinham um código secreto, que somente eles compreendiam. Era ridículo, ela sabia, mas, ainda assim, não podia evitar gostar ainda mais dele.

— Sim — respondeu ela humildemente.

— Bem, o baile do rei era uma ocasião magnífica, como você pode imaginar. Mil candelabros de cristal iluminavam o amplo salão, e joias e ouro reluziam nos pescoços de todas as belas damas da região. Mas o Príncipe Rutherford só tinha olhos para Angelica. Ele dançou todas as músicas com ela e implorou para que lhe dissesse o seu nome.

— E ela disse?

— Não. Quando estava prestes a dizer, os primeiros raios da aurora iluminaram as janelas do palácio, e ela soube que o galo cantaria em breve. Angelica saiu correndo do salão de baile e, ao cruzar a entrada, imediatamente foi transportada de volta para a caverna do Príncipe Serpente.

— Fique parado. — Lucy se concentrou em acertar o canto do olho.

— Eu obedeço a todas as suas ordens, milady.

— Humpf

Ele sorriu.

— Angelica cuidou de suas cabras durante o dia todo, tirando um cochilo de vez em quando, pois ficara muito cansada depois de dançar durante toda a madrugada. E naquela noite ela foi visitar o Príncipe Serpente. "O que posso fazer por você agora?", perguntou ele, porque sabia que ela iria procurá-lo. "Há outro baile hoje", disse Angelica. "Você pode fazer um novo vestido para mim?"

— Acho que ela se tornou gananciosa — murmurou Lucy.

— Os cabelos dourados do Príncipe Rutherford eram muito sedutores — falou ele inocentemente. — E o Príncipe Serpente concordou em conjurar um novo vestido para ela. Mas, para tal, ele devia cortar fora a própria mão direita.

— Cortar fora? — Lucy abriu a boca, horrorizada. — Mas ele não teve que fazer isso para o primeiro vestido.

Simon olhou para ela parecendo triste.

— Ah, mas ele era apenas mortal afinal de contas. Para fazer outro vestido para Angelica, ele teria que sacrificar alguma coisa.

Um calafrio de inquietação percorreu a espinha de Lucy.

— Acho que não estou gostando mais do seu conto de fadas.

— Não? — Ele se levantou da cadeira e caminhou na direção da esposa, parecendo perigoso.

— Não. — Ela o observou se aproximar.

— Eu sinto muito. Só queria lhe dar alegria. — Simon tirou o giz de cera de seus dedos e o pôs na caixa ao lado dela. — Mas não posso ignorar as cruéis realidades da vida. — Ele inclinou a cabeça e roçou os lábios no pescoço dela. — Não importa o quanto eu queira.

— Eu não quero que você ignore a realidade — falou Lucy baixinho. Ela engoliu em seco ao sentir a boca de Simon aberta na curva de seu pescoço. — Mas não acho que precisamos ficar nos torturando com os horrores da vida. Há um bocado de coisas boas também.

— Há mesmo — murmurou ele.

De repente, Simon a ergueu em seus braços antes que ela tivesse tempo de pensar. Lucy agarrou os ombros dele enquanto o marido a levava até o quarto ao lado e a colocava na cama. Em seguida, ele estava em cima dela, beijando-a quase desesperadamente.

Lucy fechou os olhos ao ser invadida pela sensação. Ela não conseguia pensar quando ele a beijava com tanta intensidade, tão faminto, como se fosse devorá-la.

— Simon, eu...

— Shh. Sei que você está dolorida, sei que não deveria fazer isso, que sou um animal no cio por sequer pensar nisso. Mas, meu Deus, eu preciso disso. — Ele levantou a cabeça, e seus olhos eram selvagens. Como ela pôde considerá-los frios? — Por favor?

Como uma mulher poderia resistir a tal pedido? Seu coração se aqueceu, e sua boca se curvou em um sorriso sensual.

— Sim.

Ela não teve tempo de dizer mais nada. Ao ouvir a permissão da esposa, Simon já estava tirando as roupas dela. Lucy escutou o tecido rasgar. Seus seios estavam expostos, e ele rapidamente colou a boca em um deles, sugando com força. Ela arfou e agarrou a cabeça do marido, sentindo os dentes dele roçarem em sua pele. Ele foi para o outro seio, mas continuou brincando com o primeiro mamilo, estimulando-o com o polegar, esfregando e beliscando o bico. Lucy não conseguia recuperar o fôlego, não conseguia assimilar o que ele estava fazendo com ela.

Simon se levantou ligeiramente e tirou o colete. Um momento depois, a camisa voou até o chão.

Ela fitou seu corpo nu. Ele era pálido e firme. Longos músculos se moviam em seus braços quando Simon se mexia. Ele respirava rapidamente, e os pelos louros no peito começaram a reluzir com o suor. Ele era um homem extremamente belo, e era todo dela. Uma onda de desejo tomou conta de Lucy. Ele se levantou e tirou a calça e as meias; em seguida, abriu os botões da roupa íntima.

Ela prendeu a respiração e observou avidamente. Nunca vira um homem completamente nu, e parecia que já estava mais do que na hora de isso acontecer. Mas Simon rapidamente foi para cima dela, escondendo a parte mais interessante de seu corpo antes que Lucy pudesse vê-la. E um estranho pensamento lhe ocorreu: ele era tímido? Ou tinha medo de deixá-la chocada? Ela ergueu o olhar para encontrar o do marido e abriu a boca para mudar aquela ideia — afinal, ela passara a vida toda no interior, rodeada de muitos animais —, mas ele falou primeiro:

— Você está me deixando mais excitado, me olhando desse jeito. — A voz dele soava áspera, quase rouca. — E não é como se eu precisasse de ajuda para levantá-lo perto de você.

As pálpebras de Lucy baixaram ao ouvir aquelas palavras. Ela queria prová-lo, fazer coisas das quais tinha apenas uma vaga noção. *Mais.* Ela queria mais.

— Eu quero estar dentro de você — disse ele, com a voz gutural. — Quero ficar dentro de você a noite toda, acordar com você ao redor dele, fazer amor com você antes que sequer abra os olhos. — Ele se ajoelhou sobre ela. Seu rosto não era gentil, e Lucy se regozijou em sua selvageria. — Se pudesse, eu a colocaria no colo, anjo querido, e a seguraria durante todo o jantar, com meu pênis dentro de você. Eu lhe daria morangos e creme, sem movê-lo. Os lacaios entrariam e nos serviriam e nunca saberiam que meu pênis estava em seu doce casulo todo o tempo. Suas saias nos cobririam, e você teria que ficar muito, muito quieta para que ninguém percebesse.

Lucy sentiu a pulsação selvagem do desejo ao ouvir aquelas palavras lascivas. Comprimiu as pernas, ouvindo, impotente, Simon lhe dizer coisas proibidas e maliciosas.

— E depois de comermos — murmurou ele —, eu ordenaria que os criados se retirassem. Eu tiraria seu corpete e sugaria seus mamilos até você gozar, deixando meu pênis todo melado. E ainda assim eu não soltaria você.

Ela estremeceu.

Simon a beijou delicadamente no pescoço, suas carícias rivalizando com as palavras eróticas.

— Eu a colocaria em cima da mesa com muito, ah, muito cuidado, para não romper o contato, e então faria amor com você até nós dois gritarmos. — As palavras dele roçaram sua pele. — Eu não consigo evitar. Não sei o que fazer com esses desejos. Quero fazer amor com você na carruagem, na minha biblioteca, meu Deus, ao ar livre, sob o sol, nós dois deitados na grama verde. Passei meia hora ontem calculando quando o tempo estaria agradável o suficiente para fazermos isso.

As palavras dele eram tão eróticas, tão profundas, que quase a assustavam. Lucy nunca havia se considerado uma mulher sensual, mas, com Simon, seu corpo ficava fora de controle, incapaz de sentir outra coisa além de prazer. Ele se inclinou sobre ela e levantou suas saias, deixando-a nua da cintura para baixo. Ele observou o que ficara exposto.

— Eu quero isto. — E colocou a mão na junção de suas coxas. — O tempo todo. Eu quero fazer isto — ele abriu as pernas dela e baixou o quadril até que o membro rijo se aninhasse em suas dobras — o tempo todo.

Lucy gemeu. O que ele estava fazendo com ela?

— Você quer isso também? — Simon se moveu, sem penetrá-la, mas roçando sua ereção naquela umidade, esfregando seu pênis no botão dela.

Ela arqueou, indefesa, gemendo.

— Você quer? — murmurou ele nos pelos de sua têmpora. E empurrou outra vez o quadril.

Prazer.

— Eu...

— Você quer? — Ele mordeu o lóbulo de sua orelha.

— Ahhh. — Lucy não conseguia pensar, não conseguia formular as palavras que ele queria ouvir. Ela só conseguia sentir.

— Você quer? — Simon aninhou ambos os seios em suas mãos e beliscou os mamilos enquanto arremetia outra vez.

Então ela gozou, mexendo o quadril contra ele, vendo estrelas na escuridão das pálpebras, gemendo incoerentemente.

— Como você é linda. — Ele se posicionou e empurrou.

Lucy sentiu uma pontada, uma leve dor, mas não se importava mais. Ela o queria dentro dela, o mais perto possível. Ele passou a mão pelo seu joelho e ergueu uma das pernas, arremetendo novamente. Ela se abria, se partia, aceitando-o. Lucy gemeu, ouvindo a respiração rouca dele, e Simon arremeteu mais uma vez e a penetrou com todo o seu comprimento.

Ele gemeu.

— Está doendo?

Ela balançou a cabeça. Por que ele não se mexia?

A expressão de Simon era tensa. Ele baixou a cabeça e a beijou suavemente, roçando seus lábios nos dela, mal os tocando.

— Não vai doer dessa vez.

Então puxou o outro joelho até que ela estivesse bem aberta debaixo dele. E arremeteu. Lucy gemeu. A pelve dele estava exatamente onde deveria estar, e ela foi ao paraíso.

Ele fazia movimentos circulares com o quadril e gemia:

— Assim está bom?

— Humm, sim.

Simon sorriu. E arremeteu outra vez. Então a beijou com toques lascivos e duradouros da língua, sua boca fazendo amor com a de Lucy, com a pressão constante do quadril dele, forte e inclemente. A mente dela vagava para uma bruma sensual, e Lucy não sabia mais por quanto tempo o marido estava fazendo amor com ela. O tempo pareceu ter parado para que os dois pudessem se envolver num casulo de prazer físico, numa incrível sintonia emocional. Ela o abraçou apertado. Aquele era o seu marido. O seu amante.

Então Simon se retesou, e seus movimentos ficaram mais abruptos e rápidos.

Lucy arfou e segurou o rosto dele com as mãos, queria estar conectada ao marido quando acontecesse. Ele arremeteu com força, e Lucy sentiu a semente quente dentro dela pouco antes de seu mundo começar a girar. A boca de Simon relaxou sobre a dela. Lucy continuou beijando-o, lambendo-lhe o lábio inferior, provando seu sabor.

Simon tentou sair de cima dela, mas Lucy o abraçou com mais força para segurá-lo.

— Fique.

Ele a encarou.

— Fique comigo. A noite toda. Por favor.

Os lábios dele se abriram num meio-sorriso antes de murmurar:

— Sempre.

Capítulo Treze

— Não é um jogo para você, é? — perguntou Christian algumas noites depois. Sua voz estava baixa, mas, de qualquer forma, Simon olhou ao redor, inquieto.

O Teatro Drury Lane estava tão cheio quanto um cadáver inchado de vermes. Ele adquirira um camarote emoldurado em dourado no segundo andar para ele, Lucy, Rosalind e Christian. O camarote era perto o suficiente do palco para que eles vissem o branco dos olhos dos atores, alto o bastante para que nenhum legume os atingisse, caso a peça desandasse. A multidão nos assentos abaixo estava relativamente bem-comportada. As prostitutas que trabalhavam no primeiro andar mantinham os mamilos cobertos — ou quase. Não havia muito barulho, o que possibilitava que ouvissem David Garrick, representando um Hamlet um tanto idoso, recitando suas falas. É claro que ajudava o fato de que o ator tinha os pulmões de uma vendedora de peixes.

— PELO SANGUE DE CRISTO! — berrou Garrick — Imaginais que *eu* sou mais fácil de *tocar* do que uma FLAUTA? — A saliva reluzia sob os refletores.

Simon se encolheu. Ele preferia ler a ver Shakespeare. Isso se precisasse consumir o bardo. Ele olhou para Lucy. Ela estava arrebatada, seu anjo, com os olhos semicerrados, os lábios abertos enquanto assistia à peça. Atrás dela, as cortinas de veludo escarlate que forravam o camarote cercavam sua cabeça, criando uma moldura para seu perfil pálido e seu cabelo escuro. Ela estava quase insuportavelmente bela.

Ele desviou o olhar.

— Do que você está falando?

Christian olhou-o de cara feia.

— Você sabe. Dos duelos. Por que você está matando esses homens?

Simon arqueou uma sobrancelha.

— Por que você acha?

O jovem balançou a cabeça.

— Primeiro eu pensei que fosse por uma questão de honra, que eles tivessem insultado uma dama próxima a você. — Christian de repente olhou para Rosalind. — Eu ouvi rumores... Bem, desde antes do seu irmão morrer.

Simon aguardou.

— E então eu pensei que talvez você quisesse manter uma reputação A glória de ter duelado e matado.

Simon controlou-se para não bufar. *Glória.* Meu Deus, que ideia.

— Mas, depois de James... — Christian o encarou, confuso — você lutou com tamanha ferocidade, com tamanha maldade. Tinha que ser algo pessoal. O que o homem lhe fez?

— Ele matou meu irmão.

O queixo de Christian caiu.

— Ethan?

— Silêncio. — Simon olhou para Rosalind. Embora ela obviamente estivesse menos interessada na peça do que Lucy, seus olhos continuavam focados no palco. Ele se virou outra vez para Christian. — Sim.

— Como...?

— Não vou discutir isso aqui. — Ele franziu a testa, impaciente. Por que deveria se dar ao trabalho de se explicar?

— Mas você está procurando outra pessoa.

Simon apoiou o queixo na mão aberta, cobrindo metade da boca.

— Como você sabe disso?

Christian se remexeu, impaciente, na cadeira dourada de veludo.

Simon olhou para o palco. Hamlet estava se aproximando do tio ajoelhado. O príncipe dinamarquês ergueu a espada, balbuciou seu verso e então a guardou outra vez; outra oportunidade de vingança perdida. Simon suspirou. Ele sempre achou essa peça em particular tediosa demais. Por que o príncipe simplesmente não matava logo o tio e resolvia tudo?

— Eu não sou idiota, sabe? Eu o segui.

— O quê? — A atenção de Simon se voltou para o homem sentado ao lado dele.

— Nos últimos dias — falou Christian. — Até o Parque do Diabo e a outros lugares sórdidos. Você entra, não bebe nada, dá uma volta pelo local, faz perguntas aos funcionários...

Simon interrompeu o relato de atividades.

— Por que você está me seguindo?

Christian o ignorou.

— Você está procurando um homem grande, um aristocrata com título. Alguém que joga, mas que não é tão compulsivo quanto James era, caso contrário, você já o teria encontrado.

— Por que você está me seguindo? — Simon trincou os dentes.

— Como esses homens todos, homens de condição e de boa família, mataram o seu irmão?

Simon se inclinou para a frente até que seu rosto estivesse a centímetros do de Christian. Pelo canto do olho, viu Lucy observar os arredores, mas não se importou.

— Por que você está me seguindo?

Christian piscou rapidamente.

— Sou seu amigo. Eu...

— Você é meu amigo? — As palavras pareceram pairar no ar, quase ecoando.

No palco, Hamlet atravessou Polônio com a espada. A atriz que interpretava Gertrudes deu um gritinho agudo:

— Oh, que ato imprudente e sanguinário!

No camarote ao lado, alguém deu uma risada que mais parecia um guincho.

— Você é meu amigo de verdade, Christian Fletcher? — murmurou Simon. — Você protege minha retaguarda com um olhar de águia leal?

Christian olhou para baixo, em seguida levantou a cabeça, sua boca expressando tristeza.

— Sim, sou seu amigo.

— Você vai ser meu padrinho quando eu encontrar o homem que procuro?

— Sim, você sabe que vou.

— Obrigado.

— Mas como você consegue continuar fazendo isso? — Os olhos do jovem estavam atentos. Ele se inclinou para a frente, atraindo novamente o olhar de Lucy. — Como você consegue continuar matando esses homens?

— Não importa como eu consigo fazer isso. — Simon desviou o olhar. *Os olhos abertos de James fitando o nada.* — A única coisa que interessa é que já está feito. Meu irmão foi vingado. Entendeu?

— Eu... sim.

Simon assentiu e se recostou na cadeira. Depois sorriu para a esposa.

— Está gostando da peça, milady?

— Muito, milorde. — Aquilo não a convenceu. Seu olhar foi do marido para Christian. Então ela suspirou e olhou novamente para o palco.

Simon examinou o público. Do outro lado do camarote deles, uma dama em escarlate bordado virou o lornhão para o visconde, posando, constrangida. Ele desviou o olhar. Abaixo, um cavalheiro de ombros largos abria caminho aos empurrões e deu uma cotovelada em uma jovem. A mulher resmungou um grito e o empurrou. O homem se virou, e Simon se inclinou para a frente para ver o perfil dele. Outro homem se levantou e se juntou à briga, e o primeiro virou de lado.

Simon relaxou. Não era Walker.

Ele passara os últimos dias desde que recebera a carta ameaçadora buscando em toda parte o último homem do grupo que matara Ethan. Christian podia tê-lo seguido aos salões de jogo à noite, mas o jovem não vira Simon durante o dia nos cafés, nos leilões de cavalos ou perambulando por alfaiates e por outros estabelecimentos destinados aos cavalheiros. Walker não fora visto em parte alguma. E, ainda assim, ele também não havia se escondido em sua propriedade em Yorkshire. Simon tinha comprado espiões naquela vizinhança, e ninguém tivera notícias de Lorde Walker. Ele poderia, é claro, ter fugido para outro condado ou até mesmo para outro país, mas Simon não acreditava nisso. A família de Walker permanecia na casa de Londres.

No palco, uma Ofélia muito gorda cantava seu desespero ao ser abandonada pelo amante. Meu Deus, ele odiava essa peça. Simon se remexeu na cadeira. Se ao menos ele pudesse acabar com tudo aquilo. Duelar com Walker, matá-lo, mandar o homem para a sepultura e deixar seu irmão finalmente descansar. Talvez então conseguisse olhar Lucy nos olhos sem sentir a acusação — imaginária ou real. Talvez então conseguisse dormir sem medo de acordar e descobrir que todas as suas esperanças foram destruídas. Porque, agora, ele não conseguia dormir. Simon sabia que acordava Lucy à noite com seus movimentos, mas não havia como evitar aquilo. Seus sonhos, dormindo e acordado, eram cheios de imagens de Lucy. Sua esposa em perigo, machucada ou... Deus!... morta. Lucy descobrindo seus segredos e afastando-se dele, enojada. Lucy o abandonando. E quando ele tinha uma folga desses pesadelos, os antigos voltavam para assombrá-lo. Ethan implorando. Ethan precisando dele. Ethan morrendo. Simon tocou o local onde o anel de sinete dos Iddesleighs deveria estar. Ele o perdera. Outro fracasso.

A multidão irrompeu em gritos. Simon ergueu o olhar bem a tempo de ver o banho de sangue final que encerrava a peça. Laerte não sabia usar uma espada. Então o público aplaudiu — e também vaiou.

Simon se levantou para pegar a capa de Lucy.

— Você está bem? — perguntou ela sob o barulho.

— Sim — Ele sorriu para a esposa. — Espero que você tenha gostado da peça.

— Você sabe que gostei. — Lucy apertou a mão dele, um toque secreto que fez valer a pena a noite tediosa. — Obrigada por me trazer.

— Foi um prazer. — Ele levou a palma da mão dela aos lábios. — Eu a levarei a todas as peças do bardo.

— Você é tão extravagante.

— Por você.

Os olhos de Lucy ficaram alegres e radiantes, e ela pareceu buscar o rosto dele. Será que sua amada não sabia que ele era capaz de tudo por ela?

— Eu nunca sei o que pensar de Hamlet — comentou Christian, atrás dos dois.

Lucy desviou o olhar.

— Eu adoro Shakespeare. Mas Hamlet... — Ela estremeceu. — A peça é tão sombria no fim. E acho que ele não entende totalmente a dor que causou à pobre Ofélia.

— Aquela parte em que ele pula na sepultura com Laerte. — Rosalind balançou a cabeça. — Acho que ele sentiu mais pena de si mesmo.

— Talvez os homens nunca consigam compreender o mal que fazem às mulheres de suas vidas — murmurou Simon.

Lucy tocou o braço dele, e então o grupo se moveu com a multidão, na direção das portas. O ar frio bateu-lhe no rosto quando Lucy chegou à entrada. Cavalheiros estavam parados nos largos degraus do teatro, ordenando aos lacaios que trouxessem suas carruagens. Todos saíam ao mesmo tempo e, naturalmente, não havia mensageiros suficientes por ali. Lucy estremeceu sob o vento de inverno, as saias batendo em suas pernas.

Simon franziu a testa. Ela pegaria um resfriado se permanecesse ali por mais tempo.

— Fique aqui com as damas — pediu ele a Christian. — Eu mesmo vou chamar a carruagem.

Christian fez que sim com a cabeça.

Simon empurrou a multidão, fazendo pouco progresso. Apenas quando chegou à rua foi que se lembrou de que não deveria sair de perto da esposa. Seu coração acelerou dolorosamente com o pensamento, e ele olhou para trás. Christian estava entre Rosalind e Lucy no alto da escadaria. O jovem disse alguma coisa que fez Lucy rir. Eles pareciam bem. Mesmo assim, era melhor ser cauteloso. Simon voltou.

E foi então que Lucy subitamente desapareceu.

LUCY OBSERVOU SIMON enquanto ele abria caminho entre a multidão na frente do teatro. Alguma coisa o incomodava, ela podia notar.

Rosalind, ao lado do Sr. Fletcher, estremeceu.

— Ah, eu odeio essa multidão que se forma na saída do teatro.

O jovem sorriu para ela.

— Simon não vai demorar. Será mais rápido do que esperar um dos lacaios trazer a carruagem.

Ao redor deles, a multidão crescia e fluía como o mar. Uma dama esbarrou em Lucy por trás e murmurou um pedido de desculpas. Lucy assentiu em resposta, ainda de olho no marido. Nas últimas noites, Simon havia voltado tarde para casa e, quando ela tentara questioná-lo a respeito, ele fizera uma piada dizendo que, se ela perguntasse mais alguma coisa, ele responderia fazendo amor com ela. Com vontade. Incansavelmente. Como se sempre fosse a última vez deles.

E naquela noite, durante a peça, ele ficara confabulando com o Sr. Fletcher. Lucy não conseguiu entender sobre o que conversaram, mas pôde notar que o rosto do marido assumira uma expressão severa. Por que ele não confiava nela? Certamente o fato de a esposa ser a companheira do marido e de tomar as suas dores fazia parte do casamento. Ajudava a aliviar as preocupações do companheiro. Quando se casaram, ela pensou que os dois se tornariam mais íntimos. Que alcançariam aquele estado de harmonia que ela costumava ver em casais mais velhos. Em vez disso, eles pareciam estar cada vez mais afastados um do outro, e ela não sabia exatamente o que fazer. Como superar esse abismo; ou será que isso era insuperável? Talvez seu ideal de casamento fosse apenas um sonho ingênuo de uma donzela. Talvez a distância entre eles fosse a realidade do casamento.

O Sr. Fletcher se inclinou.

— Eu deveria ter dado uma gorjeta maior a Simon.

Lucy riu do gracejo. Quando se virou para responder, sentiu um empurrão à sua direita. Ela caiu de joelhos nos degraus de mármore duro, machucando as palmas das mãos mesmo estando protegidas pelas luvas de couro. Alguém agarrou seus cabelos e puxou com força sua cabeça para trás. Gritos. Ela não conseguia ver nada além de uma confusão de saias e do mármore sujo sob suas mãos. Um chute acertou suas costelas. Ela arfou, e então soltaram seus cabelos. O Sr. Fletcher estava lutando com outro homem logo acima dela. Lucy protegeu a cabeça o melhor que pôde, com medo de ser pisoteada ou coisa pior. Rosalind gritou. Outro golpe nas nádegas de Lucy, e um peso foi empurrado sobre seu corpo.

E então Simon estava ali. Ela podia ouvir os gritos furiosos do marido mesmo esmagada no chão. De repente o peso saiu de cima dela, e ele a levantou.

— Você está bem? — O rosto dele estava pálido como a morte.

Lucy tentou assentir com a cabeça, mas ele a ergueu nos braços, carregando-a pelos degraus.

— Você viu para onde ele foi? — O Sr. Fletcher arfou atrás deles.

— Simon, ele tentou matá-la! — gritou Rosalind, chocada.

Lucy estava tremendo, seus dentes batiam incontrolavelmente. Alguém havia tentado matá-la. Ela só estava parada nos degraus do teatro, à espera do marido, e alguém tinha tentado matá-la. Ela apertou os ombros de Simon, procurando controlar o tremor violento de suas mãos.

— Eu sei — disse Simon sombriamente. Ele a apertou com força nos braços. — Christian, você poderia levar Rosalind para casa? Eu tenho que levar Lucy a um médico.

— É claro. — O jovem assentiu, as sardas se destacando em seu rosto. — Farei o que puder para ajudar.

— Ótimo. — Simon fitou atentamente o jovem. — E, Christian?

— Sim?

— Obrigado — falou Simon baixinho. — Você salvou a vida dela.

Por cima do ombro de Simon, Lucy viu os olhos do Sr. Fletcher se arregalarem e, em seguida, um sorriso tímido iluminando o rosto dele antes que o jovem se virasse e se afastasse com Rosalind. Ela se perguntou se Simon sabia o quanto o amigo o admirava.

— Eu não preciso de um médico. — Lucy tentava protestar. Sua voz estava ofegante, o que certamente não ajudava.

Simon a ignorou. Ele desceu os degraus, empurrando a multidão com arrogância e impaciência. O número de pessoas diminuiu quando os dois chegaram à rua.

— Simon.

Ele apressou o passo.

— Simon, você pode me colocar no chão agora. Eu consigo andar.

— Shh.

— Você não precisa me carregar.

Ele a encarou, e Lucy viu, para o seu terror, que os olhos do marido brilhavam.

— Sim, eu preciso.

Então ela desistiu. Ele manteve o ritmo por algumas ruas até chegarem à carruagem. Simon a acomodou em seu interior e bateu no teto. A carruagem começou a andar.

Ele a segurou no colo e desamarrou seu chapéu.

— Eu devia ter pedido a Christian que mandasse o médico ir até nossa casa. — Ele tirou a capa de Lucy. — Vou ter que chamá-lo quando chegarmos. — Então a virou o suficiente para alcançar suas costas e começar a desabotoar o vestido.

Sem dúvida Simon não pretendia despi-la em uma carruagem em movimento, não é? Mas ele parecia tão sério que ela fez a pergunta com todo o cuidado.

— O que você está fazendo?

— Tentando descobrir onde você está machucada.

— Eu já falei — disse ela baixinho. — Estou bem.

Simon não respondeu, simplesmente continuou abrindo os botões. Ele puxou o vestido dos ombros dela, abriu seu corpete, e então parou, olhando para o lado de seu corpo. Lucy acompanhou o olhar dele. Uma linha fina de sangue manchava seus trajes ao lado do seio. Havia um rasgo no tecido do vestido cujo tamanho parecia corresponder à mancha. Delicadamente, Simon afrouxou o laço da peça de roupa e puxou-a. Via-se um corte embaixo. Agora que o vira, Lucy de repente sentiu a ardência. De algum modo, na confusão, ela não havia sentido a dor. Lucy fora esfaqueada, mas não profundamente.

— Ele quase matou você. — Simon passou o dedo por baixo do corte. — Por pouco ele não acertou o seu coração. — Sua voz estava calma, mas Lucy não gostou do modo como as narinas dele subiam e desciam, criando reentrâncias ao lado do nariz.

— Simon.

— Se ele não tivesse errado o alvo...

— Simon...

— Se Christian não estivesse lá...

— Não foi culpa sua.

Os olhos dele finalmente encontraram os dela, e Lucy viu que as lágrimas o dominavam. Duas delas desciam livremente pela bochecha. Simon não parecia estar ciente delas.

— Sim, é. A culpa é minha. Eu quase fiz com que você morresse hoje.

Lucy franziu a testa.

— O que você quer dizer com isso?

Ela imaginara que seu agressor fosse um batedor de carteiras ou um ladrãozinho qualquer. Talvez um louco. Mas Simon dava a entender que o agressor estava atrás dela especificamente. Que ele queria matá-la. Simon roçou o polegar sobre os lábios dela e carinhosamente a beijou. Mesmo enquanto sentia a língua dele em sua boca e provava o sal de suas lágrimas, ela se deu conta de que o marido não respondera sua pergunta. E aquilo a assustava mais do que qualquer coisa que tivesse acontecido naquela noite.

Ele sabia que não deveria.

Mesmo ao carregar Lucy no colo e levá-la para dentro de casa, Simon sabia que não deveria. Ele se desviou de Newton, que exclamou, preocupado, e a carregou escada acima como um romano pilhando uma donzela sabina. Ele tinha puxado o chemise e o vestido de Lucy para cima sem abotoar totalmente as costas e a envolvera com um xale para levá-la para dentro. Ela o havia convencido na carruagem de que realmente não precisava de um médico. O corte sobre as costelas era o único ferimento, além dos hematomas, que Simon conseguira encontrar. De qualquer forma, alguém havia tentado matá-la. Lucy estava abalada e ferida. Somente um canalha exigiria os direitos de um marido agora.

Portanto, ele era um canalha.

Simon chutou a porta do próprio quarto, cruzou o tapete preto e prata com ela nos braços e a colocou na cama. Lucy ficou deitada nos lençóis azul-cobalto como se fosse uma oferenda. Os cabelos haviam se soltado e estavam espalhados sobre a seda.

— Simon...

— Shh.

Ela o encarou com olhos de topázio tranquilos enquanto ele tirava o casaco.

— Nós temos que conversar sobre o que aconteceu.

Ele tirou os sapatos e quase arrancou os botões do colete.

— Eu não posso. Me desculpe. Preciso muito de você agora.

— Será que o que eu sinto não conta?

— Neste momento? — Ele arrancou a camisa. — Sinceramente, não.

Meu Deus, será que ele não conseguia parar de falar? Era como se tivesse perdido totalmente o dom de conversar. Toda a finesse desapareceu, todas as palavras elegantes se foram, e tudo o que restou era primitivo e essencial.

Simon avançou até a cama, mas, com um autocontrole enorme, não tocou nela.

— Se você quiser que eu saia, eu saio.

Os olhos de Lucy o analisaram por um longo minuto, durante o qual ele morreu algumas vezes e seu pênis alcançou proporções monstruosas. Então, sem dizer uma palavra, ela puxou o laço em seu chemise. Era tudo de que ele precisava. Ele se atirou sobre ela como um homem faminto ao ver comida. Mas, apesar da urgência, foi cuidadoso. Embora suas mãos tremessem, ele deslizou o vestido pelos ombros dela devagar. Com cuidado.

— Levante — instruiu ele, e, por algum motivo, sua voz estava rouca.

Ela ergueu os quadris, e Simon jogou a roupa no chão.

— Você sabe quanto aquilo custou? — Ele nem sequer se importava se ela estava se divertindo.

— Não, mas posso imaginar. — Simon tirou os sapatos e as meias da esposa. — Vou lhe comprar mais cem, mais mil, em todos os tons de rosa. Eu já lhe disse o quanto acho que você fica linda de rosa?

Lucy balançou a cabeça.

— Pois eu acho. E acho que fica mais linda ainda quando não está usando nada. Talvez eu deixe você nua. Isso resolveria o problema do vestido caro.

— E se eu não concordar com uma ordem tão gélida? — Suas sobrancelhas se arquearam perigosamente.

— Eu sou seu marido. — Simon finalmente retirou o chemise dela, revelando-lhe os seios brancos. Por um momento, seu olhar se deteve sobre o corte superficial na lateral do corpo de Lucy, e ele sentiu novamente o medo congelar sua alma. Então suas narinas se alargaram ao ver a esposa nua. Ele não conseguia disfarçar o sentimento de posse em sua voz. — Você prometeu me obedecer sempre. Por exemplo, se eu ordenar que me beije, você deve me beijar.

Ele se abaixou e roçou os lábios na boca de Lucy, que respondeu obedientemente, beijando-o de modo sensual. Simon estava o tempo todo consciente dos seios, brancos, nus e indefesos, sob seu corpo. Sua luxúria cresceu, fazendo seus músculos tremerem. Mas ele conseguiu se controlar. A última coisa de que precisava era que sua amada visse que ele estava fora de controle. Como ele realmente era primitivo.

— Ordeno que se abra. — A voz dele era quase um murmúrio.

Lucy abriu os lábios, e ele, pelo menos, tinha isso — a cavidade quente e úmida de sua boca para se refestelar. De repente, seus braços tremeram. Simon recuou e fechou os olhos.

— O que foi? — murmurou ela.

Ele abriu os olhos e tentou sorrir para esconder os demônios dentro de si.

— Preciso muito de você.

Felizmente, Lucy não sorriu. Em vez disso, ela o encarou com aqueles olhos dourados e solenes.

— Então fique comigo.

Ele inspirou ao ouvir a oferta simples e explícita.

— Não quero machucá-la. Você — Simon desviou o olhar, incapaz de encará-la — já se machucou muito hoje.

Silêncio.

Então ela falou lenta e claramente:

— Você não vai me machucar.

Ah, quanta confiança. Aquilo era assustador. Se ao menos ele conseguisse se sentir tão confiante assim. Simon se deitou na cama.

— Venha cá.

As sobrancelhas inteligentes subiram de novo.

— Você não está com muita roupa ainda?

A calça.

— Eu vou tirá-la depois. — Ou apenas desabotoá-la, pensou ele.

— Posso?

Ele trincou os dentes.

— Tudo bem.

Lucy se apoiou num cotovelo ao lado dele, e os seios dela balançaram com o movimento. O pênis de Simon ficou mais duro. Delicadamente, ela começou a desabotoar a calça do marido, que sentia cada pequeno puxão dos dedos dela. Ele fechou os olhos e tentou pensar em neve, frio, geada, gelo.

Um suspiro baixinho.

Os olhos de Simon se abriram. Ela estava inclinada sobre ele, com os seios brancos praticamente incandescentes sob a luz de velas. O olhar estava fixo no pênis dele, com a cabeça vermelha, totalmente ereto, projetando-se da calça. Aquela era a visão mais sensual que ele já tivera.

— Eu estava me perguntando quando você me deixaria vê-lo. — Ela não tirava os olhos da virilha dele.

— Como é? — Simon quase guinchou quando a esposa tocou a cabeça de seu membro com o dedo indicador.

— Eu já o senti, sim, mas nunca o tinha visto. Este rapazinho tem sido muito tímido. — Ela passou o dedo pelo pênis do marido.

Simon quase caiu da cama. Ela deveria estar assustada, era uma menina tão inocente, do interior. Em vez disso...

— E, olhe, aqui estão suas companheiras. — Lucy segurou as bolas em sua pequena palma.

Pelo amor de Deus. Ela iria matá-lo.

— Levante.

— O quê? — Ele olhou para a esposa e piscou, confuso.

— Levante o quadril para que eu possa despi-lo.

O que ele poderia fazer além de fazer o que ela pedia? Lucy tirou sua calça e o deixou nu como ela.

— Agora é sua vez. — Felizmente a voz dele havia voltado ao normal. Simon não conseguiria aguentar muito mais daquilo.

— O que você quer que eu faça? — perguntou ela.

— Ordeno que venha aqui. — Simon esticou os braços e tentou não gemer quando o interior macio da coxa dela roçou em sua ereção.

Lucy subiu nele e cuidadosamente se sentou em cima dele. O pênis balançou diante dela, encostando em sua barriga a cada pulsação. Ele não queria nada além de penetrar a esposa, mas tinha de ir devagar.

— Ordeno que você me ofereça seus seios — murmurou ele.

Os olhos dela se arregalaram. Ótimo. Pelo menos ele não era o único afetado. Lucy os segurou, hesitou, então se abaixou. A própria Afrodite não teria sido mais sedutora. Ele observou o rosto dela enquanto sugava-lhe um mamilo cor-de-rosa. Ela fechou os olhos, a boca meio aberta. O monte púbico pressionando seu pênis, que latejava entre os dois. Lucy estremeceu, e a escuridão dentro dele rugiu, triunfante.

Simon soltou o mamilo.

— Cavalgue-me.

Ela franziu a testa.

— Por favor. — As palavras saíram mais como uma ordem do que um pedido, mas ele não se importou. Precisava sentir a boceta dela.

Lucy se ergueu. Simon ajudou a esposa a se equilibrar usando uma das mãos e segurou o pênis com a outra, então ela desceu sobre o pênis duro devagar.

— Fique aberta para mim — murmurou ele. *Canalha.* Isso facilitava o movimento, e também fazia com que ele tivesse uma visão maravilhosa de sua umidade coral.

Ela arfou e levou os dedos entre seus corpos. Pobre anjo. Corrompida por um demônio egoísta que só se importava com seu pênis. Ahh. Metade dele estava dentro de Lucy agora, e o caminho era apertado, quente e macio. Simon pegou as mãos da esposa e colocou-as sobre o peito, então usou os próprios dedos para abrir os lábios da vagina dela. Ele a segurou enquanto abria caminho na passagem estreita. *Aquilo era o paraíso.* Ele quase sorriu. Era o mais perto que ele chegaria do céu. Sabia que tal pensamento era uma blasfêmia, mas não se importava. Ele estava fazendo amor com o seu anjo. Amanhã o mundo poderia acabar, mas, agora, ele estava mergulhado até o talo numa mulher molhada. Na *sua* mulher molhada.

Ele arremeteu, e ela gemeu.

Simon sentiu um sorriso — e não era um sorriso simpático — cruzar o próprio rosto. Baixou o olhar e observou a pele rosada deslizar na carne dela. Ele a levantou e quase saiu de dentro dela. Viu a umidade reluzente da boceta da amada cobrindo seu pênis. E arremeteu outra vez, impulsionando-se para dentro dela. Preenchendo-a. Trazendo-a para ele. *Minha mulher. Sempre. Nunca me deixe. Fique comigo.*

Sempre.

Lucy balançou a cabeça selvagemente. Ele pressionou os dedos em seu montinho para acariciar a pérola especial. Ela gemeu, mas Simon não cedeu, preenchendo-a com seu pênis e estimulando o clitóris dela com o polegar, então ele soube que a amada não conseguiria se conter. As paredes de sua vagina se apertaram, e Lucy gozou, fazendo chover seu doce prazer sobre o pênis dele. Simon se enterrou nela até que suas bolas batessem nas nádegas de Lucy. Seu corpo estremeceu, e ele sentiu a pulsação de sua semente enchendo-a.

Ela era dele.

Capítulo Catorze

Ah, Deus!

Lucy acordou assustada, arfando na escuridão do quarto. Estava suando frio, e os lençóis grudavam em sua pele como uma mortalha. Ela se concentrou e tentou controlar a respiração, ficando tão imóvel quanto um coelho ao ver uma cobra. Tivera um sonho vívido. Sangrento. Mas que já estava se apagando com a retomada da consciência. Agora ela só se lembrava do medo — e da sensação de desespero. Estava gritando no sonho quando acordou e ficou surpresa com o fato de que o som era tão ilusório quanto as imagens.

Finalmente Lucy se moveu, seus músculos doíam por terem ficado tensionados por um longo tempo. Ela esticou a mão na direção de Simon, para se certificar de que ainda havia vida nas profundezas da noite e do pesadelo.

Mas ele não estava ao seu lado.

Será que havia se levantado no meio da noite?

— Simon?

Não houve resposta. Ela encarou o silêncio com o medo irracional que só existia após a meia-noite: que todas as pessoas tivessem morrido. Que ela estivesse sozinha em uma casa morta.

Lucy despertou de vez e se levantou, encolhendo-se um pouco quando o corte na lateral do corpo repuxou. Seus pés descalços tocaram o carpete frio, e ela tateou o ar, em busca de uma vela na mesinha de cabeceira, antes de se dar conta de que havia dormido no quarto de

Simon. A mesinha ficava do outro lado da cama. Ela segurou o dossel para se guiar e tateou com os pés conforme dava a volta na cama. Tudo de que se lembrava do cômodo na noite passada era sua escuridão e suas cores sombrias, um azul quase preto e prata, e que a cama era ainda maior do que a dela. Isso a havia alegrado.

Sem enxergar, ela esticou uma das mãos, apalpou um livro e então a vela. Ainda havia brasas ardendo na lareira, e ela foi até o fogo para acender o pavio da vela. A chama fraca mal iluminava o quarto inteiro, mas ela soube imediatamente que o marido não estava ali. Lucy pôs o vestido que usara para ir ao teatro e se cobriu com o xale para esconder o fato de que não conseguia fechar a parte de trás dele sozinha. Então enfiou os pés descalços nas sapatilhas.

Ela não deveria estar surpresa por ele ter desaparecido. Na última semana, o marido fizera disso um hábito, saindo na calada da noite e voltando apenas nas primeiras horas da manhã. As saídas noturnas pareciam ter se tornado mais frequentes nos últimos dias. Às vezes, ele ia até os aposentos dela parecendo muito cansado e com cheiro de fumo e bebida. Mas Simon nunca havia deixado a sua cama antes, não depois de fazer amor com ela, não depois de segurá-la nos braços até que os dois caíssem no sono. E o modo como ele a amara apenas algumas horas antes — de forma tão intensa e desesperada —, como se nunca mais fosse ter a oportunidade de fazer aquilo de novo... Na verdade, Lucy ficara com medo em determinado momento. Não de que o marido a machucasse, mas temia que pudesse perder uma parte de si mesma nele.

Lucy estremeceu.

Os quartos ficavam no terceiro andar. Ela verificou o próprio aposento e a sala de estar, depois desceu as escadas. Não havia ninguém na biblioteca. Ela levantou a vela e conseguiu ver apenas sombras grandes e fantasmagóricas sobre fileiras de lombadas de livros. Uma banda da janela balançava por causa do vento. Ela voltou ao corredor e refletiu. A sala matinal? Isso era bem improvável, ele teria...

— Posso ajudá-la, milady?

A voz lúgubre de Newton às suas costas fez Lucy dar um gritinho. A vela caiu no chão, e a cera quente queimou o peito de seu pé.

— Mil perdões, milady. — Newton se abaixou e pegou a vela, acendendo-a com a dele.

— Obrigada. — Lucy pegou a vela e ergueu-a mais alto para que pudesse ver o mordomo.

Obviamente Newton havia acabado de se levantar. Um gorro cobria sua careca, e ele jogara um casaco velho sobre o camisolão, apertado em torno da barriga pequena e redonda. Ela baixou o olhar. Ele usava pantufas sofisticadas, em estilo turco, com as pontas adornadas. Lucy esfregou um pé exposto sobre o outro e desejou ter colocado meias.

— Posso ajudar, milady? — perguntou Newton mais uma vez.

— Onde está Lorde Iddesleigh?

O mordomo desviou o olhar.

— Não poderia dizer, milady.

— Não pode ou não sabe?

Ele piscou.

— As duas coisas.

Lucy ergueu as sobrancelhas, surpresa por ele ter falado a verdade. Ela examinou o mordomo. Se a ausência de Simon fosse devido a uma mulher, ela tinha certeza de que Newton teria dado uma desculpa qualquer. Mas ele não fizera isso. Lucy sentiu os ombros relaxarem de uma tensão que ela nem sequer sabia que a tomava.

Newton pigarreou.

— Tenho certeza de que Lorde Iddesleigh retornará antes do amanhecer, milady.

— Sim, ele sempre retorna, não é? — resmungou Lucy.

— A senhora gostaria que eu lhe servisse um pouco de leite quente?

— Não, obrigada. — Lucy caminhou até a escada. — Vou voltar para a cama.

— Boa noite, milady.

Lucy botou o pé no primeiro degrau e prendeu a respiração. Atrás dela, os passos de Newton recuaram e ela ouviu uma porta se fechando. Ela aguardou mais um segundo e então se virou. Em silêncio, foi até o escritório de Simon na ponta dos pés.

O cômodo era bem menor do que a biblioteca, mas mobiliado de forma mais extravagante. Era dominado pela imensa escrivaninha barroca, um móvel incrivelmente belo, dourado e cheio de arabescos. Ela teria achado graça se descobrisse que qualquer outro homem possuía tal peça, mas aquilo combinava perfeitamente com Simon. Diante da lareira havia algumas poltronas e duas estantes, uma de cada lado, facilmente acessíveis a quem estivesse sentado ali. Grande parte dos livros era sobre rosas. Fazia poucos dias que Simon mostrara este cômodo à esposa, e ela havia ficado fascinada pelas ilustrações detalhadas, pintadas à mão, nos grandes tomos. Cada uma mostrava um ideal da flor, com partes identificadas e rotuladas.

Um mundo tão ordenado.

Lucy se sentou em uma das poltronas diante da lareira. Com a porta do escritório aberta, o corredor e tudo que acontecia nele ficava em seu campo de visão. Simon teria de passar por ali de qualquer forma. Ela pretendia questioná-lo sobre as saídas noturnas quando ele voltasse.

O GROTTO DE Aphrodite era um covil de lobos uivantes naquele dia.

Simon avançou pelo corredor principal do bordel e olhou em volta. Ele não havia colocado os pés ali desde que conhecera Lucy, mas o lugar não tinha mudado nada. Prostitutas seminuas desfilavam suas mercadorias, seduzindo os homens, alguns mal tinham idade para se barbear, outros já haviam até perdido os dentes. Membros de pouca importância da realeza dividiam o espaço com comerciantes pretensiosos e dignitários estrangeiros. Aphrodite não se importava. Desde que a cor do dinheiro fosse dourada. Na verdade, dizia-se que a clientela feminina era tão volumosa quanto a masculina. Talvez ela cobrasse de todo mundo, pensou Simon, cínico. Ele olhou ao redor, à procura da madame, mas não viu sua peculiar máscara de ouro. Melhor assim. Aphrodite não gostava de violência em sua casa, e era exatamente isso que ele pretendia gerar.

— Que lugar é este? — murmurou Christian ao seu lado.

Ele pegara o jovem duas — não, três — casas antes. Christian ainda tinha o frescor no rosto após o teatro mais cedo, a briga do lado de fora e as três casas de jogo que eles haviam visitado antes do Grotto. Simon achava que ele próprio devia parecer um cadáver recém-desenterrado.

Maldita juventude.

— Depende. — Ele subiu as escadas, desviando-se da corrida que ocorria ali.

Amazonas, vestindo apenas corpetes e máscaras, cavalgavam corcéis com os seios expostos. Simon fez uma careta quando uma delas tirou sangue com seu chicote. Embora, a julgar pelo volume na calça, sua montaria não se importasse nem um pouco com isso.

— Do quê? — Christian observava tudo com os olhos arregalados enquanto a dupla vencedora galopava de um lado para o outro do corredor no andar de cima. Os seios nus da amazona balançavam de modo exuberante.

— Da sua definição de céu e inferno, suponho — respondeu Simon.

Seus olhos pareciam abrigar um punhado de areia sob cada pálpebra, sua cabeça doía, e ele estava cansado. Muito cansado.

Simon chutou a primeira porta.

Christian exclamou alguma coisa atrás dele, mas o visconde ignorou o amigo. Os ocupantes, duas garotas e um cavalheiro ruivo, não notaram a invasão. Ele não se deu ao trabalho de pedir desculpas, apenas fechou a porta e foi para a seguinte. Ele não tinha muita esperança de encontrar Walker. De acordo com suas fontes, o homem não era de frequentar o Grotto de Aphrodite. Mas Simon estava ficando desesperado. Ele precisava encontrar o homem e acabar logo com aquilo. Precisava garantir que Lucy estivesse em segurança de novo.

Outra porta. Gritos vieram de dentro do quarto — duas mulheres dessa vez —, e ele fechou a porta. Walker era casado, mas gostava de ir a casas de má reputação. Se Simon fosse a todos os bordéis em Londres, uma hora o encontraria; ou assim esperava.

— Você não acha que vão nos expulsar daqui se continuarmos fazendo isso? — perguntou Christian.

— Sim. — *Chute*. Seu joelho estava começando a doer. — Mas, com sorte, não antes de eu encontrar minha presa.

Simon estava agora no fim do corredor, na última porta, na verdade, e Christian tinha razão. Foi só uma questão de tempo antes de os capangas da casa chegarem. *Chute*.

Ele quase foi embora, mas olhou outra vez.

O homem na cama tinha o pênis enterrado em uma prostituta com cabelos cor de açafrão sentada no quadril dele. Ela estava nua, a não ser por uma máscara que cobria metade do rosto, e tinha os olhos fechados. Seu parceiro não notara a interrupção. Não que isso importasse. Ele era baixo, moreno e de cabelos pretos. Não, fora o *segundo* homem, que estava praticamente nas sombras observando a cena, que havia grasnado. E que bom que o fizera, pois Simon quase não o vira.

— Mas o que...

— Ah. Boa noite, Lorde Walker. — Simon avançou e fez uma mesura. — *Lady* Walker.

O homem na cama se sobressaltou e virou a cabeça, embora seu quadril ainda se movesse instintivamente. A mulher continuou distraída.

— Iddesleigh, seu desgraçado, o que...? — Walker se pôs de pé, e o agora amolecido membro ainda pendia de sua calça. — Essa não é a minha esposa!

— Não? — Simon inclinou a cabeça, examinando a mulher. — Mas ela se parece com a Lady Walker. Sobretudo, aquela marca ali. — Ele apontou com a bengala para uma marca de nascença no alto do quadril.

O homem que transava com ela arregalou os olhos.

— Essa é sua esposa, senhor?

— Não! Claro que não.

— Ah, mas já faz um bom tempo que conheço sua bela dama *intimamente,* Walker — disse Simon bem devagar. — E tenho certeza de que é ela, sim.

De repente, o homem grandalhão jogou a cabeça para trás e riu, embora soasse um pouco bobo.

— Eu conheço o seu jogo. Você não vai me enganar...

— Nunca foi tão gostoso antes — falou o garanhão, agora em cima da mulher. Ele aumentou o ritmo, provavelmente se divertindo.

— Ela não é...

— Meu relacionamento com Lady Walker data de muitos anos. — Simon se apoiou na bengala e sorriu. — Desde antes do nascimento do seu primeiro filho. Seu herdeiro, creio eu?

— Ora, seu...

O homem de cabelos escuros deu um grito e enterrou o pênis mais fundo na mulher, estremecendo enquanto obviamente depositava seu esperma dentro dela. Ele suspirou e saiu de cima dela, revelando um membro que, mesmo semiflácido, era maior que o normal.

— Jesus — falou Christian.

— Pois é — concordou Simon.

— Como diabos ele enfiou aquela coisa nela? — murmurou o jovem.

— Fico feliz por você ter perguntado — disse Simon, como se estivesse instruindo um discípulo. — Lady Walker é muito talentosa no que diz respeito ao assunto.

Walker soltou um rugido e atravessou o cômodo correndo. Simon se retesou, o sangue correndo em suas veias. Quem sabe ele poderia acabar com aquilo hoje.

— Veja, aqui — exclamou, ao mesmo tempo, uma voz que vinha da porta.

Os capangas da casa haviam chegado. Simon deu um passo para o lado, e Walker voou diretamente nos braços deles. O grandalhão lutou em vão para se soltar.

— Eu vou matar você, Iddesleigh! — arfou Walker.

— Pode ser que sim — disse Simon com toda a calma. Deus, ele estava esgotado. — Ao amanhecer, então?

O homem apenas rosnou.

A mulher na cama escolheu aquele momento para se virar.

— Querem uma rodada? — perguntou ela para ninguém em particular.

Simon sorriu e levou Christian para fora do quarto. Os dois passaram por uma nova corrida nos degraus. As montarias masculinas tinham bridões de verdade em suas bocas dessa vez. Havia sangue escorrendo do queixo de um dos homens, e seu pênis estava ereto dentro da calça.

Simon precisava de um banho antes de voltar para Lucy. Sentia como se tivesse rolado no esterco.

Cristian esperou que chegassem à escada principal para perguntar:

— Aquela era mesmo a Lady Walker?

O visconde foi flagrado no meio de um bocejo.

— Não faço ideia.

Quando Lucy acordou novamente, foi com o som de Simon entrando no escritório. O cômodo estava daquela cor cinza que antecipava o amanhecer de um novo dia. Ele entrou, segurando uma vela, pousou-a no canto de sua mesa e, ainda de pé, pegou uma folha de papel e começou a escrever.

Sem erguer o olhar.

No lado oposto do cômodo, escondida em parte pelos braços da poltrona e pelas sombras, Lucy devia estar praticamente invisível para ele. Ela pretendia abordá-lo assim que ele entrasse em casa, exigindo respostas. Mas, agora, simplesmente o analisava, com as mãos sob o queixo. Simon parecia cansado, como se não dormisse havia anos. Ele ainda estava com as roupas da noite anterior: calça e casaco azul-escuro e um colete prateado, agora vincado e manchado. A peruca perdera um pouco do pó e parecia encardida. Aquilo era um choque, porque Lucy nunca o vira — pelo menos, não em Londres — de outra forma que não fosse impecável. Rugas profundas marcavam os cantos de sua boca, seus olhos estavam vermelhos e seus lábios tinham afinado, como se ele os apertasse para evitar que tremessem. Simon terminou o que estava escrevendo e ajeitou o papel na mesa. Ao fazê-lo, derrubou a caneta no chão. Ele xingou e se abaixou — parecendo um velho — para pegá-la, colocou-a cuidadosamente na mesa e suspirou.

Depois saiu do cômodo.

Lucy esperou alguns minutos antes de se levantar, ouvindo os passos dele na escada. Então foi até a mesa para ver o que o marido escrevera. Ainda estava escuro demais para que ela pudesse ler. Lucy levou o bilhete até a janela, abriu as cortinas e virou o papel para ler o texto ainda úmido. Estava começando a amanhecer, mas ela conseguiu distinguir as primeiras linhas:

No evento de minha morte, todos os meus bens terrenos...

Era o testamento de Simon. Ele deixava suas propriedades para ela. Lucy fitou o papel por um momento mais e o recolocou em cima da mesa. Do corredor, ouviu o marido descendo a escada. Ela parou no batente da porta.

— Levarei meu cavalo — dizia Simon, aparentemente para Newton. — Diga ao cocheiro que não vou precisar mais dele hoje.

— Sim, milorde.

A porta da casa se fechou.

E, de repente, Lucy sentiu uma onda de raiva. Ele nem sequer fora acordá-la, caso contrário, teria notado que ela não estava na cama. Ela caminhou até o corredor, suas saias farfalhando nos tornozelos nus.

— Newton, espere.

O mordomo, de costas para ela, se assustou e deu meia-volta.

— M-milady, eu não tinha percebido...

Ela dispensou o pedido de desculpas e foi direto ao ponto.

— Você sabe para onde ele está indo?

— Eu... eu...

— Deixe para lá — retrucou ela, impaciente. — Eu vou segui-lo.

Cautelosamente, Lucy abriu a porta. A carruagem de Simon ainda estava parada na frente da casa, com o cocheiro quase dormindo lá dentro. Um dos ajudantes bocejava ao retornar para os estábulos.

E Simon se afastava, a cavalo.

Lucy fechou a porta, ignorando as exclamações sibiladas de Newton às suas costas, e desceu correndo os degraus, estremecendo na friagem da manhã.

— Sr. Cocheiro.

O cocheiro piscou como se nunca tivesse visto a patroa com os cabelos despenteados, pois de fato nunca vira.

— Milady?

— Por favor, siga Lorde Iddesleigh sem deixar que ele perceba.

— Mas, milady...

— *Agora.* — Lucy não esperou que o lacaio colocasse o degrau e subiu na carruagem com dificuldade. Ela botou a cabeça para fora outra vez. — E não o perca de vista.

A carruagem partiu.

Lucy se recostou no assento e puxou uma coberta para se esquentar. Fazia muito frio. Era um escândalo da parte dela não estar totalmente vestida e usar o cabelo solto, mas ela não podia deixar a decência impedi-la de confrontar Simon. Havia dias que ele não dormia direito, e não fazia muito tempo que se recuperara do atentado. Como ele ousava continuar arriscando sua vida sem pensar em contar nada a ela? Deixando-a de fora de tudo o que estava acontecendo. Será que o marido achava que ela era uma boneca com a qual podia brincar? Que era só levá-la para passear e simplesmente guardá-la quando tivesse de resolver algum problema? Bem, já passara da hora de discutirem exatamente o que ela considerava suas obrigações de esposa. A saúde do marido, por exemplo, era uma delas. E não ter segredos entre os dois também. Lucy fez um muxoxo e cruzou os braços sobre o peito.

O sol de dezembro finalmente havia surgido, mas a luz era tão fraca que não parecia amenizar o frio de forma alguma. Eles viraram no parque, e os paralelepípedos deram lugar aos seixos sob as rodas da carruagem. Uma névoa pairava sinistramente acima do solo, envolvendo os troncos das árvores. Da pequena janela da carruagem, Lucy não conseguia ver qualquer movimento e tinha de confiar que o cocheiro ainda estava seguindo Simon.

Eles pararam.

Um lacaio abriu a porta e olhou para ela.

— John Cocheiro disse que, se ele se aproximar mais, milorde irá perceber.

— Obrigada.

Com a ajuda do homem, Lucy desceu da carruagem e se virou para onde ele apontava. A cerca de cem metros, Simon e outro homem se encaravam como figuras em uma pantomima. De longe, ela só conseguia perceber que era Simon pelo modo como ele se movia. Seu coração pareceu parar. Meu Deus, os dois estavam prestes a começar. Ela não chegara a tempo de convencer o marido a parar aquele terrível ritual.

— Esperem por mim aqui — ordenou ela aos criados e caminhou até o local.

Eram seis homens, ao todo — os outros quatro permaneciam distantes dos duelistas, mas nenhum deles olhava na direção dela ou sequer notara sua presença. Estavam envolvidos demais naquele jogo masculino e mortal. Simon havia tirado o casaco e o colete, assim como seu oponente, um homem que Lucy nunca vira antes. As camisas brancas eram quase fantasmagóricas na névoa cinzenta da manhã. Eles deviam estar com frio, mas nenhum dos dois tremia. Em vez disso, Simon permanecia parado enquanto o outro homem girava a espada, talvez se aquecendo.

Lucy parou a cerca de vinte metros deles, sob o abrigo de alguns arbustos. Os pés desnudos já estavam congelando.

O adversário de Simon era um homem muito grande, mais alto do que ele e com ombros mais largos. Seu rosto parecia corado sob a peruca branca. Em contraste, o rosto do marido estava pálido como a morte, e o cansaço que ela notara em casa parecia mais pronunciado à luz do dia, mesmo de longe. Ambos os homens estavam imóveis agora. Eles dobraram as pernas, ergueram as espadas e ficaram parados como se fossem uma pintura.

Lucy abriu a boca.

Alguém gritou. Ela se encolheu. Simon e o grandalhão avançaram ao mesmo tempo. A violência cantava na velocidade de seus golpes, no terrível esgar de seus rostos. O som das espadas retinindo pairava no ar pesado. O homem mais alto avançou, golpeando com a espada, mas Simon pulou e se defendeu. Como ele conseguia se mover tão rápido mesmo estando tão cansado? Será que seria capaz de manter aquele ritmo? Lucy queria correr e gritar para os duelistas: *Parem! Parem! Parem!* Mas ela sabia que sua simples aparição poderia ser o suficiente para distrair Simon, fazê-lo baixar a guarda e ser morto.

O grandalhão resmungou e atacou por baixo. Simon cambaleou para trás e afastou a lâmina do outro homem com sua espada.

— Sangue! — gritou alguém.

E foi então que Lucy notou a mancha no tronco do marido. *Ah, Deus.* Ela não havia percebido que mordera o lábio até sentir o gosto de sangue. Simon ainda se movia. Sem dúvida, ele cairia se estivesse ferido, não? Mas, em vez disso, recuou, seu braço ainda se defendendo enquanto o outro homem desferia seus golpes. Ela sentiu a bile subir-lhe à garganta. *Meu Deus, permita que ele não morra.*

— Larguem suas espadas! — gritou outro homem.

Lucy de repente se deu conta de que um dos homens era o jovem Sr. Fletcher. Os outros três gritavam e gesticulavam para os lutadores, tentando acabar com o duelo, mas Christian simplesmente ficou parado ali, com um estranho sorriso no rosto. A quantos desses combates inúteis ele comparecera? Quantos homens ele testemunhara o amigo matar?

De repente, Lucy o odiou.

A mancha de sangue na barriga de Simon se espalhou. Era como se ele estivesse usando uma cinta vermelha agora. Quanto sangue ele já havia perdido? Seu oponente sorriu, e seus golpes ficaram mais fortes e rápidos. Simon estava ficando lento. Ele se afastou repetidas vezes da lâmina do outro. Então cambaleou e quase perdeu o equilíbrio. Outra mancha apareceu em sua camisa, acima da mão com a qual ele segurava a espada.

— Maldição. — Ela ouviu a voz dele baixinha. Parecia tão fraca, tão cansada aos seus ouvidos.

Lucy fechou os olhos e sentiu as lágrimas descerem. Ela embalou o corpo para conter os soluços. *Não posso fazer barulho. Não posso distrair Simon.* Outro grito. Ela ouviu a voz rouca do marido xingando. Não queria abrir os olhos, mas o fez mesmo assim. Simon estava de joelhos, como um sacrifício a um deus vingativo.

Ah, meu Deus.

O outro homem tinha uma expressão grotesca de triunfo no olhar. Ele avançou, com a espada reluzindo, para golpear Simon. Para matar o seu marido. *Não, por favor, não.* Lucy correu como se estivesse em um sonho, sem fazer barulho. Ela sabia que nunca chegaria a tempo.

Simon ergueu a espada no último segundo e espetou-a bem no olho direito do outro homem.

Lucy se abaixou e vomitou, bile quente espirrou nos dedos dos pés desnudos. O homem gritou. Guinchos terríveis, altos. Ela nunca ouvira nada parecido com aquilo antes. Vomitou outra vez. Os homens que assistiam ao duelo gritavam palavras que ela não conseguia entender. Lucy levantou a cabeça. Alguém havia retirado a espada do olho direito do grandalhão. Um líquido negro começou a escorrer pelo rosto dele. O duelista gemia no chão, a peruca caída da cabeça raspada. Um homem com uma maleta preta de médico se abaixou sobre o ferido, mas apenas balançou a cabeça.

O oponente de Simon estava morrendo.

Ela engasgou e vomitou pela terceira vez, sentindo um gosto amargo na boca. Somente um fio amarelo emergiu da garganta dolorida.

— Iddesleigh — arfou o moribundo.

Simon estava de pé, embora parecesse tremer. Sangue havia respingado em sua calça. O Sr. Fletcher estava arrumando a camisa dele, tentando enfaixá-lo, sem olhar para o homem no chão.

— O que foi, Walker? — perguntou Simon.

— Outro.

Simon subitamente se empertigou e afastou o Sr. Fletcher. A expressão do visconde se aguçou, as linhas cavaram valas em suas bochechas. Com um passo, ele estava em cima do homem caído.

— O quê?

— Outro. — O corpo do grandalhão se sacudiu.

Simon caiu de joelhos ao lado dele.

— Quem?

A boca do homem se mexeu antes de emitir som.

— Fletcher.

O Sr. Fletcher se virou, com expressão confusa.

Simon não tirou os olhos do moribundo.

— Fletcher é jovem demais. Você não vai conseguir me enganar assim tão fácil.

Walker sorriu, os lábios cobertos com sangue do olho atingido.

— Fletcher p... — Uma convulsão de tosse cortou suas palavras.

Simon franziu a testa.

— Tragam água.

Um dos homens ofereceu-lhe uma garrafa de metal.

— Uísque.

Simon assentiu e a pegou. Ele levou a garrafa aos lábios de seu inimigo, e o homem engoliu o líquido, suspirando. Seus olhos se fecharam.

Simon sacudiu Walker.

— Quem?

O homem caído agora estava imóvel. Será que já estava morto? Lucy começou a sussurrar uma oração pela alma dele.

Simon xingou e deu-lhe um tapa no rosto.

— *Quem?*

Lucy arfou.

Walker abriu ligeiramente os olhos e gaguejou:

— Paa-iii.

Simon se levantou e olhou para Christian. O homem no chão suspirou outra vez, a respiração lutando para passar por sua garganta.

O visconde nem sequer baixou o olhar.

— Seu pai? Sir Rupert Fletcher, não é?

— Não. — Christian balançou a cabeça. — Você não vai acreditar na palavra de um homem que matou, não é?

— Eu deveria?

— Ele mentiu!

Simon simplesmente olhou para o jovem.

— Seu pai ajudou a matar meu irmão?

— Não! — Christian ergueu as mãos para o alto. — Não! Você está louco. Vou embora. — E se afastou do grupo.

Simon o observou.

Os outros homens foram embora também.

Lucy limpou a boca com as costas da mão e avançou.

— Simon.

Seu marido se virou, e seus olhares se encontraram por cima do corpo do homem que ele havia acabado de matar.

Capítulo Quinze

Meu Deus.

Lucy.

— O que você está fazendo aqui? — Simon não conseguiu se controlar; as palavras saíram como um sibilo.

Lucy *ali*, com o cabelo despenteado, o rosto branco como o de um fantasma. Ela apertava a capa com força, os ombros curvados, encolhida, os dedos sob o queixo azulado pelo frio.

Parecia que ela tinha visto algo horrível.

Ele baixou o olhar. O corpo de Walker jazia a seus pés como um prêmio sangrento. Havia um buraco no lugar do olho direito, e sua boca estava aberta, sem vida para mantê-la fechada. O médico e os padrinhos dele tinham recuado como se temessem lidar com o cadáver do homem enquanto o assassino dele ainda estivesse ali. *Meu Deus.*

Lucy *tinha* visto algo horrível.

Ela vira o marido lutar pela própria vida, matar um homem ao furar seu olho com uma espada, vira o sangue jorrar. Simon estava coberto de sangue — seu e do outro homem. *Meu Deus.* Não era de admirar que ela o fitasse como se ele fosse um monstro. Ele era. Não poderia mais esconder isso dela. Não havia escapatória. Simon nunca quisera que ela presenciasse isso. Nunca quisera que ela soubesse que o próprio marido...

— O que você está fazendo aqui? — gritou ele para fazê-la recuar e abafar o cântico em sua mente.

Lucy permaneceu firme, seu anjo, mesmo diante do louco ensanguentado que gritava com ela.

— O que você fez?

Ele piscou. Levantou a mão que ainda segurava com força a espada. Havia manchas vermelhas e úmidas na lâmina.

— O que eu... — Simon riu.

Ela se encolheu.

A garganta dele estava em carne viva, contendo as lágrimas, mas ele riu mesmo assim.

— Eu vinguei meu irmão.

Lucy olhou para o rosto arruinado de Walker e sentiu um frio na espinha.

— Quantos homens você matou pelo seu irmão?

— Quatro. — Simon fechou os olhos, mas ainda assim conseguia ver os rostos deles. — Eu pensei que só havia quatro. Pensei que tivesse acabado, mas fiquei sabendo agora que há mais um.

Ela balançou a cabeça.

— Não.

— Sim. — Ele não sabia por que continuava dando detalhes: — Haverá outro.

Lucy apertou os lábios; ele não sabia se para conter um soluço ou sua repulsa.

— Você não pode fazer isso, Simon.

Ele fingiu não entender, embora sentisse vontade de chorar.

— Não posso? Eu já fiz, Lucy. Estou fazendo. — Ele abriu os braços. — Quem vai me deter?

— Você pode se deter. — Sua voz soava baixa.

Os braços dele abaixaram.

— Mas não vou.

— Você vai se destruir.

— Eu já estou destruído. — E Simon sabia, bem no fundo de sua alma amaldiçoada, que dizia a verdade.

— A vingança é de Deus.

Tão calma. Tão segura.

Simon embainhou a espada ainda ensanguentada.

— Você não sabe do que está falando.

— Simon.

— Se a vingança é de Deus, então por que a Inglaterra tem tribunais para julgar os homens? Por que enforcamos assassinos todos os dias?

— Você não é um tribunal.

— Não. — Simon riu. — Um tribunal não se meteria com eles.

Lucy fechou os olhos como se estivesse muito cansada.

— Simon, você não pode simplesmente assumir a tarefa de matar outras pessoas.

— Eles mataram Ethan.

— Isso é errado.

— Meu *irmão*, Ethan.

— Você está cometendo um pecado.

— Você queria que eu ficasse sentado e os deixasse saborear o assassinato que cometeram? — murmurou ele.

— Quem é você? — Os olhos dela se semicerraram, e sua voz assumiu uma entonação histérica. — Será que eu realmente o conheço?

Ele passou por cima do corpo exaurido de Walker e segurou-a pelos ombros, inclinando-se de tal forma que seu hálito certamente fétido cobrisse o rosto de Lucy.

— Eu sou seu marido, milady.

Ela virou o rosto para longe dele.

Ele a sacudiu.

— Aquele a quem você prometeu obedecer sempre.

— Simon...

— Aquele a quem você jurou ser fiel, renunciando a todos os outros.

— Eu...

— Aquele com quem você faz amor à noite.

— Eu não sei se posso continuar vivendo assim. — Aquelas palavras eram um murmúrio, mas soaram na mente dele como um presságio de morte.

Um medo esmagador fez suas vísceras congelarem. Simon puxou o corpo dela com força para si e beijou-a na boca. Sentiu gosto de sangue — dele ou dela, não importava, e ele não ligava. Ele não a deixaria ir embora, não *podia* deixá-la ir embora. Simon levantou a cabeça e olhou nos olhos dela.

— Então é uma pena que você não tenha escolha.

A mão de Lucy tremia enquanto ela limpava uma mancha de sangue na boca. Ele queria fazer isso por ela, queria dizer que sentia muito. Mas ela provavelmente morderia os dedos dele, e, de qualquer forma, as palavras não saíam. Então Simon simplesmente a observou. Ela apertou a capa suja em volta de si, se virou e se afastou. Ele a observou cruzar a relva verde, entrar na carruagem e partir.

Somente então ele pegou o casaco e montou no cavalo. As ruas de Londres estavam cheias. Pessoas cuidavam de suas vidas. Verdureiros com carrinhos, moleques a pé, lordes e damas em carruagens e a cavalo, vendedores e prostitutas. Uma massa de seres vivos começando um novo dia.

Mas Simon cavalgava longe deles.

A morte o tomara por companhia dos condenados, e sua ligação com o restante da humanidade se rompera.

A PORTA DO escritório bateu na parede.

Sir Rupert ergueu a cabeça e viu o filho parado no batente, pálido, descabelado, com o rosto brilhando de suor. Ele começou a se levantar da mesa.

— O senhor fez aquilo? — Em contraste com sua aparência, a voz de Christian era baixa e quase calma.

— Fiz o quê?

— O senhor matou Ethan Iddesleigh?

Sir Rupert se sentou outra vez. Se pudesse, teria mentido; ele não tinha reservas sobre aquilo. Aprendera que a mentira frequentemente trazia resultados melhores. A maioria das pessoas queria ouvir mentiras; não gostavam da verdade. De que outra forma explicar o fato de que acreditavam tão facilmente em mentiras? Mas o rosto do filho demonstrava que ele já sabia a verdade. A pergunta era retórica.

— Feche a porta — ordenou Sir Rupert.

Christian piscou e fez o que o pai lhe pediu.

— Meu Deus. Então é verdade?

— Sente-se.

O filho desabou numa cadeira dourada e entalhada. O cabelo ruivo estava grudado de suor, e o rosto brilhava, oleoso. Mas foi a expressão cansada de Christian que incomodou Sir Rupert. Quando foi que o filho começou a ter rugas?

Sir Rupert abriu as mãos.

— Ethan Iddesleigh era um problema. Tinha que ser eliminado.

— Meu Deus — gemeu Christian. — Por quê? Diga-me por que o senhor mataria um homem.

— Eu não o matei — falou ele, irritado. — Você acha que seu pai é tão idiota assim? Simplesmente planejei a morte dele. Eu estava envolvido em um negócio com Ethan Iddesleigh. Éramos eu, Lorde Walker...

— Peller, James e Hartwell. Sim, eu sei.

Sir Rupert franziu a testa.

— Então por que você está perguntando, se já sabe?

— Eu só sei o que Simon me contou, o que foi bem pouco.

— Sem dúvida, Simon Iddesleigh foi parcial ao contar sua versão, mesmo que resumida — disse Sir Rupert. — O que aconteceu foi o seguinte: nós tínhamos investido em chá e estávamos prestes a perder tudo. Todos concordamos em relação às providências que deveriam ser tomadas. Todos, menos Ethan. Ele...

— Isso foi por dinheiro?

Sir Rupert olhou para o filho. Christian estava usando um casaco de seda bordado cujo valor poderia alimentar e abrigar a família de um trabalhador por boa parte da estação. Ele estava sentado em uma cadeira dourada, daquelas que um rei sentiria orgulho de ter, em uma casa que ficava numa das ruas mais ricas de Londres.

Será que ele não conseguia ver?

— Claro que foi por dinheiro, droga. Por qual outro motivo você acha que seria?

— Eu...

Sir Rupert bateu na mesa com a palma da mão.

— Quando eu tinha a sua idade, saía para trabalhar antes de o sol nascer e só parava no fim da noite. Havia dias em que eu adormecia sobre o meu jantar, com a cabeça na mesa. Você acha que eu me sujeitaria a isso de novo?

— Mas matar um homem por causa de dinheiro, pai...

— Não zombe do dinheiro! — Sir Rupert levantou a voz na última palavra, mas recuperou novamente o controle. — Dinheiro é a razão pela qual você não tem que trabalhar como o seu avô teve. Como eu tive.

Christian passou a mão pelo cabelo. Ele parecia confuso.

— Ethan Iddesleigh era casado e tinha uma filhinha.

— Você acha que eu iria preferir a filha dele às minhas?

— Eu...

— Nós teríamos perdido a casa.

Christian olhou para o pai.

— É isso mesmo. — Sir Rupert assentiu. — A situação era péssima. Nós teríamos que nos mudar para o interior. Suas irmãs perderiam as temporadas. Você teria que abrir mão da carruagem nova que eu comprei. Sua mãe teria que vender as joias.

— As finanças estavam tão ruins assim?

— Você não faz ideia. Pega sua mesada e nunca se pergunta de onde ela vem, não é?

— Certamente, há investimentos...

— Claro, investimentos! — Sir Rupert bateu na mesa outra vez. — Do que você acha que estou falando? Isso era um investimento. Um investimento do qual todo o nosso futuro dependia. E Ethan Iddesleigh, que nunca precisou trabalhar um único dia na vida, que teve toda a sua fortuna entregue em uma bandeja de prata para ele quando era apenas um bebê, queria viver conforme seus princípios.

— Princípios? — perguntou Christian.

Sir Rupert respirou com dificuldade. Sua perna doía como nunca, e ele precisava urgentemente de uma bebida.

— Isso importa? Estávamos à beira da ruína. Nossa *família*, Christian.

O filho simplesmente o encarou.

— Eu disse aos outros que, se nós nos livrássemos de Iddesleigh, poderíamos seguir em frente. Foi um pequeno passo até Iddesleigh desafiar Peller. Os dois duelaram, e Peller venceu. — Ele se inclinou e encarou o filho. — Nós vencemos. Nossa família foi salva. Sua mãe nunca nem soube o quão próximos estivemos de perder tudo.

— Eu não sei... — Christian balançou a cabeça. — Não sei se posso aceitar que o senhor tenha nos salvado deixando a filha de Ethan Iddesleigh órfã.

— Aceitar? — Um músculo se contraiu em sua perna. — Não seja tolo. Você quer ver a sua mãe usando trapos? Quer que eu vá para um abrigo? Que suas irmãs virem lavadeiras? É bom ter princípios, rapaz, mas eles não põem comida na sua mesa, põem?

— Não. — O filho ainda parecia desconfiado.

— Você é tão parte disso quanto eu. — Sir Rupert remexeu no bolso do colete, pegou o anel e o jogou em cima da mesa para que o filho o visse.

Christian o pegou.

— O que é isto?

— É o anel de Simon Iddesleigh. James o tirou dele quando seus capangas quase o mataram.

O filho olhou para o pai, incrédulo.

Sir Rupert assentiu.

— Fique com ele. Vai fazer com que você se lembre de que lado está e do que um homem deve fazer por sua família.

Ele havia criado o filho para ser um cavalheiro. Queria que Christian se sentisse à vontade na aristocracia, que nunca temesse cometer um erro e revelar suas origens plebeias — como ele temia quando era jovem. Mas, ao lhe dar essa confiança, essa certeza de que nunca precisaria se preocupar com as finanças, será que teria feito dele um homem fraco?

Christian fitou o anel.

— Ele matou Walker hoje de manhã.

Sir Rupert deu de ombros.

— Era só uma questão de tempo.

— E agora ele virá atrás do senhor.

— O quê?

— Ele sabe sobre o senhor. Walker contou a ele que o senhor era o quinto homem.

Sir Rupert xingou.

— O que o senhor vai fazer? — O filho guardou o anel no bolso.

— Nada.

— Nada? Como assim? Ele foi atrás de todos os outros e os forçou a duelar. E fará a mesma coisa com o senhor.

— Duvido. — Sir Rupert contornou a mesa, mancando, apoiado pesadamente sobre a bengala. — Não, eu duvido muito disso.

QUANDO SIMON ENTROU no quarto naquela noite, a casa estava quieta e escura. Lucy já estava começando a se perguntar se ele realmente voltaria para casa. Ela passara a tarde esperando, tentando ler um livro do qual nem lembrava o título. Ele não havia voltado na hora habitual do jantar, então ela fez sua refeição sozinha. Mas, determinada a falar com o marido assim que ele colocasse os pés em casa, Lucy fora dormir no quarto dele. Agora, estava sentada na grande cama de mogno, com os braços ao redor dos joelhos.

— Onde você esteve? — A pergunta saiu antes que ela pudesse pensar duas vezes. Lucy se encolheu. Talvez não quisesse realmente saber onde ele estivera.

— Você se importa com isso? — Simon colocou o castiçal sobre uma mesa e tirou o casaco. A seda azul estava cinza em alguns pontos, e ela viu pelo menos um rasgo.

Lucy controlou a raiva. Isso não ajudaria em nada agora.

— Sim, eu me importo. — E era verdade. Independentemente de qualquer coisa, ela o amava e se preocupava com ele e com o que o marido fazia.

Simon não respondeu, apenas se sentou em uma cadeira perto da lareira e tirou as botas. Levantou-se novamente e tirou a peruca, colocando-a em um suporte. Esfregando as mãos vigorosamente na cabeça, fez o cabelo curto ficar arrepiado.

— Eu estava por aí. — Ele tirou o colete, jogando-o na cadeira. — Passei um tempo na Sociedade Agrária. Fui a uma livraria.

— Você não foi atrás do pai do Sr. Fletcher? — Esse fora o temor dela o tempo todo. Que ele estivesse organizando outro duelo.

Simon a encarou, então tirou a camisa.

— Não. Eu gosto de descansar um dia entre as minhas carnificinas.

— Isso não é engraçado — murmurou ela.

— Não, não é. — Ele estava só de calça agora, então encheu a bacia de água e se lavou.

Lucy o observou da cama. Seu coração doeu. Como aquele homem, que parecia tão cansado ao se mover, apesar de andar de forma tão graciosa, poderia ter matado outro ser humano naquela manhã? Como ela poderia ser esposa dele? Como ela ainda se importava com ele?

— Você pode me explicar? — perguntou ela baixinho.

Simon hesitou, com um dos braços erguidos. Então lavou a axila e o restante daquele lado do corpo enquanto falava.

— Eles eram um grupo de investidores: Peller, Hartwell, James, Walker, e Ethan, meu irmão. — Ele mergulhou o pano que estava usando para se lavar na bacia, torceu-o e esfregou o pescoço. — E, aparentemente, o pai de Christian também. Sir Rupert Fletcher. — Os olhos dele encontraram os dela como se esperasse uma objeção.

Lucy não fez nenhuma.

Simon continuou:

— Eles compraram uma remessa de chá da Índia. Não apenas um carregamento, e sim vários. Bem, uma maldita frota, na verdade, como se fossem príncipes mercadores. O preço do chá estava subindo, e eles pretendiam fazer uma fortuna com a mercadoria. Fácil. Rápido. — Simon passou o pano pelo peito em círculos, limpando o sangue, o suor e a sujeira.

Ela o observou, apenas ouvindo, sem fazer qualquer barulho, temendo interromper o relato. Mas, por dentro, Lucy tremia. Ela se sentia atraída pelo homem que se limpava tão mundanamente — sem ligar para o sangue grudado em seu corpo — e, ao mesmo tempo, era repelida pelo estranho que matara um homem naquela manhã.

Simon jogou água no rosto.

— O único risco era o de os navios afundarem ou naufragarem em uma tempestade, mas esse é um risco que qualquer investidor corre. Provavelmente, pensaram nisso por um minuto e resolveram desconsiderar a possibilidade. Afinal de contas, eles ganhariam muito dinheiro. — Ele fitou a bacia de água suja, esvaziou-a na jarra e voltou a enchê-la com água limpa.

— Mas Ethan, sempre muito correto, convenceu o grupo a fazer um seguro para os navios e a chegada do chá. Era caro, mas ele achava que era a coisa certa a fazer. Uma medida responsável. — Simon abaixou a cabeça na bacia e jogou água sobre o cabelo.

Lucy esperou até que ele tivesse tirado a água do cabelo e se endireitado.

— O que foi que aconteceu?

— Nada. — Ele deu de ombros e pegou um pano para enxugar os cabelos claros. — O tempo estava ótimo, os navios, em ordem, e, suponho, a tripulação era competente. O primeiro navio chegou ao porto sem problemas.

— E?

Simon levou algum tempo dobrando cuidadosamente a toalha antes de colocá-la ao lado da bacia.

— Nesse meio-tempo, o preço do chá tinha caído. Não apenas caído, mas despencado. Foi uma dessas mudanças inesperadas do mercado que eles não poderiam prever. De repente, havia mais oferta de chá do que demanda. O deles não valia o custo de ser descarregado do navio. — Ele foi até o cômodo seguinte, o quarto de vestir de Lucy.

— Então os investidores perderam o dinheiro? — gritou ela.

— Teriam perdido. — Simon voltou com uma navalha. — Mas então eles se lembraram do seguro. O seguro que Ethan os fizera contratar. Tão ridículo na época, mas, naquele momento, a única esperança deles. Se eles afundassem os navios, recuperariam o investimento.

Lucy franziu a testa.

— Mas Ethan...

Ele assentiu e apontou a navalha para ela.

— Mas Ethan foi o homem mais honrado que eu conheci. O mais honesto. O mais seguro de si e de sua moral. Ele se recusou a fazer isso. Ele não se importava em perder dinheiro, nem com a raiva dos colegas, nem com a possibilidade de ir à falência. Ele se recusou a participar da fraude. — Simon ensaboou o rosto.

Lucy pensou na honestidade de Ethan — em como ele provavelmente fora ingênuo... e como deve ter sido difícil para um homem como Simon se adequar às expectativas do irmão. A voz de Simon era calma. Talvez soasse indiferente para outra pessoa, mas Lucy era a mulher que mais se importava com ele e conseguia ouvir a dor em suas palavras. E também a raiva.

Simon encostou a beirada da navalha na garganta e fez o primeiro movimento.

— Os investidores decidiram se livrar de Ethan. Sem ele, poderiam afundar os navios e recuperar o dinheiro; com ele, tudo estava perdido.

Mas não é tão fácil assim matar um visconde, não é? Então os covardes espalharam boatos terríveis, impossíveis de refutar, impossíveis de combater. — Ele limpou a espuma da lâmina com um pano.

— Boatos sobre ele? — murmurou Lucy.

— Não. — Simon fitou a navalha em sua mão como se tivesse se esquecido do que se tratava. — Sobre Rosalind.

— O quê?

— Sobre a virtude de Rosalind. Sobre a paternidade de Theodora.

— Mas Theodora é a sua cara... — Ela se interrompeu ao perceber o que aquilo queria dizer. *Ah, meu Deus.*

— Exatamente. Ela é a minha cara. — Os lábios dele se curvaram. — Chamaram Rosalind de vagabunda, disseram que eu a desonrei, que Theodora era uma bastarda, e Ethan, corno.

Lucy deve ter arfado.

O marido se virou para ela, os olhos exibindo sua dor, a voz finalmente cedendo ao cansaço.

— Por que você acha que não vamos a nenhum baile, festa ou um maldito recital? A reputação de Rosalind foi destruída. Absolutamente destruída. Faz três anos que ela não é convidada para nada. Uma dama impecavelmente virtuosa que passou a ser ignorada nas ruas por mulheres casadas que têm tantos amantes que são incapazes de contá-los nos dedos das mãos.

Lucy não sabia o que dizer. Que coisa terrível. *Pobre, pobre Rosalind.*

Simon respirou fundo.

— Eles o deixaram sem opção. Ethan desafiou Peller, que foi quem mais falou. Meu irmão nunca tinha duelado antes, mal sabia segurar uma espada. Peller o matou em menos de um minuto. Foi como levar um cordeiro para o abatedouro.

Lucy arfou.

— Onde você estava?

— Na Itália. — Ele ergueu a navalha outra vez. — Apreciando as ruínas e bebendo. — *Outro movimento da navalha.* — E com prostitutas, admito. — *Limpou.* — Eu não soube de nada até receber uma carta. Ethan, o equilibrado e certinho Ethan; Ethan, o bom filho; meu irmão, Ethan, fora morto em um duelo. Pensei que fosse uma piada; mas voltei para casa mesmo assim. — *Mais um movimento da navalha.* — Àquela altura, eu já tinha me cansado da Itália. Com vinho bom ou não, há um limite de ruínas que você acha divertido ver. Fui até a mansão Iddesleigh e...

Ele se demorou limpando a lâmina dessa vez. Seu olhar se desviou do dela, mas Lucy pôde ver que o pomo de Adão do marido se mexeu quando ele engoliu em seco.

— Era inverno, e eles preservaram o corpo para o meu retorno. Ao que parece, não podiam enterrá-lo sem mim. Não que houvesse muita gente esperando, somente Rosalind, praticamente prostrada de choque e tristeza, Theodora e o padre. Não havia ninguém mais lá. Elas haviam sido excluídas. Arruinadas. — Simon levantou a cabeça, e Lucy notou que ele havia se cortado debaixo da orelha esquerda. — Eles fizeram mais do que matá-lo, Lucy; destruíram o nome dele. Acabaram com a reputação de Rosalind. Destruíram as esperanças de Theodora de um bom casamento, mesmo ela ainda sendo pequena demais para saber disso.

Ele franziu a testa e terminou de se barbear sem dizer mais nada.

Lucy o observou. O que mais deveria fazer? Ela compreendia muito bem as razões do marido para querer vingança. Se alguém fizesse uma maldade dessas com David, seu irmão, ou com seu pai, ela também ficaria indignada. Mas, ainda assim, matar não era certo. E qual era o custo disso para Simon, para seu corpo e sua alma? Era impossível que ele tivesse lutado todos aqueles duelos sem perder uma parte de si mesmo. Será que ela conseguiria simplesmente ficar parada enquanto ele se aniquilava para vingar o irmão morto?

Ele lavou o rosto, se secou e então foi até onde ela estava sentada.

— Posso me juntar a você?

Será que ele achava que ela o recusaria?

— Sim. — Lucy deu espaço para o marido na cama.

Simon tirou a calça e apagou a vela. Ela sentiu a cama afundar quando ele se deitou. Ela esperou, mas o marido não fez menção de tocá-la. Finalmente ela rolou para cima dele. Ele hesitou, mas depois pôs o braço em volta dela.

— Você nunca terminou o conto de fadas que começou a me contar — murmurou Lucy contra o peito dele.

Ela sentiu Simon suspirar.

— Você realmente quer ouvir o final da história?

— Quero, sim.

— Muito bem então. — Sua voz chegou aos ouvidos dela no escuro. — Como você lembra, Angelica desejou ter outro vestido ainda mais belo que o primeiro. Então o Príncipe Serpente mostrou-lhe uma adaga de prata afiada e pediu a ela que cortasse a mão direita dele.

Lucy estremeceu; tinha se esquecido dessa parte.

— A garota das cabras fez o que ele pediu, e um vestido prateado com um acabamento de centenas de opalas apareceu. Parecia o luar. — Ele afagou os cabelos da esposa. — Então ela foi para o baile, se divertiu com belo Príncipe Rutherford e voltou tarde...

— Mas e quanto ao Príncipe Serpente? — interrompeu Lucy. — Ele não sentiu dor?

A mão dele parou.

— É claro que sim. — Simon voltou a fazer carinho nela. — Mas era o que Angelica queria.

— Que garota egoísta.

— Não. Ela era apenas pobre e solitária e não conseguia parar de pedir roupas bonitas da mesma forma que a serpente não conseguia deixar de ter escamas. Foi exatamente assim que Deus os fez.

— Humm. — Lucy não estava convencida.

— De qualquer forma — ele deu um tapinha no ombro da esposa —, Angelica voltou e contou ao Príncipe Serpente tudo o que havia acontecido no baile com o belo Rutherford, e falou que todos haviam ficado encantados com seu vestido, então ele ouviu tudo em silêncio e sorriu para ela.

— E suponho que na noite seguinte ela quis um vestido novo para se exibir para o tolo Rutherford.

— Sim.

Simon parou de falar, e Lucy ficou ouvindo a respiração dele no escuro por alguns instantes.

— E? — Lucy o incentivou a continuar.

— Mas é claro que esse teria que ser ainda mais bonito que o último.

— Claro que sim.

Ele apertou o ombro dela.

— O Príncipe Serpente falou que nada era fácil. Ele poderia dar a Angelica o vestido mais belo que ela já vira, o mais bonito do mundo.

Lucy hesitou. Por alguma razão, aquilo não parecia bom.

— Ela tinha que cortar a outra mão dele.

— Não. — Simon suspirou melancolicamente no escuro. — A cabeça dele.

Lucy estremeceu.

— Que horrível!

Ela sentiu quando o marido deu de ombros.

– O vestido mais belo, o sacrifício final. O Príncipe Serpente se ajoelhou diante da garota das cabras, expondo-lhe o pescoço. Claro que Angelica estava horrorizada, e hesitou, mas estava apaixonada pelo príncipe Rutherford. De que outra forma uma garota como ela poderia ficar com um príncipe? No fim, ela acabou cortando a cabeça do Príncipe Serpente.

Lucy mordeu o lábio. Ela sentia vontade de chorar por causa daquele conto de fadas bobo.

— Mas ele volta à vida, não é?

— Shh. — O hálito de Simon roçou no rosto dela. Ele tinha virado a cabeça na direção dela. — Você quer ou não ouvir o final da história?

— Quero. — Lucy se aninhou no marido e ficou imóvel.

— Desta vez, o vestido era realmente magnífico, todo feito de prata com diamantes e safiras, e parecia que Angelica estava vestindo a luz. O Príncipe Rutherford foi arrebatado pelo ardor, ou talvez pela ambição, ao vê-la e, imediatamente, ficou de joelhos e a pediu em casamento.

Lucy esperou, mas o marido permaneceu em silêncio. Então ela o cutucou no ombro.

— E o que aconteceu?

— Foi isso. Eles se casaram e viveram felizes para sempre.

— Esse não pode ser o final. E quanto ao Príncipe Serpente?

Lucy sentiu que ele havia se virado para ela.

— Ele morreu, lembra? Suponho que Angelica tenha derramado algumas lágrimas quando isso aconteceu, mas, no fim das contas, ele não passava de uma serpente.

— Não. — Lucy sabia que era tolice contestar, aquilo era apenas um conto de fadas, mas se sentiu injustamente furiosa com o marido. — Ele é o herói da história. Ele se transformava em homem.

— Sim, mas continuava sendo parte serpente.

— Não! Ele é um príncipe. — Por alguma razão, ela sabia que aquela discussão não tinha nada a ver com o conto de fadas. — É por isso que a história se chama *O Príncipe Serpente*. Ele deveria se casar com Angelica; afinal, ele a amava.

— Lucy. — Simon a apertou em seus braços, e ela o deixou fazer isso mesmo estando com raiva dele. — Eu sinto muito, meu anjo, mas o conto de fadas termina assim.

— Ele não merece morrer — disse ela. Havia lágrimas em seus olhos.

— E alguém merece? Não importa se a morte dele é justa ou não; simplesmente era o destino. Você não pode mudar isso assim como não pode mudar o curso das estrelas.

As lágrimas escaparam e rolaram para dentro do cabelo dela e pelo peito de Simon.

— Mas o destino de um homem... Isso pode mudar.

— Será? — perguntou Simon tão baixo que ela quase não ouviu.

Lucy não sabia a resposta, então fechou os olhos, tentou conter os soluços e rezou: *Por favor, meu Deus, permita que um homem seja capaz de mudar o próprio destino.*

Capítulo Dezesseis

Na manhã seguinte, um sonho fez com que ela despertasse novamente nas primeiras horas do dia.

Lucy abriu os olhos na luz fraca e encarou as brasas na lareira, sem se mexer. Dessa vez, ela se lembrava de fragmentos. Havia sonhado que Christian duelava com Lorde Walker enquanto Simon tomava chá e observava os dois. Lorde Walker já havia perdido um olho e parecia bastante irritado, apesar de isso não afetar a forma como manejava a espada. O que tornava tudo ainda mais macabro. De repente, Lucy estava sentada à mesa com Simon. Ela se serviu de chá, bebericou, e então olhou para dentro da xícara. O chá havia sido feito com pétalas de rosa. Era vermelho como sangue. E ela ficou horrorizada. Talvez fosse mesmo sangue. Ela largou a xícara e se recusou a continuar tomando a bebida, apesar de Simon insistir que o fizesse. Mas Lucy sabia que não podia confiar no marido, pois, ao olhar para baixo, no lugar das pernas dele, ela viu caudas. Caudas de cobra...

Lucy estremeceu.

Ela acordara coberta de suor, e agora sua pele estava gelada. Sua mão percorreu a coberta de seda e tocou um braço quente. A pele quente de um homem. Apesar do fato de que cada um tinha o próprio quarto, os dois cômodos grandes o bastante para abrigar uma família inteira, Simon dormia com a esposa todas as noites desde o casamento, fosse nos aposentos dela ou nos dele, como naquele dia. Lucy tinha a impressão de que não era uma prática habitual da aristocracia o marido dormir com a esposa, mas ficava feliz por ser assim com eles. Ela gostava de sentir o calor dele, de ouvir sua respiração pesada durante a noite. E gostava do cheiro dele nos travesseiros. Aquilo era bom.

— Humpf? — Simon virou-se na direção dela e passou um braço pesado sobre sua cintura. A respiração dele voltou a ficar pesada.

Lucy não se mexeu. Não seria certo acordá-lo só por causa de um sonho ruim. Ela aconchegou o nariz no ombro do marido, sentindo seu cheiro.

— O que foi? — A voz dele soava grave e baixa, porém mais alerta do que ela esperava.

— Nada. — Ela afagou o peito dele, sentindo os pelos fazerem cócegas em suas palmas. — Foi só um sonho.

— Um pesadelo?

— Aham.

Simon não perguntou mais nada. Apenas suspirou e a abraçou. As pernas dela se entrelaçaram nas dele, e Lucy sentiu a ereção do marido roçar em seu quadril.

— Chaveirinho costumava ter pesadelos. Na época que morei com elas, depois da morte de Ethan.

A mão de Simon desceu pelas costas de Lucy e acariciou suas nádegas, se acomodando ali, quente e possessiva.

— Ela tinha uma babá, mas a mulher devia ter um sono muito pesado, porque Chaveirinho saía de fininho do quarto e ia para a cama da mãe. — Ele riu, a voz rouca. — Algumas vezes ela ia dormir comigo. Quase me matou de susto na primeira vez. Uma mãozinha fria tocando meu ombro em plena madrugada, uma voz aguda sussurrando meu nome. Quase jurei que nunca mais beberia antes de dormir.

Lucy sorriu encostada no ombro dele.

— O que você fez?

— Bem. — Simon se virou na cama, deitando de costas, sem largá-la, e esticou um braço por cima da cabeça. — Bom, antes de qualquer coisa, tive que dar um jeito de colocar a minha calça. Então, me sentei com ela diante da lareira e enrolei um cobertor em volta de nós dois.

— E ela dormiu?

— Nada, aquela pestinha. — Simon coçou o peito. — Ela queria conversar, igual a você.

— Desculpe. Posso parar.

— Não — sussurrou ele. — Gosto de conversar com você assim. — Ele entrelaçou os dedos nos dela sobre seu peito.

— Sobre o que vocês falaram?

Simon pareceu refletir. Então finalmente, suspirou.

— Ela me contou que costumava conversar com o pai quando tinha um pesadelo. Os dois falavam de, ah, bonecas e cachorrinhos e seus doces favoritos. Esse tipo de coisas. Coisas que a distraíssem do sonho.

Lucy sorriu.

— Então você conversava com ela sobre cachorrinhos?

— Na verdade, não. — Ela viu um sorriso se abrir rapidamente no quarto que clareava. — Falávamos mais sobre como era conduzir uma carruagem. Como escolher um cavalo. A forma correta de se fazer café e de onde ele vem.

— E de onde vem o café? — Lucy puxou a coberta por cima do ombro.

— Eu disse a ela que vem da África, onde trabalhadores pigmeus treinam crocodilos para subir em árvores e derrubar os grãos com os rabos.

Lucy riu.

— Simon...

— O que mais eu poderia dizer? Eram três da manhã.

— É assim que você vai me acalmar?

— Se você quiser. — Os dedos dele apertaram os dela. — Nós podemos debater sobre chá, comparar os grãos de origem chinesa com os de origem indiana, falar sobre os campos de plantação e se é verdade que as folhas só podem ser colhidas por meninas perfeitas com menos de 6 anos que usam luvas de seda vermelha e trabalham sob a luz do luar.

— E se eu não tiver interesse algum em chá e na sua produção? — Lucy roçou o pé em uma das panturrilhas do marido.

Ele pigarreou de novo.

— Então talvez você prefira discutir raças de cavalo. Há as que são melhores para carruagens e as que servem para...

— Não. — Ela puxou a mão que Simon estava segurando e acariciou a barriga dele.

— Não?

— Com certeza, não.

Lucy tocou o membro dele, passando os dedos pelo comprimento e alisando a cabeça. Ela adorava tocá-lo.

Por um instante, Simon respirou pesadamente e então disse:

— Você...

Ela o apertou de leve.

— *Ahhh*, tem outra coisa em mente?

— Sim, acho que tenho.

Segurando firmemente a ereção, Lucy virou o rosto e mordeu o ombro do marido. Ele tinha um gosto salgado e almiscarado.

Pelo visto, aquele era o ponto fraco dele. Simon subitamente ficou de frente para ela.

— Vire-se. — Sua voz estava rouca.

Lucy obedeceu, esfregando as nádegas na virilha dele.

— Atrevida — murmurou Simon. Ele a ajeitou em seu antebraço para aconchegá-la.

— Acho que você podia me explicar sobre o cultivo de rosas — murmurou ela.

— É mesmo? — Ele a envolveu com o braço e acariciou seus seios.

— Sim. — Ela nunca admitira isso ao marido, mas, em alguns momentos, achava a voz dele absurdamente sensual. Senti-lo às suas costas e ouvi-lo falar, sem vê-lo, a fez estremecer com um súbito calafrio de prazer.

— Bem, o solo é a parte mais importante. — Simon beliscou um mamilo de Lucy.

Ela observou aqueles dedos elegantes em sua pele e mordeu o lábio.

— Terra?

Ele apertou com mais força, fazendo-a arfar com a pontada aguda de desejo.

— Nós, entusiastas das rosas, preferimos o termo *solo*. Soa muito mais sério.

— Qual a diferença entre solo e terra? — Lucy se esfregou no marido de novo. O pênis duro de Simon deslizou por suas nádegas e se acomodou em sua fenda. A sensação era a de que estava cercada pelo corpo quente do marido. Isso a fez se sentir pequena. Feminina.

— Ahh. — Ele pigarreou. — É apenas isso. Agora, preste atenção. Adubo.

Ela reprimiu uma risadinha inapropriada.

— Isso não é nada romântico.

Simon gentilmente puxou o mamilo dela, fazendo-a arquear o corpo em resposta.

— Foi você quem puxou o assunto. — As mãos dele passaram para o outro seio, e seus dedos beliscaram o mamilo.

Lucy engoliu em seco.

— Mesmo assim...

— Fique quieta. — Ele colocou uma perna entre as dela e se esfregou em seu corpo quente.

Ele a acariciava exatamente naquele ponto, com a coxa, e Lucy fechou os olhos.

— Humm.

— O adubo é o segredo para se ter um bom solo. Há quem prefira usar farinha de ossos bovinos, mas esse tipo de gente não passa de um bando de hereges que só serve para plantar nabos. — A mão dele deslizou pela barriga dela e foi descendo. — O adubo deve ser aplicado no outono para descansar durante o inverno. Se for aplicado tarde demais, a planta queima.

— É-é mesmo? — Toda a atenção de Lucy estava voltada para a mão de Simon.

Delicadamente, ele passou um dedo na depressão entre a coxa e o monte púbico, quase fazendo cócegas. Depois roçou nos pelos dela e tocou o outro lado da virilha, hesitando. Lucy se remexeu, impaciente. Ela se sentia cada vez mais quente, mais molhada, apenas pela antecipação do que viria em seguida.

— Vejo que você compreendeu a importância de um bom adubo. Agora, pense em como será interessante — a mão dele desceu e separou os lábios da vagina da esposa — quando eu começar a falar de fertilizantes orgânicos.

— Ah. — Ele enfiou um dedo dentro dela.

— Sim. — Lucy sentiu que ele assentia com a cabeça às suas costas, mas ela não se importava mais. — Você tem tudo o que precisa para se tornar uma ótima horticultora de rosas.

Ela tentou apertar as coxas em torno da mão dele, mas a perna de Simon a impediu.

— Simon...

Ele removeu o dedo e depois o enfiou novamente. Lucy, completamente entregue, se apertou em volta dele.

— Fertilizantes orgânicos, segundo Sir Lazarus Lillipin, devem consistir em uma parte de esterco, três partes de feno e duas partes de restos vegetais.

Outro dedo encontrou sua pérola, e Lucy gemeu. Parecia quase decadente o fato de que um mero mortal pudesse lhe dar tanto prazer.

— Isso tudo — continuou Simon às suas costas — deve ser depositado numa pilha, em camadas, até alcançar a altura de um homem baixo. Lillipin não menciona a largura da pilha, o que, em minha humilde opinião, é uma grave omissão.

— Simon.

— Meu anjo? — Ele mexeu o dedo, mas sem aplicar muita força.

Lucy tentou arquear o corpo na direção da mão dele, mas Simon ainda a mantinha presa entre as pernas. Ela pigarreou, mas, mesmo assim, sua voz soou rouca.

— Não quero mais falar sobre rosas.

Simon fez um muxoxo, apesar de sua respiração ter ficado mais pesada.

— Esse pode ser um assunto muito chato mesmo, mas tenho que admitir que você foi uma ótima aluna. Acho que merece uma recompensa.

— Uma recompensa? — Lucy teria sorrido se fosse capaz de fazê-lo. Era assim que ele via as coisas? Mas que homem arrogante. Ela sentiu um súbito lampejo de afeição que a fez querer se virar e beijá-lo.

Mas Simon ergueu a perna de cima dela sobre as dele.

— Uma recompensa que só as melhores moças recebem. Aquelas que prestam atenção nos seus mestres de horticultura e sabem tudo sobre rosas.

Lucy o sentiu em sua abertura. Ele afastou os lábios da vagina dela com os dedos e enfiou apenas a cabeça do pênis nela. Ela arfou e quis mexer o quadril, mas estava presa. Tinha se esquecido do quanto era grande... Simon arremeteu de novo. Daquele ângulo, ela conseguia sentir cada centímetro alargando-a, invadindo-a.

— Só as melhores? — Lucy mal conseguia reconhecer a própria voz; o som era tão baixo que ela parecia ronronar.

— Ah, sim. — O marido arfava às suas costas.

— E eu sou a melhor?

— Ah, se é.

— Então? — questionou ela. Um tipo de energia primitiva a preenchia.

— Humm?

— Eu mereço mais. Eu quero mais. Quero você todo. — E queria mesmo. Ela queria tanto o homem como a mente, o corpo e o espírito, e ficou assustada com a própria avidez.

— Ahhh. Que delícia — gemeu ele, e a penetrou com todo o seu comprimento.

Lucy gemeu e tentou fechar as pernas. Ela se sentia tão preenchida por ele. Simon usava suas pernas para manter as dela afastadas, os dedos hábeis encontrando aquele ponto mais uma vez, e ele começou a estimulá-lo. *Era tão bom*. Lucy o queria assim para sempre, com a pele se fundindo com a sua, a atenção completamente focada nela. Não havia problema no mundo quando estavam juntos. Ela jogou a cabeça para trás, sob a de Simon, e encontrou sua boca. Ele a beijou com intensidade enquanto continuava entrando e saindo da esposa, sua carne esfregando-a e invadindo-a. Um grito se formou na garganta de Lucy, mas Simon o engoliu. Ele a beliscou suavemente naquele monte vulnerável. E Lucy perdeu o controle, o membro entrando e saindo de seu corpo enquanto ela gemia e ofegava.

De repente, Simon se afastou. Ele a virou de barriga para baixo, levantou um pouco seu quadril e a penetrou novamente. *Meu Deus*. Ela estava quase com o corpo todo encostado na cama e conseguia sentir cada centímetro do marido. Aquela posição parecia primitiva e, depois do seu recente clímax, deixava os sentidos dela quase sobrecarregados.

— Lucy — gemeu ele lá de cima. Simon se afastou até deixar apenas a cabeça do pênis dentro da abertura dela, tão larga e rija. E arremeteu com força mais uma vez. — Minha linda Lucy. — Ele arfou no ouvido dela, seus dentes roçando no lóbulo. — Eu te amo — sussurrou ele. — Nunca me abandone.

O coração de Lucy ficou apertado. Simon a envolvia por completo. O peso dele estava todo em suas costas, o cheiro dele invadia seu olfato como a carne invadia seu corpo. Aquilo era uma dominação, pura e simples, e Lucy achava tudo extremamente excitante. Uma onda de prazer cresceu dentro dela mais uma vez. *Ah, permita que este momento dure muito tempo. Permita que fiquemos juntos para sempre*. Ela estava chorando, seu êxtase físico misturado a uma sensação terrível de que estava prestes a perder algo, estava fora de seu controle.

— Lucy, eu... — Ele arremeteu com mais força. Mais rápido. Apoiou o peso nas mãos e bombeou o corpo vulnerável, e ela sentiu o suor dele pingar em suas costas. — Lucy!

Simon gemeu e estremeceu, então Lucy sentiu o calor se espalhar pelo próprio corpo, incapaz de diferenciar o que era o seu clímax e o que era a semente dele plantada dentro dela.

A PRIMEIRA COISA que Simon notou no escritório de Sir Rupert foram as gravuras na parede. Todas relacionadas à botânica.

Às suas costas, o mordomo do Sr. Fletcher disse:

— Sir Rupert o receberá em breve, milorde.

Ele assentiu com a cabeça, já avançando na direção de uma gravura que mostrava um galho retorcido, com flores delicadas acima e, estranhamente, as frutas abaixo. Na parte inferior da imagem, em caligrafia arcaica, estava a legenda: *Prunus cerasus*. Ginja. Ele olhou para a gravura seguinte, protegida por uma moldura dourada: *Brassica oleracea*. Couve. As curvas das folhas eram ornadas de tal forma que podiam ter passado por plumas de um pássaro exótico.

— Ouvi dizer que o senhor se interessa por horticultura — comentou Sir Rupert da porta.

Simon não se moveu.

— Eu não sabia que compartilhávamos esse interesse. — Ele se virou para encarar o inimigo.

Sir Rupert se apoiava numa bengala.

Simon não esperava por isso. Fazia apenas cinco minutos que estava ali e já havia se surpreendido duas vezes. Aquilo não estava saindo conforme o esperado. Mas, por outro lado, ele não soubera bem como planejar seu último confronto. Achou que estivesse colocando um ponto final na vingança no confronto com Walker. Nem sonhava que teria de matar mais um homem antes de o moribundo confessar que havia mais uma pessoa envolvida na conspiração. E não ousara discutir o assunto com Lucy. Depois de terem feito amor com tanta doçura naquela manhã, Simon não queria abalar a frágil trégua entre os dois. Ainda assim, ele precisava se certificar de que ela estaria segura, o que significava eliminar o último homem. Por favor, Deus, que seja logo.

Se ele pudesse fazer isso sem que sua amada descobrisse, talvez os dois ainda tivessem uma chance.

— O senhor gostaria de conhecer minha estufa? — Sir Rupert inclinou a cabeça, observando-o como um papagaio que via graça em tudo.

O homem era mais velho do que os outros conspiradores; isso estava evidente, já que era pai de Christian. Mas, ainda assim, Simon não estava preparado para as rugas no rosto de seu inimigo, para os ombros levemente caídos, nem para o pedacinho de pele flácida sob o queixo. Todos os sinais diziam que o homem já passara dos 50 anos. Do contrário, ele seria um oponente formidável. Apesar de ser mais baixo do que o visconde, Sir Rupert tinha braços e ombros musculosos. Se não fosse pela idade e a bengala...

Simon pensou no convite.

— Por que não?

O anfitrião o guiou para fora do cômodo. Simon observava o avanço doloroso de Sir Rupert pelo corredor de mármore, a bengala ecoando sempre que tocava no piso. Ele podia ver que a coxeadura não era fingimento. Os dois entraram numa sala menor, que dava para uma porta de madeira comum.

— Acho que o senhor vai gostar — disse Sir Rupert. Ele pegou uma chave e abriu a fechadura com ela. — Por favor. — Ele fez um gesto amplo com o braço, indicando a Simon que entrasse primeiro.

O visconde ergueu as sobrancelhas e passou pela porta. O ar úmido com os familiares aromas de terra e mofo o envolveram. Além daqueles cheiros havia um odor mais leve. A estufa tinha formato octogonal e era toda de vidro, desde o chão. Nas extremidades e em agrupamentos no centro, havia todos os tipos de árvores frutíferas cítricas dentro de vasos enormes.

— Laranjas, claro — disse Sir Rupert. Ele foi mancando até o lado de Simon. — Mas também limas e limões, e vários subgrupos de laranjeiras. Cada uma tem um gosto e um aroma específicos. Acho que, se o senhor colocasse uma venda nos meus olhos e me desse qualquer uma dessas frutas, eu seria capaz de identificá-la apenas ao tatear a casca.

— Impressionante. — Simon tocou uma folha brilhante.

— Creio que gasto muito tempo e dinheiro com o meu hobby. — O homem mais velho acariciou uma fruta que ainda não havia amadurecido. — É algo que nos consome. Assim como a vingança. — Sir Rupert sorriu; parecia um homem gentil e paternal cercado por seu jardim artificial.

Simon sentiu uma onda de ódio, mas se controlou para não deixar transparecer a emoção.

— O senhor é direto.

Sir Rupert suspirou.

— Não vejo sentido em fingir que não sei o motivo da sua visita. Somos dois homens inteligentes.

— Então o senhor admite que tramou com os outros para matar meu irmão. — Simon deliberadamente quebrou a folha que acariciava.

— Ora. — O homem mais velho emitiu um som que o fez parecer irritado. — O senhor fala como se aquilo fosse simplesmente um bebê derrubando uma pilha de blocos de madeira, quando, na realidade, foi algo bem diferente.

— Foi?

— Sim, claro que foi. Nós perderíamos uma fortuna. Todos os investidores, e não apenas eu.

— Dinheiro. — Os lábios de Simon se retorceram.

— Sim, dinheiro! — O homem mais velho bateu a bengala no chão. — O senhor parece o meu filho, desdenhando do dinheiro como se fosse algo sujo. Por que o senhor acha que todos nós, inclusive o seu irmão, fizemos o investimento? Nós precisávamos de dinheiro.

— O senhor matou o meu irmão por conta de sua ganância — sibilou Simon, incapaz de conter a raiva.

— Nós matamos o seu irmão por nossas famílias. — Sir Rupert piscou, respirando pesadamente, talvez surpreso pela própria sinceridade. — Por causa da minha família. Eu não sou um monstro, Lorde Iddesleigh. Não me entenda errado. Eu me preocupo com a minha família. Faria qualquer coisa pelas pessoas que amo, inclusive me livrar de um aristocrata que estava disposto a deixar meus filhos irem para um abrigo só para manter a nobreza dos seus princípios.

— O senhor fala como se tivesse certeza de que que o investimento fosse dar retorno, mas o negócio foi arriscado desde o início. Ethan não foi responsável pela queda do preço do chá.

— Não — concordou Sir Rupert. — Isso não foi culpa dele. Mas ele não teria nos deixado colocar as mãos no dinheiro do seguro.

— O senhor o matou para cometer uma fraude.

— Eu o matei para salvar minha família.

— Não me importa. — A expressão de Simon era de desprezo. — Suas desculpas não me interessam, nem os motivos que o senhor inventou, muito menos as histórias tristes com as quais está tentando conquistar a minha piedade. O senhor matou Ethan. E acabou de admitir isso.

— O senhor não se importa mesmo? — A voz do homem mais velho soava baixa no ar estagnado, opressivo. — Justamente o senhor, que passou um ano inteiro vingando a sua família?

Simon estreitou os olhos. Uma gota de suor escorreu por suas costas.

— Acho que o senhor compreende — disse Sir Rupert. — E, na verdade, se importa com os meus motivos.

— Não faz diferença. — Simon tocou outra folha. — O senhor tentou assassinar minha esposa. Isso já basta para que eu o mate.

Sir Rupert sorriu.

— Neste ponto é que o senhor se engana. O atentado contra a vida da sua esposa não foi culpa minha. Aquilo foi obra de Lorde Walker, e o senhor já o matou, não é mesmo?

Simon encarou o homem mais velho, que o tentava com aquela esperança de redenção. Seria tão fácil simplesmente esquecer tudo. Ele já havia matado quatro homens. E este dizia que não representava uma ameaça para Lucy. Ele poderia ir embora, voltar para sua esposa e nunca mais duelar na vida. Tão fácil.

— Não posso deixar que a morte do meu irmão não seja vingada.

— Que não seja vingada? O senhor vingou a morte do seu irmão com quatro almas. Isso não basta?

— Não enquanto o senhor ainda estiver vivo. — Simon arrancou a folha.

Sir Rupert se retraiu.

— E o que pretende fazer? Declarar guerra contra um homem aleijado? — Ele ergueu a bengala como se fosse um escudo.

— Se isso for necessário, sim. Tomarei uma vida pela que me foi tirada, Fletcher, seja ela aleijada ou não. — Simon se virou e caminhou na direção da porta.

— Você não terá coragem de fazer isso, Iddesleigh — gritou o velho às suas costas. — É honrado demais.

Simon sorriu.

— Não conte com isso. Foi o senhor mesmo quem disse que somos muito parecidos.

Ele fechou a porta e saiu, o cheiro da estufa cítrica acompanhando o seu rastro.

— VOCÊ PRECISA FICAR quieta, Theodora, se quiser que a tia Lucy faça o seu retrato, minha querida — repreendeu-a Rosalind naquela tarde.

Theodora, que estava balançando as pernas, congelou e lançou um olhar na direção da tia.

Lucy sorriu.

— Estou quase acabando.

As três estavam sentadas na grande sala de estar da casa de Simon — da casa dela também, agora que estavam casados. Ela já estava começando a pensar dessa forma. Mas, na verdade, ainda considerava a casa e os criados como sendo de Simon. Talvez, se ela não fosse embora...

Lucy suspirou. Que bobagem. É claro que não iria embora. Ela era casada com Simon; o momento para dúvidas passara havia tempo. Independentemente do que ele havia feito, ela era sua esposa. E se ele parasse com os duelos, não haveria motivo para não se aproximarem mais. Naquela manhã mesmo, Simon fizera amor com ela de forma intensa, dissera até mesmo que a amava. O que mais uma mulher poderia querer do marido? Lucy devia ter se sentido segura e reconfortada. Mas então por que não conseguia se livrar daquela sensação de que estava prestes a perder alguma coisa? Por que não dissera que o amava também? Três palavras simples que Simon provavelmente estava esperando ouvir, mas que ela fora incapaz de articular.

Lucy balançou a cabeça e se concentrou no que estava desenhando. Simon insistira para que aquela sala fosse redecorada para a esposa, apesar dos protestos dela. Mas ela precisava admitir que o cômodo agora estava encantador. Com a ajuda de Rosalind, Lucy escolhera as cores de um pêssego maduro: amarelos delicados, rosas ensolarados e vermelhos intensos. O resultado era um ambiente calmante e vivo ao mesmo tempo. Além disso, a sala tinha a melhor iluminação da casa. Só isso bastava para fazer dela seu cômodo favorito. Lucy olhou para a modelo. Theodora usava um vestido de seda azul-turquesa que contrastava lindamente com seus cachos dourados, mas parecia desconfortável, curvada, como se interrompida no meio de uma remexida.

Lucy rapidamente fez alguns rabiscos com o lápis.

— Pronto.

— Eba! — A menina saltou para fora da cadeira na qual estava posando. — Quero ver.

Lucy mostrou para ela o caderno de desenhos.

A garotinha virou a cabeça primeiro para um lado, depois para o outro, e então franziu o nariz.

— Meu queixo é assim mesmo?

Lucy examinou o desenho.

— Sim.

— Theodora!

Repreendida pelo tom de advertência da mãe, Theodora agradeceu à tia.

— Obrigada, tia Lucy.

— O prazer foi todo meu. Você quer ir ver se a cozinheira já terminou de assar as tortinhas? São para a ceia de Natal, mas talvez tenha sobrado alguma para você provar.

— Sim, posso ir? — Theodora esperou apenas a mãe assentir sua permissão com a cabeça antes de sair em disparada pela porta.

Lucy começou a guardar os lápis.

— É muita gentileza da sua parte tentar agradá-la — disse Rosalind.

— De forma alguma. Eu gosto. — Lucy ergueu o olhar. — Você e Theodora vêm para a ceia de Natal, não vêm? Desculpe pelo convite ter sido em cima da hora. Só lembrei que o Natal está chegando quando a cozinheira começou a assar as tortinhas.

Rosalind sorriu.

— Não tem problema. Afinal de contas, você acabou de se casar. Nós adoraríamos vir.

— Ótimo. — Lucy ficou olhando para as próprias mãos enquanto guardava os lápis num pote. — Será que eu poderia lhe fazer uma pergunta pessoal? Muito pessoal?

Houve uma pausa.

Então, Rosalind suspirou.

— Sobre a morte de Ethan?

Lucy olhou para ela.

— Sim. Como você sabia?

— Porque isso é algo que consome Simon. — Rosalind deu de ombros. — Eu sabia que, mais cedo ou mais tarde, você iria querer falar sobre o assunto.

— Você sabia que ele tem participado de duelos para vingar a morte de Ethan? — As mãos dela tremiam. — Pelo que eu sei, ele matou dois homens.

Rosalind olhou pela janela.

— Ouvi boatos. Os cavalheiros nunca gostam de nos contar sobre seus negócios, não é? Até mesmo quando nos dizem respeito. Isso não me surpreende.

— Você nunca pensou em tentar impedi-lo? — Lucy se repreendeu pela falta de tato. — Me perdoe.

— Não, eu entendo. Você está ciente de que os duelos são, em parte, para defender a minha honra?

Lucy assentiu com a cabeça.

— Eu tentei conversar com ele depois da morte de Ethan, logo que ouvi as fofocas sobre os duelos. Simon riu e mudou de assunto. Mas o problema é que — Rosalind se inclinou para a frente — ele não faz isso por minha causa. Nem por causa de Ethan, que Deus o tenha.

Lucy a encarou.

— Como assim?

— Ah, como posso explicar? — Rosalind se levantou e começou a andar de um lado para o outro. — Quando Ethan morreu, não havia mais como os dois se entenderem. Não havia mais uma maneira de Simon compreender e perdoar Ethan.

— Perdoar Ethan? Pelo quê?

— Não estou me expressando bem. — Rosalind parou e franziu a testa.

Do lado de fora da casa, uma carroça sacolejou e alguém gritou. Lucy ficou esperando. De alguma forma, sabia que Rosalind era a chave para que ela pudesse compreender a busca obstinada de Simon por vingança.

— Você precisa entender — continuou a cunhada, calmamente — que Ethan sempre foi o irmão bom. Aquele de quem todos gostavam, um perfeito cavalheiro britânico. Simon foi quase condicionado a assumir o papel oposto. O imprudente, o imprestável.

— Eu nunca o considerei imprudente — disse Lucy, baixinho.

— E ele não é, na verdade. — Rosalind a encarou. — Acho que isso fez parte da juventude deles, talvez uma reação ao irmão e à forma como os pais viam os dois.

— Como os pais deles os viam?

— Quando os dois ainda eram bem pequenos, parece que os pais concluíram que um era bom, e o outro, ruim. A viscondessa era especialmente rígida em suas crenças.

Que coisa terrível ser estigmatizado como o irmão ruim quando se é tão jovem.

— Mas... — Lucy balançou a cabeça. — Ainda não consigo entender como isso afeta Simon agora.

Rosalind fechou os olhos.

— Quando Ethan se permitiu ser assassinado, Simon foi forçado a assumir os dois papéis. Tanto o de irmão bom quanto o de irmão ruim.

Lucy ergueu as sobrancelhas. Será que o que a cunhada dizia era possível?

— Apenas me escute. — Rosalind esticou as mãos. — Acho que Simon se sentiu culpado por Ethan ter morrido defendendo o nome dele, de certa forma. Não se esqueça de que, segundo os boatos, Simon era meu amante.

— Sim — disse Lucy lentamente.

— Simon precisava vingar a morte do irmão. Porém, ao mesmo tempo, acho que ele sente uma raiva enorme de Ethan por ter morrido daquele jeito, por ter deixado a esposa e a filha sob seus cuidados, por ser o irmão bom e se martirizar por isso. — Ela encarou as palmas das mãos abertas. — Eu mesma me sinto assim, e sei disso.

Lucy afastou o olhar. Aquilo era uma revelação. Tudo que lhe falavam de Ethan era que ele era um homem bom. Nunca lhe ocorrera que Rosalind podia sentir raiva do falecido marido. E, se ela sentia...

— Levei muitos meses para esquecer Ethan — disse Rosalind baixinho, quase para si mesma. — Para perdoá-lo por duelar com um homem que ele sabia ser um espadachim melhor. Foi apenas recentemente que...

Lucy ergueu o olhar.

— O quê?

A cunhada corou.

— Eu... eu tenho passeado com um cavalheiro.

— Perdão, mas Simon disse que sua reputação...

— Foi arruinada. — As faces de Rosalind estavam bem rosadas agora. — Sim, com a aristocracia. Esse cavalheiro é um dos advogados que cuidou do testamento de Ethan. Espero que você não me veja com maus olhos.

— Não. Não, claro que não. — Lucy segurou a mão de Rosalind. — Fico feliz por você.

A mulher loura sorriu.

— Obrigada.

— Eu só queria — sussurrou Lucy — que Simon conseguisse encontrar essa paz.

— Ele encontrou você. Houve uma época em que duvidei que ele um dia iria se casar.

— Sim, mas não consigo conversar com ele. Simon não me escuta, não admite que o que está fazendo é assassinato. Eu... — Lucy afastou o olhar, sem ver coisa alguma, pois seus olhos estavam cheios de lágrimas. — Não sei o que fazer.

Ela sentiu a mão de Rosalind em seu ombro.

— Talvez não haja nada que você possa fazer. Talvez isso seja algo que ele mesmo tenha que superar.

— E se isso não acontecer? — começou Lucy, mas Theodora escolheu exatamente aquele momento para entrar correndo na sala, e ela precisou se virar para esconder as lágrimas da garotinha.

A pergunta pairou no ar, sem resposta.

Se Simon não conseguisse vencer seus demônios, se não parasse de matar outros homens, ele iria destruir a si mesmo. Talvez Rosalind tivesse razão; talvez não houvesse nada que Lucy pudesse fazer para parar aquela trajetória mortal. Mas ela precisava pelo menos tentar.

Certamente havia alguém que se sentia como ela, alguém que era contra o duelo com Sir Rupert. Lucy falaria com Christian se pudesse, mas, considerando a reação do rapaz depois do duelo com Lorde Walker, ele não iria ajudá-la. Poucas pessoas sentiriam a mesma coisa que uma esposa. Lucy se empertigou. *Esposa*. Sir Rupert era casado. Se ela conseguisse convencer a esposa dele, talvez as duas pudessem impedir...

— Tia Lucy — gritou Theodora —, quer provar as tortinhas da cozinheira? Elas estão muito gostosas.

Lucy piscou e olhou para a garotinha, que puxava sua mão.

— Agora eu não posso, querida. Tenho que visitar uma senhora.

Capítulo Dezessete

Simon arrancou uma folha morta da *Rosa mundi*. Ao seu redor, os aromas da estufa flutuavam pelo ar úmido — folhas apodrecidas, terra, o leve cheiro de mofo. Mas o perfume da rosa na frente dele era mais forte do que todos os outros. Quatro brotos floresciam dela, todos diferentes, com riscas brancas se misturando ao vermelho das pétalas. A *Rosa mundi* era uma espécie antiga, porém, mesmo assim, uma de suas favoritas.

A folha arrancada caiu sobre a mesa pintada de branco; ele a pegou e a jogou num balde. Às vezes, folhas mortas carregam parasitas e, se esquecidas pelo horticultor, podem infectar plantas saudáveis. Simon tinha o hábito de ir limpando as coisas enquanto trabalhava. Até mesmo o menor dos restos podia se transformar na ruína de uma mesa inteira de plantas.

Ele foi para a rosa seguinte, uma *Centifolia muscosa* — rosa-de-cem-folhas —, com folhas verdes saudáveis e brilhantes e um perfume tão doce que era quase enjoativo. As pétalas em suas flores se espalhavam umas sobre as outras, exuberantes e abundantes, revelando desavergonhadamente as sépalas verdes no centro. Se rosas fossem mulheres, a rosa-de-cem-folhas seria uma rameira.

Sir Rupert era uma sobra. Ou talvez o último desafio. Independentemente de como a situação fosse interpretada, Simon teria de lidar com o homem. Podá-lo e limpá-lo. Ethan merecia que o irmão terminasse o serviço. E Lucy tinha o direito de estar livre do passado e dos inimigos dele. Mas Sir Rupert também era aleijado; não havia como ignorar esse fato. Simon hesitou, analisando a rosa seguinte, uma rosa-damascena, que tinha flores brancas e rosadas. Ele não queria duelar com um oponente em condições tão discrepantes. Seria assassinato, pura e simplesmente. O homem mais velho não teria chance, e Lucy não queria que ele duelasse mais. Ela provavelmente o abandonaria, seu anjo severo, se descobrisse que o marido estava planejando desafiar mais alguém. Simon não queria perdê-la. Não conseguia imaginar sua vida sem ela. Seus dedos tremiam só de pensar nessa hipótese.

Quatro homens mortos, isso não era suficiente? *Isso é suficiente, Ethan?*

Ele virou uma folha de aparência saudável na rosa-damascena e encontrou um enxame de pulgões, que sugavam avidamente a vida da planta.

A porta da estufa abriu com um estrondo.

— Senhor, não posso permitir... — A voz de Newton, indignada e temerosa, alertava o intruso.

Simon se virou para quem quer que estivesse perturbando sua paz.

Christian vinha apressado pelo corredor, o rosto pálido e determinado.

Newton hesitou.

— Sr. Fletcher, por favor...

— Está tudo bem... — começou Simon.

Christian acertou-lhe um soco na mandíbula.

O visconde cambaleou para trás, caindo em cima da mesa, a visão embaçando. *O que está acontecendo?*

Vasos caíram no chão, cacos se espalharam pelo piso. Simon se levantou e ergueu os punhos para se defender enquanto sua visão clareava, mas o outro homem simplesmente ficou parado, o peito arfando.

— Mas que *diabos* — disse Simon.

— Duele comigo — cuspiu Christian.

— O quê?

Simon piscou. Sua mandíbula começou a latejar de dor. Ele notou que a rosa-damascena estava despedaçada no chão, com dois talos principais quebrados. A bota de Christian havia esmigalhado um broto, e o perfume emanava da rosa morta como uma homenagem fúnebre.

Newton saiu apressado da estufa.

— Duele comigo. — Christian ergueu o punho direito em ameaça. — Preciso lhe dar outro soco? — Não havia qualquer traço de humor em sua expressão; seus olhos estavam arregalados e secos.

— Preferiria que não fizesse isso. — Simon tocou a mandíbula. Se estivesse quebrada, ele não conseguiria falar, não é? — Por que eu iria querer duelar com você?

— Você não quer duelar comigo. Mas pretende duelar com o meu pai, que é velho e tem um problema na perna. Mal consegue andar. Talvez até você se sinta um pouco culpado depois de matar um aleijado.

— Seu pai matou meu irmão. — Simon deixou a mão cair.

— Então você precisa duelar com ele. — Christian assentiu com a cabeça. — Eu sei. Testemunhei você matar dois homens, lembra? Há semanas que eu o observo encenar seu senso de obrigação familiar, de honra, apesar de você se recusar a usar essa palavra. Você realmente achava que eu agiria de forma diferente? Duele comigo como substituto do meu pai.

Simon suspirou.

— Eu não...

Christian o acertou no rosto novamente.

Simon caiu sentado.

— Merda! Pare com isso.

Ele devia parecer um completo idiota caído na lama da própria estufa. A dor se alastrou pela maçã do rosto. Agora todo o lado esquerdo do rosto parecia estar pegando fogo.

— Eu não vou parar — disse o jovem olhando de cima para ele — até você aceitar. Eu vi como você provocou dois homens até que eles o desafiassem. Aprendi bastante.

— Pelo amor...

— Sua mãe era uma puta, seu pai era um bastardo! — gritou Christian, com o rosto vermelho.

— Jesus Cristo. — O garoto havia enlouquecido? — Meu problema é com o seu pai, não com você.

— Vou seduzir sua esposa...

Lucy!, gritou uma parte primitiva de seu cérebro. Simon afastou o pensamento. O garoto estava seguindo seu exemplo.

— Não quero duelar com você.

— E se ela não se submeter, vou sequestrá-la e estuprá-la. Vou...

Não. Simon ficou de pé num pulo, fazendo Christian recuar até um banco.

— Fique longe dela.

O jovem se retraiu, mas continuou falando:

— Vou exibi-la pelas ruas de Londres, nua.

Pelo canto do olho, Simon notou que Newton se aproximava pelo corredor, e Lucy, branca como um fantasma, vinha atrás dele.

— Cale a boca.

— Vou falar para todo mundo que ela é uma vagabunda. Vou...

Simon deu um tapa na cara do rapaz, jogando-o contra outra mesa.

— Cale essa boca!

A mesa balançou com o peso de Christian. Mais vasos caíram no chão. Simon flexionou a mão. As juntas ardiam.

O rapaz balançou a cabeça.

— Vou vendê-la por uns trocados para qualquer homem que a quiser.

— Cale essa maldita boca!

— Simon. — A voz de Lucy estava trêmula.

— Cale-a por mim — sussurrou Christian, os dentes vermelhos de sangue. — Duele comigo.

Simon respirou fundo, lutando contra seus demônios.

— Não.

— Você a ama, não é? Faria qualquer coisa por ela. — Christian se inclinou na direção de Simon, chegando tão perto que a saliva cheia de sangue o acertou no rosto. — Bem, eu amo o meu pai. Não há outro caminho para nós.

Meu Deus.

— Christian...

— Duele comigo ou vou lhe dar um motivo para fazer isso. — O rapaz o fitava diretamente nos olhos.

Simon o encarou. Então seu olhar passou por cima da cabeça dele, indo para o rosto de Lucy. As sobrancelhas retas, severas, o cabelo castanho preso num coque simples, os lábios comprimidos numa linha. Seus belos olhos cor de topázio estavam arregalados, implorando. Então ele notou que ela ainda estava usando uma capa, pois devia ter acabado de chegar em casa. Newton provavelmente se deparara com ela assim que voltara.

Ele não podia arriscar a segurança da esposa.

— Muito bem. Na aurora depois de amanhã. Isso vai nos dar tempo de encontrar padrinhos. — Seus olhos se voltaram para Fletcher. — Agora, saia daqui.

Christian se virou e foi embora.

Tarde demais. Na estufa, Lucy viu seu mundo desabar, apesar de todos os esforços feitos por ela naquele dia. Ela voltara de sua missão tarde demais.

O rosto do marido estava duro como uma pedra. Seus olhos haviam perdido qualquer cor que um dia tiveram. Pareciam tão gélidos quanto as geadas da madrugada que matam pardais em seu sono. Christian passou por ela como um raio, mas Lucy não conseguia desviar o olhar da expressão no rosto de Simon. Ela não ouvira a conversa entre os dois, mas o vira bater no rapaz e notara o sangue na bochecha do marido.

— O que aconteceu? O que você fez com o Sr. Fletcher? — Ela não pretendia fazer com que as palavras soassem como uma acusação.

Ela ouviu a porta se fechar às suas costas. Os dois estavam sozinhos na estufa. Newton também havia saído.

— Não tenho tempo para conversar. — Simon esfregou as mãos como se tentasse limpar alguma sujeira imaginária. Elas tremiam. — Preciso encontrar padrinhos.

— Não me importo com isso. Você vai falar comigo. — Ela se sentia quase tonta com o perfume das rosas esmagadas no chão. — Conversei com Lady Fletcher. Nós duas...

Ele olhou para ela, a expressão imutável, e a interrompeu.

— Vou duelar com Christian Fletcher daqui a dois dias.

— Não. — De novo, não. Ela não aguentaria outro duelo, outro homem morto, outra parte da alma de Simon perdida. Ah, Deus, não.

— Sinto muito. — Ele tentou passar por ela.

Lucy agarrou o braço dele, sentindo seus músculos tensionando sob sua palma. Precisava impedi-lo.

— Simon, não faça isso. Lady Fletcher concordou em conversar com o marido. Ela acha que pode convencê-lo a ser razoável, que pode haver outra forma...

Ele a interrompeu com a cabeça baixa, sem encontrar seus olhos.

— Eu vou duelar contra Christian, Lucy, não com o pai dele.

— Mas a ideia é a mesma — insistiu ela. Lucy dera o primeiro passo, ganhara a confiança de Lady Fletcher. Tudo parecera tão perto do fim, tão fácil, meia hora antes. Por que ele não conseguia entender aquilo? — Você não pode fazer isso.

— Mas eu vou. — Seus olhos fitavam o nada.

— Não. — Eles, o casamento deles, não sobreviveriam àquilo. Será que Simon não entendia isso? — Vou falar com Lady Fletcher de novo. Vamos encontrar outra forma de...

— Não existe outra forma. — Simon finalmente ergueu a cabeça, e ela viu a raiva e o desespero em seus olhos. — Isso não é da sua conta. Falar com Lady Fletcher não vai mudar nada.

— Nós precisamos pelo menos tentar.

— Chega, Lucy!

— Você não pode simplesmente matar as pessoas! — Ela largou o braço dele, apertando os lábios com raiva. — Não é certo. Você não consegue ver isso? É imoral. Simon, é uma maldade. Não deixe que o mal destrua seu coração, sua alma. Eu lhe imploro, não faça isso!

Ele trincou a mandíbula.

— Você não entende...

— É claro que não entendo! — O peito de Lucy estava apertado. Ela não conseguia respirar. O ar úmido, pesado, parecia espesso demais para ser inalado. Ela se inclinou para a frente e continuou, determinada: — Eu frequentava a igreja quando era pequena. Sei que isso soa interiorano para um homem sofisticado como você, mas era o que eu fazia. E a igreja diz... A *Bíblia* diz que é pecado um homem tirar a vida de outro. — Ela precisou parar para puxar o ar, sentindo o gosto das rosas na língua. — E eu acredito nisso. É um pecado mortal assassinar outro ser humano, mesmo que você tente burlar isso com duelos. É assassinato, Simon. No fim das contas, é assassinato, e essas mortes vão consumi-lo.

— Então eu sou um pecador e um assassino — disse ele baixinho. E passou por ela.

— Ele é seu amigo — gritou Lucy, desesperada.

— Sim. — Simon parou, de costas para ela. — Christian é meu amigo, mas também é filho de Fletcher. Ele é filho do assassino de Ethan. Ele me desafiou, Lucy, não foi o contrário.

— Escute o que você está dizendo. — Ela lutava contra as lágrimas. — Você está planejando matar um amigo. Um homem com quem partilhou refeições, com quem conversou, com quem riu. Ele o admira, Simon. Você sabia disso?

— Sim, eu sei que ele me admira. — Simon finalmente se virou, e Lucy viu o brilho do suor sobre seu lábio superior. — Christian passou o último mês me seguindo por aí; ele imita meus gestos e copia meus trajes. Como eu poderia ignorar o fato de que ele me admira?

— Então...

Ele balançou a cabeça.

— Isso não importa.

— Simon...

— O que você quer que eu faça? — perguntou ele através dos dentes cerrados. — Que me recuse a duelar?

— Sim! — Lucy virou as palmas das mãos para o marido, implorando. — Sim. Desista. Você já matou quatro homens. Ninguém o julgará por isso.

— Eu me julgarei.

— Por quê? — O desespero tornava a voz dela trêmula. — Você já vingou a morte de Ethan. Por favor. Vamos para Maiden Hill ou para a sua casa de campo, ou para qualquer outro lugar. Não importa, contanto que a gente saia daqui.

— Não posso.

Lágrimas de raiva, de angústia, embaçaram a visão de Lucy.

— Pelo amor de Deus, Simon...

— Ele ameaçou fazer mal a você. — O marido a encarou, e Lucy viu lágrimas e uma determinação horrível em seu olhar. — Christian ameaçou fazer mal a você.

Ela secou o rosto molhado.

— Eu não me importo.

— Mas eu me importo. — Simon se aproximou de Lucy e agarrou os braços dela. — Se você acha que eu sou o tipo de homem que foge de uma ameaça à minha esposa...

— Ele só falou isso para convencê-lo a duelar.

— *Mesmo* assim.

— Eu vou seguir você. — Lucy engasgou, sua voz tremia. — Vou seguir você até o local do duelo e me enfiar no meio dos dois se for preciso. Vou encontrar um jeito de impedi-lo. Não posso deixar que faça isso, Simon, eu...

— Pare. Não — disse ele, gentilmente. — Não vai ser no lugar onde você nos viu. Você não vai saber onde nos encontraremos. Não há como me impedir de fazer isso, Lucy.

Ela se debulhou em lágrimas. Simon a abraçou, encostando-a em seu peito, e ela sentiu o coração do marido bater, o som alto sob sua bochecha.

— *Por favor,* Simon.

— Preciso acabar com isso. — Os lábios dele estavam na testa dela, murmurando contra sua pele.

— Por favor, Simon — repetiu Lucy como uma oração. Ela fechou os olhos e sentiu as lágrimas arderem no rosto. — Por favor. — Ela agarrou o casaco de Simon, sentiu o aroma da lã e o cheiro dele. O cheiro de seu marido. Ela queria dizer algo que o persuadisse, mas não sabia que palavras usar. — Eu vou perder você. Nós vamos perder um ao outro.

— Não posso mudar quem eu sou, Lucy. — Ela o ouviu sussurrar. — Nem mesmo por você.

Simon a soltou e saiu da estufa.

— PRECISO DE VOCÊ — disse Simon para Edward de Raaf uma hora mais tarde, no café onde a Sociedade Agrária se reunia.

Ele ficou surpreso com a rouquidão da própria voz, como se tivesse bebido vinagre. Ou sofrimento. *Não pense em Lucy.* Ele precisava se concentrar no que tinha de ser feito.

De Raaf também devia ter se surpreendido. Ou talvez fossem suas palavras. Ele hesitou, e então apontou para a cadeira vazia ao seu lado.

— Sente-se. Tome um café.

Simon sentiu a bile subir por sua garganta.

— Não quero café.

O amigo o ignorou. Ele acenou para um garoto, que, estranhamente, captou o gesto e assentiu com a cabeça. De Raaf se voltou para Simon e franziu a testa.

— Eu disse para você se sentar.

O café estava praticamente vazio. Era tarde demais para os clientes matutinos, e muito cedo para os vespertinos. O único freguês além deles era um homem idoso perto da porta, que usava uma peruca alongada e empoeirada. Ele falava sozinho, agarrado à caneca. O garoto colocou duas xícaras com força sobre a mesa, pegou a que o conde havia terminado e foi embora antes que eles tivessem tempo de lhe agradecer.

Simon encarou o vapor que saía da xícara. Ele sentia um frio estranho, apesar de o salão estar quente.

— Não quero café.

— Beba — resmungou De Raaf. — Vai lhe fazer bem. Você está com cara de quem levou um chute no saco e depois recebeu a notícia de que sua rosa favorita morreu enquanto você ainda estava se retorcendo no chão.

Simon fez uma careta ao imaginar a cena.

— Christian Fletcher me desafiou para um duelo.

— Humpf. Você provavelmente deve estar tremendo de medo em seus saltos vermelhos. — Os olhos do conde se estreitaram. — O que você fez ao rapaz?

— Nada. O pai dele estava envolvido na conspiração para matar Ethan.

De Raaf ergueu as sobrancelhas pretas.

— E ele ajudou?

— Não.

O conde o encarou.

Simon apertou os lábios e pegou sua xícara.

— Ele vai duelar no lugar do pai.

— Você mataria um homem inocente? — perguntou De Raaf num tom compassivo.

Christian era inocente do crime do pai. Simon tomou um gole de café e xingou quando o líquido queimou sua língua.

— Ele ameaçou Lucy.

— Ah.

— Você pode ser o meu padrinho?

— Humm. — De Raaf colocou a xícara na mesa e se recostou na cadeira, fazendo-a ranger sob seu peso. — Eu sabia que este dia iria chegar.

Simon ergueu as sobrancelhas.

— O dia em que você conseguiria que alguém lhe servisse café?

De Raaf fingiu não ter ouvido o que ele falou.

— O dia em que você rastejaria aos meus pés em busca de ajuda..

Simon soltou uma risada irônica.

— Não estou me rastejando aos seus pés.

— Desesperado. Com a peruca desempoada e cheia de piolhos...

— Minha peruca não está...

De Raaf ergueu a voz para falar mais alto que ele.

— Incapaz de encontrar outra pessoa para socorrê-lo.

— Ah, pelo amor de Deus.

— Implorando, suplicando, *Ah, Edward, me ajude, por favor.*

— Jesus — murmurou Simon.

— Este dia é deveras maravilhoso. — O conde ergueu a xícara novamente.

A boca se Simon se curvou num sorriso relutante. Ele tomou um gole cuidadoso do café. Ácido quente.

De Raaf sorria para ele, esperando.

Simon suspirou.

— Você vai ser meu padrinho?

— É claro. Ficarei feliz em ajudar.

— Estou vendo. O duelo será depois de amanhã. Você tem um dia inteiro, mas é melhor começar logo. Vá até a casa de Fletcher. Descubra quem são os padrinhos dele e...

— Eu sei.

— Arrume um médico competente, que não faça escândalo por qualquer coisinha...

— Estou ciente das obrigações do padrinho de um duelo — interrompeu De Raaf com dignidade.

— Ótimo. — Simon terminou de beber o café. O líquido preto desceu queimando. — Tente não se esquecer da sua espada, está bem?

De Raaf parecia ofendido.

Ele se levantou.

— Simon.

O visconde se virou e ergueu as sobrancelhas.

De Raaf o encarou sem qualquer vestígio de humor no rosto.

— Se você precisar de mim para qualquer outra coisa, é só falar.

Simon olhou para o homem grandalhão e cheio de cicatrizes por um instante antes de sentir um bolo na garganta. Ele engoliu em seco e respondeu:

— Obrigado.

Simon seguiu na direção da saída da cafeteria antes que abrisse o berreiro. O velho de peruca alongada roncava, com a cabeça caída na mesa quando Simon passou por ele. O brilho do sol da tarde o atingiu quando chegou à rua. Apesar disso, o ar estava tão gelado que suas bochechas queimavam. Ele montou no cavalo e guiou o animal pela rua agitada. *Preciso contar a Lucy que...*

Simon se repreendeu. Ele não queria pensar em Lucy, não queria se lembrar do medo, da dor, da raiva em seu rosto quando a deixou na estufa, mas era quase impossível esquecer aquilo. Pensar em Lucy era um hábito que agora estava entranhado em sua mente. Ele entrou numa rua cheia de lojinhas. A esposa odiava a ideia do duelo. Talvez se ele comprasse alguma coisa para lhe dar à noite. Ele não tinha dado nenhum presente de casamento...

Meia hora mais tarde, Simon saía de uma loja segurando um pacote retangular embalado em uma das mãos e outro maior embaixo do braço. O presente grande era para a sobrinha. Ele havia encontrado uma loja de brinquedos na rua e lembrou que precisava comprar um presente de Natal para Chaveirinho. Sua boca formou um meio-sorriso ao pensar no que a cunhada acharia do presente que ele havia comprado para a filha dela. Simon montou novamente no cavalo, equilibrando os pacotes com cuidado. Aquilo com certeza não deixaria Lucy com menos raiva, mas pelo menos ela saberia o quanto ele estava arrependido por tê-la deixado aborrecida. Pela primeira vez naquele dia, Simon se permitiu pensar sobre os próximos dias. Se ele sobrevivesse ao duelo, aquilo tudo finalmente acabaria. Ele conseguiria dormir em paz.

Ele conseguiria fazer amor com Lucy em paz.

Talvez pudesse aceitar a sugestão dela de viajarem. Os dois podiam passar seu primeiro Natal juntos em Maiden Hill e fazer uma visita ao capitão. Ele não sentia necessidade alguma de rever aquele velho rabugento num futuro próximo, mas Lucy provavelmente estava com saudade do pai. Depois do Ano-Novo, eles poderiam passear por Kent e depois seguir para suas terras em Nothumberland, se o tempo não estivesse muito ruim. Fazia séculos que ele não visitava a mansão. O lugar provavelmente precisava de uma reforma, e Lucy poderia ajudá-lo com isso.

Simon ergueu o olhar. Sua casa estava à sua frente. Por um instante, ele sentiu-se desorientado. Tinha cavalgado até ali sem notar? Então ele viu a carruagem. Sua carruagem. Lacaios desciam os degraus da entrada carregando baús. Outros os colocavam dentro do veículo, praguejando por causa do peso. O cocheiro já estava posicionado na frente da carruagem. Lucy surgiu na porta. Ela usava uma capa e parecia uma penitente religiosa.

Ele desmontou do cavalo sem qualquer elegância, com pressa, o peito se enchendo de pânico. O pacote retangular caiu nos paralelepípedos e lá ficou.

Ela estava descendo a escada.

— Lucy. — Simon segurou os ombros dela. — Lucy.

O rosto dela estava frio e pálido sob o capuz.

— Me solte, Simon.

— O que você está fazendo? — sibilou ele, sabendo que parecia um idiota. Tendo consciência de que os empregados, Newton, os pedestres que passavam na rua e os vizinhos os observavam. Mas ele não dava a mínima.

— Vou para a casa do papai.

Um jorro ridículo de esperança.

— Se você me esperar, eu...

— Estou indo embora. — Os lábios frios mal se moveram quando ela pronunciou as palavras.

O terror apertou suas entranhas.

— Não.

Pela primeira vez, Lucy o encarou. Os olhos dela estavam vermelhos, mas secos.

— Preciso ir, Simon.

— Não. — Ele parecia um menino a quem recusavam um doce. Queria se jogar no chão e gritar.

— Me solte.

— Não posso deixar você ir. — Ele soltou uma risada nervosa, sob o sol frio e excessivamente brilhante de Londres, diante de sua casa. — Morrerei se o fizer.

Ela fechou os olhos.

— Não, não morrerá. Não posso ficar e ver você se destruir.

— Lucy.

— Me solte, Simon. Por favor. — Ela abriu os olhos, e Simon viu uma dor enorme no olhar da esposa.

Ele tinha feito aquilo com seu anjo? Ah, Deus. Simon afastou as mãos.

Lucy desceu os degraus apressada, o vento fazendo a bainha de sua capa balançar. Ele observou enquanto a esposa entrava na carruagem. O lacaio fechou a porta. Então o cocheiro bateu as rédeas, os cavalos começaram a andar, e o veículo foi se afastando. Lucy não olhou para trás. Simon ficou observando até a carruagem se perder na confusão da rua. E continuou ali.

— Milorde? — chamou Newton ao seu lado, provavelmente não pela primeira vez.

— O quê?

— Está frio aqui fora, milorde.

Estava mesmo.

— Talvez o senhor queira entrar — sugeriu o mordomo.

Simon fechou a mão e a abriu, surpreso ao notar que não sentia as pontas dos dedos. Ele olhou ao redor. Alguém havia levado seu cavalo, mas o pacote retangular continuava caído nos paralelepípedos.

— É melhor entrar, milorde.

— Sim. — Simon começou a descer os degraus.

— É para o outro lado, milorde — gritou Newton, como se o patrão fosse um homem senil que poderia sair vagando pela rua a qualquer momento.

Ele ignorou o mordomo e pegou o pacote. O embrulho estava rasgado num canto. Talvez pudesse embalá-lo novamente, dessa vez com um papel bonito. Lucy iria gostar de um embrulho com papel bonito. Só que Lucy nunca veria o presente. Ela o havia deixado.

— Milorde — continuava chamando Newton.

— Sim, está bem. — Simon entrou na casa carregando o pacote.

O que mais poderia fazer?

Capítulo Dezoito

— Quem está aí? — gritou o pai da porta, o gorro de dormir quase cobrindo as orelhas. Ele usava um casaco velho sobre a camisola e sapatos de fivela nos pés, deixando os tornozelos ossudos à mostra. — Já passava das nove da noite. Pessoas de bem já estão dormindo numa hora dessas, sabe?

Ele segurava uma lamparina no alto para iluminar o caminho de seixos na frente da casa dos Craddock-Hayes. Às suas costas, a Sra. Brodie espiava, enrolada num xale e com uma touca na cabeça.

Lucy abriu a porta da carruagem.

— Sou eu, papai.

O capitão apertou os olhos, tentando enxergá-la na escuridão.

— Lucy? Que ideia foi essa de Iddesleigh de viajar tão tarde da noite? Hein? O sujeito enlouqueceu. As estradas estão cheias de ladrões, ou ele não sabe disso?

Lucy desceu os degraus da carruagem com a ajuda do lacaio.

— Ele não veio comigo.

— Enlouqueceu — repetiu o capitão. — O homem deve ter enlouquecido para permitir que você viajasse sozinha, mesmo com lacaios. E à noite. Patife!

Ela sentiu um forte desejo de defender Simon.

— Ele não teve nada a ver com isso. Eu o deixei.

Os olhos da Sra. Brodie se arregalaram.

— Vou preparar um chá, está bem? — Ela se virou e entrou correndo na casa.

O capitão simplesmente pigarreou.

— Você voltou para casa depois de uma desavença, não foi? Que garota esperta. Quando um homem não sabe o que esperar da esposa, ele nunca sai da linha. O que vai fazer bem a ele, sem dúvida. Você pode ficar aqui por alguns dias e voltar para casa depois do Natal.

Lucy suspirou. Ela se sentia exausta, física e mentalmente.

— Não vou voltar para ele. Eu deixei Simon para sempre.

— O quê? O quê? — O pai dela parecia nervoso pela primeira vez. — Ora, veja bem...

— Jesus, será que ninguém dorme nesta casa? — Hedge apareceu no meio da noite, a camisa do pijama para fora da calça, o cabelo grisalho escapando do tricórnio ensebado. Ele parou imediatamente ao ver Lucy. — Ela já voltou? Nem faz tanto tempo que a despachamos.

— Também estou feliz em revê-lo, Sr. Hedge — disse Lucy. — Talvez seja melhor continuarmos nossa conversa lá dentro, não é mesmo, papai?

— Isso mesmo — murmurou Hedge. — Já faz quase trinta anos que estou aqui, e foram os melhores de minha vida. E alguém se importa com isso? Não, ninguém se importa. Mesmo assim, não confiam em mim.

— Cuide dos cavalos, Hedge — ordenou o pai enquanto entravam na casa.

Lucy ouviu Hedge gemer.

— Quatro bestas enormes. Minhas costas já não estão boas... — A porta se fechou atrás deles.

O capitão seguiu na frente até seu escritório, um cômodo que a filha não tinha o hábito de frequentar. O escritório do capitão era território dele; nem mesmo a Sra. Brodie tinha permissão para limpá-lo. Não, pelo menos, sem ouvir muita reclamação antes. A grande mesa de carvalho do pai de Lucy estava posicionada de forma a fazer um ângulo com a lareira, perto demais, na verdade, fato confirmado pela madeira enegrecida da perna que ficava mais perto do fogo. A superfície estava coberta por pilhas de mapas coloridos. Elas eram mantidas no lugar por um sextante de latão, um compasso quebrado e um pequeno rolo de corda. Ao lado da mesa havia um enorme globo terrestre sobre um suporte.

— Muito bem — começou o capitão.

A Sra. Brodie entrou com uma bandeja de chá e pãezinhos.

O Sr. Craddock-Hayes pigarreou.

— É melhor ver se sobrou um pouco daquela torta de carne e rins deliciosa do jantar, Sra. Brodie, por favor.

— Não estou com fome — disse Lucy.

— Você está pálida, boneca. Um pedaço de torta de carne e rins lhe fará bem, não acha? — Ele assentiu com a cabeça para a governanta.

— Sim, senhor. — A Sra. Brodie saiu apressada.

— Muito bem — começou o capitão novamente. — O que aconteceu para você voltar correndo para a casa do seu pai?

Lucy sentiu as bochechas corarem. Falando dessa forma, suas atitudes pareciam infantis.

— Simon e eu temos opiniões diferentes sobre um assunto. — Ela olhou para baixo enquanto tirava as luvas cuidadosamente, um dedo de cada vez. Suas mãos tremiam. — Ele está fazendo algo com que não posso concordar.

O pai bateu na escrivaninha, fazendo com que a filha e os papéis sobre a madeira pulassem.

— Canalha! Está casado há poucas semanas e já anda se metendo com moças de reputação duvidosa. Rá! Quando eu pegar aquele patife, aquele... *libertino*, vou lhe dar umas chicotadas...

— Não, ah, não. — Lucy sentiu uma risada histérica tentar escapar de sua garganta. — Não é nada disso.

A porta abriu, e a Sra. Brodie entrou novamente no escritório. Ela observou pai e filha com olhos atentos. Devia ter escutado algo do corredor, mas não fez qualquer comentário. Apenas colocou a bandeja na mesa ao lado de Lucy e assentiu com a cabeça.

— Coma um pouco, Srta. Lucy. Logo vai se sentir melhor. Vou acender a lareira do seu antigo quarto, está bem? — Sem esperar por uma resposta, a governanta saiu.

Lucy olhou para a bandeja. Havia uma fatia de torta de carne fria, uma tigela de frutas cozidas, um pouco de queijo e um pedaço do pão caseiro da Sra. Brodie. Seu estômago roncou. Ela não quisera jantar na hospedaria onde pararam no caminho para casa, e só agora percebia que estava com fome. Ela pegou o garfo.

— O que houve então?

— Hum? — Com a boca cheia da torta suculenta, Lucy não queria pensar em Simon, no perigo que ele corria ou em seu casamento fracassado. Se ela pudesse simplesmente dormir...

Mas o pai conseguia ser teimoso quando queria.

— Por que você abandonou o homem se ele não estava se engraçando com meretrizes?

— Duelos. — Lucy engoliu a comida. — Simon já matou quatro homens. Em duelos. Ele os desafia e os mata, e eu não aguento mais isso, papai. Ele está se destruindo aos poucos, mesmo sobrevivendo às lutas. E ele não me escuta, não quer parar, então eu o abandonei. — Ela olhou para a torta, cheia de molho marrom, e, de repente, se sentiu enjoada.

— Por quê?

— Como?

O capitão fez cara feia.

— Por que ele está matando esses sujeitos? Eu não gosto do seu marido, nunca gostei dele, não faço questão de esconder isso, e provavelmente nunca vou mudar de ideia. Mas ele não parece maluco. Almofadinha, sim; maluco, não.

Lucy quase sorriu.

— Ele está matando os homens que foram responsáveis pela morte de seu irmão, Ethan, e eu sei o que o senhor vai dizer, papai, mas, independentemente de o motivo ser nobre, isso é assassinato, e a Bíblia diz que é pecado. Minha consciência não tolera a ideia, e acho que, no fim das contas, a de Simon também não.

— Rá. Que bom saber que sou previsível para a minha filha.

Lucy mordeu o lábio. Ela não imaginava que voltar para casa seria assim. Sua cabeça começava a doer, e, pelo visto, o pai agora queria continuar a discussão.

— Eu não quis dizer...

— Eu sei. Eu sei. — Ele dispensou o pedido de desculpas com um aceno de mão. — Você não queria ofender seu velho pai. Mas ofendeu. Você acha que todos os homens pensam igual, menina?

— Não, eu...

— Porque nós não pensamos. — O capitão se inclinou para a frente e cutucou o nariz dela com um dedo para enfatizar sua opinião. — Acho que matar por vingança nunca é uma boa ideia. Já vi homens demais morrerem por muito pouco para concordar com algo assim.

Lucy mordeu o lábio. Seu pai tinha razão; ela havia se equivocado em seu julgamento.

— Desculpe...

— Mas isso não quer dizer que eu não compreenda o homem — interrompeu ele, se recostando na cadeira e olhando para o teto.

Lucy tirou a parte de cima da torta. O recheio estava esfriando rápido, e uma camada branca de gordura começava a se formar na superfície do molho. Ela franziu o nariz e colocou o prato de lado. Sua cabeça agora latejava.

— Compreendo e até me compadeço — disse o pai dela de repente, fazendo-a dar um pulinho do assento. Ele se levantou da cadeira e começou a andar de um lado para o outro. — Sim, eu me compadeço do homem, maldito seja. O que é mais do que você está fazendo, minha querida.

Lucy se enrijeceu.

— Acho que compreendo os motivos de Simon para duelar com esses homens. E me compadeço da perda de um ente querido.

— Mas se compadece do homem? Hein?

— Não vejo qual é a diferença.

— Rá. — O capitão a encarou por um instante, as sobrancelhas franzidas.

Lucy tinha a inquietante sensação de que, de alguma forma, desapontara o pai. Lágrimas súbitas ameaçavam cair. Ela estava tão cansada, cansada da viagem e de brigar com Simon e de todos os acontecimentos anteriores. No fundo, por algum motivo, Lucy tinha certeza de que o pai, entre todas as pessoas, ficaria do seu lado naquela situação.

O capitão foi até a janela e olhou para fora, apesar de não conseguir enxergar nada além do próprio reflexo.

— Sua mãe foi a mulher mais distinta que eu conheci.

Lucy franziu a testa. O quê?

— Fomos apresentados quando eu tinha 22 anos e era um jovem tenente. Ela era uma moça bonita, com seus cachos escuros e os olhos castanho-claros. — Ele se virou e olhou a filha por cima do ombro. — Da mesma cor dos seus, boneca.

— É o que dizem, não é? — sussurrou Lucy. Ela sentia muita falta da mãe; de sua voz tranquila, de sua risada, da luz constante que fora para a família. Lucy olhou para baixo, os olhos se enchendo de lágrimas. Devia ser o cansaço.

— Humpf — resmungou o pai. — Ela podia ter escolhido qualquer cavalheiro da região. Na verdade, ela esteve bem perto de casar com um capitão da cavalaria. — Ele soltou uma risada irônica. — Aquele uniforme escarlate deixava as mulheres sempre impressionadas. *E* o desgraçado era mais alto.

— Mas mamãe escolheu o senhor.

— Sim, ela me escolheu. — O capitão balançou a cabeça lentamente. — Eu nem conseguia acreditar de tão surpreso que fiquei. Mas nós nos casamos e viemos morar aqui.

— E viveram felizes para sempre.

Lucy suspirou. Ela ouvira a história da corte e do casamento dos pais muitas vezes quando era garota. Era sua história de dormir favorita. Por que seu casamento não podia ter...

— Não, é nesse ponto que você se engana.

— O quê? — Lucy franziu a testa. Ela provavelmente não entendeu direito o que o pai dissera. — Como assim?

— A vida não é um conto de fadas, minha menina. — O pai se virou para encará-la. — Em nosso quinto ano de casamento, voltei para casa um dia e descobri que sua mãe tinha um amante.

— Um amante? — Lucy se empertigou, surpresa. A mãe fora uma mulher boa, gentil, maravilhosa. Com certeza... — O senhor deve estar enganado, papai.

— Não. — Ele apertou os lábios, franzindo a testa enquanto olhava para os sapatos. — Ela praticamente jogou isso na minha cara.

— Mas, mas... — Lucy tentou digerir a informação, mas fracassou por completo. Aquilo era simplesmente inacreditável. — Mamãe era boa.

— Sim. Ela era a mulher mais distinta que eu já conheci. Já disse isso. — Seu pai olhou para o globo terrestre como se visse algo totalmente diferente. — Mas eu passava meses no mar, e sua mãe tinha dois bebês para cuidar, sozinha nesta vila minúscula. — Ele deu de ombros. — Ela me disse que se sentia sozinha. E tinha raiva de mim.

— O que o senhor fez? — sussurrou Lucy.

— Fiquei irritado. Saí de casa, gritando e xingando feito um doido. Você me conhece. — O pai girou o globo. — Mas, no fim das contas, eu a perdoei. — Ele olhou para a filha. — E nunca me arrependi disso.

— Mas... — Lucy franziu a testa, à procura das palavras. — Como o senhor pôde perdoar uma ofensa dessas?

— Rá. Porque eu a amava, simples assim. — O pai tocou o globo, acertando a África. — E porque eu percebi que até mesmo a mais distintas das mulheres era apenas um ser humano e podia cometer um erro.

— Como...?

— Ela era uma mulher, não uma fantasia. — O capitão suspirou. Ele parecia velho, parado ali em seu camisolão, com seu gorro de dormir, porém, ao mesmo tempo, severo e imponente. — Pessoas cometem erros. Fantasias, não. Acho que essa é a primeira lição a ser aprendida em qualquer casamento.

— Simon cometeu assassinato. — Lucy respirou fundo, estremecendo. Não importava o que o pai pensasse, aquilo era algo muito diferente de traição. — E ele pretende fazer isso de novo. Vai duelar contra um amigo querido, um homem que o admira, e provavelmente vai matá-lo. Eu sei que ele não é uma fantasia, papai, mas como o senhor espera que eu perdoe uma coisa dessas? — Como ele podia esperar que ela vivesse com um homem tão focado em matar os outros?

— Não espero. — O capitão girou o globo terrestre uma última vez e caminhou na direção da porta. — Já passou da sua hora de dormir, menina. E da minha também. Vá descansar.

Lucy encarou as costas do pai, cheia de dúvidas, cansada e confusa.

— Mas lembre-se disto. — Ele se virou na porta para lhe lançar um olhar. — Não espero que você o perdoe, mas Deus sempre mostra misericórdia. É o que diz a sua Bíblia. Pense nisso.

NA VERDADE, o fato de que Lucy o deixaria sempre fora inevitável, refletiu Simon. A única surpresa fora quanto tempo isso havia levado para acontecer. Ele devia ficar feliz por terem tido algumas semanas juntos, dias felizes de companheirismo e doces noites de amor. Com cuidado, ele se serviu de mais uma dose de conhaque. Com cuidado, porque aquela já era sua segunda dose, talvez a terceira, e suas mãos já estavam tremendo como as de um velho.

Mas isso era mentira.

Suas mãos estavam tremendo desde que Lucy fora embora na tarde do dia anterior. Ele tremia como se tivesse sido acometido por uma febre, como se todos os demônios em seu interior tivessem decidido se manifestar. Demônios da raiva, demônios da dor, demônios da autocomiseração e demônios do amor. Todos tremiam e faziam seu corpo sacudir, exigindo reconhecimento. Simon perdera a capacidade de dominá-los, e, agora, eles estavam tomando o controle de sua alma.

Sua expressão era séria, e ele tomou um gole do líquido âmbar, que desceu queimando por sua garganta. Era provável que não conseguisse empunhar sua espada no dia do duelo. E isso não seria uma surpresa para Fletcher? Encontrá-lo parado lá, tremendo e se balançando, a espada caída a seus pés, inútil. Christian só precisaria golpeá-lo uma única vez antes de voltar para casa para tomar o café da manhã. Era quase um desperdício de tempo, se pensasse no assunto. E Simon não tinha nada — absolutamente nada — para fazer até a hora do duelo na aurora do dia seguinte.

Ele pegou o copo e saiu do escritório O corredor estava escuro e frio, mesmo não sendo noite ainda. Será que ninguém podia acender lareiras suficientes para mantê-lo aquecido? Ele tinha tantos criados; era um visconde, afinal de contas, e seria uma vergonha se tivesse menos de cinquenta almas para atender a todas as suas vontades, dia e noite. Simon pensou em chamar Newton, mas o mordomo passara o dia inteiro se escondendo dele. Covarde. Ele entrou em outro corredor, o som dos próprios pés ecoando em sua casa grande e solitária. O que o fizera achar por um segundo sequer que ele e seu anjo poderiam ficar juntos? Que poderia esconder dela a raiva em seu coração ou a mácula em sua alma?

Fora loucura, simplesmente loucura.

Simon chegou às portas da estufa e parou. Mesmo antes de entrar, conseguia sentir o cheiro delas. Rosas. Tão serenas, tão perfeitas. Quando menino, ficara hipnotizado pelo redemoinho de pétalas aveludadas que levavam ao centro secreto, escondido e tímido, no coração da flor. O que achava mais impressionante nas rosas era que, mesmo quando não estavam desabrochando, elas necessitavam de cuidados constantes. As folhas tinham de ser inspecionadas em busca de pulgões, mofo e parasitas. Era necessário cuidar, tirar ervas daninhas e adubar o solo com esmero. A planta em si devia ser podada no outono, às vezes quase toda, para que pudesse desabrochar novamente na primavera. A rosa era uma flor exigente e egoísta, mas que oferecia uma beleza espetacular como recompensa pelos cuidados que demandava.

Ele teve uma súbita lembrança de si mesmo, jovem e inexperiente, entrando às escondidas no jardim das rosas para fugir do tutor. E do jardineiro, Burns, cuidando das plantas, sem notar o menino se escondendo atrás de si. Porém, é claro, o homem devia perceber. Simon sorriu. O velho apenas fingia ignorar que o garoto estava no jardim, fugindo dos estudos. Dessa forma, ambos podiam coexistir no lugar que mais amavam sem serem considerados culpados caso fossem descobertos.

Simon apoiou a mão na porta, sentindo a madeira de cedro, importada especialmente para isso quando ele montara aquele refúgio adulto. Mesmo depois de crescido, ele usava o jardim das rosas como esconderijo.

Quando abriu a porta, o ar úmido acariciou seu rosto. Ele sentiu o suor surgindo no topo da cabeça enquanto tomava um gole do conhaque. Newton se certificara de que a estufa estivesse devidamente arrumada uma hora depois de Christian ter ido embora. Ninguém jamais desconfiaria de que havia ocorrido uma briga ali. Ele deu mais uns passos e esperou que o cheiro de mofo e o doce aroma das rosas lhe devolvessem a serenidade. Que lhe devolvessem sua alma ao corpo e o tornassem inteiro novamente — menos demônio e mais homem. Isso não aconteceu.

Simon encarou a longa fileira de bancadas, os vasos organizados, as plantas, algumas apenas gravetos cheios de espinhos, outras desabrochando de forma extravagante. As cores atacavam seus olhos, todos os tons de branco, rosa e vermelho, e todas as variações imagináveis entre elas: rosa-pálido, gelo, vermelho-sangue, e uma flor que tinha a cor exata dos lábios de Lucy. Era uma exibição impressionante que levara a maior parte de sua vida adulta para juntar, uma obra-prima da horticultura.

Simon ergueu o olhar para o ponto onde o teto de vidro criava um ângulo perfeito, protegendo as plantas delicadas no interior e mantendo o vento gelado de Londres do lado de fora. Ele observou os tijolos cuidadosamente posicionados aos seus pés, arrumados num padrão espinha de peixe, belos e simples. A estufa era exatamente o que ele havia planejado dez anos antes, quando a construíra. Ela era, de todas as formas, o resultado de todos os seus sonhos de refúgio, de paz. Era perfeita.

Exceto pelo fato de que Lucy não estava ali.

Ele nunca mais teria paz. Simon virou o resto do conhaque garganta abaixo, ergueu o copo e o jogou nos tijolos. O vidro se estilhaçou pelo chão.

AS NUVENS ESCURAS baixas no céu ameaçavam chuva, talvez até neve. Lucy estremeceu e esfregou as mãos. Ela devia ter posto luvas. Uma fina camada de gelo cobria o jardim naquela manhã, moldando cada folha morta, cada talo congelado, com uma superfície branca. Ela tocou uma maçã murcha e observou o gelo derreter em um círculo perfeito sob o calor de seu dedo. A fruta embaixo continuava morta.

Realmente estava frio demais para ficar do lado de fora, mas ela se sentia inquieta naquele dia, e a casa parecia sufocá-la. Lucy tentara ficar sentada lá dentro, desenhando a natureza-morta de uma cozinha do campo: uma grande tigela de barro, ovos marrons, o pão recém-assado da Sra. Brodie. Seus dedos criaram ovos estranhos, e o lápis com que desenhava se quebrara contra o papel, fazendo surgir uma mancha feia.

Que estranho. Ela havia deixado Simon porque não conseguia suportar as escolhas dele. Viver com o marido enquanto ele matava outras pessoas e arriscava a própria vida a deixava inquieta. Lucy franziu as sobrancelhas. Talvez ela não tivesse admitido isso antes, que parte de sua fuga se devia ao medo — à preocupação constante de que ele pudesse morrer num daqueles duelos. Porém, ali, na calmaria do seu lar de infância, ela se sentia muito mais inquieta. O silêncio e a ausência de drama eram quase opressivos. Pelo menos em Londres ela podia questionar Simon, argumentar contra sua vingança. Fazer amor com ele.

Ali, Lucy estava sozinha. Simplesmente sozinha.

Ela sentia falta do marido. Quando o deixara, esperara sentir certa aflição, a dor da perda. Afinal de contas, ela tinha muito carinho por ele. Mas não imaginara que a dor fosse ser aquele buraco enorme em sua vida, um buraco em sua alma. Lucy não tinha certeza se conseguiria viver sem ele. E isso podia até soar melodramático, mas, infelizmente, era a verdade. Ela desconfiava de que acabaria voltando para o marido não pelo argumento moral apresentado pelo pai — de que se devia perdoar o pecador —, e sim por causa de uma verdade mundana.

Ela não conseguia viver longe de Simon.

Independentemente do que ele tinha feito, independentemente do que ele faria no futuro, independentemente do que ele era, Lucy ainda sentia sua falta. Ainda queria ficar com ele.

— Minha nossa, está muito frio aqui. O que você está fazendo aí, assombrando o jardim como o fantasma de uma mulher injustiçada?

Lucy se virou ao ouvir a voz irritada.

Às suas costas, Patricia alternava o peso entre os pés. A amiga cobria a cabeça com o capuz da capa e protegia o nariz com uma luva de pele, deixando visíveis apenas seus olhos azul-claros.

— Entre agora, antes que você vire um cubo de gelo.

Lucy sorriu para ela.

— Tudo bem.

Patricia soltou um suspiro de alívio e voltou apressada para a porta, sem esperar a amiga. Lucy a seguiu.

Quando ela entrou na cozinha, Patricia já havia tirado a capa e as luvas.

— Tire isso. — A outra mulher apontou para o capuz de Lucy. — E vamos para a sala de estar. Já pedi chá à Sra. Brodie.

As duas logo estavam sentadas no pequeno cômodo dos fundos com um bule fumegante de chá diante delas.

— Ahh. — Patricia segurou a xícara diante do rosto, quase se refestelando com o líquido quente. — Ainda bem que a Sra. Brodie sabe a temperatura perfeita da água para fazer o chá. — Ela tomou um gole da bebida e deixou a xícara de lado, indo direto ao assunto. — Agora, me conte sobre Londres e sua nova vida.

— É bem agitado — comentou Lucy. — Londres, quero dizer. Há tanta coisa para ver e fazer. Nós fomos ao teatro recentemente, e eu adorei.

— Que sorte. — Patricia suspirou. — Eu adoraria ver todas aquelas pessoas elegantes de lá em suas melhores roupas.

— Humm. — Lucy sorriu. — Minha cunhada, Rosalind, é muito gentil. Ela me levou para fazer compras e me mostrou seus lugares favoritos. Também tenho uma sobrinha. Ela gosta de brincar com soldadinhos de chumbo.

— Que diferente. E o seu marido? — perguntou Patricia num tom inocente demais. — Como ele está?

— Simon está bem.

— Porque eu notei que ele não veio com você.

— Ele está ocupado...

— Na noite de Natal? — Patricia ergueu uma sobrancelha. — Na *primeira* noite de Natal de vocês juntos. E, apesar de eu saber que você não é uma mulher nada sentimental, achei o fato suspeito.

Lucy foi cuidadosa enquanto se servia de uma segunda xícara de chá.

— Creio que isso não seja da sua conta, Patricia.

A amiga parecia chocada.

— Ora, claro que não é da minha conta. Se eu reservasse minha curiosidade apenas para o que de fato é da minha conta, nunca saberia de nada. Além do mais — disse Patricia num tom mais trivial —, eu me importo com você.

— Ah. — Lucy olhou para o outro lado a fim de esconder as lágrimas que surgiam em seus olhos. — Nós discordamos sobre um assunto.

— Discordaram sobre um assunto — repetiu Patricia.

Houve uma pausa.

E então Patricia bateu na almofada ao seu lado.

— O desgraçado já arrumou uma amante?

— Não! — Lucy franziu a testa e olhou para a amiga, chocada. — Por que todo mundo logo acha que o problema é esse?

— É mesmo? — Patricia parecia curiosa. — Deve ser aquela impressão que ele passa.

— Que impressão?

— Você sabe... — Patricia fez um círculo com a mão no ar, sendo vaga. — Como se ele soubesse bem mais do que deveria sobre as mulheres.

Lucy corou.

— Ele sabe.

— É algo que o torna quase irresistível. — Patricia bebericou o chá. — Então isso torna ainda mais alarmante o fato de você tê-lo deixado sozinho. Principalmente, creio eu, no Natal.

Lucy de repente se lembrou de algo. Ela colocou a xícara sobre a mesa.

— Não terminei o presente dele.

— O quê?

Lucy encarou a amiga.

— Eu pretendia ilustrar um livro para ele, mas não terminei.

Patricia parecia satisfeita.

— Então parece que você pretende vê-lo amanhã...

A amiga continuou falando, mas Lucy não a ouvia mais. Patricia tinha razão. Em algum momento nos últimos minutos, a decisão fora tomada: ela voltaria para Simon, e os dois encontrariam uma forma de solucionar o problema entre eles.

— E isso me faz lembrar... — disse Patricia. Ela tirou uma caixinha do bolso e a entregou à amiga.

— Mas eu não trouxe nada para você. — Lucy abriu a tampa. Dentro da caixa, havia um lenço bordado com suas novas iniciais. As letras estavam tortas, era verdade, mas era um presente adorável de toda forma. — Que gentileza. Obrigada, Patricia.

— Espero que você tenha gostado. Acho que furei meus dedos tanto quanto o pano. — A amiga exibiu a mão direita como prova. — E você me deu, sabe...

— Dei o quê?

— Um presente. — Patricia recolheu a mão e inspecionou os dedos.

Lucy a encarou, confusa.

— Recebi uma proposta de matrimônio recentemente, e, como você recusou o cavalheiro em questão e até se casou com outra pessoa e foi morar longe...

— Patricia! — Lucy se levantou num pulo e abraçou a amiga, quase derrubando a bandeja de chá ao fazer isso. — Você está noiva?

— Pois é.

— De Eustace Penweeble?

— Bem...

— O que aconteceu com o velho Sr. Benning e seus quarenta hectares de terra arável?

— Sim, essa parte é triste, não acha? — Patricia prendeu um cacho dourado do cabelo de volta ao lugar. — E aquela mansão enorme. Foi mesmo uma pena. Mas, infelizmente, o Sr. Penweeble acabou com o meu bom senso. Acho que deve ser porque ele é alto. Ou talvez por causa daqueles ombros. — Ela tomou um gole pensativo do chá.

Lucy quase riu, mas conseguiu se controlar no último instante.

— Mas como você conseguiu que ele a pedisse em casamento tão rápido? Comigo demorou mais de três anos.

Patricia se mostrou séria.

— Pode ter sido o meu fichu.

— O seu fichu? — Lucy olhou para o inocente pedaço de renda ao redor do pescoço da amiga.

— Sim. O Sr. Penweeble me levou para um passeio, e, de alguma forma — Patricia arregalou os olhos —, o pano se desprendeu. Bem, eu não conseguia prendê-lo direito. Então, pedi a ele que me ajudasse.

— Você pediu o que a ele?

— Ora, pedi que me ajudasse a prender o fichu no meu corpete, é claro.

— Patricia — arfou Lucy.

— Por algum motivo, ele se sentiu motivado a me pedir em casamento depois disso. — Patricia sorria como um gato satisfeito diante de uma tigela de leite. — A festa de noivado será no dia seguinte ao Natal. Você ainda vai estar aqui, não vai?

Lucy colocou a xícara em cima da mesa com cuidado.

— Eu gostaria muito de estar presente, querida. Mas preciso voltar para Simon. Você tem razão. Eu devo passar o Natal com ele.

Agora que ela tomara aquela decisão, lhe parecia certo sair dali o quanto antes. Por algum motivo, era importante que voltasse para Simon assim que possível. Lucy controlou o impulso e apertou as mãos sobre o colo. Patricia estava falando sobre seu futuro casamento, e ela devia prestar atenção. O retorno para Londres levaria horas.

Alguns minutos a mais certamente não fariam diferença.

Capítulo Dezenove

— O que está acontecendo? — exigiu saber a esposa antes mesmo de Sir Rupert passar pela porta de casa.

Ele franziu a testa, surpreso, enquanto entregava o chapéu e o casaco para um lacaio.

— Do que você está falando? — Não devia ser mais do que cinco da manhã.

Sem Walker e James, seus investimentos haviam ficado instáveis. Ele passara a noite, aquela e muitas outras, trabalhando para que não fossem de vez à falência. Mas por que Matilda estava acordada a uma hora dessas?

Os olhos da esposa encararam o lacaio, que se esforçava bastante para fingir que não ouvia a conversa.

— Podemos conversar no seu escritório?

— É claro.

Ele fez o caminho até seu santuário e imediatamente afundou na cadeira atrás da mesa. Sua perna doía muito.

A esposa fechou a porta com delicadeza atrás de si.

— Onde você esteve? Faz dias que quase não fala. Fica trancado aqui o tempo todo. Nós não o vemos nem nas refeições. É disso que estou falando.

Ela avançou na direção do marido, as costas empertigadas como as de um militar, a cambraia verde do vestido se arrastando pelo tapete. Sir Rupert notou que a pele em torno da mandíbula da esposa havia se tornado mais macia, um pouco solta, criando um papo rechonchudo sob seu queixo.

— Só estou ocupado, minha querida. Apenas isso. — Distraído, ele esfregou a coxa.

Matilda não se deixou enganar.

— Não me venha com essa lenga-lenga. Não sou um de seus parceiros de negócios. Sou sua esposa. Lady Iddesleigh veio me visitar há dois dias. — Matilda franziu a testa quando o palavrão do marido interrompeu seu discurso, mas continuou: — Ela me contou uma história fantástica sobre você e o visconde. Disse que ele estava determinado a desafiá-lo para um duelo. Pare de me enrolar e me conte qual é o problema.

Sir Rupert se recostou na cadeira, o couro rangendo sob suas nádegas. Que bom que Matilda era mulher; se fosse homem, seria de meter medo. Ele hesitou, refletindo. Desde que Iddesleigh o ameaçara, ele passara seus dias refletindo. Pensando em como poderia eliminar um visconde sem se comprometer. O problema era que a melhor forma já havia sido usada com Ethan Iddesleigh. Aquele plano fora tão simples, tão elegante. Espalhar boatos, forçar um homem a desafiar um espadachim mais habilidoso... a morte fora inevitável, e ninguém o identificara como culpado. Ele teria mais chances de ser descoberto se usasse outros métodos — como contratar matadores de aluguel, por exemplo. Mas, se não desse certo, talvez precisasse correr algum risco.

Matilda se sentou numa das poltronas diante da mesa.

— Pode pensar o quanto quiser sobre o assunto, mas você deveria ao menos se dar ao trabalho de ir procurar Christian.

— Christian? — Sir Rupert ergueu o olhar. — Por quê?

— Você não o viu nos últimos dois dias, viu? — Ela suspirou. — Ele tem estado quase tão amuado quanto você, andando cabisbaixo pela casa, brigando com as irmãs. E, um dia desses, chegou em casa com a boca machucada...

— O quê? — Sir Rupert se levantou, tateando em busca da bengala.

— É isso mesmo. — Os olhos da esposa se arregalaram, exasperados. — Você não percebeu? Ele disse que tropeçou e caiu, mas é bem óbvio que se metera em alguma briga. Isso não é o tipo de coisa que espero do nosso filho.

— Por que não fui informado disso?

— Se você se desse ao trabalho de falar comigo... — O olhar de Matilda ficou mais atento. — O que foi? O que você está escondendo de mim?

— Iddesleigh. — Sir Rupert deu dois passos em direção à porta e parou. — Onde está Christian agora?

— Eu não sei. Ele não voltou para casa ontem. Foi por isso que fiquei acordada até essa hora esperando você. — Matilda tinha se levantado e apertava as mãos diante de si. — Rupert, o que...

Ele se virou na direção da esposa.

— Iddesleigh realmente pretendia me desafiar.

— Desafiar...

— Christian sabia. Meu Deus, Matilda. — Sir Rupert passou as mãos pelo cabelo. — Ele pode ter desafiado Iddesleigh para me poupar do duelo.

A esposa o encarou. Seu rosto pareceu ir perdendo todo o sangue lentamente, deixando a pele pálida e enrugada, demonstrando cada um de seus anos.

— Você precisa encontrá-lo. — Os lábios dela mal se moviam. — Precisa encontrá-lo e impedi-lo de fazer isso. Lorde Iddesleigh vai matá-lo.

Sir Rupert a encarou por um instante, imobilizado pela terrível verdade.

— Meu querido marido. — Matilda esticou as mãos como se estivesse suplicando. — Sei que você já fez coisas ruins. Sei que seu passado é sombrio. Eu nunca o questionei antes, nunca quis saber o que você fazia. Mas, Rupert, não deixe que nosso garoto morra pelos seus pecados.

As palavras dela foram como uma espora, impulsionando-o a tomar uma atitude. Sir Rupert foi mancando até a porta, a bengala batendo alto no mármore do piso. Às suas costas, a esposa havia começado a chorar baixinho, mas ele a ouviu mesmo assim.

— Não deixe Christian morrer por você.

UM GATO — OU talvez fosse um rato — atravessou o caminho do seu cavalo enquanto Simon seguia pela rua. Ainda não havia amanhecido, e o céu estava em seu momento mais escuro, no domínio de Hécate, a deusa das encruzilhadas e de cachorros barulhentos. Era um momento estranho entre o dia e a noite, quando os vivos não se sentiam muito seguros. O único som na rua deserta era o barulho dos cascos de sua montaria. Os pedintes já ocupavam suas camas tristes nas esquinas, os vendedores ainda não tinham acordado. Simon podia muito bem estar cavalgando por uma necrópole. Uma necrópole congelada, com flocos de neve caindo silenciosamente do céu.

Ele passara mais da metade da noite cavalgando, passando pelas elegantes casas brancas da Grosvenor Square até os bordéis de Whitechapel. Curiosamente, ele não fora abordado, apesar de ser óbvio que era um alvo fácil — um aristocrata fedendo a bebida e desorientado. Que pena. A distração de um assalto violento lhe faria bem, talvez até resolvesse todos os seus problemas. Mas, em vez disso, lá estava ele, vivo, pouco antes do amanhecer, prestes a participar de um duelo.

A casa de Edward de Raaf ficava logo adiante. Em algum lugar. Pelo menos era o que ele achava. Simon estava exausto, morto de cansaço. O sono não lhe dava mais um conforto, não lhe trazia qualquer paz. Ele não dormia desde que Lucy o deixara, há dois dias. Talvez nunca mais dormisse de novo. Ou iria dormir para sempre depois daquele amanhecer. Simon achou graça daquilo. O cavalo entrou numa rua cheia de estábulos, e ele se empertigou um pouco sobre a sela, procurando os fundos da casa do amigo. De repente, um vulto saiu das sombras escuras de um portão.

— Iddesleigh — murmurou De Raaf, a voz baixa assustando o cavalo.

Simon parou o animal.

— De Raaf. Onde está sua montaria?

— Aqui dentro. — O homem grandalhão abriu o portão e entrou.

Simon esperou, notando pela primeira vez como o vento estava frio. Ele olhou para cima. A lua estava baixa, mas teria sido coberta pelas nuvens caso continuasse alta. O dia ficaria nublado. Bastante apropriado.

De Raaf voltou, guiando seu cavalo baio feio. Uma bolsa de material macio estava presa atrás da sela do animal.

— Você não está usando peruca. Parece nu sem ela.

— Não? — Simon passou a mão pelo cabelo curto e lembrou que sua peruca havia caído numa ruela durante a noite e ele não se dera ao trabalho de pegá-la. Sem dúvida devia estar agora na cabeça de algum moleque. Ele deu de ombros. — Não importa.

De Raaf encarou o visconde no escuro antes de montar no cavalo.

— Imagino que sua esposa não aprove essa tentativa de ser morto justo na manhã de Natal. Ela sabe dos seus planos?

Simon ergueu as sobrancelhas.

— O que a sua esposa acha de você testemunhar um duelo em pleno Natal?

O homem grandalhão fez uma careta.

— Sem dúvida, Anna detestaria a ideia. Espero estar de volta em casa antes de ela acordar e descobrir que saí.

— Ah. — Simon virou a cabeça do cavalo.

De Raaf incitou sua montaria a acompanhar o amigo. Os dois seguiram o caminho juntos.

— Você não respondeu à minha pergunta. — O conde quebrou o silêncio. Notava-se que sua respiração se condensava no ar ao passarem pela luz que vinha de uma janela.

— A opinião de Lucy é irrelevante. — Algo dentro de Simon se partiu diante da lembrança de seu anjo. Ele firmou a mandíbula antes de admitir: — Ela me deixou.

— O que você fez?

Simon fechou a cara.

— Como você sabe que a culpa foi minha?

De Raaf apenas ergueu uma sobrancelha.

— Ela não aprova os duelos — explicou o visconde. — Não, não é isso. Ela não aprova as mortes. Os assassinatos.

O outro homem soltou uma risada irônica.

— Não consigo imaginar por quê.

Foi a vez de Simon olhar estranho para o amigo.

— Então por que você concordou com o duelo, homem? — ladrou De Raaf, impaciente. — Jesus Cristo, não vale a pena perder sua esposa por isso.

— Ele a ameaçou. — Aquela lembrança ainda o fazia fechar os punhos. Amigo ou não, Christian ameaçara estuprar Lucy e portanto não podia escapar impune de tal ofensa.

De Raaf resmungou.

— Então me deixe lidar com Fletcher. Você não precisa nem se envolver.

Simon lhe deu um olhar de esguelha.

— Obrigado, mas Lucy é minha esposa.

O homem grandalhão suspirou.

— Tem certeza?

— Sim. — Simon apertou as rédeas do cavalo, impelindo-o a um trote e encerrando a conversa.

Os dois seguiram por mais ruas lúgubres. O vento assobiava seu remorso ao cruzar as esquinas. Uma carroça passou, rangendo sobre os paralelepípedos. Simon finalmente viu movimento nas calçadas. Vultos silenciosos, ainda esparsos, se esgueirando, correndo ou andando bem rápido. Muitas pessoas já haviam começado suas rondas, com medo da escuridão que ainda escondia os perigos da noite. Simon olhou para o céu mais uma vez. Mal havia clareado para um sórdido cinza-amarronzado. A neve cobria a rua com uma camada fina e branca, escondendo a sujeira e os fedores, dando a ilusão de pureza. Logo, os cavalos a transformariam numa mistura lamacenta, e aquela ilusão seria destruída.

— Maldição, como está frio — bufou De Raaf atrás dele.

Simon não se deu ao trabalho de responder. Os dois seguiram por um caminho no parque. Ali, estava silencioso. Nenhum ser humano perturbara a neve imaculada até então.

— Os padrinhos dele estão aqui? — De Raaf quebrou o silêncio.

— Devem estar.

— Você não precisa fazer isso. Seja lá...

— Pare. — Simon encarou o amigo. — Chega, Edward. Já é tarde demais para isso.

De Raaf resmungou, franzindo a testa.

Simon hesitou.

— Se eu morrer, você vai cuidar de Lucy, não vai?

— Jesus Cristo... — De Raaf interrompeu o que iria dizer e o encarou. — É claro que sim.

— Obrigado. Ela está com o pai, em Kent. Na minha mesa há o endereço dela e uma carta. Eu ficaria grato se pudesse entregar a carta para ela.

— Que diabos ela está fazendo em Kent?

— Tentando dar um rumo para a vida dela, espero.

A boca de Simon formou um sorriso triste. Lucy. Será que ela lamentaria sua morte? Usaria as vestes deprimentes de uma viúva e derramaria lágrimas sofridas? Ou o esqueceria logo e buscaria consolo nos braços do vigário? Simon se surpreendeu ao perceber que sentia ciúmes.

Lucy, minha Lucy.

Duas lamparinas iluminavam vultos vagos à frente. Todos atores num drama inevitável. O garoto, que até poucos dias atrás Simon considerara um amigo, os homens que o observariam matar ou morrer, o médico que declararia a morte de um deles.

Simon verificou a espada, depois incitou o cavalo para um trote.

— Chegamos.

— MILADY. — O rosto de Newton quase relaxou num sorriso antes de ele se recuperar e fazer uma mesura, a borla do gorro de dormir caindo sobre seus olhos. — A senhora voltou.

— É claro que sim. — Lucy tirou o capuz e cruzou a porta de sua casa. Meu Deus, será que todos os criados acompanhavam a vida dela? A vida *deles*? Que pergunta boba. É óbvio que sim. E, a julgar pela surpresa maldisfarçada de Newton, nenhum deles esperava que ela voltasse para Simon. Lucy empertigou os ombros. Ora essa. Era melhor tirar tal ideia da cabeça deles. — Meu marido está em casa?

— Não, milady. Faz menos de meia hora que o visconde saiu.

Lucy assentiu com a cabeça, tentando esconder sua decepção. Ela chegara tão perto de encontrá-lo antes de ele seguir com aquilo. Gostaria de ter lhe desejado boa sorte pelo menos.

— Vou esperar por ele no escritório.

Ela colocou o caderno de couro azul que havia trazido sobre a mesa do vestíbulo, ao lado de um pacote surrado embrulhado com papel marrom, e deu um tapinha nele.

— Milady. — Newton fez uma mesura. — Posso lhe desejar um feliz Natal?

— Ah, obrigada. — Lucy saíra tarde de Kent, apesar dos protestos do pai, e completara a viagem de madrugada, grata pelos lacaios que acompanhavam sua carruagem. Com toda aquela correria, ela quase se esquecera da data. — Também faço votos para que tenha um feliz Natal, Sr. Newton.

Newton fez outra mesura e se afastou em seus chinelos turcos. Lucy pegou um candelabro da mesa do vestíbulo e foi para o escritório de Simon. Ao entrar no cômodo, a chama da vela iluminou duas gravuras pequenas que ela nunca notara antes, num canto da mesa que ficava diante da lareira. Curiosa, foi até lá para inspecioná-las.

A primeira era a versão de um botânico de uma rosa, completamente desabrochada e cor-de-rosa, suas pétalas abertas de forma desavergonhada. Abaixo da flor estava sua dissecação, que mostrava suas várias partes, todas corretamente nomeadas, como se para trazer um pouco de decoro à imagem superior.

A segunda gravura era medieval, provavelmente parte de uma série que ilustrava a Bíblia. E representava a história de Caim e Abel. Lucy levantou o candelabro para ver melhor aquele desenho horrível. Um Caim de olhos arregalados e músculos tensionados de forma bestial estrangulava o irmão. A expressão no rosto de Abel era calma, serena, enquanto o irmão o matava.

Lucy estremeceu e se virou. Era horrível ter que esperar por ele. No início, ela não sabia o que o marido estava fazendo. Mas, agora... Ela havia jurado para si mesma que não brigaria com Simon, mesmo odiando o que ele estava prestes a fazer, mesmo se ele matasse um amigo, mesmo se estivesse com muito medo pela vida dele. Quando seu marido retornasse, ela o receberia como uma esposa amorosa. Iria lhe servir uma taça de vinho, faria uma massagem em seus ombros e deixaria claro que estava ali para ficar ao lado dele para sempre. Independentemente dos duelos.

Lucy balançou a cabeça. Era melhor não pensar em duelo algum agora. Ela colocou o candelabro em cima da mesa e foi até uma das elegantes estantes de pau-rosa para examinar os livros. Talvez pudesse se distrair com uma leitura. Ela leu as lombadas: horticultura, agricultura, rosas e mais rosas, e um único tratado, provavelmente valioso, sobre esgrima. Lucy escolheu um volume pesado sobre rosas e o apoiou na beirada da mesa. Estava prestes a abri-lo, disposta a talvez aprender o suficiente para conversar sobre a flor com o marido, quando olhou para o mata-borrão diante da cadeira da escrivaninha. Havia uma carta sobre ele. Lucy inclinou a cabeça.

Seu nome fora rabiscado no topo.

Ela ficou encarando o papel por um momento, o pescoço ainda inclinado; então, se empertigou e deu a volta na mesa. Ela hesitou por um segundo antes de pegar a carta, rasgar o envelope e ler o que estava escrito:

Meu querido anjo,

Se eu tivesse previsto quanto sofrimento lhe traria, juro que me esforçaria ao máximo para não ter acabado semimorto na porta da sua casa naquela tarde, agora tão distante. Porém, se não fosse assim, eu não a teria conhecido — e já cometi perjúrio. Pois, mesmo sabendo a dor que lhe causei, não me arrependo de ter amado você, meu anjo. Sou um canalha egoísta e insensível, mas essa é a verdade. Não posso mudar quem eu sou. Conhecer você foi a coisa mais maravilhosa que me aconteceu. Você é o mais perto que chegarei do paraíso, aqui na Terra ou no além, e não posso me arrepender disso, nem que isso custe as suas lágrimas.

Então, sinto informar que irei para o meu túmulo como um pecador inveterado. Não há motivo para lamentar a morte de alguém como eu, minha querida. Espero que você consiga retomar sua vida em Maiden Hill, que talvez possa se casar com aquele belo vigário. De Raaf ficará encarregado dos meus negócios e irá ajudar você quando precisar.

— Seu marido, Simon

As mãos de Lucy tremiam tanto que o papel lançava sombras estranhas contra a parede, e levou um instante para que ela percebesse que havia um adendo no final da carta:

P.S.: Na verdade, eu me arrependo de uma coisa. Meu maior desejo era ter feito amor com você mais uma vez. Ou três. — S

Ela soltou uma risada horrível entre as lágrimas que embaçavam sua visão. Era típico de Simon fazer piadas lascivas numa carta de amor de despedida. Porque era isso que aquele bilhete era: uma despedida caso ele morresse. Será que ele escrevera cartas assim antes de todos os duelos? Não havia como saber; ele as teria destruído ao voltar para casa.

Ah, Deus, como ela queria nunca ter entrado ali.

Lucy deixou a carta cair sobre a mesa e saiu correndo do escritório, pegando o candelabro no caminho. Por algum motivo, ler as palavras de Simon como se ele já estivesse morto tornava a espera ainda pior. Era apenas mais um duelo, pensou ela para se acalmar. Quantos ele já lutara? Três? Cinco? Ela havia perdido a conta, e provavelmente Simon também. Ele sempre os vencera. Voltara para casa ensanguentado, mas vivo. *Vivo.* Qualquer briga, qualquer desentendimento, poderia ser resolvido se ele voltasse vivo para ela. Lucy ergueu o olhar e descobriu que seus pés a haviam levado para a estufa. Ela tocou a porta de madeira, tão sólida e reconfortante, e a empurrou. Talvez, se passeasse pelo solário, com suas fileiras de vasos...

A porta abriu, e Lucy ficou imóvel. Cacos de vidro brilhavam por todo canto.

A estufa de Simon havia sido destruída.

— Se o senhor não se importar, milorde... — disse um dos padrinhos de Christian.

O homem tinha o peito estreito, mãos ossudas que brotavam dos pulsos delicados que pareciam os de uma garota. Ele piscou, nervoso, sob a luz da lamparina, e quase se encolheu quando Simon se virou em sua direção.

Ah, que maravilha. O fim da sua vida seria testemunhado por um garoto que mal tinha idade para se barbear.

— Sim, sim — murmurou Simon, impaciente.

Ele arregaçou a gola da camisa, e um dos botões voou e caiu na neve fofa aos seus pés, afundando e criando um pequeno buraco no chão. Ele não se deu ao trabalho de pegá-lo de volta.

O padrinho analisou o peito dele, aparentemente para verificar se o visconde não usava uma armadura sob a camisa.

— Vamos logo com isso.

Simon balançou os braços para se aquecer. Não havia motivo para vestir o colete e o casaco novamente. Em poucos minutos, ele estaria suando, mesmo só de camisa.

De Raaf estava a cinco metros dali. O homem grandalhão resmungou e devolveu a espada a Christian. O rapaz assentiu com a cabeça e seguiu na direção do oponente. Simon o analisou. O rosto de Christian estava pálido e determinado; o cabelo, vermelho como uma chama escura. Ele era alto e bonito. Nenhuma ruga marcava sua face. Meses atrás, no Angelo's, Christian viera na direção de Simon exatamente como agora. O parceiro de esgrima habitual do visconde havia faltado, e Angelo designara Christian como seu substituto para o treino. Naquela ocasião, o rosto do rapaz deixara claro seu nervosismo, sua curiosidade e um pouco de admiração. Agora, ele se mostrava impassível. O garoto tinha aprendido bastante em poucos meses.

— Pronto? — A voz de Christian era seca.

O padrinho de pulsos finos se aproximou para devolver a espada a Simon.

— Não é melhor esperarmos até clarear? O sol ainda nem nasceu.

— Não. — Simon pegou sua espada e sinalizou com a ponta. — Coloquem as lamparinas uma de cada lado.

Ele observou enquanto De Raaf e os outros padrinhos seguiam suas instruções.

Simon flexionou os joelhos e ergueu a mão esquerda atrás da cabeça. Ele buscou o olhar de De Raaf.

— Lembre-se de Lucy.

O conde assentiu com a cabeça, sério.

Simon se virou para encarar o oponente.

— Pronto.

— *Allez!*

Christian saltou como uma raposa — saudável, jovem e brava. Simon ergueu a espada bem a tempo, xingando baixinho. Ele aparou o golpe e recuou, seu pé de trás escorregando numa crosta de neve. Ele desferiu um golpe no outro homem, quase acertando-o, mas Christian era muito rápido. O aço retiniu quando sua espada foi desviada. A respiração de Simon soava alta aos próprios ouvidos. O ar queimava seus pulmões com o frio a cada vez que ele inalava. Ele grunhiu e aparou outro golpe. Forte e ágil, Christian se movia como um atleta de eras passadas. Simon sorriu.

— Você está se divertindo? — arfou o jovem.

— Não. — Simon tossiu quando o ar frio pareceu penetrar fundo demais em seus pulmões e recuou novamente sob uma enxurrada de golpes. — Só estou admirando sua técnica. — Seu pulso doía, e o músculo de seu bíceps começava a queimar, mas era importante manter as aparências.

Christian o encarou com desconfiança.

— É verdade. Você melhorou bastante. — Simon sorriu e se lançou contra uma abertura.

O rapaz recuou. A ponta da espada de Simon arranhou sua bochecha esquerda, deixando uma linha escarlate para trás. O sorriso do visconde aumentou. Ele pensou que não conseguiria acertá-lo.

— Sangue! — gritou o padrinho de Christian.

De Raaf nem se deu ao trabalho. Os duelistas ignoraram o grito.

— Desgraçado — disse o rapaz.

Simon deu de ombros.

— Um presente para você se lembrar de mim.

Christian o atacou.

Simon girou, e seu pé escorregou mais uma vez na neve.

— Você teria machucado Lucy?

Christian desviou; seu braço ainda se movia com facilidade apesar do sangue que manchava metade do rosto.

— Você teria matado meu pai?

— Talvez.

O rapaz ignorou a resposta e fez uma finta, abaixando a espada de Simon. A testa do visconde pareceu começar a pegar fogo.

— Maldição! — Simon jogou a cabeça para trás. O sangue caiu em seu olho direito, deixando-o cego. Ele piscou, o olho ardendo, e ouviu De Raaf xingando baixinho.

— Um presente para você se lembrar de *mim* — repetiu Christian, sem sorrir.

— Não será por muito tempo.

Christian o encarou e então o golpeou com violência. Simon bloqueou a investida. Por um segundo, os dois ficaram atracados; o rapaz forçava a espada, o visconde resistia usando a força do ombro. Então, lentamente — *incrivelmente* — o braço de Simon cedeu. A ponta da espada desceu, guinchando, em sua direção. De Raaf soltou um grito rouco. A extremidade da lâmina o perfurou no alto do lado direito do peito. Ele arfou e sentiu o aço arranhar sua clavícula, sentiu o tremor quando a ponta acertou sua omoplata e parou. Simon ergueu a própria espada entre os corpos suados e tensos dos duelistas e viu os olhos de Christian se arregalarem ao compreenderem o perigo. O rapaz pulou para trás, e o cabo da espada escorregou de sua mão. Simon xingou quando a ponta da espada enterrada nele recuou como uma víbora, mas se manteve presa com firmeza em sua carne.

Ainda não chegara o momento.

Simon ignorou a agonia no ombro e atacou Christian, mantendo o homem longe do punho que balançava à sua frente. Céus, ele devia estar parecendo um fantoche com uma vara saindo do ombro. Que maneira vergonhosa de morrer. O oponente o encarou, fora de alcance mas desarmado. A espada presa ao ombro se vergou, repuxando o músculo. Simon tentou pegar o punho. Conseguia alcançá-lo, mas não tinha forças para arrancar a espada de seu corpo. O sangue encharcava sua camisa, que ficava mais gelada a cada minuto. O padrinho de Christian estava parado em choque sobre a neve sangrenta e remexida. O próprio Christian parecia desconcertado. Simon compreendia o dilema de seu oponente. Para vencer o duelo, ele deveria puxar a espada do ombro do oponente. Mas, para isso, primeiro seria necessário enfrentar a espada de Simon enquanto ele estava desarmado. Mesmo assim, o que Simon podia fazer com aquela porcaria fincada nele, obstruindo sua visão? Ele não conseguia tirá-la e também não podia lutar com a espada se mexendo e balançando diante de si.

Um impasse.

De Raaf, que havia ficado mudo, resolveu falar:

— Acabou.

— Não — sibilou Simon. Ele manteve os olhos fixos no rapaz. — Pegue a espada.

Christian o encarou, desconfiado — exatamente como deveria se sentir.

Enquanto isso, De Raaf ainda implorava:

— Ele era seu amigo. Você pode acabar com isso, Fletcher.

Christian fez que não com a cabeça. O sangue do corte na bochecha já havia manchado a gola da camisa. Simon limpou o sangue que escorrera no olho e sorriu. Ele morreria naquele dia; sabia disso. Não havia sentido viver sem Lucy. Mas teria uma morte honrosa. Faria o garoto se esforçar para conseguir matá-lo. Apesar do sangue que ensopava sua camisa, apesar da queimação em seu ombro, apesar do cansaço que sugava sua alma, ele teria uma luta de verdade. Uma morte de verdade.

— Pegue a espada — repetiu ele, baixinho.

Capítulo vinte

A luz das velas de Lucy iluminava o chão da estufa. Cacos de vidro brilhavam como se formassem um tapete de diamantes. Ela encarou a cena por um momento, confusa, antes de se dar conta de que sentia frio. Olhou para cima. O vento entrava assobiando pelo que um dia havia sido um teto de vidro, fazendo com que as chamas das velas tremeluzissem e ameaçassem se apagar. Ela ergueu o candelabro mais alto. Todas as vidraças da estufa estavam rachadas e quebradas. O céu, acinzentado com a ameaça do amanhecer, parecia baixo demais.

Quem...?

Lucy seguiu pela estufa quase inconscientemente. O vidro rangia sobre suas botas, arranhando o piso de tijolos. Vasos de barro se amontoavam sobre as mesas, quebrados e esmigalhados, como se uma forte onda raivosa os tivesse arrastado para lá. Ela cambaleou pelo corredor, os cacos de vidro se cravando nas solas dos sapatos. Rosas reviradas em vários estágios de florescência estavam espalhadas por todo canto. Havia uma bola de raízes pendurada num batente, lá em cima. Flores cor-de-rosa e vermelhas sangravam pétalas pelo chão, o perfume familiar curiosamente ausente. Lucy tocou uma delas e a sentiu derreter e murchar sob o calor de sua mão. Estava congelada. O vento frio do inverno recebera permissão para entrar e destruir os brotos protegidos. Mortas. Todas as rosas estavam mortas.

Meu Deus!

Lucy chegou ao que fora o domo no centro da estufa e parou. Restava apenas um esqueleto dele, e pedaços de vidro que ainda estavam agarrados em um ponto e outro. A fonte de mármore estava lascada e rachada, como se tivesse sido golpeada por um martelo gigante. Um fino traço de gelo se erguia do chafariz, congelado no meio de um jato. Mais gelo saía de uma rachadura na estrutura e se espalhava numa poça congelada ao redor da fonte. Sob o gelo, cacos de vidro brilhavam numa imagem horrivelmente bela.

Lucy se agitou, em choque. Uma rajada de vento gemeu pela estufa e apagou todas as suas velas, com exceção de uma. Simon devia ter feito aquilo. Ele destruíra seu solário de conto de fadas. *Por quê?* Lucy caiu de joelhos, se encolhendo no chão frio, mantendo a única chama que restava aninhada entre as palmas dormentes de suas mãos. Simon cuidava de suas plantas com tanto carinho... Lucy se lembrou do olhar de orgulho em seu rosto quando ela descobrira o domo e a fonte. Para o marido ter destruído aquilo tudo...

Ele devia ter perdido a esperança. Toda a esperança.

Ela o havia deixado, mesmo depois de prometer, pela memória de sua mãe, que não faria isso. Ele a amara, e ela o deixara. Um soluço arranhou sua garganta. Como Simon poderia sobreviver ao duelo se não tinha mais esperanças? Ele se daria ao trabalho de tentar vencer? Se Lucy soubesse onde seria o duelo, poderia tentar convencê-lo a desistir. Mas ela não fazia ideia de onde seria. Simon havia falado que não a deixaria descobrir o local, e assim o fizera. Era impossível impedi-lo, concluiu ela, sofrendo. O marido iria duelar; talvez já estivesse em posição, se preparando para lutar no frio e na escuridão, e Lucy não tinha como impedi-lo. Não podia salvá-lo.

Não havia nada que pudesse fazer.

Ela olhou ao redor da estufa destruída, mas não havia respostas ali. Meu Deus, Simon iria morrer. Lucy o perderia sem ter tido a chance de dizer ao marido o quanto ele era importante para ela. O quanto o amava. *Simon*. Sozinha na estufa escura e destruída, a jovem começou a chorar, seu corpo balançava com os soluços e o frio, e finalmente admitiu o que mantinha escondido no fundo do coração. Ela amava o marido.

Ela amava Simon.

A chama da última vela tremeluziu e se apagou. Lucy respirou fundo e se abraçou, inclinada para a frente. Ela olhou para o céu cinzento enquanto flocos de neve silenciosos e fantasmagóricos caíam e se derretiam sobre seus lábios e suas pálpebras.

Acima dela, Londres amanhecia.

O DIA ESTAVA nascendo em Londres. As expressões nos rostos dos homens ao redor de Simon não estavam mais obscurecidas pela escuridão. A luz do dia inundava o parque onde acontecia o duelo. Ele viu o desespero nos olhos de Christian quando o garoto se adiantou, com os dentes trincados e expostos, o cabelo vermelho grudado nas têmporas. Ele segurou firme a espada fincada no ombro de Simon e a puxou. O visconde arfou quando a lâmina cortou sua carne ao sair dela. Gotas vermelhas caíram na neve aos seus pés. Simon empunhou sua própria espada e atacou cegamente. Violentamente. Christian desviou para o lado, quase soltando o punho de sua arma. Simon golpeou mais uma vez, sentiu a lâmina fazer contato. Um jato de sangue manchou a neve, que então foi pisoteada e misturada com as gotas vermelhas até virar uma gosma lamacenta.

— Maldição — gemeu Christian.

Seu hálito acertou o rosto de Simon, fedendo a medo. O rosto do rapaz estava branco e tinha manchas vermelhas. O corte sujo de sangue na bochecha esquerda era apenas um tom mais escuro que as sardas abaixo. *Tão jovem.* Simon sentiu uma vontade súbita de se desculpar. Ele estremeceu; sua camisa ensopada de sangue o estava congelando. Começara a nevar de novo. Ele olhou para o céu acima da cabeça de Christian e teve um pensamento ridículo. *Eu não deveria morrer num dia cinza.*

Christian gemeu, rouco.

— Pare!

Um grito às suas costas. Simon o ignorou, erguendo a espada uma última vez.

Mas, então, De Raaf estava lá, empunhando a própria lâmina.

— Pare, Simon. — O homem grandalhão interpôs a espada entre os combatentes.

— O que você está fazendo? — arfou Simon. Ele estava tonto e fazia um esforço enorme para não cambalear.

— Pelo amor de Deus, pare!

— Obedeça ao homem — grunhiu De Raaf.

Christian ficou imóvel.

— *Pai.*

Sir Rupert foi mancando lentamente pela neve, o rosto quase tão pálido quanto o do filho.

— Não mate meu filho, Iddesleigh. Eu me rendo. Não mate o meu menino.

— Por que você se rende? — Aquilo era um ardil? Simon olhou para o rosto horrorizado de Christian. Não da parte do filho, pelo menos.

Sir Rupert ficou em silêncio; apenas sua respiração soava enquanto ele se aproximava com dificuldade.

A visão de Simon escureceu por um instante devido à dor do ferimento. Ele piscou, determinado. Agora não era um bom momento para desmaiar. Ele estava vagamente ciente de que o sangue jorrava de seu ombro.

— Jesus Cristo — murmurou De Raaf. — Você parece um porco no abatedouro. — Ele abriu a bolsa que trouxera consigo e tirou alguns medicamentos dela, amassando-os e cobrindo o ferimento com ele.

Pelas bolas do Senhor! A dor era quase insuportável.

— Você não trouxe um médico? — perguntou Simon entre os dentes.

De Raaf deu de ombros.

— Não consegui encontrar nenhum médico confiável. — Ele apertou o ferimento com mais força.

— Ai. — Simon sugou o ar, sibilando. — *Maldição*. Então é você quem vai cuidar de mim?

— Sim. E você não vai me agradecer?

— Obrigado — resmungou Simon. Ele olhou para Sir Rupert, se recusando a reagir enquanto De Raaf cuidava do seu ombro. — Por que você se rende?

— Pai — começou Christian.

Sir Rupert interrompeu o filho com um gesto de mão.

— Eu me rendo porque fui responsável pela morte do seu irmão.

— *Assassinato* — grunhiu Simon.

O visconde segurou a espada com mais força, apesar de o movimento da lâmina ser bloqueado por De Raaf, que estava na frente dos outros. O homem grandalhão escolheu exatamente aquele momento para colocar a outra mão nas costas do amigo, apertando seu ombro. Simon soltou um palavrão.

De Raaf parecia satisfeito consigo mesmo.

— De nada.

Sir Rupert assentiu com a cabeça.

— Pelo assassinato do seu irmão. A culpa foi minha. Eu mereço ser punido, não o meu filho.

— Não! — gritou Christian. Ele avançou, mancando como o pai.

Simon viu que a perna do rapaz estava ensopada de sangue abaixo da coxa. Sua espada tinha acertado o alvo.

— Eu me sentiria mais satisfeito em punir você com a morte do seu filho — disse Simon, as palavras se arrastando.

Edward, encarando o amigo, ergueu as sobrancelhas de modo que apenas ele conseguisse ver.

— Matar Christian também significa tirar uma vida inocente — ressaltou Sir Rupert. Ele se inclinou para a frente, apoiando as mãos na bengala, os olhos fixos em Simon. — Você nunca matou um inocente antes.

— Ao contrário de você.

— Ao contrário de mim.

Por um instante, ninguém falou. A neve caía silenciosamente. Simon encarou o assassino do irmão. O homem havia admitido que o matara — praticamente se gabara de ter tramado a morte de Ethan. Ele sentiu o ódio subir dentro dele como bile no fundo da garganta, quase falando mais alto que a razão. Porém, independentemente do quanto ele odiasse Sir Rupert, o homem tinha razão. Simon nunca matara um inocente.

— Como você pretende se redimir? — perguntou o visconde, finalmente.

Sir Rupert respirou fundo. Maldito seja, ele pensou que tivesse ganhado uma concessão. E ganhara mesmo.

— Eu pagarei o preço da vida do seu irmão. Posso vender minha casa em Londres.

— O quê? — explodiu Christian. Flocos de neve derretiam sobre suas pálpebras como lágrimas.

Mas Simon já estava balançando a cabeça.

— Não é o suficiente.

Sir Rupert ignorou o filho, determinado a persuadir Simon.

— Nossas propriedades no interior...

— E mamãe e minhas irmãs? — O amigo de pulsos finos se aproximou do rapaz para tentar cuidar de seus ferimentos, mas Christian o afastou com impaciência.

Sir Rupert deu de ombros.

— O que tem elas?

— Elas não fizeram nada de errado — disse o filho. — Mamãe adora Londres. E o que vai acontecer com Julia, Sarah e Becca? O senhor vai tirar todo o dinheiro delas? Tornar impossível que façam bons casamentos?

— Sim! — gritou Sir Rupert. — Elas são mulheres. Que outra alternativa você sugere?

— Você sacrificaria o futuro delas, a felicidade delas, para que eu não tenha que duelar contra Simon? — Christian o encarava com incredulidade.

— Você é o meu herdeiro. — Sir Rupert ergueu uma mão trêmula na direção do filho. — Você é o mais importante. Não posso arriscar que você morra.

— Eu não entendo o senhor. — Christian deu as costas para o pai, mas então arfou e cambaleou. Seu padrinho voltou correndo para lhe dar apoio.

— Não importa — interrompeu Simon. — Você não pode pagar pela morte do meu irmão. A vida dele não tem preço.

— Maldito seja! — Sir Rupert puxou uma espada da bengala. — Você vai duelar contra um homem aleijado então?

— Não! — Christian se desvencilhou de seu padrinho.

Simon ergueu a mão, fazendo com que o jovem parasse.

— Não vou duelar contra você. Creio ter perdido minha sede de sangue.

Havia um bom tempo que a perdera, essa era a verdade. Simon nunca havia gostado muito do que tivera de fazer, mas agora tinha certeza: ele não seria capaz de matar Christian. O visconde pensou nos belos olhos cor de topázio de Lucy, tão sérios, tão corretos, e quase sorriu. Ele não podia matar Christian porque isso deixaria Lucy decepcionada. Um motivo tão ínfimo, porém tão crucial.

Sir Rupert baixou a espada, um sorriso se abriu em seus lábios. O homem achava que tinha ganhado.

— Em vez disso — continuou Simon —, vocês sairão da Inglaterra.

— O quê? — O sorriso morreu nos lábios do homem mais velho.

Simon ergueu uma sobrancelha.

— Você prefere um duelo?

Sir Rupert abriu a boca, mas foi o filho quem respondeu:

— Não, ele não prefere.

Simon olhou para o ex-amigo. O rosto de Christian estava tão branco quanto a neve que caía ao redor deles, mas sua postura se mantinha ereta. O visconde assentiu com a cabeça.

— Você vai aceitar ser banido da Inglaterra com sua família?

— Sim.

— O quê? — rugiu Sir Rupert.

Christian se virou para o pai, revoltado.

— Ele lhe ofereceu, *nos* ofereceu, uma alternativa honrada, sem matança ou falência.

— Mas para onde nós iríamos?

— Para os Estados Unidos. — O jovem se virou para Simon. — Você aprova?

— Sim.

— Christian!

Christian manteve os olhos fixos em Simon, ignorando o pai.

— Vou me certificar de que todas as providências sejam tomadas. Você tem a minha palavra.

— Muito bem — concordou Simon.

Por um momento, os dois homens se encararam. Simon viu uma emoção — arrependimento, talvez? — passar pelos olhos do jovem. Pela primeira vez, ele percebeu que os olhos de Christian eram quase da mesma cor dos de Lucy. *Lucy.* A amada continuava fora de sua vida. Em poucos dias, ele havia perdido duas pessoas.

E então Christian se empertigou.

— Tome. — Ele ofereceu a palma aberta. Nela estava o anel de sinete dos Iddesleighs.

Simon pegou o anel e o colocou no dedo indicador da mão direita.

— Obrigado.

Christian assentiu com a cabeça. Ele hesitou por um instante, olhando para Simon como se quisesse dizer mais alguma coisa, ant de se afastar mancando.

Quando Sir Rupert franziu a testa, linhas brancas surgiram entre suas sobrancelhas.

— Você vai aceitar meu banimento como retribuição pela vida de Christian?

— Sim. — Simon assentiu bruscamente, seus lábios se estreitando conforme seu corpo oscilava. Ele só precisava de mais alguns segundos. — Você tem trinta dias.

— Trinta dias! Mas...

— É pegar ou largar. Se você ou qualquer membro da sua família ainda estiver na Inglaterra daqui a trinta dias, vou desafiar seu filho para outro duelo. — Simon não esperou por uma resposta; a derrota do outro homem era nítida em seu rosto. Ele se virou e caminhou na direção do cavalo.

— Precisamos encontrar um médico para você — resmungou De Raaf baixinho.

— Para ele fazer uma sangria em mim? — Simon quase riu. — Não. Um curativo já basta. Meu valete pode fazer isso.

O outro homem grunhiu.

— Você consegue montar?

— É claro.

A resposta de Simon tinha um tom despreocupado, mas ele ficou aliviado quando viu que realmente conseguia subir no cavalo. De Raaf lhe lançou um olhar exasperado, mas o amigo o ignorou, se virando na direção de casa. Ou do que um dia fora sua casa. Sem Lucy, a residência era apenas uma mera construção. Um lugar para guardar suas gravatas e seus sapatos, nada mais.

— Quer que eu acompanhe você? — perguntou De Raaf.

Simon fez uma careta. Ele guiou o cavalo para uma caminhada lenta, mas, mesmo assim, o movimento fazia seu ombro doer.

— Seria bom ter alguém comigo para o caso de eu sofrer uma queda vergonhosa do cavalo.

— E aterrissar de bunda no chão. — De Raaf riu. — É claro que vou com você até sua casa. Mas eu quis dizer quando você for atrás da sua amada.

Simon se virou na sela para encarar o amigo. Seu ombro doía muito.

De Raaf ergueu uma sobrancelha.

— Você vai buscá-la, não vai? Afinal de contas, ela é sua esposa.

Simon pigarreou enquanto refletia. Lucy estava muito, muito chateada com ele. Talvez não o perdoasse.

— Ah, pelo amor de Deus — explodiu De Raaf. — Não me diga que vai simplesmente abrir mão dela?

— Eu não disse isso — protestou Simon.

— Vai passar os dias deprimido naquele seu casarão...

— Eu não fico deprimido.

— Brincando com suas flores enquanto deixa sua esposa ir embora.

— Eu não...

— É verdade, ela é boa demais para você — refletiu De Raaf. — Mas, mesmo assim, você devia pelo menos tentar trazê-la de volta.

— Está bem, está bem! — Simon praticamente gritou, fazendo com que um peixeiro que passava por eles o olhasse de forma irritada e atravessasse a rua.

— Ótimo — disse De Raaf. — E se recomponha. Acho que nunca o vi tão desarrumado. É provável que precise de um banho.

Simon também teria protestado contra essa afirmação, mas precisava mesmo de um banho. Ele ainda estava pensando numa resposta adequada quando os dois chegaram à sua casa. De Raaf desmontou do cavalo e ajudou o amigo descer. Simon conteve um gemido. Sua mão direita parecia feita de concreto.

— Milorde! — Newton desceu correndo os degraus da frente, a peruca torta na cabeça, a barriguinha balançando.

— Eu estou bem — murmurou Simon. — Foi só um arranhão. Quase não sangrei na...

Pela primeira vez desde que fora contratado, Newton interrompeu o patrão.

— A viscondessa voltou.

OS DEDOS DELA cobriam os olhos fechados. *Deus*. Ela tremeu. *Proteja-o*. Seus joelhos doíam por causa do frio. *Eu preciso dele*. O vento açoitava suas faces molhadas.

Eu o amo.

Ela ouviu um barulho no fim do corredor. *Por favor, Deus.* Passos, baixos e constantes, esmagavam o vidro quebrado. Será que alguém estava vindo lhe dar a notícia? *Não. Por favor, não.* Ela se enroscou ainda mais, encolhida no gelo, as mãos ainda protegendo os olhos, bloqueando o raiar do dia, bloqueando o fim do seu mundo.

— Lucy. — Era um sussurro, tão baixo que ela mal conseguia ouvir.

Mas ela ouviu. Lucy baixou as mãos, levantou o rosto, cheia de esperança, mas sem ousar acreditar. Não ainda. Ele estava com a cabeça desnuda, branco como um fantasma, a camisa coberta de vermelho. Havia sangue coagulado no lado direito do seu rosto, que tinha escorrido de um corte na testa, e ele apertava um dos braços. Mas estava vivo.

Vivo.

— Simon. — Desajeitada, Lucy limpou os olhos com as costas das mãos, tentando se livrar das lágrimas para conseguir enxergar, mas elas não paravam de cair. — Simon.

Ele cambaleou para a frente e caiu de joelhos diante da esposa.

— Desculpe... — começou ela, e então percebeu que falava junto com ele. — O quê?

— Fique. — Simon havia agarrado seus ombros, apertando-a como se não acreditasse que ela fosse de verdade. — Fique comigo. Eu amo você. Meu Deus, eu amo você, Lucy. Não consigo...

O coração dela parecia se expandir com cada palavra.

— Desculpe. Eu...

— Não consigo viver sem você — dizia ele, os lábios acariciando todo o rosto dela. — Eu tentei. Não há luz sem você.

— Não vou embora de novo.

— A minha alma se tornou sombria...

— Eu amo você, Simon...

— Eu não tinha esperança de redenção...

— Eu amo você.

— Você é a minha salvação.

— Eu amo você.

Ele finalmente pareceu ouvi-la por trás da própria confissão. Simon ficou imóvel e a encarou. Então aninhou o rosto dela em suas mãos e a beijou, seus lábios se movendo ternamente sobre os da esposa, com desejo, com carinho. Ela sentiu o gosto de lágrimas e de sangue, mas não se importou. Ele estava vivo. Simon engoliu o soluço de Lucy quando abriu a boca sobre a da amada. Ela soluçou de novo e passou as mãos pela cabeça do marido, sentindo o cabelo curto pinicar as palmas. Ela quase o perdera.

Lucy o afastou ligeiramente, se lembrando das circunstâncias.

— Seu ombro, sua testa...

— Não foi nada — murmurou ele sobre os lábios da esposa. — Christian me arranhou, só isso. Já fiz curativos.

— Mas...

Simon ergueu a cabeça de repente, seus olhos de gelo fitando os dela, derretendo.

— Eu não o matei, Lucy. Nós duelamos, é verdade, mas paramos antes de um de nós ser morto. Fletcher e a família vão para os Estados Unidos e nunca mais voltarão para a Inglaterra.

Ela o encarou. O marido não matara o amigo, afinal.

— Os duelos vão continuar?

— Não. Está tudo acabado. — Simon piscou e pareceu refletir sobre o que acabara de dizer. — Está tudo acabado.

Lucy tocou a bochecha do marido, tão, tão fria.

— Querido...

— Está tudo acabado. — A voz dele falhou. Simon baixou a cabeça até sua testa cair no ombro dela. — Está tudo acabado, e Ethan está morto. Ah, Deus, meu irmão morreu.

— Eu sei. — Gentilmente, Lucy acariciou o cabelo dele, sentindo o choro que Simon não permitia que ela visse abalando suas estruturas.

— Ele era um idiota pomposo, e eu o amava tanto.

— É claro que amava. Ele era seu irmão.

Simon engasgou com uma risada e levantou a cabeça.

— Meu anjo. — Seus olhos cinzentos estavam cheios de lágrimas.

Lucy estremeceu.

— Está frio aqui. Vamos entrar e colocar você na cama.

— Que mulher prática. — Ele teve dificuldade para se levantar.

Lucy ficou de pé, sentindo o corpo retesado, e colocou um braço ao redor do marido para ajudá-lo a se erguer.

— E insisto em chamar um médico dessa vez. Mesmo que ele tenha que sair de casa no meio do café da manhã de Natal.

— Natal. — Simon parou de se mexer, quase derrubando a esposa no chão. — Hoje é Natal?

— Sim. — Lucy sorriu. Ele parecia tão confuso. — Você não sabia? Não tem problema. Eu não estava esperando um presente.

— Mas comprei um para você, e para a Chaveirinho também — disse Simon. — Um navio de brinquedo completo, com marinheiros e oficiais e fileiras de minúsculos canhões. É bem engenhoso.

— Tenho certeza de que é. Theodora vai adorar, e Rosalind vai detestar, o que imagino que era sua intenção. — Os olhos de Lucy se arregalaram. — Ah, minha nossa, Simon!

Ele franziu a testa.

— O quê?

— Eu convidei Theodora e Rosalind para passarem o Natal conosco. Esqueci. — Lucy o encarou, horrorizada. — O que vamos fazer?

— Vamos avisar ao Newton e à cozinheira e deixar que eles se encarreguem dos preparativos. — Simon beijou a testa da esposa. — Rosalind faz parte da família, afinal. Ela vai entender.

— Talvez — disse Lucy. — Mas não podemos deixá-las verem você nesse estado. Temos que cuidar dos seus ferimentos.

— Eu me rendo a todos os seus desejos, meu anjo. Mas me faça um agrado e abra o seu presente antes, por favor. — Ele fechou a porta da estufa ao saírem e caminhou lentamente para a mesa do vestíbulo na qual Lucy havia colocado o caderno azul mais cedo. — Ah, continua aqui.

Simon se virou, segurando o pacote retangular muito rasgado e o entregou à esposa, parecendo subitamente inseguro.

Lucy franziu a testa.

— Não seria melhor você se deitar antes?

Ele continuou segurando o pacote sem dizer nada.

A boca de Lucy se curvou num sorriso irrefreável. Era impossível ser rígida com o marido quando ele parecia uma criança teimosa.

— O que é? — Lucy pegou o pacote. Era bem pesado, então ela o apoiou na mesa para abri-lo.

Simon deu de ombros.

— Abra.

Ela começou a desfazer o nó do embrulho.

— Eu devia ter lhe dado um presente de casamento antes — disse ele ao seu lado. Ela sentiu a respiração quente do marido no pescoço.

A boca de Lucy se curvou. Onde estava seu sofisticado aristocrata londrino agora? Que engraçado Simon estar tão nervoso por lhe dar um presente de Natal. Ela desfez o nó.

— Pelo amor de Deus, agora você é uma viscondessa — murmurava o marido. — Eu devia ter comprado joias para você. Esmeraldas e rubis. Safiras. Com certeza safiras, e talvez diamantes.

O papel foi descartado. Um caixa de cerejeira lisa estava diante dela. Lucy olhou para Simon, intrigada. Ele ergueu as sobrancelhas em resposta. Ela abriu a caixa e ficou imóvel. Lá dentro havia fileiras de lápis, pretos e coloridos, assim como carvão, gizes, um pequeno frasco de tinta e canetas. Uma caixa menor continha aquarelas, pincéis e uma garrafinha para água.

— Se você não gostar ou perceber que está faltando alguma coisa, posso pedir à loja de artes para montar outra — disse Simon, apressado — Talvez uma maior. E encomendei vários cadernos de desenho, mas ainda não estão prontos. É claro que também vou lhe dar joias. Muitas joias. Um baú de joias, mas esse foi só um presentinho...

Lucy piscou para afastar as lágrimas.

— É a coisa mais maravilhosa que eu já vi. — Ela envolveu os ombros dele com os braços e o puxou para si, grata por sentir o aroma familiar do marido.

Lucy sentiu que os braços de Simon se erguiam para abraçá-la, mas então lembrou.

— Também tenho um presente para você. — Ela lhe entregou o caderno azul.

Simon o abriu na primeira página e sorriu.

— O Príncipe Serpente. Como você terminou tão rápido? — Ele começou a folhear as páginas, analisando as imagens em aquarela. — Suponho que eu deva dar isto para a Chaveirinho. Afinal de contas, eu o encomendei para ela, mas... — Ele engasgou ao chegar à última página.

Lucy olhou a imagem, admirando o belo príncipe de cabelo prateado que ela pintara ao lado da formosa garota das cabras. Realmente era um trabalho muito bom.

— Você mudou o final! — Simon parecia indignado.

Bem, ela não dava a mínima.

— Sim, a história fica muito melhor quando Angelica se casa com o Príncipe Serpente. Eu nunca gostei muito daquele Rutherford.

— Mas, anjo — protestou ele. — Ela decepou a cabeça dele. Não imagino como seria possível se recuperar de uma coisa dessas.

— Bobinho. — Lucy puxou a cabeça do marido na direção da dela. — Você não sabe que o amor verdadeiro é a cura para tudo?

Simon parou pouco antes de seus lábios se encontrarem, os olhos de um cinza-prateado misturado com lágrimas.

— É isso o que acontece mesmo, sabe? Foi assim com o seu amor por mim.

— *Nosso* amor.

— Eu me sinto completo quando estou com você. Achei que isso seria impossível depois de Ethan e Christian, e... tudo o que aconteceu. Mas você surgiu na minha vida e me redimiu, resgatou minha alma do diabo.

— Você está blasfemando de novo — sussurrou ela enquanto ficava na ponta dos pés para alcançar a boca do marido.

— Não, mas é verdade que...

— Quieto. Me beije.

E ele a beijou.

Este livro foi composto na tipologia Minion
Pro Regular, em corpo 11/16, e impresso em
papel off-white no Sistema Cameron da
Divisão Gráfica da Distribuidora Record.